国家社科基金
GUOJIA SHEKE JIJIN HOUQI ZIZHU XIANGMU
后期资助项目

U0644651

交流叙述学

王委艳　著

九 州 出 版 社 | 全国百佳图书出版单位
JIUZHOUPRESS

图书在版编目（CIP）数据

交流叙述学 / 王委艳著. -- 北京 ：九州出版社，
2022.4

ISBN 978-7-5225-0765-1

Ⅰ．①交… Ⅱ．①王… Ⅲ．①叙述学－研究 Ⅳ.
①I045

中国版本图书馆CIP数据核字(2021)第258823号

交流叙述学

作　　者	王委艳　著
责任编辑	黄瑞丽
出版发行	九州出版社
地　　址	北京市西城区阜外大街甲 35 号（100037）
发行电话	(010)68992190/3/5/6
网　　址	www.jiuzhoupress.com
印　　刷	三河市国新印装有限公司
开　　本	710 毫米 ×1000 毫米　16 开
印　　张	18.75
字　　数	350 千字
版　　次	2022 年 4 月第 1 版
印　　次	2022 年 4 月第 1 次印刷
书　　号	ISBN 978-7-5225-0765-1
定　　价	88.00 元

国家社科基金后期资助项目
出版说明

后期资助项目是国家社科基金设立的一类重要项目，旨在鼓励广大社科研究者潜心治学，支持基础研究多出优秀成果。它是经过严格评审，从接近完成的科研成果中遴选立项的。为扩大后期资助项目的影响，更好地推动学术发展，促进成果转化，全国哲学社会科学工作办公室按照"统一设计、统一标识、统一版式、形成系列"的总体要求，组织出版国家社科基金后期资助项目成果。

全国哲学社会科学工作办公室

序

赵毅衡 [*]

　　大约在十年前，王委艳博士提出建立这门新的学科"交流叙述学"（communicative narratology），并且详细讲解给我听，我觉得很有理，但也觉得设想中的架构或过于宏大，不用一本专著很难论证周全。十年中，王委艳孜孜不倦地为之努力，一篇篇处理这个课目涉及的诸多问题，十年不辍，终于完成了这本书。细读此书，他的专研之深，学识之广，学术透视之深，令人钦佩。不过最让我佩服的，是他坚持不懈的精神。

　　当年，在他提出这一学科概念之初，就有人当面背后说些不以为然的话头。这倒是学术界常态，不足为奇，没有人说，倒是奇怪。新思想如果都能成立，世界上就会太多新太少旧。任何新思想当然必须接受时间的考验，或是众人思维的考验。只是很多人既不愿等时间，也不愿用自己的思维。王委艳此书将完成之时，才获得了"国家社科后期资助"项目，代表了专家和学者的承认，但是最令人信服的，是王委艳本人的系统论辩。幸亏现在我们看到了这本书，能够就他的论辩展开论辩，否则就空言无益了。现在可以静下心来，仔细看《交流叙述学》说了一些什么，然后每个人可以作出自己的评判。

　　叙事是交流性的，是一种传播活动，而任何传播，必须要有人接收，以构成所谓"交流格局"（communication game）。叙事也需要有接收者，才能构成。这个道理显然容易说得通，而且注意到这点的人不在少数。王委艳这本书里，就提到不少文学理论家、语言学家、哲学家的有关言论：

---

　　* 赵毅衡，中国社会科学院研究生院硕士，美国伯克利加州大学博士。1988 年起任英国伦敦大学东方学院教授，2002 年起任四川大学教授。主要中文著作有《远游的诗神》《文学符号学》《苦恼的叙述者》《当说者被说的时候：比较叙述学导论》《符号学：原理与推演》《广义叙述学》《哲学符号学：意义世界的形成》等，主要英文著作有：*The Uneasy Narrator: Chinese Fiction from the Traditional to the Modern*；*Towards a Modern Zen Theatre.*

皮尔斯、什克洛夫斯基、米德、瑞恰慈、巴赫金、罗森波拉特、巴尔特、托多罗夫、格莱斯、尧斯、伊瑟尔、雅恩、莱恩，等等。如此说下来，几乎大部分理论家的确看到叙事活动必须在交流中进行。

既然本来是不用多言的事实，那么，有什么必要建立一门特殊的"交流叙述学"呢？

王委艳一开始的工作，就是在回答这个问题。我所理解的他的基本回答应当是：叙事在文化中以交流方式展开，机制远远比单面式或一来一往的模式复杂得多。（为此，王委艳提出"梭式循环"经验交流模式。）在此书中，他的分析能令人信服。更值得注意的是，"交流叙述学"之必要，对我们当前的文化而言，王委艳提出的以下两条重大理由更值得思考：

第一，叙事的确是用来交流的，故事是讲给别人听的，但有一部分学者认为这不是通则，不是叙事活动最本质的架构。例如，他们认为某些体裁几乎是"自言自语"的。也就是说，作者并不在乎，诗歌、巴赫金称之为"独白体裁"。雅恩也同意这一看法，号称艺术家的文人、作者与导演，经常摆起不在乎有没有人看的姿态。提倡"残酷戏剧"的先锋戏剧家安托南·阿尔多 (Antonin Artaud)，极不喜欢取悦观众的戏剧，只是无可奈何地承认观众对戏剧之必要："倒并不是怕用超越性的宇宙关怀使观众腻味得要死，而是用深刻思想来解释戏剧表演，与一般观众无关，观众根本不关心。但是他们必须在场，仅此一点与我们有关。"真正的艺术家似乎都不愿意"讨好读者"，而实用的叙事（新闻、历史、宣判、预言、布道等）都必须务求说服听众。因此，艺术似乎最不需要叙事的"交流性"。这在人类的叙事发展过程中似乎如此，现代的"不自然小说"似乎更是如此。

但，当代文化的发展却走向了另一个方向：艺术不得不以交流为中轴。无论是"叙事转向"让大部分的社会文化活动成为叙事传播活动，还是数字时代与人工智能使艺术叙事不仅是交流的，而且是以交流为主导的，始发者（作家、导演等）的意向反而成为次要因素，成为一个"触发点"。尤其是对于网络文学、网络叙事来说，"无交流即无文学"。如果说先前的人类文化结构决定了叙事交流的重要性，那么，当代文化则决定了叙事交流无可取代的必要性。一句话：交流性越来越加强，是贯穿于当代文化演变始终的一条无法否认的准则。

第二，这本书的论辩基础，是把叙事看作一种"带情节的符号文本"。因此，符号学的基本原则，也应当适用于叙事交流。符号是"被认为携带意义的感知"，符号学是研究意义活动的学说。既然叙事也是一种符号文本，那么，其就会遵循某些符号学的规律展开。因此，符号学的一些原理能帮助我们理解某些比较困难的关节。王委艳教授在研究"交流叙述学"的过程中发现一条规律，那就是在皮尔斯的符号意指三分中，"在发送者与解释者之间交流的某物必须是这样一种东西，即它能够在发送者与解释者之间建立起某些共同解释项"。

这段话听起来非常纠缠，我本人的理解是：某个人在讲故事，某个人在听故事，他们要形成交流，不一定是全盘接受，也不是被动地听取，他们必须在某些环节上形成"分享"。这共鸣点可以是但不一定是故事本身（文本），可以是但不一定是故事再现的某种实在的或经验的事物（对象），而某种共同的意义（解释项）"共鸣"却必不可少。比如，某个现代读者不一定相信《聊斋》中某个狐仙的故事，也不一定认同故事中关于修仙的道理，但是会觉得故事中的情感（或其他意义点）是真诚动人的。不然，就不会形成叙事接受的基础。这就形成了意义交流的基础。这是叙事在文化交流中发挥作用的关键点。如此论证，《交流叙述学》的意义基础就会宽大厚实得多。

以上是我个人对王委艳这本书的几点读后感。下面这段话，本不必说，无关学术。

在王委艳研究"交流叙述学"的这十年中，不得不面对的，是一种太平常不过的偏见：某些不同意者，只是以江湖规矩论学术——"英雄要问出身"。他们怀疑河南一个地级大学的教师，还能提出新的学术观点？还能建立一个新的学科？问这种问题的人，恐怕不太了解现代学术史：一代宗师巴赫金在一所地区大学（摩尔达维亚师范学院）任教十七年之久直到退休，他的重大理论著作大部分无人注意。1965年他的《陀思妥耶夫斯基诗学问题》重版后，在全世界声名鹊起。一位学者在何处教书生活，总会有很多不得已的考虑。在学术世界中，既然学者们有能力从著作判断学术质量，就大可不必降低身份与眼光，去探究此种不相干之事。

目　录

导论：交流，作为叙述文本的分类原则

一、叙述转向背景下的叙述扩容与交流性凸显

叙述转向之后，面对发生在各种学科领域的叙述性蔓延局面，叙述学研究的调整是一种必然趋势。但传统对叙述的界定由于以文学为参照，虚构、过去时态等成为叙述的成立条件。这显然对于当今叙述的发展而言是不适合的，重新界定叙述成为摆在叙述学面前的首要任务。对此，叙述学界也意识到了这一点。如普林斯《叙述学词典》2003 年版对 1987 年版中"叙述"定义的修改，将具有过去味道的"重述"换成"传达"。[①] 瑞安在《故事的变身》中将叙述性条件归纳为"三个语义维度、一个形式维度与语用维度"。[②] 瑞安指出，"满足所有条件的叙事，有些是强调空间维度，另一些则强调时间维度，还有的是强调心理维度"。[③] 但瑞安的定义太过复杂，使我们有时很难判断。

对于叙述学界的混乱局面，赵毅衡提出"广义叙述学"（一般叙述学）概念，将叙述成立的条件归结为"由特定主体进行的两个叙述化过程"：1. 某个主体把有人物参与的事件组织进一个符号文本中。2. 此文本可以被接收者理解为具有时间和意义的向度。[④] 显然，这个定义并非传统的形式维度，而是对瑞安叙述性条件的一种综合，但更强调双向建构。这里有一个非常值得注意的问题，即来自叙述主体的叙述文本建构是否必须是一种有意识的行为？对于文学叙述来说，这不应该成为问题的核心，因为文学叙述是自觉的、能动的创造行为，文学叙述者自觉地按照文化、体裁规约进行叙述文本的建构，即使有某种主观化地对规约的有意违反，也是出自熟悉规约方式的前提，如先锋文本。但，在叙述转向之后，在一般叙述的

---

① [美]普林斯：《叙述学词典》，乔国强等译，上海译文出版社，2011，第136页。
② [美]玛丽 - 劳尔·瑞安：《故事的变身》，张新军译，译林出版社，2014，第7—8页。
③ [美]玛丽 - 劳尔·瑞安：《故事的变身》，张新军译，译林出版社，2014，第10页。
④ 赵毅衡：《广义叙述学》，四川大学出版社，2013，第7页。

框架下，叙述的自觉在某些叙述类型中受到颇多质疑，比如梦叙述、体育叙述等。非自觉的叙述行为成为某些叙述类型的构筑方式，但不可否认那是一种叙述活动，并可收获叙述文本。面对这种状况，赵毅衡的叙述界定就显示出弹性。也就是说，面对叙述主体的无意识叙述，接收者完全可以将其文本解读为叙述文本。这是一种叙述文本的单向建构，也是一种有条件的单向建构，即叙述主体必须有符合叙述条件的叙述化行为。

事实上，这种叙述主体不自觉的叙述行为并非一种臆测，而是人类整理经验的基本方式，只不过我们对文本叙述的精确研究，使我们忽略了人类用叙述建构经验的方式而已，"叙述既是人类交流意义的基本方式，也是人的自我意识组成的基本方式。没有叙述，意识中就没有内在时间，意识本身就无法存在"。① 叙述作为人类组织经验（时间、因果链、意义等）的基本方式，伴随人类社会始终，因此，叙述性表现在各种学科领域并非一个奇怪现象。同时必须明确指出，叙述或者叙述能力是人类的一种思维方式，它并不与特定的叙述类型相联系，而是不同的叙述类型不同程度运用了人类的这种能力，或者说，人类的叙述思维表现在各个方面和各种领域。因此，以"叙述"为研究对象，而不是以某种叙述类型为研究对象，是当前一般叙述研究视野内所应采取的正确方法。正是基于此，一般叙述学研究又重新回归到罗兰·巴特等人的理论，只不过是基于当今叙述学发展的理论基础之上。

利奥塔尔（Jean Francois Lyotard）曾经把人类的知识分为科学知识和叙述性知识，② 这种提法就是站在一种"宏大叙述"（the grand narratives）的立场来看待人类认知的。因此，利奥塔尔的提法并非一种叙述学研究意义上的观点，对此，瑞安指出："利奥塔尔的宏大叙述仅能被叫作隐喻意义上的叙述，因为他们并不涉及个人及创造一个具体的世界。"③ 就是说，叙述学研究并非一种宽泛无边的研究，而是有作为一个学科的边界与独立性。叙述转向和发生在多种学科领域的叙述性蔓延局面，至少使我们看到，利奥塔尔关于"叙述性知识"观点的正确性。但在叙述学研究领域，我们还需要一种适应性自我解禁：打破叙述学研究的体裁自限，向更广领域开放。赵毅衡的叙述底线定义实际上释放了叙述的一般性特征，并从接收者

① 赵毅衡：《意不尽言——文学的形式—文化论》，南京大学出版社，2009，第9页。
② ［法］让-弗朗索瓦·利奥塔尔：《后现代状况》，车槿山译，南京大学出版社，2011，第29页。
③ Marie-Laure Ryan, "Toward a definition of narrative", in David Herman, ed., *The Cambridge Companion to Narrative*, Cambridge University Press, 2007,p.30.

立场使叙述获得了一种开放性姿态。

同时，叙述也是人类传递价值的重要方式之一。叙述文本作为一种交流客体，往往携带交流主体的各种价值。主体之间的价值传递通过叙述来完成。交流主体之间的互动与影响关系，也会通过对交流客体的价值赋予而实现相互干预。以叙述为交流媒介，"我们就会发现其中一个主体同时作为动作的主体在某种程度上还左右了另一个主体，我们便有权将这一活动命名为交流行为"，这样，叙述文本从主体间的交流关系角度来看，这个携带有主体价值的客体，"除了它已拥有的语言学和价值观定义之外，又获得了交换价值的身份。从这一角度来看，叙述话语似乎就是一连串交流行为的再现"。[①] 因此，可以说，叙述本身就是一种交流结构，它随时会对参与交流的主体开放，它所携带的各种叙述因子，都会在交流中以各种身份、各种方式、各种效果参与到交流之中。

从学科发展角度来看，结构主义和符号学常被看作关系密切的两个学科，"大体来说，符号学的疆界（如果它有的话）和结构主义接壤：两个学科的兴趣基本上是相同的。从长远来看，两者都应被囊括在第三个容量很大的学科内。它简单地叫作交流"。[②] 来源于结构主义的叙述学与符号学的关系更为密切，格雷马斯、利科、查特曼、米克·巴尔等人就把叙述学列入符号学的表述。尤其是在一般叙述研究范式下，"只有符号叙述学能处理一般叙述研究"，[③] 赵毅衡把叙述学作为符号学的一部分。叙述学与符号学的融合发展也需要有一门能够涵盖叙述共性的叙述学，交流叙述学的理论建构正是学科发展融合的结果。

同时，在叙述转向背景下叙述的交流性凸显，叙述文本数字化更助推了叙述的交流性，网络成为各种叙述类型的公共平台。在这个平台上，各种叙述类型找到了融合的方式，超文本成为这种融合的重要表达式。信息社会使围绕叙述的各种交流关系时空距离缩短，交流已经成为叙述的常态化方式。一些叙述类型不得不靠交流获得存在，因此，交流叙述研究成为一般叙述学研究的重要课题。

也就是说，以赵毅衡叙述底线定义为基础的广义叙述学研究开启了研究的各种可能方式，新的研究范式正在形成。交流叙述学正是以此为背景，

---

① [法] A.J. 格雷马斯：《论意义——符号学论文集》下册，冯学俊、吴泓渺译，百花文艺出版社，2005，第 33 页。

② [英] 特伦斯·霍克斯：《结构主义和符号学》，瞿铁鹏译，上海译文出版社，1987，第 127 页。

③ 赵毅衡：《广义叙述学》，四川大学出版社，2013，第 4 页。

以叙述中普遍的交流性为核心，以符号学、叙述学学科发展融合为背景，建构起自己的理论架构。

综上所述，交流叙述学的理论建构存在两方面的思想背景，其基本内涵和理论特性也会由这两个方面融合生成。其一，是叙述学发展的内在逻辑，即交流叙述学作为叙述学第三阶段，其研究范式从传统的类型研究转变为特性研究，即以"叙述"为研究对象，研究其特性，其理论建构是站在叙述学理论的基础之上，而不是摆脱之。其二，更为重要的是，交流叙述学研究涵盖了人类社会的基本存在方式——交流，以及人类保存经验、传播知识的重要途径——叙述。人类以叙述的方式交流是人类交流的基本方式。关于人类知识的叙述性建构，利奥塔尔已经做了非常详细的论述。有关交流，有一个基本的认知："交流不仅是由'发讯人''讯息'和'收讯人'之类的要素组成，而且是个相互作用的过程，它是'动态的，不可逆转的，而又与前后情况有关的'。"① 这里包含了交流所需要的基本要素——信息发出者、信息、信息接受者；同时包含了交流的特点——相互作用、动态、不可逆转。

因此，交流叙述学的研究对象可简单概括为研究人类以叙述方式交流的内在交流机制。交流叙述学注重人类经验增殖与创新的"梭式循环"机制，并以此为基础，提出交流叙述的文本内、外"双循环交流"框架，且主要聚焦于文本外交流的学理机制，② 即对"作者—文本—接受者"交流机制的探讨。当然，笔者认为，人类以叙述方式的交流具有普遍性，文本内与文本外以叙述方式交流具有同构性，其交流机制在多数情况下具有一致性。

二、虚拟交流叙述与真实交流叙述

以一般叙述的宏观视野为叙述设定一个基本的标尺、一个底线是建构一般叙述学——广义叙述学的基础。建立在此基础上，并按照一定的标准对叙述类型做一种全域性分类就顺理成章了。鉴于分类是一种研究视角，一种立场，时间、文本存在方式、文本接受方式等都可以作为一种分类标准。因此，按照交流双方的存在状态对叙述进行分类是交流叙述学研究必然面临的任务。

---

① [美]洛雷塔·A.马兰德罗、[美]拉里·巴克：《非言语交流》，孟小平、单年惠、朱美德译，北京语言学院出版社，1991，第4页。
② 关于文本内的交流，雅各布森、普林斯、查特曼、詹姆斯·费伦等国外学者，谭君强、申丹等国内学者，均进行了大量研究。

以交流为原则，可分为真实交流叙述与虚拟交流叙述两种叙述类型，这种分类将叙述置放于叙述发出者和接收者在叙述交流中的存在方式之上，考虑到了叙述文本在虚拟状态和真实状态下的不同构成方式，使叙述文本在具体的交流进程中处于一种动态的变化之中，是一种"动态叙述文本"。根据以往的经验，叙述文本被视为一个确定的存在物，但实际上并非如此。如在作者缺席的状态下，接受者对文本的接受是以接受经验为基础的，进入接受者眼中的叙述文本并不完全一样，即不同的接受者会有不同的叙述文本，某些元素在此接受者那里被看成叙述文本的一部分，而在彼接受者那里则被忽略，其接受效果并不一样。

交流叙述的双循环模式中都存在虚拟交流与真实交流的情况，对于文本内交流循环，即文本人物、角色之间的交流，任何文本都会出现虚拟与真实，但这不能作为叙述文本分类的依据。因为文本内交流是一种"先在"交流，是一种创作行为的文本投射，它由于文本边界使其成为一个具有内在自足性的独立体。文本外交流一般不会影响其内部构成，无论文本外交流是否真的发生，都不会影响文本内的交流。因此，虚拟交流和真实交流只能针对文本外而言，对文本内没有实质影响，尽管文本内也有虚拟交流与真实交流。

文本外的虚拟交流与真实交流有一个重要前提，即这里的虚拟与真实与交流内容没有直接关系，而是针对"交流"本身而言，是交流参与各方是否面对面参与到交流中。基于此，其内涵可概述如下：

①虚拟交流是指交流某一方缺席情况下，交流一方想象性地、虚拟地交流，这里一般存在两种情况：a. 作者一方在创作阶段，接受者一方缺席。这种情况下，接受者作为交流的另一端存在于作者的想象之中，因此是虚拟的。但这并非意味着交流的缺席。b. 接受者一方在对叙述文本的接受过程中，作者一方缺席。这意味着，接受者与作者在此情况下的交流属于虚拟性质。文字的出现以及现代录制、存储设备的发明（录音、录像、数字化存储等）使虚拟交流成为一种常态，"书面文本给人的第一印象是信息的单行道，因为书面文本生成时真正的接收者（读者、听者）是不存在的。然而，正如说话的情景一样，写作的人也必须想象接收者在场，否则就不可能产生任何文本。于是，在和真实的接收者脱离的情况下，作者就虚构一位或多位接收者"。① 尽管创作者面对的是虚拟接受者，但并不妨碍文本进入交流程序后的交流效果，这是因为小到地域文化环境，大到人类所面

① [美] 沃尔特·翁:《口语文化与书面文化》，何道宽译，北京大学出版社，2008，第137页。

临的相同或相似的生存境域，对于创作者和接受者来说具有同样的心理构筑能力，这就构成交流的基础。因此，虚拟交流的叙述进程与交流进程在意义建构上同步，但在时间上有错位。

②真实交流是指交流双方或者多方同时在场，叙述进程与交流进程在时间和意义上同步。庭辩、体育、医疗、教育、现场报道等叙述类型均属此类。庭辩有一个特殊情况，即缺席审判，审判对象没有到场，但其律师或者代理人以及"犯罪事实"在场。"犯罪事实"到场虽然没有主动交流价值，但因为"犯罪事实"是一种真实事件，是受到各种证据支撑的，缺席并非真正意义上的空缺，而是可视为事实到场。（这里我们必须假定审判是公正的，是真正按照法律框架进行的事实还原。）

③对交流的分类可以作为一个分类原则对叙述作一个全域性的类型划分：

第一，虚拟交流叙述类型：书面叙述、录制叙述（电影、电视剧、摄影、录音、录像）、网络叙述、网络游戏等。

第二，真实交流叙述类型：现场舞台戏剧、现场性口头艺术、庭辩、体育、医疗、教育、新闻、梦。真实交流具有现场性特征，交流双方同时在场。

需要指出，这里的"虚构"与"真实"与交流内容没有多少关系，而是指交流场景，是针对交流主体是否为虚构或真实而言的。需要指出的是，这种分类只是本课题的一种研究需要，无论是真实交流还是虚拟交流，都会对叙述文本的建构形成影响，其不同在于影响方式有所区别。如录制的舞台戏剧不用考虑台下观众的情绪，但需要考虑未来观众的接受效果，适当的特技、剪辑是必要的；而现场舞台戏剧不得不考虑台下观众的欣赏趣味，演员甚至跳出角色直接与观众交流，即用"跨层"来获得剧内、剧外的自由穿行（录制舞台戏剧则不可想象）。

上述分类是针对文本外交流而言的，文本内交流并不存在虚拟与真实之分，因为任何叙述文本在文本区隔内均表现为真实，文本内人物之间的交流在此区隔内均是一种真实存在，其交流经验会在交流中获得循环。

三、动态叙述文本

真实交流与虚拟交流并非由交流的具体内容决定，而是根据交流各方的存在状态而言的，但在交流叙述的具体进程中，参与虚拟交流与真实交流的文本元素并不一样。也就是说，虚拟交流和真实交流的构成是有差异的。"模态"理论认为："模态来自说话者的语气，而模态有两种表达方式：一是文本之内语法词法上的，用动词变位或用情态动词（modal verbs，即'将要''会''能'等）来表现的；另一是用口气、场合、语境（例如祈祷、预测、宣讲、发誓）等文本外因素，用语境条件来表达的。因此，语态性是广义的'全文本'品格。这种品格超出文本，是说者与接收者之间的一种意向性交流：说者用某种方式标明他发出的文本有此种模态性，而接收者则被期盼用相应的方式来理解之。"① 这里的"全文本"，是指"符号文本与其所有的'伴随文本'"②。根据模态理论，全文本包括文本内与文本外一切相关要素。在交流叙述中，由于虚拟交流是在对方缺席状态下进行，许多文本外要素，如口气、场合、语境等无法参与交流。也就是说，某些文本外要素无法在接受者那里用"信息提取"的方式获得交流效果，而只能靠文本内叙述要素和少量文本外要素。而在真实交流中，则会出现另一种状况，即某些在虚拟交流中靠文本内表达的叙述要素会移到文本外进行，致使文本内的叙述内容减少，文本外的叙述元素相应增加。这就意味着，区分虚拟交流与真实交流的意义，不但在于在交流叙述研究中，因参与交流的叙述因素差异而导致的不同交流效果，而且还会提醒交流各方，要善于利用虚拟交流和真实交流的不同特点，使参与叙述交流的叙述文本的相关要素更有效。

因为参与交流叙述的文本元素在虚拟与真实的交流叙述中并不一样，所以动态叙述文本就成为文本存在的一种普遍方式。文本的动态性打破了传统对叙述文本的认识方式，是叙述学研究进入"第三阶段"（广义叙述学阶段）后的必然选择。因为文本的不确定性是许多叙述类型的基本存在状态（如体育竞技叙述、网络游戏叙述、网络活态叙述，甚至庭辩、新闻等都具有这种不确定特性），即使我们以为比较确定的文本（有清晰的文本边界，如小说、电影、剧本等），在交流叙述中，参与交流的文本元素也会因交流参与方的不同而异。因为进入每个接受者眼中的叙述文本在最终意义生成过程中，叙述元素始终是一种"非均质"状态，这是接受意向性造成的必然结果。意义在被构筑的过程中，会出现"意向性的秩序化效果，使事物不再是原先似乎自然存在的状态"。③ 赵毅衡先生将之分为三种片面性变化——悬搁、噪音、分区。这就是"意向性造成的意义对象'非

---

① 赵毅衡：《广义叙述学》，四川大学出版社，2013，第26—27页。
② 赵毅衡：《广义叙述学》，四川大学出版社，2013，第27页。
③ 赵毅衡、陆正兰：《意义对象的"非均质化"》，《中国人民大学学报》2015年第1期。

均质'：诸多事物或事物的诸多观相，被'对象化'的程度不一"。①

换句话说，任何符号文本在最终意义的生成过程中，都要被接受者进行"对象化"筛选，并形成千差万别的接受者文本，并形成不同的意义。因此，在交流叙述学的视野中，叙述文本永远处于一种动态建构的过程中，是一种"动态叙述文本"。正是叙述文本的动态性，使叙述在交流中获得魅力，这不但可以解释为什么来自远古的叙述母题、原型会在人类历史上一遍遍重复，多样理解产生多样化认知魅力；而且可以解释叙述的发展动力就是源自多样化理解使经验有了继承和创新的基础与路径，经验视野的"梭式循环"为人类叙述经验的传承与创新提供了理论依据。

"全文本"概念是赵毅衡广义叙述学理论框架中，关于叙述文本的重要概念，它使我们重新思考文本的不确定性问题。关于全文本的边界问题，赵毅衡提出了一个判断标准，即"解释社群"："对特定体裁的文本所用的解释惯例，即文化规约按体裁规定的接收准则。"② 但，赵毅衡先生的观点也许不能解决所有问题，因为"解释社群"的解释惯例只能为解释规定一个大致的方向，而不可能严格落实到每一个接受者。真实状况是任何一个接受者既是社群一员，也是一个独立个体，他对于叙述文本的接受既受到全文本各种因素的影响，也受到个人文化教育状况及接受目的的制约；既受到解释惯例、文化规约支配，也受到具体接受语境的影响。因此，在交流叙述学视野中，叙述文本是在交流中最后形成的，它既不是"全文本"，也不是狭义的具有清晰边界的文本，而是一个"动态文本"，是不同的交流叙述对象经过交流叙述过程最后获得的那个文本，是不具形的、抽象的文本。

"动态叙述文本"是任何参与交流的叙述文本的基本存在形态，是抽象的、变动不居的，是在文化规约作用下，在具体的叙述交流中，叙述文本的个性显现，是全文本各种叙述因素在具体的交流中的各种组合（全部或部分组合）。

四、经验反馈方式与叙述文本的"普遍双向"

对叙述的分类是叙述扩容之后的必然选择，但叙述分类与叙述扩容是两个不同的概念或者操作方法。叙述扩容建立在叙述概念的重新界定之上，在此基础上，对叙述按照一定原则进行分类是一种研究角度。在一般叙述

---

① 赵毅衡、陆正兰：《意义对象的"非均质化"》，《中国人民大学学报》2015年第1期。
② 赵毅衡：《广义叙述学》，四川大学出版社，2013，第219页。

研究范式下，采取叙述分类的弹性做法对于其研究的繁荣意义重大。

上述虚拟交流与真实交流两种分类原则是其不同的交流模式和交流参与者不同的存在状态。"信息反馈"是任何交流都希望得到的，但不同的交流模式，其反馈方式会有所不同。虚拟交流须经由媒介发生，交流参与者（无论是主动方还是信息接受者）所面对的对象都是"媒介"，这种交流是一种"媒介"交流。而真实交流是交流参与者之间面对面的交流，虽然也需要媒介（比如语言），但他们必须首先面对对方。因此，虚拟交流和真实交流具有不同的信息反馈模式，"言语交流也好，其他交流也好，人的交流和'媒介'模式的交流本质上是不同的。人的交流需要反馈、指望反馈，否则交流根本不可能发生。在'媒介'模式里讯息从发送者的位置传递到接受者的位置；而在真实的人类交流中，讯息发送者不仅要站在发送者的立场，而且要处在接收者的地位，然后才能够发送讯息"。①

对于虚拟交流而言，其经验反馈方式是"事后反馈"，而且反馈对象也许不单单指向信息发出者，而是指向以发出者为代表的"社群"。对于真实交流而言，则是"现场反馈"，交流各方可以直接回收来自对方的反馈信息，而且这种信息会形成新的交流"经验"，并以"梭式循环"的形式进入新的交流过程。但这种区分并不严格，真实交流也可以事后反馈，而虚拟交流只能事后反馈。但无论是哪种交流类型和反馈方式，接受者的"二次叙述"产生的"接受者文本"将最终决定叙述文本甚至叙述作者的命运。任何叙述形式，作者的优势都是一种暂时现象，叙述交流的价值天平最终会向接受者倾斜。因为，对某些具有历史流传特性的叙述作品来说，叙述文本比作者更具有"生命力"。叙述文本面对的是历代接受者，而作者的自然生命则是有限的。决定文本和作者命运的权力，由时间赋予给了历代接受者。在历史层面上，在交流叙述的历史流程中，交流各方的地位会发生"翻转"，经验反馈方式会各种各样，叙述文本的质量及其为优秀经验提供的可能性，永远是叙述文本及其作者历史地位的基础。

在一般叙述研究背景下，叙述被重新界定，叙述扩容，某些叙述类型要靠接受者的"二度叙述"来进行"叙述性"确认，似乎是一种"单向叙述文本"。如体育叙述、音乐叙述、梦叙述等。这些看似接受者"单向确认"的叙述类型，实际上包含着叙述者（作者）不自觉的叙述化过程。或者说这是人类以叙述方式保存经验的潜意识进行的叙述化过程，"二度叙述"只不过是确认了这一过程。一言以蔽之，任何叙述文本都是一种"双

---

① [美] 沃尔特·翁：《口语文化与书面文化》，何道宽译，北京大学出版社，2008，第136页。

向建构"。音乐叙述是一种解释结果，是阐释社群想象的产物，其叙述文本是一种解释性文本，或者叫作接受者文本，是典型的"单向文本"。因此，音乐叙述文本是"文本—接受者"交流的产物。将音乐看成叙述的最大障碍，是音乐没有卷入人物，只能"解释"为卷入人物的文本。音乐不能"自然"叙述化，也不能"自我"叙述化，音乐符号不能自动为人物赋形，因此，音乐文本成为叙述文本的条件必须在解释中完成。即音乐叙述是一种"解读"叙述文本，其故事呈现方式也必须靠解读使音乐符号承载情节。将音乐进行叙述化解读需具备两个条件：一是音乐必须携带足够的伴随文本，包括标题、说明等；二是接受者必须具有相当的音乐知识，能将乐器、音节、音符、音步等专业性极强的音乐单元赋予人格与意义，将之规划成具有一定情节逻辑的叙述文本。事实上，并非所有音乐文本都是叙述，凡是音乐叙述文本，其创作者均会有一种"叙述意识"，只不过这种"叙述"要靠"二度叙述"进行还原。再如体育叙述，运动员不会进行有意识的叙述，但其比赛过程的确是在进行一种"叙述化"过程，通过现代传媒，体育赛事往往形成叙述文本，这是典型的"二度叙述文本"。看似单向的叙述文本，其实蕴含了文本自身的叙述特性。

如何将音乐、体育等解读成叙述，是广义叙述学提出的新课题，即一个文本或许可以在各种层面被解读成叙述文本：作者层面、文本自身层面、接受者层面甚至语境层面（卡恩斯）。但一个重要判断依据，笔者认为应存在于作者—文本—接受者所形成的交流关系中。叙述文本只能在这种交流关系所达成的共同经验视野中才能最后成型。也就是说，无论叙述文本是自觉还是非自觉地形成一种"叙述化"，其最终被解释为叙述文本自有其内在逻辑。从交流视角看，任何叙述文本最终都是一种"普遍双向文本"。

五、各章主要观点

交流叙述学的提出背景，是处于进行时的叙述转向，以及赵毅衡先生的"广义叙述学"理论建构。以赵毅衡先生的最简叙述定义为基础，叙述迅速扩容。各种叙述类型中，交流性成为一个核心特性，甚至成为某些叙述类型的存在方式，研究各种叙述类型的交流性成为一般叙述理论框架下的核心任务之一。

第一章第一节描述了交流叙述学建构的理论谱系。无论是经典叙述学阶段还是后经典叙述学阶段，叙述的交流性从来没有远离理论家的理论视野。第二节论述了叙述转向对交流叙述学建构的影响、交流叙述学研究对于一般叙述研究的意义。

第二章提出了建构交流叙述学的理论框架。第一节阐明了交流叙述学的哲学基础与认知基础，社会化是经验从个人向群体演变的重要途径，而意向、合作和经验共享则是形成交流的重要条件，叙述自反性是叙述文本获得交流性品质的重要方式。叙述自反性虽然保证了叙述文本在交流双方能够获得同样的情感反应，但不排除叙述文本作者利用自反性在交流对方那里获取某种反应而采取某种手段。第二节论述了交流叙述学理论框架的基础——经验视野的梭式循环。经验作为交流的基础，同时也在交流中获取并用之于交流。梭式循环揭示了经验在历史的时空中流动增长的过程，以及经验在交流中流动的内在机制。第三节论述了交流叙述学理论框架的基本架构——双循环交流图式，叙述交流的文本内和文本外双循环交流，交流跨层所形成的复杂局面。第四节从历史维度揭示了交流双方主体身份的翻转机制。

第三章论述了交流叙述学的语言哲学视野。交流叙述学为索绪尔语言学和奥斯汀语言学找到了一种融合途径，即叙述可以为从述行走向交流提供一种可行的路径。并从交流叙述角度重释了格莱斯的质、量和度三原则，论述了叙述文本在交流中获取最佳交流品质的途径。

第四章讨论了交流叙述美学的理论进路。从读者分类的角度探讨了经验视野"梭式循环"的传递路径和动力系统；从形式美学、接受美学和阐释学方面探讨了文本的动力。此外，还探讨了形式研究蕴含的交流性，巴赫金、罗森布拉特有关文学交流的思想，后经典叙述学有关作者问题的各种建构方式，从文化角度阐明了建构交流叙述学的内在机制。对读者的分类有助于理解文学经验是如何在历史进程中代际传递的，发现交流在经验传递中的核心地位，建构交流叙述美学的内在理路。

第五章论述了交流叙述的文本建构问题。例如，叙述文本的普遍双向性，从作者建构文本到读者建构文本再到叙述文本的交流性建构，发现叙述文本研究从作者、读者到交流的转变。二度文本化作为交流叙述中建构接受者文本的重要途径，是交流叙述的必经阶段。在交流叙述中，叙述文本具有层次性，主叙述、辅叙述、非语言叙述、零叙述都会对二度文本化构成影响。而抽象文本作为交流叙述意义栖居的最后场所，多数情况下并不具形，而其一旦具形，就会变成交流叙述意义生成的一个瞬间。

第六章讨论了交流叙述元语言。所有叙述都遵循一定的经验逻辑，而所有叙述都是一种选择的结果，存在于底本1和底本2的选择性痕迹构成了交流叙述的交流层次。选择性痕迹构成来自作者的交流信号，交流信号的有机组合构成作者密码，它是作者——接受者交流的文本基础。这些来自叙述文本的元叙述痕迹是一种普遍的元叙述，影响到交流叙述的意义建构。

第七章第一节对交流叙述的一般过程进行了考察。在交流叙述中，首先要确定交流框架，这是交流参与者以什么姿态、如何组织叙述文本的基础。其次要确定信息源，这是判断叙述权力关系的前提，也是确定自身交流姿态的前提。最后是进行身份识别（包括自己的身份识别和别人的身份识别），以此为基础，对叙述所要传达的模因进行探讨，并对交流叙述的效果、反馈与影响进行论述。第二节对交流叙述中的顺应问题进行了探讨。第三节对交流叙述中的冲突问题进行了论述。

第八章探讨了交流叙述中的价值、伦理和意识形态。平等观念是交流叙述价值实现的基础。在交流叙述中，有两种主题方式——主题剥离与主题附着，二者是交流主体在交流中根据交流需要采取的基本价值姿态，是达成交流意义、实现交流价值的途径。交流叙述中的道德伦理与意识形态价值的实现分布于叙述文本的各个层面，一般来讲，存在于形式和内容两个层面，或者故事和话语两个层面。但价值的实现要靠交流双方达成的交流协议，价值不是一种权力，而是一种协商。

第九章探讨了交流叙述中的空间问题。空间是构成叙述的基本元素，经验的获取和交流也会在时空中完成。在交流叙述中，空间已经不是完全自然意义上的概念，而是具有多重内涵。其中，存在于精神层面的空间经验在交流叙述中，对于交流意义的最终完成具有非常重要的价值。在交流叙述中，空间可根据不同标准分成不同类型，任何类型的空间在交流中均会携带交流主体的观念性印记。在交流叙述中，人与空间之间存在四种关系：其一，交流叙述行为发生于空间之中；其二，人利用空间进行叙述交流活动，包括正向利用和反向利用；其三，人在叙述交流中与空间形成矛盾关系；其四，空间误用。空间往往内化为人的行为方式。交流叙述空间遵循一定的逻辑，这些逻辑不仅在交流中影响意义建构，并能够在具体的交流中调整。

在叙述文本中，纯粹自然意义的时空经验被弱化，并在具体的交流叙述文本中呈现多元变形，且没有统一的标准可对这些变形做精确描述。因此，在交流叙述中，时空经验往往变得复杂、模糊，其逻辑关系取决于交流叙述文本的意义指向。

第十章讨论了数字化时代交流叙述的新状况。数字化、网络等现代通

信和交流方式改变了传统的交流习惯，使得传统意义上的叙述文本的构成
受到挑战，如叙述者问题。写作方式也发生革命性变化，如自动写作或者
智能写作会在未来成为一种新的写作方式，写作经验传承和创新的"梭式
循环"会有新的模式。此外，量子技术也许会在未来获得实际运用，量子
纠缠会运用于写作之中。叙述文本会呈现新的方式，梦叙述、回忆、幻觉
等一些隐秘叙述——靠二次叙述获取存在的叙述类型也许会在未来直接呈
现。网络活态叙述是互联网时代的一种新的新闻叙述类型，叙述文本的未
完成性成为常态，道德和价值实现呈现新的方式。

　　交流叙述学的理论建构是在叙述学新的发展方向背景下提出的。即后
经典叙述学之后，叙述学研究呈现多元状态，以"叙述"的各种特性的研
究代替过去的叙述类型研究，以符号学的广阔理论背景来观照"叙述"作
为一种符号表达方式，在实际的运行中是如何实现意义生成的。这是在一
般意义上讨论"叙述"的性质。交流和叙述作为人类经验的基本传达和表
现方式，既是叙述学研究不可回避的研究论题，也是非常有意义的研究
论题。

第一章　交流叙述学的研究谱系与理论建构

　　交流是人类社会存在的基本方式，叙述是人类建构经验世界的主要手段之一。因此，从"交流性"角度研究叙述学应该是叙述学研究的题中之义，但事实上并非如此。经典叙述学以结构主义语言学研究为理论基础，建构了非常完备的叙述语法和结构系统。其形式研究因囿于文本内部的特性，使其很难突破文本，站在更广的社会背景中来观照叙述的交流特性。加上经典叙述学研究以文学叙述为中心，而文学叙述的交流方式很大程度上隔断了作者、读者之间的直接联系，使文学叙述的交流性呈现为一种隐蔽状态，对文学叙述交流性的研究也处于暗流状态。即使叙述交流图的提出规划了文学叙述交流的线路，但作者与读者仍然以虚线的隔断状态呈现，没有明确二者的交流关系对于文学活动的内在影响力。后经典叙述学的兴盛基本是以对其他理论的借用为特征，或者说是一种"理论侵入"模式。虽然研究氛围较经典叙述学有很大扩充，但仍以对经典叙述学的理论延续为主，而且对叙述的交流性也仍然停留在叙述交流图的演绎上。叙述的交流性虽然在费伦修辞叙述学研究框架内得到发展，但其单向修辞性遮蔽了交流的回归线路。20世纪末，尤其是进入21世纪以来，规模宏大的叙述转向给叙述学研究带来巨大挑战，同时也带来发展机遇。叙述转向使叙述研究范式又一次面临革命性调整，叙述扩容使叙述不再以文学为中心。而是以普遍存在的"叙述"为中心，传统对叙述研究的一些理论体系放在叙述转向背景下成为一种类型研究，探索"一般叙述"的理论框架，构建宏大意义上的"一般叙述学"（赵毅衡"广义叙述学"）成为叙述学研究的首要任务。叙述的交流性在文学叙述的隐性存在已经逐步成为许多叙述类型的核心特性，叙述的交流性由潜在状态走入叙述的中心，且成为很多叙述类型存在的根本方式，建构交流叙述学遂成为叙述学研究进入第三阶段之后非常具有价值的任务。

第一节　"交流叙述学"的研究谱系

叙述的交流性虽然一直是叙述学研究关注的重要方面，但一直未能充分研究。经典叙述学最具代表性的论文就发表于《交流》（*Communication*）杂志上。罗兰·巴特在其发表于《交流》杂志上的《叙事作品结构分析导论》一文中不但指明叙述的普遍性，即存在于各种领域，而且指出叙述交流性研究的不足。俄国形式主义者雅各布森提出了著名的语言交际图示，西摩·查特曼以此为基础，提出叙事—交流情景示意图。随后经由诸多学者演绎，其直接影响到后经典叙述学之修辞叙述学的研究，如詹姆斯·费伦的"双渠道交流"。当今发生在许多领域的叙述转向，使叙述的交流性凸显，在一般叙述的研究框架下建构交流叙述学，成为叙述学研究的一项紧迫任务。

一、交流性：经典叙述学暗流

叙述的交流性一直是叙述学关注的对象，但经典叙述学对于文本内部研究的强调使这种关注一直作为一种暗流存在。后经典叙述学打破文本框范，多种理论、多种视野融入叙述学研究，使叙述学以美国为中心出现复兴局面，尤其是 1990 年代以来出现了规模宏大的叙述学转向，叙述学研究向历史学、教育、医疗、新闻、法律、影视、广告、网络等多个领域扩展，叙述学历经经典与后经典阶段之后，正在酝酿第三次范式革命。赵毅衡先生的广义叙述学研究适逢其时。交流性已经成为叙述的核心特性，对于交流叙述的研究已经成为一项非常迫切的任务。在提出"交流叙述学"这一学科之前，有必要对叙述学研究关于交流叙述的相关论述进行梳理，以期建构交流叙述理论的研究谱系。

影响叙述学诞生的俄国形式主义虽然致力于文学作品的形式研究，但对于文学作品的交流性有着诸多论述。托马舍夫斯基在《主题》（1925）一文中指出了文学过程的两个重要时刻——选择主题和设计主题，而这两个重要时刻所围绕的中心问题则是作品的交流性："主题的选择密切取决于主题在读者中得到的反应。……读者形象即使是抽象的，即使它要求作者尽力使自己成为作品的读者，这种形象也始终出现在作家的意识里。"而"对技巧的关注是作家和他最亲近的读者习以为常的事"。[①] 也就是说，

[①] ［俄］鲍·托马舍夫斯基：《主题》，载［俄］茨维坦·托多罗夫编选：《俄苏形式主义文论选》，蔡鸿宾译，中国社会科学出版社，1989，第 234—235 页。

对于主题的选择与设计均以获得最佳的读者交流效果来展开。应当看到，俄国形式主义并没有发展成为一种交流性的理论，对于文本形式的关注是其研究核心。俄国形式主义的另一位代表理论家雅各布森在 1956 年 12 月 27 日美国语言学年会上做的《语言学的元语言问题》演讲中，第一次提出了著名的语言交际图示。（见图 1–1）

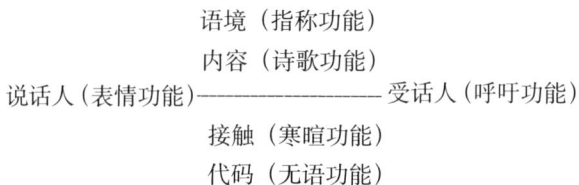

语境（指称功能）

内容（诗歌功能）

说话人（表情功能）————————受话人（呼吁功能）

接触（寒暄功能）

代码（无语功能）

图 1-1 雅各布森语言交际图

雅各布森是这样解释的：

> 说话者（ADDRESSER）把一段话（MESSAGE）传送给受话者（ADDRESSEE）。想要使交际运行起来，这段话还需要有一个所指的语境（CONTEXT），该语境可以为受话者所把握，它或者是语言的，或者是可以语言化的；需要有一套说话者和受话者之间（或者换言之，编码者和解码者之间）完全或者至少是部分共有的代码（CODE）；最后，还需要有接触（CONTACT），接触是说话者和受话者之间的一条物理通道和心理联系，它使双方能够进入并且保持交际状态。[①]

雅各布森的语言交际图式揭示了语言的交流的影响因素以及交流的渠道，对于后来的文学交流性研究具有非常重要的启示意义。叙事作品作为人类的言语行为，其交流性不言而喻，无论是代际交流还是共时性交流，雅各布森的语言交际图示均会得到体现。与雅各布森不同，巴赫金把文学作品视为一种"对话"，对话双方的交流性来自彼此的充分平等、自由以及思想的坦率表达。与此相对应的，是其复调理论和狂欢化思想，而其核心则是基于平等条件下的对话与交流。[②]

经典叙述学受索绪尔语言学、俄国形式主义的影响，侧重研究叙事作品的话语与结构，文本内部研究是经典叙述学研究的核心。但，叙事

---

① ［美］雅柯布森：《雅柯布森文集》，钱军、王力译，湖南教育出版社，2001，第 52—53 页。

② ［俄］巴赫金：《陀思妥耶夫斯基诗学问题》，载［俄］巴赫金：《巴赫金全集》第五卷，白春仁、顾亚玲译，河北教育出版社，2009。

作品的交流性一直作为一股暗流存在。巴特在《叙事作品结构分析导论》(《交流》1966年第8期)中，先是在开篇明确提出叙事作品的多样性（叙述广泛存在于各种题材）以及叙事的普遍性（如神话、传说、历史、戏剧、绘画、电影甚至彩绘玻璃窗、连环画、社会杂闻等）。接着在"叙述"一节的第一部分，专门对"叙述交际"进行了论述。巴特指出："叙事作品作为客体，也是交际的关键：有一个叙事作品的授者，有一个叙事作品的受者。大家知道，在语言交际中，我和你是绝对互为前提的。同样，没有叙述者和没有听众（或读者），也就不可能有叙事作品。"巴特同时指出了叙事作品在交流研究方面的问题，"这一点也许很简单，但是研究得还很差"。"问题不在于探究叙述者的动机，也不在于探究叙述者对读者产生的影响，而在于描写叙事作品本身过程中叙述者和读者得以获取意义的代码"。① 进入叙述转向及广义叙述学阶段之后，我们重新回顾巴特在半个世纪之前的论述，不得不说，关于交流叙述的研究依然进展缓慢。

普林斯作为叙述学从经典走向后经典的见证者，在其著作《叙事学：叙事的形式与功能》一书中扩展了叙述学的研究视野。他在该书第四章《阅读叙事》中探讨了叙事文本与读者之间的交流互动关系，提出阅读以"文本与读者的互动为前提"，阅读一部文本就是提出"关于文本的问题并在文本基础上回答它们"。② 在该书中，普林斯提出了许多有价值的概念，这些概念对于交流叙述学的研究极具启发价值。比如在第一章《叙述》中阐述"叙述者"时提出"'我'信号"；阐述"受述者"时提出"'你'信号"；在第四章《阅读叙事》中提出"最大阅读""最小阅读""元叙事信号"等概念。这些概念对于交流叙述中交流因子的辨识与交流语言的建构具有非常重要的价值。

二、后经典叙述学：单向交流叙述图示

后经典叙述学的产生是一种研究范式的变革，"叙事学的青春年华过去之后，是叙事理论的重新定位与分化，结果产生了一系列回应后结构主

---

① [法]罗兰·巴特：《叙事作品结构分析导论》，载张寅德选编：《叙述学研究》，中国社会科学出版社，1989，第28页。

② [美]杰拉德·普林斯：《叙事学：叙事的形式与功能》，徐强译，中国人民大学出版社，2013，第102—103页。

义的亚学科，学术范式转向文化研究"。① 之所以说后经典叙述学并非简单的时间概念，是因为叙述学从诞生开始，一些突破经典叙述学研究范式的理论思想就已经孕育其中，如巴特的理论思想及其对电影、摄影、时装等的研究已经突破经典叙述学的研究范围和范式，而在符号学意义上具有某种普遍价值。在经典叙述学研究兴盛之时，韦恩·布斯的小说修辞理论无疑具有独特意义，并由此被尊奉为后经典叙述学之修辞叙事学研究的重要理论。值得注意的是，修辞叙述学研究正一步步走向叙述的交流特性，修辞的单向意向性正被交流的双向影响所取代。"在叙述学框架内，叙述被构想为一种交流程序，其中故事层面的信息被一个特定的叙述者传递给一个特定的叙述接受者"。② 虽然叙述学（经典和后经典）不排斥叙述的交流性，但这种交流性基本上还是在文本的框架内进行。所谓的"在叙述学框架内"，即是此意。

在交流叙述方面影响最大的，当属查特曼著名的叙事—交流情景示意图。③ （见图 1–2）

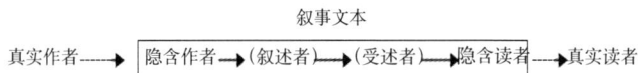

叙事文本

真实作者——→｜隐含作者——→（叙述者）——→（受述者）——→隐含读者｜——→真实读者

图 1–2 查特曼叙事—交流情景示意图

查特曼的叙事—交流情景示意图一直被后来的研究者不断演绎。这种叙述交流模型在经典、后经典叙述学研究中一直存在。正如赫尔曼指出："叙述交流模型同时根植于结构主义叙述学（查特曼、热奈特、普林斯）和几乎同时将修辞方法运用于叙述学的先驱——韦恩·布斯。"④ 叙述交流模型从根本上讲存在两方面的缺陷：其一，将叙述交流框范于文本范围之内。这里存在两种交流方式：（1）隐含作者与隐含读者之间的交流；（2）叙述者与受述者之间的交流。前者的交流基本上是一种虚拟状态的交流；后者包括两种情况：a.非虚拟交流：戏剧化叙述者与其他人物之间的交流；b.虚拟交流：非戏剧化叙述者与虚拟受述者之间的交流。其二，修

① [德]莫妮卡·弗卢德尼克：《叙事理论的历史（下）：从结构主义到现在》，载[美]詹姆斯·费伦等编：《当代叙事理论指南》，申丹等译，北京大学出版社，2007，第 23 页。

② David Herman, *Basic Element of Narrative*, Wiley-Blackwell, A John Wiley & sons, Ltd., Publication, 2009,pp.64-65.

③ [美]西摩·查特曼：《故事与话语：小说和电影的叙事结构》，徐强译，中国人民大学出版社，2013，第 135 页。

④ David Herman, *Basic Element of Narrative*, Wiley-Blackwell, A John Wiley & sons, Ltd., Publication, 2009,p.64.

辞性交流，以布斯和费伦为代表。布斯试图借用隐含作者、作者的"第二自我"等概念对作者进行文本化、虚拟化处理，来解决作者与文本隔断问题。费伦则强调：

> "作为修辞的叙事"这个说法不仅仅意味着叙事使用修辞，或具有一个修辞维度，相反，它意味着叙事不仅仅是故事，而且也是行动，某人在某个场合出于某种目的对某人讲一个故事。……首先是叙述者向他的读者讲故事，然后是作者向作者的读者讲述叙述者的讲述。①

其实，对于修辞性的强调遮蔽了另一种事实，即修辞的"反作用"。当人们修辞地进行语言活动的时候，其修辞行为也受到来自修辞的反向支配。即修辞具有反作用，这种反作用来自语境压力、体裁压力、接受压力等。也就是说，修辞主体的修辞行为是不自由的。写作的"单行道"给人一种印象，即作者如上帝一样君临一切，这种文学叙述的"单行道"写作模式使交流叙述模型存在难以逾越的发展障碍。在叙述转向背景下，这种基于文学叙述的交流模型必然受到挑战。

值得关注的是，查特曼的图示从根本上讲是修辞性的，单向性明显，读者（包括隐含读者和真实读者）处于交流的末端，作者（包括真实作者和隐含作者）具有交流的先天优势，其权威性决定了交流只能单向流向读者，交流的单向性很难再从读者回溯到作者。因此，交流只是一种修辞行为。詹姆斯·费伦注意到了查特曼交流图示的单渠道缺陷，通过把人物引入叙事交流之中，获得了双渠道交流：1. 作者—叙述者—读者；2. 作者—人物—读者。费伦指出，这两种渠道将会相互作用，其交流总量要比查特曼的单渠道大得多。② 修辞叙事学研究从布斯开始，经由查特曼、卡恩斯、费伦等人的发展，从文本内转向文本外，关注文学叙事作品之外的叙述作品研究，比如电影（查特曼）；关注语境、规约和言语行为（卡恩斯）；③关注作者、隐含作者、叙述者、受述者、隐含读者、真实读者之间循环往复的关系（费伦）。修辞叙述学研究对于交流叙述的研究更具启发意义，而且更加接近交流叙述学。笔者于 2013 年 11 月参加第四届叙事学国际会

---

① ［美］詹姆斯·费伦：《作为修辞的叙事——技巧、读者、伦理、意识形态》，陈永国译，北京大学出版社，2002，第 14 页。

② ［美］詹姆斯·费伦：《修辞、伦理及叙述交流：抑或从故事和话语到作者、资源与读者》，载邓颖玲编：《叙事学研究：理论、阐释、跨媒介》，北京大学出版社，2013，第 19—31 页。

③ Michael Kearns, *Rhetorical Narratology*, University of Nebraska Press, 1999.

议暨第六届全国叙事学研讨会（广州，南方医科大学）时，提出建构交流叙述学的理论构想，并对查特曼叙事—交流情景图示的单向性提出质疑。谭君强教授提示笔者，费伦曾经在上次叙事学会议（长沙，2011 年 10 月）上指出过这种缺陷，并提出叙事交流的双渠道。（詹姆斯·费伦《修辞、伦理及叙述交流：抑或从故事和话语到作者、资源与读者》）由费伦的"双渠道"交流可以看出，每种渠道依然是一种单向性流动，双渠道并非意味着交流可以从读者向作者回溯，影响基本是一种单向性的，依然难以揭示叙述经验的积累过程以及这些经验对于叙事交流的意义。因此，很难将这种单向性（或者双渠道）放置于叙述的历史层面，揭示叙述交流对于叙述作品由简单走向复杂的动态历史过程。

其实，费伦、查特曼的单向交流源于修辞学的理论根基。修辞学提供的是一种经验贯彻模型，即来自创作主体的经验，通过符号文本，如何在接受者那里获得贯彻。作者希望获得一种无误贯彻，而忽略了接受者的能动性。费伦的"双渠道"只不过是为这种贯彻提供了更多的方式，并没有从根本上改变交流的单向性。中国学者也注意到了单向交流的缺陷。如谭君强教授指出：

> 无论是查特曼的模式也好，还是雅恩的模式也好，都存在一个关键的问题，即它们都属于单向传动模式。费伦也注意到查特曼的模式是假设了"一个单一的交流渠道"（a single channel of communication），但他并未对此提出质疑。笔者认为，交流不是一个单一传导的过程，而是一个双向交流的过程。叙事文本内外的交流过程同样如此。此外，这种交流并不限于两两相对的，诸如真实作者／真实读者、叙述者／受述者、人物／人物之间的交流，而是各个不同成分之间可以双向甚或多向交叉的交流。①

谭君强教授虽然明确指出了叙事文本的双向、多向交叉交流特性，但可惜的是，他既没有以此为起点，建构叙述参与各方之间的交流机制，以及这种交流机制的运行特征，也没有看到叙述性蔓延使叙述的交流性越发凸显并走向叙述建构的核心位置。此外，还有一些中国学者对叙述交流图示进行了演绎，如亢淑平对叙事交流图的改进，② 刘江对自传叙述交流图的

---

① 谭君强：《再论叙事文本的叙事交流模式》，《河南师范大学学报》2012 年第 6 期，第 176 页。
② 亢淑平：《关于叙事交流示意图的商榷》，《内蒙古农业大学学报》2010 年第 3 期。

推演，^①等等。遗憾的是，上述研究都止步于对叙述交流图示的改进，既没有更进一步挖掘交流的内在机制，也没有建构交流叙述学的理论模型。

事实上，交流叙述图示一直作为修辞叙述学的核心理论思想被演绎。这种所谓的"交流"，其实是一种修辞，是叙述主体为达到叙述目的而传达其思想的流动链条。但叙述主体的叙述行为并不自由，既受到来自接受者的反向压力，还受到文化、语境、体裁等规约性因素的支配。修辞叙述学隔断了来自接受者反向交流的影响，忽略了参与各方之间的中间地带。交流叙述学的理论建构正是要把这一中间地带的运行机制搞清楚，以便建立一种圆形的叙述交流模型。

因此，要建构交流叙述理论，必须克服上述的"影响的焦虑"，摆脱其修辞性影响，从理论上建构广义叙述学背景下的交流叙述学的研究框架。值得关注的是，有些学者已经走到了前面。Didier Coste 在其著作《作为交流的叙述》中指出：

> 叙述学欲在行动上获取交流，但它仅能够在如下被报道的每一阶段获取交流，即前文本、文本、解释、同文本……上下文、注释、评论、答案和其审问等。^②

也就是说，叙述交流需要有某种交流性因子，这些因子会在叙述交流的每一个阶段起作用。Didier Coste 特别指出，"本书不是关于叙述的一般性，而是关于叙述性交流的一般性"。"单词'叙述'基本上是一个形容词，而不具有实质性"。^③因此，Coste 的研究重点是"叙述性"交流，而非"交流性"叙述。但无论如何，叙述学和交流的结合开启了交流叙述学的研究大门。

因此，笔者建议建构交流叙述学学科，以适应当今的叙述转向与叙述扩容。交流叙述学的研究对象是各种叙事类型中的参与者（作者、叙述者、受述者、接受者等）是如何以叙事文本为中心相互交流、相互影响的，即他们之间的内在交流机制。交流叙述学关注的是叙事交流中施受双方的经验以及这些经验是如何影响各自的交流行为的。"交流机制"是一个非常重要的概念，它启示我们更加关注交流叙述的内在运行系统以及系统内部各层面、各阶段、交流各方的运行逻辑。任何交流必须以经验为基础，无

---

① 刘江：《自传叙事交流情景与自传身份隐喻》，《当代外语研究》2012 年第 1 期。

② Didier Coste, *Narrative as Communication*, University of Minnesota Press, 1989, p.6.

③ Didier Coste, *Narrative as Communication*, University of Minnesota Press, 1989, p.4.

论这些经验建立的时空、形式、内容等是什么，都会对交流构成影响，不存在没有经验参与的交流。因此，建构交流叙述学的理论框架首先从经验的动态运行逻辑开始。

三、后经典叙述学之后：走向交流叙述学

后经典叙述学之后，有一个少有人注意的理论过渡，即一种新的叙述学研究范式正悄然在被认为后经典叙述学的研究中酝酿生成。其既不同于经典叙述学囿于文本内部的形式研究，也不同于后经典叙述学的"叙述学+"模式（叙述学+某种理论范式），而是在更广的背景上，重新认识叙述本身，并在多种叙述类型中寻找"叙述"的共相。同时，对叙述文本的建构方式、存在方式和传承方式进行重新审视，使对叙述的研究在一般意义上获得更新。

罗兰·巴特在《叙述作品结构分析导论》中列举了很多类型的叙述，但经典叙述学研究并没有以存在于各种领域的叙述现象为研究对象，而是以文学为中心建构叙述学的理论话语。事实上，叙述学从来没有囿于文学而遮蔽其理论拓展力。西摩·查特曼在 1975 年出版的《故事与话语：小说与电影的叙事结构》中，将叙述学研究视野扩展到电影。查特曼指出："除体裁区别的分析以外，还有对于'叙事的本质是什么'这一问题的界定。文学批评家太过倾向于单独地考虑文字媒介，尽管他们每天都通过电影、滑稽连环画、绘画、雕塑、舞剧与音乐来消费故事。"[①] 由此可见，查特曼对叙述的理解是很宽泛的。文学叙述之外的叙述作为叙述学研究之外的关注对象，从来没有远离叙述学的研究视野。

21 世纪以来，尤其是进入后经典叙述学阶段以来，对文学叙述之外的叙述的关注一直是叙述学拓展研究的重要方向。如挪威雅各布·卢特的《小说与电影中的叙事》[②]，探讨了电影的叙述规律。米克·巴尔主编的《叙述学：文学与文化研究中的关键概念》[③]，涉及法律、历史、社会等多个领域。2005 年，费伦等主编的《当代叙事理论指南》[④]，代表了 21 世纪以来叙述学研究的新发展。该书第四部分《超越文学叙事》专门对文学

---

① [美] 西摩·查特曼：《故事与话语：小说与电影的叙事结构》，徐强译，中国人民大学出版社，2013，第 1 页。

② Jakob Lothe, *Narrative in Fiction and Film: An Introduction*, Oxford University Press, 2000.

③ Mieke Bal, *Narrative Theory: Critical Concepts in Literature and Culture Studies*, Routledge, 2004.

④ James Phelan, Peter J. Rabinowitz, *A Companion to Narrative Theory*, Blackwell Publishing Ltd, 2005.

叙述以外的叙述类型进行了学理探讨，如法律、电影、歌剧、音乐、历史等。2006 年，玛丽 - 劳尔·瑞安出版了《故事的变身》[①]。该书分为上下两编，分别探讨了新旧媒介的叙述，下编将研究视野对准网络时代的叙述，拓展了传统叙事研究的锋面。尤其可贵的是，瑞安列举了 11 对叙事模式，对于叙述本体的理解更加宽泛和全面。2009 年，Sandra Heinen 、Roy Sommer 主编的《跨学科时代的叙述学研究》[②] 正式出版，该书汇集了 16 位学者的研究成果，探讨了叙述学研究在跨学科时代的各种表现。

查特曼指出："叙事是一种交流，因此它预设了两个参与者——一个发送者和一个接受者。"[③] 查特曼前瞻性地提出"叙事—交流情境示意图"，但这种交流链条往往被人解读为一种来自作者意图诉诸文本并影响真实读者的修辞路线。但查特曼的示意图在真实作者与叙述文本之间、真实读者与叙述文本之间使用虚线，这就意味着查特曼并不确定真实作者意图是否会通过叙述文本准确抵达真实读者。而在叙述文本内部，"隐含作者→（叙述者）→（受述者）→隐含读者"这个链条是一种确定的关系，因此是实线。查特曼的前瞻性还表现在接受者的能动性。在查特曼看来，叙述文本中的人物并不是一个确定的形象，"人物是由受众根据显示或隐含在原始结构中的、由不管什么媒介的话语传达的迹象重构出来的"。[④] 这与费伦坚持的"双渠道"之一的"作者—人物—读者"交流渠道截然不同。叙述文本并非一个完备的世界，"叙事唤起一个世界，由于它仅仅是一种召唤，因此我们仍然可以自由地用我们所获得的任何真实或想象的经验去丰富它，不过我们知道何时应该停止推测"。[⑤] 也就是说，叙述文本并非一个稳固的结构，而是一种召唤结构，接受者完全可以根据自己的经验去丰富这个世界。这其实是一种双向交流思想，却总是由于其"叙事—交流情境示意图"而被误读或者不完全解读。

费伦在《作为修辞的叙事》一书中指出："首先，'作为修辞的叙事'这个说法不仅仅意味着叙事使用修辞，或具有一个修辞维度。相反，它意味着叙事不仅仅是故事，而且也是行动，某人在某个场合出于某种目的对

①　Marie-Laure Ryan, *Avatars of Story*, the University of Minnesota Press, 2006.

②　Sandra Heinen, Roy Sommer , *Narratology in the Age of Cross-Disciplinary Narrative Research*, Walter de Gruyter GmbH & Co. KG, D-10785 Berlin, 2009.

③　[美] 西摩·查特曼：《故事与话语：小说与电影的叙事结构》，徐强译，中国人民大学出版社，2013，第 14 页。

④　[美] 西摩·查特曼：《故事与话语：小说与电影的叙事结构》，徐强译，中国人民大学出版社，2013，第 104 页。

⑤　[美] 西摩·查特曼：《故事与话语：小说与电影的叙事结构》，徐强译，中国人民大学出版社，2013，第 104 页。

某人讲一个故事。"① 也就是说，某人在向别人讲述故事的同时，也在实施一种行动。这种行动会通过故事的一系列修辞，在对方身上达到某种目的。费伦的修辞叙事可表述为如下链条："叙述者意向—故事修辞—接受者反应。"这是一种典型的单向交流，并没有考虑到接受者的反向叙述能力，或者说接受者文本的建构能力。事实上，"叙述者意向"是一种一厢情愿的单向修辞，其目标的实现有一个隐含的前提，即接受者能够完全按照叙述者的意向完成对叙述文本的理解，并按照既定的方式做出反应。虽然费伦在其后的研究中对这种单向交流进行了修正，提出"双渠道交流"（"作者—叙述者—读者"和"作者—人物—读者"），② 但这种"双渠道"依然是一种"单向修辞"，只不过多了一种"渠道"而已。费伦的叙述"交流"并没有把接受者对叙述的反向交流及其影响考虑进来，本质上依然是修辞性的。

卢特在《小说与电影中的叙事》中用一章篇幅讨论叙事交流。卢特基本上也是在"叙述者—叙述文本—接受者"的单向思维链条中讨论问题，他虽然认识到叙述主体会发生翻转，但没有认识到经由二次叙述化之后的"接受者文本"（"二度文本化"后的文本）与作者文本是有区别的。因为组成作者文本与接受者文本的材料并不一样。由叙述者（可靠与不可靠）、叙述文本形式（隐含作者、隐含读者、叙述距离、反讽、叙述角度、叙述层次、声音、人物、引语形式等）等组成的作者叙述文本在抵达读者的过程中会产生增殖（如伴随文本、读者的个人状况等），都会影响叙述交流。卢特认为："虽则叙事理论仍以文本为中心，它目前却更加强调、也更感兴趣的是叙事交流模式的外部环节，即作为作者的信息发送者和作为读者的信息接收者。由于二者都是历史的一部分，也都是一个或更多的文化圈的一部分，晚近文学理论朝向历史和语境转向，并没有降低叙事理论的适切性。"③ 这里，卢特一方面承认作者与读者的不同，一方面又承认叙事理论在二者交流关系中的适切性。关于文本形式在交流中的作用，或者说这些形式如何影响了接受者的意义判断。卢特认为："文本意义产生于文本呈示的模范读者与真实读者间的性情和兴趣上的能产性矛盾。"这些讨论采用的是"修辞学"思维，即来自作者并作用于文本的形式如何影响或者

---

① ［美］詹姆斯·费伦：《作为修辞的叙事》，陈永国译，北京大学出版社，2002，第14页。
② ［美］詹姆斯·费伦：《修辞、伦理及叙述交流：抑或从故事和话语到作者、资源与读者》，载邓颖玲编：《叙事学研究：理论、阐释、跨媒介》，北京大学出版社，2013，第28页。
③ ［挪威］雅各布·卢特：《小说与电影中的叙事》，徐强译，北京大学出版社，2011，16页。

引导接受者阅读（观看），接受者的反塑能力则被忽略。

因此，从布斯、查特曼、费伦到卢特，基本是一种修辞学思路。尽管查特曼预见到接受者的反向交流能力，但他并没有对此展开研究，而是聚焦于"故事内功能"的研究。"从故事内来说，在一个框架故事中，他为叙述者担当听众，在这个听众身上，各种各样的叙事修辞技巧得以实践"。① 可见，查特曼基本上是一种修辞学思路。用他自己的话说，"尽管理论常求助于逻辑学，但它也严重地依赖于修辞学"。②

修辞学虽然也强调修辞链条的完整性，即"作者—文本—接受者"的完整链条，但问题的复杂性在于，单向性遮蔽了来自接受者的能动性，过分强调文本的固有形态，而没有考虑到在交流中文本的动态建构过程和二度文本化，从而对交流叙述理论的发展造成不利影响。

华莱士·马丁在阐述叙述学发展趋向时指出："这些趋向中最重要的是从被形式主义地界定的语言模式向交流模式（communication models）的转移。"③ 瑞安在《故事的变身》第五章中指出，新媒介时代"走向互动叙述学"，"倘若说经典叙事学未能通过互动文本性的检验，那也并非意味着互动文本性也未能通过叙事性的检验。相反，这意味着叙述学必须扩展原有的领地"。④ "互动叙述学的研究对象，不仅包括'文学'超文本小说，而且包括基于文本的历险游戏、互动戏剧、某些单用户电子游戏、多用户网络角色扮演游戏"。⑤ 这里，瑞安抓住了后经典叙述学阶段，叙述学发展的一个关键问题——"叙事性蔓延"。进入传媒时代以后，网络成为生活的一部分，"互动"构筑了网络的基本特性。

因此，瑞安的可贵之处在于：一是敏锐抓住了"叙事性"这个根本性问题；二是抓住了网络时代的"互动"特性，指出了建构"互动叙述学"的必要性。虽然瑞安敏锐地发现网络时代的叙述学研究必须拓展范围，并指出互动性是网络时代的主要特性，但应当指出，无论是互动还是交流，从来都是人类叙述的核心特性，也只有交流性，才使得人类建构了涵盖多种学科领域的叙述性的经验基础。这些共享的经验靠交流获得合法性，同时也靠交流获得经验的累积、更新与散布。

---

① [美]西摩·查特曼：《故事与话语：小说与电影的叙事结构》，徐强译，中国人民大学出版社，2013，224 页。
② [美]西摩·查特曼：《故事与话语：小说与电影的叙事结构》，徐强译，中国人民大学出版社，2013，第 251 页。
③ [美]华莱士·马丁：《当代叙事学》，伍晓明译，北京大学出版社，2006，第 16 页。
④ [美]玛丽－劳尔·瑞安：《故事的变身》，张新军译，译林出版社，2014，第 94 页。
⑤ [美]玛丽－劳尔·瑞安：《故事的变身》，张新军译，译林出版社，2014，第 96 页。

赵毅衡在《广义叙述学》中提出了最简叙述定义，指出了叙述隐含的两个叙述化过程：一是叙述者将有人物参与的事件组织进一个符号文本，二是该文本被接受者理解为具有时间和意义的向度。[①] 这两个叙述化过程是相互支撑和相互建构的，即一个文本只有经过了这两个过程，才能成为叙述文本。缺少任一过程，叙述文本就不能成立。也就是说，叙述文本是双向建构的，这种双向性就是笔者所谓的"双循环交流"。叙述文本作为一种符号构筑，其意义永远需要在交流中产生并获得效果。

通过以上的理论梳理，我们可以非常清晰地看到，叙述转向使"叙述"作为一种本体被突出出来。也就是说，叙述作为一种普遍意义上的经验建构方式，是很多学科、领域的一种基本表达方式或研究方法。经典叙述学和后经典叙述学以文学叙述为研究对象，而在叙述转向的背景下，文学叙述只是叙述的一种类型。因此，叙述转向不得不使叙述学研究范式发生巨大变革，即转变为以"叙述"为核心，而非以叙述的某一类型为核心。叙述学在经历了经典叙述学寻找文学叙述的普遍语法的宏大目标，和后经典叙述学的多元化发展——赫尔曼所谓的"复数叙述学"（narratologies）之后，必须重新思考"叙述"自身的普遍特性及其对各领域、各学科的意义。一般叙述学研究范式已经呼之欲出了。

"叙述转向"与"叙述扩容"为叙述学研究提出了新的课题，一种跨学科、跨领域、涵盖所有叙述类型的"一般叙述研究"正在兴起，这无疑是叙述学研究的又一次范式转换。赵毅衡提出的"广义叙述学"研究框架，正式开启了一般叙述研究的大门。交流叙述学正是在一般叙述的研究框架下，探讨交流叙述的内在机制，并探索建立交流叙述的理论框架。走向交流叙述学，走向叙述学研究的第三阶段，是叙述学在新的理论与现实背景下的必然选择。

第二节　叙述转向与交流叙述学的理论建构

一、叙述学研究范式及其变革

叙述学作为一个学科的诞生并非偶然，而是历经了长期的历史铺垫。叙述作为人类的基本生存方式，伴随人类社会始终。从远古的岩画到今天

[①]　赵毅衡：《广义叙述学》，四川大学出版社，2013，第7页。

的网络游戏，叙述无处不在。叙述是人类建构自身生存世界的基本方式，是人类将时间经验、空间经验进行逻辑化、因果化的过程。因此，从岩画记事、结绳记事、绘画记事、文字记事、录音录像记事到现在的数码记事，记事方式的更新变化无不与人类社会的发展息息相关。同时，人类也在探索有效的记事方式和记事方法，因此，探索记事本体的叙述理论也源远流长。西方如柏拉图、亚里士多德的模仿说以及后来的移情说、游戏说等，无不想从各种方面揭示人类文学艺术的产生原因。而对于叙述的研究，则在小说成为文学的主流之后，才成为文学研究的核心。在中国，诗歌是文学的正宗，小说被斥为道听途说的"小道"。因此，以小说叙述为核心的叙述理论直到明代以后才得以发展。在西方，先是出现亨利·詹姆斯的小说理论，然后出现所谓小说美学的"首次崛起"的三部小说理论著作——珀西·卢伯克的《小说技巧》、福斯特的《小说面面观》和埃温德·缪尔的《小说结构》。在中国，则有金圣叹、毛宗岗、李卓吾、脂砚斋、冯梦龙、凌濛初等人的小说理论。所有这些，都为叙述学的诞生做了充分的理论准备。

进入 20 世纪后，在索绪尔语言学、俄国形式主义、列维－施特劳斯结构人类学等的影响下，叙述研究进入了第一次范式革命，即由外部研究转向文学作品的内部研究，探索共时状态下所有文学叙述作品的内在结构和话语规律。1969 年，托多罗夫首次提出"叙述学"概念，标志着叙述学的正式诞生。这一时期出现了很多叙述学理论家，罗兰·巴特、布雷蒙、托多罗夫、格雷马斯等。他们发表了一系列著作，为经典叙述学研究划出了理论边界，建构了一整套的理论规范、范畴，形成了一套较为严密的叙述学理论体系。清晰的理论表述和可操作性为叙述学赢得了广泛的影响，使其迅速成为一个地位显赫的理论。中国叙述学研究较为充分地吸纳了经典叙述学的研究范式，出现了一批叙述学家，如赵毅衡、申丹、傅修延、胡亚敏、谭君强、罗钢、杨义等。在 20 世纪后期解构主义、新历史主义等理论冲击下，经典叙述学开始走向反思与突破。1990 年代，以美国为中心出现了叙述学研究的小规模复兴，政治与意识形态批评融入了叙述学研究，女权主义、马克思主义、解构主义、新历史主义等理论的侵入，为叙述学研究开拓了广阔空间，叙述学研究进入第二次范式革命，叙述学研究开始从经典叙述学的封闭走向后经典叙述学的开放。但，叙述学借重其他理论的研究范式，必然会受制于其他理论的发展，叙述学研究似乎在"复兴"之后又进入了另一个范式瓶颈。与此同时，叙述研究正悄然发生着另一种变革，即来自非文学领域的"叙述转向"。对此，叙述学界显然没有做好充足的准备。首先发生在历史研究领域的"叙述转向",逐渐波及教育、医疗、法律、影视、广告等领域,其规模之广、领域之大使叙述学界不得不重新审视叙述学研究。换句话说,叙述学研究进入其发展的第三阶段,面临第三次范式变革。

在"叙述转向"的现实语境下,叙述学研究必须冲破以文学文本为对象的狭隘圈子,走向更广阔的领域。罗兰·巴尔特在《叙述结构分析导言》的开篇就提出叙述无处不在,各种领域都存在叙述,[①]但,无论是经典叙述学研究还是后经典叙述学研究,都不是关于叙述的一般性理论,而是"文学叙述学"。也就是说,叙述学研究并没有为"叙述转向"做好充分的准备。因此,叙述学研究已经进入第三次范式变革。美国理论家伯格在《通俗文化、媒介和日常生活中的叙事》中指出:"世界上叙事的数量几乎数不胜数,但我们可以以某种方式对它们进行分类,这样潜在的读者(电视观众、电影观众、戏剧观众等)就能知道应该期待什么。"[②]伯格按照"样式"对文本进行分类,并由此规划出一个"抽象的阶梯"[③]。(见图1-3)

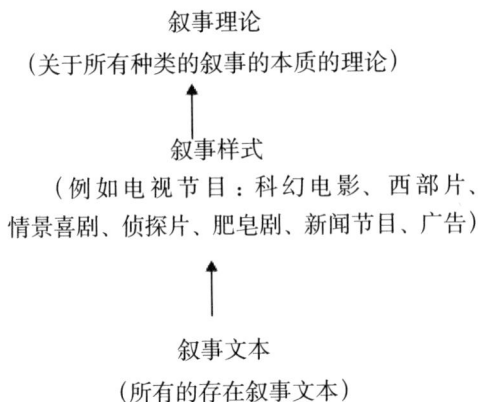

叙事理论
(关于所有种类的叙事的本质的理论)

↑

叙事样式
(例如电视节目:科幻电影、西部片、
情景喜剧、侦探片、肥皂剧、新闻节目、广告)

↑

叙事文本
(所有的存在叙事文本)

图 1-3 "抽象的阶梯"

伯格的"抽象的阶梯"勾勒出叙述理论发展的一般图示,但当"叙事文本"跨越"叙事样式"最后形成"叙事理论"时,存在两种发展方向:

① [法]罗兰·巴尔特:《叙述结构分析导言》,载赵毅衡选编:《符号学文学论文集》,百花文艺出版社,2004,第404页。

② [美]伯格:《通俗文化、媒介和日常生活中的叙事》,姚媛译,南京大学出版社,2006,第32页。

③ [美]伯格:《通俗文化、媒介和日常生活中的叙事》,姚媛译,南京大学出版社,2006,第33页。

一是关于所有叙述文本的叙述理论；二是关于某一叙述类型的门类叙述理论。广义叙述学要做的，就是对叙述的一般性做出理论概括。也就是说，在"叙述转向"背景下，找到叙述文本共同的理论基础。当然，伯格按照"叙事样式"所列的各种叙述类型并非"全域性"分类，难免挂一漏万，而且他的分类也没有给出学理性的依据。我们之所以无法对伯格的研究做出超越性要求，是因为他是在"通俗文化、媒介和日常生活中的叙事"中展开研究的。但，伯格的"抽象的阶梯"至少提示我们，建构一般意义上的叙述理论已经迫在眉睫。在此背景下，赵毅衡先生的《广义叙述学》给出了耳目一新的答案，即在"叙事文本（所有的存在叙事文本）"基础上，建构一般意义上的叙述理论研究框架——广义叙述学。因此，叙述学研究必须面临再一次的范式变革，我们必须抛弃叙述学研究的既有成见，重新审视叙述的基本概念，以及在此基础上进行全域性的叙述分类，并建构一般意义上的叙述学研究框架。

二、一般叙述的研究前景

广义叙述学的提出背景，是规模宏大、既成事实的"叙述转向"。对于叙述向多个领域渗透，叙述学界显然没有做好充足的准备。面对如此规模的叙述转向，以语言学、形式主义为学科背景的叙述学显然无法应对，既有的叙述观念、研究框架也无法为多种类型的叙述提供学理性框架。因此，应对叙述转向必须有一种全域性的视野作为支撑。赵毅衡先生的广义叙述学从符号学视角进行理论建构，就回避了语言学、形式主义的学科局限，为各种叙述类型提供一种共同的理论框架。

应当指出，叙述转向只是一种较为笼统的说法，各种领域对叙述的运用并非具有相同的模式。对于很多领域来说，叙述转向只不过是运用叙述的方式促进本领域的研究。

如医疗叙述，通过患者与医生（或者心理咨询师）面对面的交流，让患者讲述自己的生活故事，"鼓励来访者（患者——引者）通过仔细检视现存想法的限制，重新建构对于事物的理解和想法"。"治疗师的任务是协助来访者更充分地运用自己重新建构经验的能力"。"叙事疗法主张汲取经验不同的叙说方式，丰厚生命故事"。[①] 问题的关键在于，叙述研究者与医生具有不同的关注点，医生关注的是患者精神秩序的重建，而叙述研究者关注的是叙述在医疗领域的存在方式。对于医生来说，"问题"是核心。

---

① ［英］Martin Payne：《叙事疗法》，曾立芳译，中国轻工业出版社，2012，第1、3页。

在医生眼中，故事的主线并不比其细枝末节更具价值，只要是有助于反映"问题"，有助于病人精神秩序重建的叙述，都是"有效叙述"。而对于叙述研究者来说，"叙述"是核心，医患之间的叙述方式、二者的叙述交流对医疗效果的影响机制、叙述与心理之间的联络机制等，才是其关注的内容。叙述学研究就是以"叙述"本身为对象的研究，这与把叙述作为研究工具有着本质的不同。这里，叙述技巧、叙述方式的重新建构，"隐含作者"的读解，叙述意向的分析，等等，都可以在医疗叙述的具体操作与研究中得到运用。

体育叙述学是"广义叙述学"新范式背景下一种新的研究领域。按照赵毅衡先生对叙述的底线定义，体育竞技显然具有叙述性。但我们发现，赵毅衡先生在《广义叙述学》第二章《演示类叙述》中提出的体育比赛的"框架叙述"，并不能解决所有问题。在现代传媒背景下，"媒介体育"作为体育主要的存在方式是不能被忽略的。也就是说，体育叙述文本存在具有多样化特征，包括纯体育叙述文本、媒介体育文本、受众体育文本等，而叙述者由于文本不同而多元化。站在接受者立场来看，体育叙述文本、体育叙述者更多表现为某种"视窗"关系，看与被看成为一种相对的存在。体育场内的观众看体育"纯文本"，媒介观众看"媒介体育文本"，而媒介体育文本在把现场观众视为重要的叙述对象的同时，媒介观众也在看"媒介"自身。这种复杂多样的存在状态，源自体育叙述自身的独特性。研究体育叙述文本、叙述者、接受者、媒介等之间的存在状态、复杂关系和交流机制，由此成为体育叙述学的重要任务。

广义叙述学研究在教育、庭辩、新闻、历史、网络游戏等领域都具有广阔的发展空间。在教育领域，"叙述探究"是一种非常前沿的研究方向，用叙述的方式面对教育问题，把教育内容、教育本身叙述化，并对之进行实证研究是教育叙述学的主要特征。在庭辩叙述中，建立在同一底本材料基础上的控辩双方会出现不同的叙述效果，叙述修辞在法律意义上具有影响现实行为的意义。对庭辩的叙述学研究是法学界的新课题，法庭叙述的方式、技巧、材料选择等不仅涉及叙述问题，还牵涉到法律、道德、意识形态等问题。网络游戏叙述使"超文本叙述"成为可能，研究网络游戏叙述，建构超文本的网络游戏叙述学是一项全新工程。网络游戏叙述颠覆了叙述的各种范畴，文本、叙述者、隐含作者、接受者等在网络游戏叙述中界限模糊，对网络游戏叙述的研究可为各种网络叙述提供示范。

无论怎样，叙述学必须面对叙述转向给叙述学的学科发展带来的挑战，我们必须拿出足够的勇气迎接这种挑战。《广义叙述学》无疑成功地应对了这种挑战。广义叙述学研究框架的建立，意味着叙述学在历经了经典和后经典之后，为迎接叙述转向带来的学科挑战而进行的又一次自我调整，是叙述学发展的第三次范式革命，并预示着叙述学研究第三阶段的到来。赵毅衡先生广义叙述学的理论建构无疑具有开创性。广义叙述学学科框架的建构，意味着以后的叙述学研究很难再返回到以文学叙述为研究对象的经典叙述学与以理论侵入为特征的后经典叙述学轨道上去。这是因为传统叙述学研究对叙述概念的"默认程序"已经被打破，文学叙述研究在广义叙述学的学科框架中成为一种类型研究而不具有普遍价值。

笔者认为，赵毅衡先生的广义叙述学在叙述转向背景下，建构了一般叙述的学理框架。对于叙述学研究来说，第三次范式革命才刚刚开始。判断一个学科的发展前景，首先必须看这个学科所建构的学理基础是否足够抽象，即摈除个性找寻共性；其次要看这一学科的"吞吐量"，即是否具有全域性。论述至此，让我们再次回到伯格的"抽象的阶梯"，当我们跨过"叙事样式"的门类叙述研究，从全域性的叙事文本抽象出"叙事理论"的时候，就意味着在共性周围散布着个性十足的叙述类型，以叙述共性关照叙述个性，建构具有类型特性的门类叙述学，其发展潜力是惊人的。笔者认为，赵毅衡先生的广义叙述学的理论框架建构是建立在"形式研究"的基础之上的，而这意味着在形式之外，对一般叙述的理论建构远远没有结束。共性研究与个性研究作为广义叙述学研究范式的双翼，预示着叙述学研究在第三阶段所具有的强大发展潜力。

三、叙述转向与一般叙述研究范式

对于叙述学研究来说，进入 21 世纪以来，面临继后经典叙述学之后的第三次研究范式变革，即处于进行时的叙述转向。叙述向文学以外的其他领域渗透其实并不是一个新现象，历史学、心理学、政治学等均与叙述有着难分难解的关系。在比小说更古老的戏剧艺术领域，叙述更是其运作的基本方式。但，叙述转向并非如此简单的理解。叙述作为人类组织经验（时间、因果链、意义等）的基本方式，伴随人类社会始终，因此，叙述性表现在各领域并不是一个奇怪的现象。利奥塔尔（Jean Francois Lyotard）曾经把人类的知识分为科学知识和叙述性知识，[1] 他是从"宏大叙述"（the grand narratives）的视角来看待人类认知的，并不是一种叙述

---

① ［法］让 - 弗朗索瓦·利奥塔尔：《后现代状况》，车槿山译，南京大学出版社，2011，第 29 页。

学研究意义上的观点。对此，瑞恩指出："利奥塔尔的宏大叙述仅能被叫作隐喻意义上的叙述，因为它们并不涉及个人及创造一个具体的世界。"①那么，叙述转向的真正内涵是什么呢？它给叙述学研究带来了哪些挑战呢？

叙述转向主要表现在各领域对叙述有目的的运用上，即以叙述学研究的既有成果为基础，对本学科采取合适的叙述策略、叙述形式来达到各自的研究目的。也就是说，叙述转向离不开叙述学研究的理论基础和资源，是叙述学研究成熟之后对于各领域的理论渗透。赵毅衡先生阐述了叙述转向所包含的三层意思：

> （1）把人的叙述作为研究对象（在社会学和心理学中尤其明显）；（2）用叙述分析来研究对象（在历史学中尤其明显）；（3）用叙述来呈现并解释研究的发现（在法学和政治学中尤其明显）。不同学科重点不同。②

因此，叙述转向并非如利奥塔尔说的那样，是一种泛叙述，是一种对叙述的非自觉运用，而是在叙述及叙述研究丰富发展的基础上的一种有意识的行为方式，是更加自觉地运用合适的叙述知识和叙述理论对各领域进行叙述研究。

对于叙述转向，叙述学界最初表现出一种谨慎的乐观，且最初是从"新叙述学"——后经典叙述学的立场来看待这一转向的。戴卫·赫尔曼在1999年版《新叙述学》的引言部分提出，"叙述研究领域里的活动出现了小规模但确凿无疑的爆炸性局面"，③并在注释中指出：

> 我是在相当宽泛的意义上使用"叙事学"一词的，它大体上可以与"叙事研究"相替换。这种宽泛的用法应该说反映了叙事学本身的演变，本书的目的就是记载这一进程。"叙事学"不再专指结构主义文学理论的一个分支，它现在可以指任何根据一定原则对文学、史籍、谈话以及电影等叙事形式进行研究的方法。④

① Marie-Laure Ryan, "Toward a definition of narrative", in David Herman, ed., *The Cambridge Companion to Narrative*, Cambridge University Press，2007, p.30.
② 赵毅衡：《广义叙述学》，四川大学出版社，2013，第13页。
③ [美]戴卫·赫尔曼：《新叙事学》，马海良译，北京大学出版社，2002，第1页。
④ [美]戴卫·赫尔曼：《新叙事学》，马海良译，北京大学出版社，2002，第23—24页。

　　赫尔曼在叙述转向滥觞之际，对这一转向的敏锐洞察及其对叙述研究带来的新变化的理解，蕴含了对叙述学这一学科微妙的不自信，也就是用"叙事研究"来替换"叙事学"。显然，要想突破叙述寓于文学叙述这一传统观念，并非一件容易的事情。持这种谨慎态度的学者，并非赫尔曼一人，莫妮卡·弗卢德尼克在论及叙述转向时强调，"法学、医学、心理学以及经济学话语正在广泛运用着叙事学范式，但是这种扩展也充满张力。因为非文学学科对叙事学框架的占用往往会削弱叙事学的基础，失去精确性，它们只是在比喻意义上使用叙事学术语"。"叙事理论不应该一味反对将叙事学术语应用于不同专业，而是应该对概念的扩展做出理论说明，提出能够应对精确性流失问题的理论框架"。[①] 弗卢德尼克的论述发表于 2005 年出版的《当代叙事理论指南》一书中。显然，与赫尔曼一样，弗卢德尼克对叙述转向给叙述学研究带来的新变化持谨慎态度。所谓"在比喻意义上使用叙事学术语"，意味着叙述学在叙述转向背景下，并未获得真正的解放，以文学叙述为叙述学研究正统的观念使叙述学研究难以在文学萎缩、文学性蔓延的今天获得真正意义上的理论"精确性"。

　　经典叙述学打破了传统的文学外围研究的范式，把研究目光聚焦于文学文本内部，用科学性、精确性的理论表述建构叙述话语和结构的理论框架。后经典叙述学在解构主义、后现代语境下，以理论侵入的方式为叙述学研究开疆拓土，多元化的研究范式使叙述学获得复兴。叙述转向背景下，经典叙述学、后经典叙述学研究范式显然已经不能适应叙述普泛化的需要。因此，要想应对叙述转向，必须打破叙述学研究的体裁自限，向更广的领域开放。叙述学正面临第三次研究范式变革，而变革的第一步，就是对"叙述"进行重新定义。对于普通大众来说，叙述的定义并非一项至关重要的工作。瑞恩指出："有许多种方法来描述叙述的前沿理论，但这些不同的观点并不产生重大认知后果。因为，我们阅读文本的时候，并不问'它是不是叙述'或'它在多大程度上满足叙述性的条件'。当然，除非我们是叙述学家。"[②] "一个叙述的定义，应该对不同的媒介起作用（虽然，必须承认，媒介在讲述故事的能力方面有极大差异），它不应当成为

---

① [德] 莫妮卡·弗卢德尼克：《叙事理论的历史（下）：从结构主义到现在》，载 [美] 詹姆斯·费伦等编：《当代叙事理论指南》，申丹等译，北京大学出版社，2007，第40—41 页。

② Marie-Laure Ryan, "Toward a definition of narrative", in David Herman, ed., *The Cambridge Companion to Narrative,* Cambridge University Press，2007，p.31.

文学形式的专利"。① 此外,赵毅衡先生在《广义叙述学》中对叙述作出了一个"底线定义":

> 一个叙述文本包含由特定主体进行的两个叙述化过程:
> 1. 某个主体把有人物参与的事件组织进一个符号文本中。
> 2. 此文本可以被接受者理解为具有时间和意义的向度。②

由赵毅衡先生的"底线定义"可知,叙述并不针对特定的文本、体裁、文类,而是"对不同的媒介起作用"。叙述转向之后,叙述学研究对象不再只是文学叙述,而是在一般的意义上研究叙述。也就是说,研究叙述在各种领域的表现,总结其共同规律,为不同领域中的叙述提供理论思想。在此意义上,文学叙述在一般叙述的研究框架下成为一种类型研究,其某些理论思想在此框架下不具有普遍性,叙述学研究继经典和后经典之后,面临第三次研究范式变革。叙述转向给叙述学研究带来两大挑战:一是叙述扩容对传统叙述观念的冲击,使得叙述观念必须突破文学领域,向更广领域开放;二是叙述转向之后,叙述学研究如何进行适应性调整。

四、一般叙述学的研究框架与叙述的"交流性"凸显

叙述转向之后,叙述研究表现为两个研究方向:一是将叙述作为抵达各学科、各领域的研究目的的工具;二是以"叙述"为研究对象,研究叙述在各学科、各领域的表现形态和规律,总结其理论思想,并反过来对各学科、各领域进行指导。后者是叙述学研究的主要方向,前者是后者研究成果的运用。前者是技,后者是道。也就是说,"一般叙述学研究框架"是一种凌驾于各种叙述类型之上,探索各种叙述类型的共同规律并为各种叙述类型提供理论思想的研究框架。因此,该研究框架不同于经典叙述学、后经典叙述学以文学文本为研究对象的研究格局,文学叙述研究成为该研究框架的一部分,"叙述转向使我们终于能够把叙述放在人类文化甚至人类心理构成的大背景上考察,在广义叙述学真正建立起来后,将会是小说叙述学'比喻地使用'广义叙述学的术语"。③ 赵毅衡先生的广义叙述学理论构建了一整套一般叙述的学理框架,为叙述转向背景下叙述学的研究提

---

① Marie-Laure Ryan, "Toward a definition of narrative", in David Herman, ed., *The Cambridge Companion to Narrative*, Cambridge University Press, 2007, p.26.
② 赵毅衡:《广义叙述学》,四川大学出版社,2013,第 7 页。
③ 赵毅衡:《广义叙述学》,四川大学出版社,2013,第 17 页。

供了具有基础意义的理论思想。赫尔曼、瑞恩、伯格等人的研究也为叙述学研究的第三次范式革命做了大量理论铺垫。[①] 需要指出的是，上述理论探索对于一般叙述研究来说，积累了非常有价值的理论资源，而对于叙述学研究的第三次范式革命来说，叙述学新一阶段的研究才刚刚开始。

在一般叙述学研究框架下，文学叙述中的某些叙述特性得以凸显，交流性就是其中非常具有代表性的特性。在叙述学产生之初，文学的交流性就得到了极大的关注。罗兰·巴特指出："叙事作品作为客体也是交际的关键：有一个叙事作品的授者，有一个叙事作品的受者。大家知道，在语言交际中，我和你是绝对互为前提的。同样，没有叙述者和没有听众（或读者）也就不可能有叙事作品。"巴特同时指出了叙事作品在交流研究方面存在的问题："这一点也许很简单，但是研究得还很差。"[②] 很多学者都对叙述的交流性进行了论述，最具代表性的是雅各布森的"语言交际图示"。围绕这一交流图示，许多学者也进行了演绎，如西摩·查特曼 [③]、曼弗瑞德·雅恩 [④] 以及我国的一些学者。但叙述的交流性并没有成为研究核心，遑论探索叙述内在的交流机制、规律等。

为更好地理解叙述交流性研究在叙述转向背景下的意义，笔者分别以法庭、医疗、电子游戏等叙述类型中的交流性表现为例进行说明。

第一，交流性表现在法庭叙述领域。法庭叙述表现在控辩双方按照各自的利益关注点，以有效证据为基础，对案件事实按照一定的时间、因果逻辑进行叙述化还原，并企图抵达各自所认为的真实。事实上，叙述作为人类的一种经验建构，同样的素材会形成不同的建构，并呈现出不同的意义。也就是说，人的先行经验对人的叙述构成影响。为了达到各自的目的，叙述者会采取相应的修辞策略。在此，"修辞并没有以积极的论辩和说服的形象出现在法庭上，而是直接作为案件事实的叙事文本的形象呈现在读者面前，既左右了事实的外观和内容，也通过事实左右了读者对判决的看

---

① 赫尔曼主编的 *The Cambridge Companion to Narrative* 和《新叙述学》，以及书中收录的瑞恩的一些相关论文，及瑞恩的专著 *Narrative as Virtual reality*（The Johns Hopkins University Press，2001）等对非文学叙述的论述；阿萨·伯格的《通俗文化、媒介和日常生活中的叙事》（南京大学出版社，2006，等等），都对文学以外的叙述类型进行了大量理论探索。

② [法]罗兰·巴特：《叙事作品结构分析导论》，载张寅德选编：《叙述学研究》，中国社会科学出版社，1989，第 28 页。

③ [美]西摩·查特曼：《故事与话语：小说和电影的叙事结构》，徐强译，中国人民大学出版社，2013。

④ Manfred Jahn , *Narratology: A Guide to the Theory of Narrative*, http://www.uni-koeln. de/~ame02/pppn.htm.

法"。① 在法庭叙述中，三种不同的交流类型产生了不同的交流效果。首先是控辩双方的对抗性交流。在法庭陈述中，控辩双方均以各自利益为中心组织叙述，在此过程中，他们又以现场对抗过程中形成的对抗经验来调整各自的叙述策略，控辩双方的叙述表现为一种博弈状态。这是一种交流性叙述博弈，各自都以对方的叙述存在为基础。Porter Abbott 将其称作"叙述竞争"（narrative contestation）②。叙述竞争或者叙述博弈，呈现了不同经验背景下的不同叙述。其次，控辩双方的交流性叙事博弈包含了具有不同目的的交流过程。一是针对法官、陪审团的叙述交流；一是针对法庭外的普通民众的叙述交流。对于前者，控辩双方都力图通过具有个人经验和目的的叙述建构，促使法官、陪审团做出有利于自己的判决；对于后者，控辩双方均通过各自的叙述，来达到影响社会舆论的目的。

第二，交流性表现在医疗领域。叙述作为人类建构经验世界的基本方式，被证明具有治疗作用。尤其是针对某些精神疾病，叙述表现出独特的治疗效果。叙述治疗通过患者与医生（或者心理咨询师）面对面的交流，让患者讲述自己的生活故事，"鼓励来访者（患者——引者）通过仔细检视现存想法的限制，重新建构对于事物的理解和想法"。"治疗师的任务是协助来访者更充分地运用自己重新建构经验的能力"。"叙事疗法主张汲取经验不同的叙说方式，丰厚生命故事"。③ 叙述在医疗领域主要关注患者在经验建构中的问题，通过重建患者的精神秩序来达到治疗的目的。因此，治疗师并不以叙述为核心，而是以问题为核心。对于他们来说，患者叙述的主线故事并不比支线故事更有价值，"他们主张让来访者详细地勾勒支线故事，因为只有通过支线故事，人们才能逃离掌控个人理解和生命的主线故事的影响"。换句话说，"支线故事意味着不同来访者对于经验的不同理解"。④ 但是，对于叙述学研究者来说，他们更关注医患之间的叙述交流，以及各种交流机制对于医疗效果产生的影响。由此可见，医疗师和叙述学者的关注点是不同的，这充分反映了叙述转向背景下，不同领域的叙述研究者在研究目的上的巨大差异。而这些差异并不是一般叙述框架下叙述学研究最核心的问题，因为，只要始终以"叙述"及其普遍特性为研究对象，一般叙述研究就不会偏离既定轨道。

---

① 刘燕：《法庭上的修辞——案件事实叙事研究》，光明日报出版社，2013，第 11 页。
② H. Porter Abbott, *The Cambridge Introduction to Narrative*, Cambridge University Press, 2002, p.138.
③ [英]Martin Payne：《叙事疗法》，曾立芳译，中国轻工业出版社，2012，第 1、3 页。
④ [英]Martin Payne：《叙事疗法》，曾立芳译，中国轻工业出版社，2012，第 4 页。

　　第三，交流性在电子游戏叙述中的表现尤为明显。电子游戏作为现代传媒的产物，种类繁多，形式多样。电子游戏叙述改变了传统的叙述—接受格局，更多地表现为叙述的不确定性，并且随着游戏设计者经验的积累而不断变化，"从早期电子游戏的人物和情节的事先设定，到如今电子游戏已不再是程序设计好的刻板的人机对话，而是人与人之间的动态交流，游戏的故事背景不断丰富，人物更加多样，规则设置更加复杂"。① 叙述的超文本性在电子游戏叙述中已经成为一种事实，电子游戏叙述文本是在交流中生成的，没有交流，就没有电子游戏叙述文本的存在，交流性已经成为电子游戏叙述的核心特性。必须指出的是，叙述学者不是游戏设计者，他们的任务是研究电子游戏叙述的交流机制，为建构后现代语境下的超文本叙述理论积累经验。

　　第四，叙述转向极大地影响了当代中国歌曲的创作。"近年来，随着当代歌曲创作的多元化发展，中国歌曲中被遮蔽的叙述性现在越来越显露，叙述性的各种特征也逐渐凸显，这是相当一部分歌曲中的主导成分的变化。此变化意义深远，它构成了中国歌曲的'叙述转向'，使中国歌曲向一个全新阶段演变"。② 歌曲的叙述化的另一方面是歌曲特有的交流性，"歌词永远是一种交流性的讲述。歌词本身就暗含一个'我对你说'的交流结构。歌词的情感动力正来自这种交流的力量。这种交流之所以格外动人，是因为它配合乐音调动了交流双方的情感，激发出一种与个体经验相结合的情境，在'我'与'你'之间，形成双向互动式的情感动力"。③ 可以说，交流性是歌词艺术的核心特性，歌词靠交流获得流传，而流传是歌曲追求的重要目标。

　　在一般叙述研究框架下，交流性已经成为叙述的核心特性。在以往对文学叙述的研究中，交流性之所以没有得到特别关注，一是因为经典叙述学研究聚焦于文本内部的形式研究，不允许这种跨作者—文本—接受者整个流程领域的研究模式存在；一是因为后经典叙述学的理论侵入研究格局，使叙述研究受到理论宿主的限制。虽然以叙述的交流图示为中心，叙述的交流性暗流涌动，但始终没有获得研究主体的地位。因此，在一般叙述研究框架下，在叙述学第三次研究范式变革的背景下，交流叙述学作为

---

① 关萍萍：《互动媒介论：电子游戏多重互动与叙事模式》，浙江大学出版社，2012，第169页。
② 陆正兰：《歌词艺术十二讲》，北京大学出版社，2015，第120页。
③ 陆正兰：《歌词艺术十二讲》，北京大学出版社，2015，第2—3页。

叙述学的分支学科，理应被提上研究日程。①

五、交流叙述学的研究对象及其对文学叙述研究造成的挑战

对于文学研究来说，20世纪是一个理论的世纪，文学理论从来没有像20世纪那样异彩纷呈，流派笔出。各种流派特色鲜明，各有领地。美国著名文艺学理论家艾布拉姆斯提出，文学活动由作品、作家、世界、读者四个要素组成。② 西方文论的发展以作品为中心，只要将作品和其他任何一个要素结合，就会形成一个理论流派。而对作品（文本本身）的研究，构成了文学形式主义研究非常壮观的理论链条。从俄国形式主义、英美新批评到结构主义叙述学，20世纪的理论繁荣即滥觞于形式主义的研究潮流。叙述学作为结构主义理论最为成功的理论成果，从1960年代至今，先后经历了经典阶段、后经典阶段，在叙述转向的背景下，目前正进行第三次研究范式革命。对于叙述学的发展历程，很多学者都进行了回顾、总结。如戴卫·赫尔曼、莫妮卡·弗卢德尼克等。③ 关于叙述学的研究范式，华莱士·马丁曾绘制了一个图示。（见图1-4）

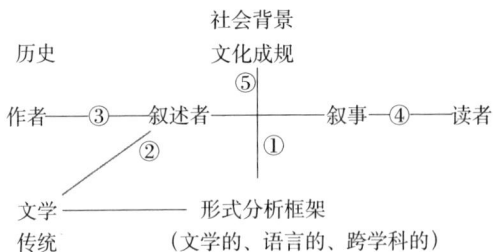

图 1-4 华莱士·马丁"叙事理论差异指南"

华莱士·马丁对该图示作出如下说明：

（上图）可以作为一个粗略的指南，指出各种叙事理论的差异，以及批评家看到的东西如何取决于他所运用的理论。早期法国结构主义者着重于轴①，偶尔也处理以轴①为其组成部分的整个纵轴。（在这种情况下，叙事被视为一种可被加以分析的社会组织的记录。）社

① 王委艳：《交流叙述学的基本理论问题》，《河南师范大学学报》2014年第1期。
② [美]M.H.艾布拉姆斯：《镜与灯——浪漫主义文论及批评传统》，郦稚牛等译，北京大学出版社，2004，第5—6页。
③ [美]詹姆斯·费伦等编：《当代叙事理论指南》，申丹等译，北京大学出版社，2007，第1、2章。

会学者和马克思主义批评家讨论轴⑤。三角形②是俄国形式主义者在其中为叙事研究做出重要贡献的领域。视点批评为轴③所代表，读者反应批评为轴④所代表。①

　　由华莱士·马丁的图示与说明可知，叙述学发展至今似乎已经涵盖了所有的方向。只要仔细分析，我们就会发现一个重要事实，虽然大家都承认文学活动本质上是一种交流活动，是作者—文本—读者之间的交流与互动，但作者、读者、文本与世界等已经成为常识的文学要素之间是如何进行交流的？其交流机制如何？交流的达成需要什么样的社会过程？文学经验如何完成积累并获得传承？这些问题至今也没有得到完满回答。似乎文学研究总是回避作家作为一个职业的特性，而冠以灵魂工程师之类的漂亮光环，"以文化的视野反观作者的创作，我们发现作者并非一种纯粹的个体存在，他受到来自其身处的文化语境、出版商、读者等的多重制约。如果我们把作者看作一种职业，把作家看作一种社会身份，那么，其创作过程就会充满一种自我身份确证和与外界交流的欲望。作家的这种欲望来自一种生存需要"。②以往研究对文学各要素的人为切分，掩盖了各要素之间的内在交流机制以及这些交流机制对于各种文学行为方式（包括文学组织方式等形式要素，道德、意识形态等内涵要素）的影响。文学过程只有在相关个体的相互作用下才会发生。换句话说，文学过程作为一种"共同体"，唯有依赖各要素之间的相互作用才能存在。"不能说先有几个个体，后有这个共同体。因为个体正是在这个过程中产生的"。"必须有一个进行中的社会过程，才能有个体"。③揭示这一过程，探索各要素之间的交流互动关系，有助于从动态、发展的角度理解文学过程经验积累的内在逻辑，为文学研究绘制出被忽略的中间黏合机制。交流叙述学正是站在叙述学（符号叙述学）的研究立场，在叙述转向背景下，弥补上文学研究缺失的中间环节。交流性的提出，促使我们必须重新思考文学研究在各种主体割裂状态下提出的一系列概念、范畴。

　　交流叙述学旨在研究各种叙述类型中的参与者（作者、叙述者、受述者、接受者等）是如何以叙事文本为中心相互交流、相互影响的，即他们之间的内在交流机制。交流叙述学关注叙事交流中施受双方的经验以及这

① [美]华莱士·马丁：《当代叙事学》，伍晓明译，北京大学出版社，2005，第15—16页。
② 王委艳：《后经典叙事学的"作者"描述与建构交流叙事理论的可能性》，《兰州学刊》2011年第9期。
③ [美]乔治·H.米德：《心灵、自我与社会》，赵月瑟译，上海文艺出版社，1992，第168页。

些经验是如何影响各自的交流行为的。作者、读者（接受者）只有在交流中才能确定各自的身份，而不是先确定身份，然后才有文学交流过程。文学交流过程是确定身份的基础和前提条件。以往的文学研究往往分解这一交流过程，以明确的身份标签进行割裂式研究。这种割裂式研究忽略了文学研究中一些非常重要的内容，使得连接各种文学活动行为主体的要素被切分在文学研究之外，各种文学身份之间的交流活动及由交流过程所引起的对各主体行为方式的影响也被忽略。因此，以作者／作品为对象的文学史很难准确传达文学发展过程中参与各方交流互动、交互影响的历程，从而使文学史缺少了文学生命律动最核心、最具动态意义，同时对文学发展产生重要影响和重要作用的环节——文学的交流过程。描述这一过程，建构这一过程发展的内在逻辑，探索这一过程中各交流主体之间的交流互动关系，总结出其规律机制和文学表征，将对文学研究范式变革产生革命性影响。交流叙述学研究适应了传媒时代文学发展的新趋向、新特征。随着网络文学的兴起，交流性、互动性文学活动，以及由此带来的文学研究的新格局将逐步走向文学研究的中心。甚至可以毫不夸张地说，传媒时代，连文学都要重新定义，文学研究更须与时俱进。

　　交流叙述学的提出并非无源之水，而是以前人大量的研究成果作为铺垫。在此，笔者只想从叙述认知的建构过程的角度，来说明交流叙述学研究的必要性。根据赵毅衡先生关于叙述的底线定义，一个叙述文本必须包含两个叙述化过程，而这两个叙述化过程是由不同主体发起的。首先，必须有一个创作主体按照一定的文化规约、体裁规约等建构一个符号文本，但这并不意味着叙述文本的建构已经完成；其次，必须有另一接受主体将此文本"理解为具有时间和意义的向度"。也就是说，叙述文本的形成必须经历一个施受双方之间的交流互动过程。修辞叙述学对这一过程进行了解释，但无论是雅各布森的语言交际图示、韦恩·布斯的隐含作者，还是查特曼的叙事交流图示和詹姆斯·费伦的"双渠道交流"，[①] 我们发现，修辞学无法对交流过程做出令人满意的解释。毕竟单向的作者修辞式交流所追求的修辞效果，既无法描述由受者出发的经验反馈过程，以及这种双向交流对各自行为方式的影响，也无法解释经验视野的积累与表征过程。事实上，叙述交流并非仅仅是一种文学活动，还包含了人类认知经验的社会化过程。意大利著名交际心理学家布鲁诺·G.巴拉指出："任何行为，包括语言行为和非语言行为，都界定为交际行为。这些行为需要满足两个条件：第一，行动者通过实施该行为要表达某种交际意向；第二，她的合作

---

① ［美］詹姆斯·费伦：《修辞、伦理及叙述交流：抑或从故事和话语到作者、资源与读者》，载邓颖玲编：《叙事学研究：理论、阐释、跨媒介》，北京大学出版社，2013，第19—31页。

者识别出这是一种交际行为。"① 巴拉的论述与赵毅衡先生关于叙述的底线
定义在内涵上是一致的。也就是说，交流作为包括叙述在内的人类行为建
构的基本方式，促进了人类各种行为的社会化过程。只有经过这一过程，
个体才具有自我身份；个体行为唯有在交流过程中，才能获得意义。

综上所述，笔者有理由相信，建构交流叙述学对于一般叙述研究来说
是一个非常有意义的工作，其促使我们重新思考叙述学研究既有成果的合
理性。只要从交流性这一视角观照文学研究，便不难发现割裂式研究下的
理论与概念表述放在各种文学行为主体交流互动关系中考察，其合法性会
被重新思考，其有效性也必须重新检验。

---

① ［意］布鲁诺·G. 巴拉：《认知语用学：交际的心智过程》，范振强、邱辉译，浙江大学出
版社，2013，第 14 页。

第二章　交流叙述学的理论框架

交流叙述学以经验视野的"梭式循环"为基础、以文本内与文本外"双循环交流"为内容建构理论框架。交流叙述学的建构以人类经验基本的认知为前提,人类的经验有一个社会化过程,经由这一过程,私人经验才能转换为公共经验。在转化过程中,人与人之间的交流意向、人们之间的合作、经验的共享非常重要。叙述自反性是经验内化的基础,只有经过内化过程,公共经验才能转化成个体经验并完成传承与积累。在交流过程中,主体身份会发生反转,这既保证了交流的公平性,也是平等交流的内在法则。交流优势会在不同时空中转换主体。

第一节　交流叙述学的认知基础

交流是人社会化的基本途径,个人之所以在人类群体中保持独立人格,与人的社会化密不可分。也就是说,交流既可以使人类结成具有一定运行逻辑的社会集团,也是人的自我生成的先决条件。没有共同性作为背景,人的独立性就会没有支撑。同时,在人的社会化过程中,经验的创造与累积使人区别于其他的动物,而叙述就是人经验积累、经验表征的重要方式之一。同时,叙述融合了理性与感性的双重经验,是人类最具记忆力的经验累积方式。无论是哪个民族,其最为远古的记忆都与叙述有关。利奥塔尔将人类的知识分为科学性知识和叙述性知识,[①]强调科学知识也需要叙述来建构,"如果不求助于另一种知识——叙述,科学知识就无法知道也无法让人知道它是真正的知识;对科学来说,叙述是一种非知识。但没有叙述,科学将被迫自我假设,这样它将陷入它所谴责的预期理由,即预先判断"。[②] 玛丽 - 劳尔·瑞安亦指出 :"叙述行为让人类能够应付时间、命运、

---

① [法]利奥塔尔:《后现代状态》,车槿山译,南京大学出版社,2011,第29页。
② [法]利奥塔尔:《后现代状态》,车槿山译,南京大学出版社,2011,第106—107页。

道德；创立和投射身份；在同样具身化主体栖居的世界里，将自己定位为具身化个体。简言之，这是为生活赋予意义的一种方式，或许也是唯一的方式。"① 可见，叙述是人类经验最核心的建构方式，已成为交流叙述学研究最重要的哲学基础与认知基础。

一、叙述经验的累积：社会化

社会化是人类社会经验积累的途径之一，这一过程只有诉诸人类的交流才能完成。这里的经验，可分为个体经验和群体经验两种。这两种经验相辅相成，构成互为条件、互为基础的经验生成过程。个体经验通过个体的社会实践，通过个体对所面对的各种自然、社会现象所形成的各种行为和思想，内化为个人化的经验并对以后的行动构成影响。个体经验建构是一个社会化过程，自我观念的形成离不开社会。米德指出："自我，作为可成为它自身的对象的自我，本质上是一种社会结构，并且产生于社会经验。当一个自我产生之后，从某种意义上说它为自身提供了它的社会经验，因而我们可以想象一个完全独立的自我。但无法想象一个产生于社会经验之外的自我。当它已经产生的时候，我们可以想象一个人在其余生中闭门独居，但他仍以自己为伴，并能同他自己思考、交谈，一如他曾同他人交流那样。"②

个体通过与他人交流，通过参与社会性事务，将自己的这种经验公之于众，他人也学习他的这种经验，于是，个人经验变成群体经验并进而成为一种社会性的共享知识，个体经验也完成了社会化过程而成为群体经验。群体经验会反过来影响个体经验的形成，即个体通过社会学习经过检验的知识，知识构成个人的经验基础，个体在经验基础上根据个人的实践，不断修正、创新，并将之运用于社会化实践之中，由此形成新一轮的经验累积过程。也就是说，社会化既可以学习经验，也可以累积经验，它不断将个体经验和群体经验进行转化、交换，并在新的基础上进行累积。米德非常精彩地论述了这一转化过程：

当个体通过交流发现他的经验为他人所共有，即他的经验和他人的经验属于同一共相时，他便超越了只赋予他个人的东西。当这一共

---

① [美]玛丽 - 劳尔·瑞安编：《跨媒介叙事》，张新军、林文娟译，四川大学出版社，2019，第 2 页。

② [美]乔治·H. 米德：《心灵、自我与社会》，赵月瑟译，上海译文出版社，1992，第 125 页。

相的殊相或实例适合于不同的经验视界时，普遍性便呈现了社会性。可以说，个体通过扮演他人的角色，已经超出了他的有限的世界。因为通过以经验为基础、以经验为检验的交流，他确信，在所有这些场合，世界全都呈现着同一面貌。在达到这一点的地方，经验便是社会的、共同的、分享的；只有同这一共同世界相对，个体自己的个人经验才表现出其特色。[①]

米德的论述一方面指出了个体经验的社会化过程，即个体经验如何转换成群体经验；另一方面指出了个体经验的社会化对个体经验的独特性的抹杀，即要想使个体经验"表现出其特色"，个体必须与"共同世界"相对。笔者认为，这里的相对并不是对立，而是对共同性的警觉，是对"泯然众人"的有意识的防守。在文学领域，这种保持个体经验独特性的做法是文学的本质要求。俄国形式主义理论家什克洛夫斯基提出用"陌生化"来对抗"自动化"，"为了恢复对生活的感觉，为了感觉到事物，为了使石头成为石头，存在着一种名为艺术的东西"。"艺术的手法就是使事物奇特化（陌生化）的手法，是使形式变得模糊、增加感觉的难度和时间的手法"。[②]自动化是一种已经社会化的经验，一种群体性经验，一种毫无新鲜感、引不起人们感觉的经验，艺术必须通过各种手法消除这种自动化带来的审美疲惫，恢复"使石头成为石头"的感觉。无疑，这种感觉是个体的，对于群体来说是新鲜的。文学的发展就是在这种自动化与陌生化的转换中进行的。布鲁姆指出，在诗歌领域，前辈的经验是对诗歌的抹杀，诗歌的创新就是对前辈经验的背叛，是尽力消除他们的影响，"诗歌是对影响的焦虑，是误读，是被约束的悖理。诗歌是误解，是误释，是误联"，而"影响者，流感也——一种神秘的病症"。[③]由此可见，以创新为目标的文学艺术在以个体经验对抗群体经验、以个体性对抗社会化的过程中获得一种螺旋升力，其动力基础正是来自个体经验既要对抗社会化而又不可避免地社会化的过程之中。因为，个体经验的形成需要社会化的经验累积过程，而经验的累积又离不开个体经验的独立性。换句话说，矛盾即是动力。

交流是个体经验获得社会化的重要途径。瑞恰慈指出，批评理论的两

---

① [美] 乔治·H. 米德：《心灵、自我与社会》，赵月瑟译，上海译文出版社，1992，第23页。
② [俄] 维·什克洛夫斯基：《艺术作为手法》，载 [俄] 茨维坦·托多罗夫编选：《俄苏形式主义文论选》，蔡鸿宾译，中国社会科学出版社，1989，第65页。
③ [美] 哈罗德·布鲁姆：《影响的焦虑——一种诗歌理论》，徐文博译，江苏教育出版社，2005，第97页。

大支柱是"价值的记述和交流的记述"，而人类的精神的根本构造主要决定于"交流"：

> 人类置身于交流之中已有千秋万代，交流贯穿于人类发展的过程，甚至更早。精神的大部分显著特征是由于它是交流工具而形成的。一个经验非得形成之后才能进行交流，这毫无疑问；可是它采取现有的形式，主要是因为它可能非得进行交流不可。自然选择所强调的交流能力是压倒一切的。[①]

人类的精神生产的目的是交流，交流促进了人类的进步，而交流能力则是任何个体在"自然选择"面前必须具有的能力。精神构造方面的交流能力体现在诸多方面，并且在各种领域获得进化，这是交流的社会化的必然结果。用叙述的方式构筑人类的精神世界，即是其中之一。

叙述作为人类经验世界的重要方式，伴随人类社会始终。叙述经由文本化之后虽然比日常生活更加精致而富于情节、因果逻辑，但这并不影响叙述与人类生活的同构关系，"如果生活至少部分是由行动组成，那么，能动者就以连续的结构化插曲来经历生活。这些插曲是以目标的设定、追求、完成或放弃来划分的"。[②] 叙述的因果逻辑并非来自叙述本身，而是来自生活，来自人类的行动。因此，"'叙事'不是一种技法，而是唯一的方式，或许应该说是自然的方式，让心灵来表征（或配置——保罗·利科会这么说）行动、欲望、变化、在世以及人类存在的时间性"。[③] 不过，我们仍须关注叙述技法的历史累进过程。人类的行为方式一直在不断重复，站在宏观角度来看，这种重复并不是一种简单的历史轮回，而是一种在以往经验基础上的螺旋式重复。后续重复不是对先前行为的简单模仿，而是通过吸取以往的经验，使自己的行为更具经验与技术含量。换句话说，人类经验经由社会化得以普及，并影响更多人的行为方式。

叙述经验的累积同样伴随着叙述的社会化过程。人类从诞生开始，就在寻求经验的累积与传承方式，叙述化就是最重要的方式之一。人类早期壁画、岩画所呈现的狩猎、打仗情景，用空间和时间建构事件的内在情节逻辑。在文字产生之前，人类经历了长期的口传阶段，口耳相传的远古传

① [英]艾·阿·瑞恰慈：《文学批评原理》，杨自伍译，百花洲文艺出版社，1997，第19页。
② [美]玛丽-劳尔·瑞安：《故事的变身》，张新军译，译林出版社，2014，第48页。
③ [美]玛丽-劳尔·瑞安：《故事的变身》，张新军译，译林出版社，2014，第48页。

说记载了人类早期对于世界的理解，那种建构在时间与空间序列中的情节因果，携带了古人最为原始的对世界的掌握、理解方式，"在情节化过程中，主体意识不得不进行挑选和重组。生活经验的细节之间本是充满大量无法理解的关系，所谓'叙述化'，即在经验中寻找'叙述性'，就是在经验细节中寻找秩序、意义、目的，把它们编成情节，即构筑成一个具有内在意义的整体"。"一旦情节化，事件就有了一个因果—时间序列，人就能在经验的时间存在中理解自我与世界的关系"。① 因为叙述化与人类的生存经验在时间与空间序列中具有相同或者相似的构筑方式，所以用叙述的方式为人类的生存实践构筑意义就成为最合理的选择。因此，叙述存在于人类的各种活动之中，并不是文学的专利。

人类的任何叙述活动都会经历社会化过程，并在此过程中获得叙述技能的提升。叙述的社会化既是一个累积经验的过程，也是一个传承经验的过程；既是一个经验的创造过程，也是一个把经验历史化的过程。人类不断积累有效的叙述方式，创造新的叙述方式；不但创造叙述对象，也创造叙述方法、叙述技术和叙述手段。比如电影叙述，就是在新技术条件下的一种新的叙述方式，它使人类的叙述经验在一种全新的手段下呈 N 级地增长，从而扩大了人类的叙述认知。电影叙述的成长经历，真切还原了叙述的社会化过程。即电影叙述如何通过成功地将个体经验转变为群体经验，来催生出电影产业的勃勃生机。电影叙述的每一次技术革新，都伴随着对接受市场的培养过程。即把一种新的经验快速社会化，使大众能够快速接受并形成新的消费习惯。默片时代，电影以演员动作、字幕等手段来呈现故事的因果联系。有声电影产生初期，许多人虽然都对这种新的叙述方式不理解，但是很快就接受了。再如，在西方人的固有观念中，对人的局部拍摄是不合伦理的，但随着电影技术的发展，特写镜头作为电影非常成功的叙述手法被接受，并成为电影主要的表达手段之一。"叙事电影的任务就是将一种反直觉的经验加以自然化，制造一种幻觉，使观众误以为得到了一扇窥视现实的特权之窗，他们期待从这扇窗户中看到的不是物体和动作，而是一个故事"。② 也就是说，叙述是呈现故事的重要手段，是人类对现实的基本建构方式。

---

① 赵毅衡：《广义叙述学》，四川大学出版社，2013，第 15 页。
② [美] 艾伦·纳德尔：《第二自然、电影叙事、历史主体、〈俄罗斯方舟〉》，载 [美] 詹姆斯·费伦等编：《当代叙事理论指南》，申丹等译，北京大学出版社，2007，第 490 页。

二、意向、合作与经验共享

以叙述的方式交流之所以是人类的本能，是因为叙述的时间和空间布局与人的生活具有相关性。人类用叙述来复制自己的生活，但在复制的过程中，会加入人类对经验的有序排列。所谓"有序"，绝非简单的时间序列或者空间序列，还包括更为复杂的意向性。这是因为随着历史的发展，人们已经不能满足在简单的时间和空间中追寻事物的因果律，而是通过主动参与的方式形成人力可为的意向性。

远古时期，由于生产力低下、思维认识水平低下，人的意向受到非人力因素的控制，时间和空间的因果律在人类的生活中具有核心作用，自然的不可抗给人类的意识造成了巨大阴影，于是产生了对自然的"神性"崇拜，对自然的妖魔化想象。如《山海经》对空间的想象，就是以妖魔化的畸形怪兽表示的。这些构成远古人类的一种集体经验，并逐渐形成一种集体意识，原始的萨满、巫傩等应运而生。也就是说，远古人类的意向、行为处于同一状态，其行为即是其意向。"野蛮人是积极行动的人：他们不是祈求神帮助他们做事，而是自己动手去做；他们宁愿念咒，而不是祈祷。简言之，他们实施巫术，尤其热衷于跳巫术舞蹈"。[①]

人类社会发展到一定阶段后，意识逐渐摆脱了自然时间和自然空间的束缚，走向一种人化的时空之中。即人能够逐渐控制自己的时空观念，并且能够自由地安排自己的时空观念，人的意向性也逐渐摆脱自然控制而走向自我意向。

经过工业社会的繁荣后，工具理性主导下的人类生活似乎又进入了一种轮回。人不得不进入自己制造的"完美"系统之中，不仅时间和空间在这种强大的系统中被重新分割，人类自己也成为这种分割的一部分。人在这一系统中，又重新回到原始人所面临的局面：人的经验被时间和空间重新建构，人被异化，自由成了奢侈品。在观看《时间去哪儿了》等节目的时候，也许我们并没有意识到，我们再也难以建立自我时空观念了！意向性在人类社会的发展过程中，不断受到时空观念变迁的支配。尽管意向性的变迁受到诸多因素的影响，但并不妨碍它成为叙述交流的基础。这是因为所有人都难以逃脱相同的时空背景以及由此形成的共享经验。

意向性是任何有目的的行为启动的基础。塞尔对"意向性"的界定是："意向性是为许多心理状态和事件所具有的这样一种性质，即这些心理状

---

① ［英］简·艾伦·哈里森：《古代的艺术与仪式》，刘宗迪译，生活·读书·新知三联书店，2008，第15页。

态或事件通过它而指向或关于或涉及世界上的对象和事态。"① 这里有一个核心词汇——指向性，即意有所指。

赵毅衡先生明确区分了心灵意向性与文本意向性，并将文本意向性作为叙述文本的分类原则。② 塞尔的心灵意向性与赵毅衡的文本意向性具有密切关系，因为任何文本的创作者在创作的时候，都会进行心灵意向投射，并将之固化为文本的各种表达式。文本意向性的形成离不开这种投射。只不过，文本脱离作者，具有一定的自主性和能动性，它会进行自我意向的扩展，其并不以作者的意向为转移。赵毅衡先生之所以将文本意向性作为叙述文本的分类原则，是因为文本意向性包含一种双重的文本定位：其一，从文本自身来说，它是文本的一种形式投射，是文本类型的体裁规定性；其二，从接受意向或接受定位来说，它是一种"元语言"，它规定着接受的方向性。"文本意向性，是'文本自携元语言'的一个重要组成部分，也就是文本对接受者如何解释自己的要求。对于叙述文本的整体意义来说，文本意向性比单纯的情节内容更为重要。如果我们把文本意向性看成是形式问题，至少在类型意义上，形式比内容重要，体裁归类决定意义"。③

综合塞尔和赵毅衡关于意向性的表述，我们可以绘制出文本"创作—接受"的交流意向图示。（见图 2-1）

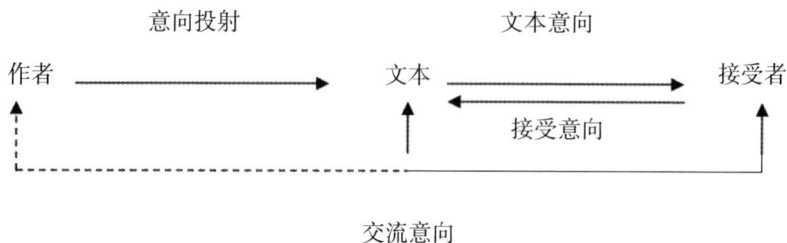

图 2-1 文本"创作—接受"的交流意向图示

作为一种文化规定性，体裁、文类对于参与交流的各方而言，其作用是一样的。以文本为中心进行的交流，会出现作者意向性、文本意向性和接受者意向性之间的交叠与错位，我们将之命名为"意向叠加"和"意向错位"。所谓"意向叠加"，是指三种意向在交流过程中出现重合或者部分

---

① ［美］约翰·R. 塞尔：《意向性——论心灵哲学》，刘叶涛译，上海世纪出版集团，2007，第 1 页。
② 赵毅衡：《广义叙述学》，四川大学出版社，2013，第 23 页。
③ 赵毅衡：《广义叙述学》，四川大学出版社，2013，第 24 页。

重合状态。意向叠加使叙述在交流中的效果放大，交流会出现正向效果。所谓"意向错位"，是指三种意向在交流过程中出现错位，有时候是大面积错位。错位面积越大，交流效果越差。意向错位会因错位带来的多向性，而减弱叙述的交流效果。正如赵毅衡所论："一个发送主体，发出一个符号文本给一个接收主体。发出主体在符号文本上附上了它的意图意义，符号文本携带着意义，接收者推演出他的解释意义。这三种意义常常不对应，但是传达过程首尾两个主体的'充分性'，使表意过程中可以发生各种调适应变。"① 所谓"调适应变"，就是指在交流中，交流主体对各自交流意向的调整。但，在虚拟交流（交流某一方缺席）中，这种调整会受到限制，其结果往往只是接受者的单方面调整，而对于缺席方而言，调整会以其他方式获得实现，有时是在历史层面。图 2-1 中导向作者的部分，在真实交流中是实线，在虚拟交流中则是虚线，但其效果不变。

其实图 2-1 中，还蕴含了交流的另一个品质——合作。在人类所有的交流中，我们都无法将交流参与者剥离出来进行单列，若是没有交流参与者的共同作用，任何参与方的单列都会减损其价值。"在交流层次上，施动者并不是第一位的：他不能被他自己所单独理解。应该一开始就把施动者设想为一个共有进程中的共同施动者"，即施动者的特征——"合作性"，而"合作原则确立了所有可能交流的积极规则"。②

人作为制造和使用符号的动物，符号形成过程就是符号发出方和接收方交流合作的结果，"没有一种东西自打产生之时就是信号，信号的界定必须考虑交际的接收方。因此，当不处于同一时空时，交际发生的时空便是虚拟的，只有听话人接收到信号并且当作信号时，也就是说，当他认为接收到的是交际行为时，虚拟才会变成现实"。③ 在交流叙述中，无论是真实交流叙述还是虚拟交流叙述，叙述文本必须在交流双方的合作中完成。没有合作，任何叙述文本都不会自动成为携带意义的符号。作者在进入创作后，他首先要明确的是他的作品要表达什么？想在接受者那里达到什么目的？对于接受者而言，如果其接受意向与作者意向、文本意向取得一致性，那么接受就会获得好的效果。因此，作者与接受者其实是以交流意向为基础达成某种合作关系的，"沟通者与接受者基本上靠着合作的方式交

① 赵毅衡：《符号学：原理与推演》，南京大学出版社，2011，第 344 页。
② [法] 丹尼斯·韦尔南：《符用学研究》，曲辰译，四川大学出版社，2014，第 119—120 页。
③ [意] 布鲁诺·G. 巴拉：《认知语用学：交际的心智过程》，范振强、邱辉译，浙江大学出版社，2013，第 47 页。

流，以传达讯息（让接受者明白沟通者的社会意图），这是两个人一致的目标。这表明沟通者会尽量用接受者能理解的方式沟通，接受者也会尽量靠着明确的推论了解对方，必要时会请对方解释清楚"。[1] 合作蕴含着两种行为方式：其一，行为发出方的交流行为具有明确的意向性，并以能够让别人理解的方式将自己的意向组织进一个文本（这种文本可以是能承载意向性的各种表达方式）；其二，接受者须尽量以常规的方式进入交流，除非发出者文本有能够辨识的元语言来规定文本的理解方向。格莱斯将合作原则具体细化为四条准则，即量、质、关系与方式。这四条准则既是对交流发出方的规定性，也会以另一种方式要求接收方。比如，在发出方能够以适当的量、质，并以适当的方式将交流内容组织进用于交流的文本后，接收方不能提出超出合理范围的要求。需要注意的是，用于交流的文本必须考虑体裁规定性，它对于发出方和接收方具有同样的压力。

对于文学作品来说，合作是作者与接受者交流的基础：

> 文学作品是事前经过充分准备、考虑与选择的"言语作品"，作者和读者在接触文学作品时，心里都知道并遵循合作原则和言语语境原则。在这里，作者和读者达成了一种特殊的合作契约，即假定作者保证能够提供一件有价值的语言产品，这部作品中的任何错误都会被编辑和出版商的审查加以改正，而读者则自觉地对这部有价值的作品给予认真特殊关注。[2]

合作，对于成功的交流非常重要。在交流叙述中，不同的叙述类型和合作类型会对合作提出不同要求，但上述有关合作的基础是一致的。如庭辩叙述，控辩双方是在法庭提供的叙述框架内完成合作的。唯有遵循合作原则，才能使对抗性交流控制在法律许可的范围内。

成功的合作还需要另一个条件，即经验共享。经验共享是人的行为方式社会化的结果。文化的传承、累积、延续之所以成为可能，与人类个体之间的合作交流密切相关。个体经验以交流的方式转变成群体经验，群体经验作为一种知识遗产进入传承渠道。群体经验是作为一种共享经验而成为交流基础的，"日常生活的语言充斥了许多有所指涉的表达方式，如代名词，因此彼此绝对要有共享的经验，才能了解对方用这些词时指的是什

---

[1] ［美］迈克尔·托马塞洛：《人类沟通的起源》，蔡雅菁译，商务印书馆，2012，第57页。

[2] 张瑜：《文学言语行为论研究》，学林出版社，2009，第81页。

么"。① 一个简单的例子是，当一个人身处异域，语言不通的时候，他必须采取各种方式使自己被理解。这是因为他与交流对方的共享经验太少，他的言语符号在对方身上唤不起相同的反应。正如米德所言："对于交流来说必不可少的是，符号应当对人的自我引起它在其他个体身上引起的反应，它必须对任何处于相同情境的人具有那种普遍性。"②

经验共享也是交流叙述成功的关键。赵毅衡先生在阐述"重复"的时候指出："心中有，包括我心中有，包括我相信我祈求交流的对象心中已有其模式，才有可能让对方理解。"③赵毅衡先生还以王之涣的《登鹳雀楼》为例，来阐述共享经验对于达成"写 - 读"交流的重要性："从作者和读者方面说，他们能用这首诗进行意义交流，是因为他们在中国文化中大量重复符号因素，形成共同的教育背景，创作与阅读的群体符号重复，是这首诗被写被读的保证。而这首诗成为经典，完全靠文化与教育的重复积累机制。"④

解构主义的互文性（文本间性），一方面说明任何文本离不开它所处的文化背景；一方面说明一些共同的经验已经非常深入地影响了知识的生产。没有经验共享，互文性就不会存在。

交流叙述正是在经验共享的基础上，使合作更有效，使作者意向性、文本意向性获得实现。正是在有效交流的基础上，人类的经验才能在"梭式循环"中获得增殖与发展。

三、叙述自反性

对于人类来说，自反性是人类认识自身、认识他人、认识客观世界的基础，没有自反性，人类就无法将自身与他人进行区分，也无法站在一个独立的角度来认识世界。"就人类来说，对自我的理解、对其他人的理解、对客观现实的理解，基本上都以反身性为特点"。"自我意识的反身性来源于内心化的运用以及话语的对话能力。在和听话人的会谈中，说话人总是

---

① [美] 迈克尔·托马塞洛：《人类沟通的起源》，蔡雅菁译，商务印书馆，2012，第 56 页。
② [美] 乔治·H. 米德：《心灵、自我与社会》，赵月瑟译，上海译文出版社，1992，第 133 页。
③ 赵毅衡：《论重复：意义世界的符号构成方式》，《河南师范大学学报》2015 年第 1 期，第 121 页。
④ 赵毅衡：《论重复：意义世界的符号构成方式》，《河南师范大学学报》2015 年第 1 期，第 122 页。

第一位听众。说话人在对他人说话的同时，也在对自己说话"。① 自反性是交流的基础，任何个体在与其他个体进行交流时，他所说的话、他的每一个动作，都会在交流对方那里获得某种效果。同时，个体也会意识到这种效果，他的这种"意识"就是自反性。米德指出：

> 在任何特定的社会动作或社会情景中，当某个体用一个姿态向另一个体指出后者要做什么时，前者意识到他自己的姿态所含的意义（或他的姿态在他自己经验中所呈现的意义），以至于他采取后者对那个姿态的态度，并且可能隐含地做出与后者明确地做出的反应同样的反应。②

> 如果进行交流，符号必须对所有有关个体都意味着同样的东西。③

这里显然存在一个前提，即交流双方必须共享某些知识。在同一个文化环境中，大家在耳濡目染中形成的共同知识背景就会成为交流的共同基础。对于全人类而言，共同的生存模式就会成为交流的基础。虽然存在各种精神、物质差异，但全域性的生存世界和由生存的社会化形成的共同心理便成为一种牢固的知识。跨文化交流时，必然会出现细节差异。

自反性在很多时候都是作为一种隐含品质存在的。在真实交流中，交流的即时性使自反性和交流效果在很短时间内得到对应。如果出现对应偏差，也会得到及时纠正。但在虚拟交流中，要么叙述者（作者）在场而接受者不在场，要么接受者在场而叙述者（作者）不在场，交流效果与自反效果的对应就会出现问题。如作者的创作并非总是以交流为目的，有时会追求一种自我愉悦：

> 艺术家通常并非自觉地注重交流，而注重的是使其作品——不论是诗作还是剧本，雕像或是画作，不管它是什么——"恰到好处"，显然不会考虑它的交流功效，这一点很容易说明。让作品"体现"其价值所赖以存在的真确经验，才是他文思专注的主要方面，遇到困难的情况，便成为统摄一切的文思；如果他当作一个割裂开来的问题去

---

① [法]丹尼斯·韦尔南：《符用学研究》，曲辰译，四川大学出版社，2014，第116—117页。

② [美]乔治·H. 米德：《心灵、自我与社会》，赵月瑟译，上海译文出版社，1992，第41页。

③ [美]乔治·H. 米德：《心灵、自我与社会》，赵月瑟译，上海译文出版社，1992，第48页。

考虑交流方面，那么，由此引起的注意力分散就会在极其严肃的作品中造成毁灭性影响。①

正是这类不考虑"交流"，而只关注"恰到好处"的文学创作，才使文学作品拥有创造性品质，关注个体感受，表达个体感受。个体性极强的、富于个体经验的表达，才是文学作品经验的积累与发展的动力。文学的自反性首先表现为以自我愉悦为交流目标，这种有意识的标新立异，使文学交流获得一种非平常的品质（新颖、陌生化快感），其既不考虑交流，也不影响交流：

> 但是有意识地忽略交流，毫不削弱交流作为一个方面的重要性。除非我们准备承认只有我们的自觉活动才有意义，否则就不会削弱交流。只要艺术家精神正常，使作品"恰到好处"这一过程本身便具有巨大的交流影响。
>
> 艺术家不愿把交流作为他的一个主旨来考虑。否认他在创作时由于渴望感染别人而受到影响，并不能证明交流实际上不是他的首要目标。
>
> 实际上，渴望交流不同于渴望推出具有交流功效（无论怎样掩饰）的作品。②

可见，文学创作自反性是作为一种隐含品质存在的。作家自我愉悦的过程，对作品自我体验的过程，在实际的文学接受中都会得到还原。尽管这种还原会出现各种状况。

叙述作为文学的一部分，同时也作为非文学领域的重要交流方式，也会出现上述情况。任何叙述都有一个自反过程，无论这一自反过程是否以交流为目标，但都会在交流中显现效果。所谓"叙述自反性"，就是指叙述者在做出叙述的时候，首先在自己内心对该叙述有个反应过程，且这一过程也是叙述者期望在接受者那里获得的。即叙述者要想打动读者，必须先打动自己。因此，叙述自反性是保证叙述获得最佳交流效果的重要环节。

此外，成功的叙述交流还需具备另一个条件，即确保接受者能够准确领会叙述者的意图。接受者不但要理解叙述内容，还要理解叙述者想从自

---

① ［英］艾·阿·瑞恰慈：《文学批评原理》，杨自伍译，百花洲文艺出版社，1997，第20页。
② ［英］艾·阿·瑞恰慈：《文学批评原理》，杨自伍译，百花洲文艺出版社，1997，第21页。

己这里获得何种反应的意图。叙述内容与叙述意图同时作为叙述交流的因素，为叙述交流各方所领会。

在叙述博弈中，叙述自反性表现得更为复杂。叙述者通过自反过程欲在接受者那里获得于己有利的交流效果，而接受者在理解叙述内容和叙述意图时，出于自身利益考虑，可能做出相反的反应，或者说偏离性反应。叙述交流对抗性产生于叙述自反性的经验并没有获得交流预期，而是得到相反或者偏移的反应。这种反应建立在接受者准确理解叙述内容与叙述意图的基础上，是一种故意的反应行为。也就是说，叙述博弈中的较量建立在准确理解但并未进行顺应回应的交流意图的基础上。成功的叙述博弈以成功的叙述交流为前提，只是这种成功的叙述交流处于潜在状态，表现出的是其反面而已。

叙述自反性是任何叙述获得成功与最佳交流效果的必备条件，也是一种能力要素，是经验的积累并获得有效运用的技能。这是因为叙述者首先获得某种反应，然后把这种反应通过叙述表达出来，并且知道接受者会得到同样的反应。叙述自反性与叙述能力相联系，可以积累，可以传承，可以在梭式循环的链条中累进叙述经验。这就可以理解，为何高明的叙述者在调动接受者情绪、获取最佳交流效果方面会有多种方法。

叙述自反性的另一个问题是，这种来自叙述者自身的经验能否在目标对象那里获得完全复制？答案是模糊的。任何叙述除了携带公共经验外，还携带个体经验，而个体之所以能够保持其独立性，就是因为其自身有着与公共经验不一样的地方。有些个体经验并不为其他个体所理解，这就使携带有个体经验的叙述虽然在叙述者那里获得某种效果，但在接受者那里不一定会获得相同的效果。叙述者的自反效果可能会在目标对象那里获得：①完全显现；②部分显现；③歧义显现；④没有显现；⑤对抗显现。叙述自反性是任何叙述必须具备的品质，也是叙述得以存在、延续、传承的基础。叙述自反性带来的各种自反效果，为叙述的发展提供了契机。正是在差异中寻求一种更加完美的表达，才促进了叙述方式的进化，才使叙述类型更加丰富，才使叙述在人类社会的各个领域获得存在的基础。

第二节　经验交流的“梭式循环”

文学史动力问题一直是文学理论研究的重要问题，但至今仍没有一种令人满意的解释。究其原因在于，一种经验传承逻辑是很难被建构出来的。

布鲁姆的"影响的焦虑"、姚斯的接受美学等在向文学史提出挑战的同时，也提出了一系列课题，而提出的问题永远比解决的问题多。任何叙述类型都有经验继承特征，叙述经验的继承性使不同叙述类型由简单走向复杂，由粗糙走向精致。针对具有继承性的叙事文本，文本各种要素的传承逻辑是什么？这些要素是如何参与叙述交流的？这些交流叙述经验又是如何进入新的叙事文本并参与新的循环的？这些问题均需要进行深入研究。任何叙事作品都存在一种经验传承链条（"经验"在这里是指人的感性与理性获得的、已经内化并进入传承链条的知识），而经验传承链条的核心就是经验视野，经验视野的传承遵循一种"梭式循环"。（见图2-2）

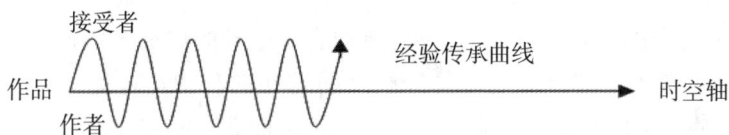

图 2-2 经验传承的"梭式循环"图示

任何叙事文本的作者都会经历经验学习阶段，即都会经历自己的接受者阶段。携带各种经验的"作者式接受者"进入叙事文本的接受状态，并对自己的经验进行改进、修正。当这类接受者进行创作时，就会把自己的经验以各种方式表达在自己所创作的文本之中，从而完成经验的传承。也就是说，作者与接受者之间并没有一条"鸿沟式"界限，在叙述交流中，二者会在历史意义上相互转化。这种转化的意义在于，它可以使人类的经验在交流中得到继承和发展。这是因为"所有的对话（交流），不管是在人与人之间还是在自我内心，都需要经历一个由自我到他者再到自我的反思性循环圈"。① 这种反思既是一种经验内化传承过程，也是新经验的形成过程。这里包含着两个过程：一、"自我—（虚拟）他者—自我"。这是存在于内心的交流，他者是自我的一种虚拟，或者一种分裂。二、"自我—他者—自我"，这是存在于人与人之间的交流，并最终回归自我，但这种回归已经携带了交流中的各种经验。

正如人类的各种交流一样，叙述交流的发生受到前经验的启发。"一个心灵对它的环境起到的作用足以影响另一个心灵，继而在第二个心灵中出现一种经验，它和第一个心灵中的经验是相像的，而且多少是由前者的经验所引起的。这种时候交流便发生了。交流显然是一个错综复杂的事情，至少在两个方面有程度之分。两个经验可能是或多或少相似的，第二

---

① [美]诺伯特·威利：《符号自我》，文一茗译，四川教育出版社，2010，第11页。

个经验可能或多或少依赖于第一个经验"。"交流的成功取决于在多大程度上能够利用过去经验的相同之处。缺少这样的相同之处，交流是无法进行的"。① 人类的叙述经验正是在"梭式循环"中获得了更新，而且这种更新发生在叙述的各种方面。如叙述语言（包括声音、图像、文字等）、叙述方式技巧、叙述传播渠道、叙述媒介等。

"梭式循环"并非一种圆形回溯，而是携带交流影响因子的动力线在折返回作者的过程中时空已经发生改变，动力线所携带的影响因子会以不同的身份和姿态进入新的文本，从而完成一种动态循环，经验视野的传承由此在历史的累积中完成。梭式循环沿着时空轴进行循环运动，形成文本发展的内在逻辑动力，其中的时空与经验是变动的，因此，梭式循环是一种动态的历史过程。这种动态循环既包含了经验的传承与变异、淘汰与更新，也包含了群体经验与个体经验之间的互动和相互转化。正是传承和变异，使人类的经验在人类全域性的知识层面获得螺旋式循环升力，人类的物质文化与精神文化获得递进式增长。伯格和卢克曼在论及经验的传承过程时指出："在人类的总体经验中，只有一小部分会存留在意识里。这些被存留的经验沉积下来，凝结为记忆中可识别与可记忆的实体。只有在这种沉积出现的时候，个人才有可能理解自己的人生。在若干个体共享某种生活的时候，还会发生主体间的沉积，共同生活的经验会融合并进入一个共同的知识库。只有当主体间的沉积能够在某种符号系统中被客体化时，即共享经验能被重复客体化的时候，我们才能将其说成是社会的。也只有到了这个时候，这些经验才有可能被传递给下一代，或从某个集体传递到另一个集体。"② 这里，个体经验与共享经验之间有一个社会化过程，这一过程要在交流中完成。人类经验的积累和更新也要遵循"梭式循环"过程。

梁启超在论及人类优于其他生物时指出：

> 人类所以优胜于其他生物者，以其富于记忆力与模仿性，常能贮藏其先世所遗传之智识与情感，成为一种"业力"，以作自己生活基础。而各人在世生活数十年中，一方面既承袭所遗传之智识情感，一方面又受同时之人之智识情感所熏染，一方面又自浚发其智识情感，

---

① [英] 艾·阿·瑞恰慈：《文学批评原理》，杨自伍译，百花洲文艺出版社，1997，第156—157页。

② [美] 彼得·L.伯格、[美] 托马斯·卢克曼：《现实的社会建构：知识社会学论纲》，吴肃然译，北京大学出版社，2019，第86—87页。

于是复成为一种新业力以贻诸后来。如是辗转递增，辗转递蜕，而世运乃日进而无极。此中关键，则在先辈常以其所经验之事实及所推想之事理指导后辈，后辈则将其所受之指导应用于实际生活，而经验与推想皆次第扩充而增长。①

人类优于其他生物的重要地方在于，人类能够在发展的过程中完成知识和情感的积累与更新，也就是能在经验的"梭式循环"中完成经验的累进和更新，并且能够在某些领域的某些时刻加快这一进程。在当今的网络、广告、影视、新闻等叙事类型中，时空减缩明显，经验传承的速度明显加快。

关于经验视野的"梭式循环"，在电影发展史上体现得淋漓尽致，从一开始的无声电影到有声电影、立体电影，再到现在的 3D 电影等，其发展链条就是一个经验传承的"梭式循环"链条。电影作者和受众的认知经验在"梭式循环"链条中获得积累，电影叙述在经验的累积中获得"自然化"。艾伦·纳德尔在论及鲍德威尔时指出：

> 鲍德威尔在关于电影叙事的著作②中，进一步分析了电影实现其目的的过程。他借用认知心理学的术语，将叙事电影描述为一系列的认知线索；进而指出，这类线索在历史上已经被编码，使叙事电影的时间和空间关系得以被人理解。也就是说，电影得以进行叙述。虽然观众只有依靠这些线索才能建构故事，但它们并不是人类认知心理中所固有的。毋宁说，它们是历史上形成的程式所累积的"智慧"。③

正是电影叙述经验的"梭式循环"对创作者、接受者都起作用，才能够把这种"累积的智慧"化作发展的内在力量。经验只有在行为各方的共同参与下，才能建构成一种历史智慧，才能形成历史编码，并在社会化过程中进一步转化成一种"自然化"的存在。赵毅衡先生在论述正相重复的意义累积时指出："符号活动是社会文化的大规模累积活动，这种累积的重复，不仅使表意方式得到传承，重复中必然包含的变化，使符号方式得到更新，而且，当符号重复使用累积达到一定程度，其意义就越来越富厚，

---

① 梁启超：《中国历史研究法》，中华书局，2016，第 9—19 页。

② D. Bordwell, *Narration in the Fiction Film*, University of Wisconsin Press, 1985.

③ [美] 艾伦·纳德尔：《第二自然、电影叙事、历史主体、〈俄罗斯方舟〉》，载 [美] 詹姆斯·费伦等编：《当代叙事理论指南》，申丹等译，北京大学出版社，2007，第 493 页。

最后就会出现质的飞跃。"①

俄国形式主义有一个重要概念——"陌生化",与其相对的是人们对事物和人生的"习以为常"的感觉。"如果我们研究一下感觉的一般规律,我们就会看到,动作一旦成为习惯性的,就会变成自动的动作。这样,我们的所有习惯就退到无意识和自动的环境里;有谁能够回忆起第一次拿笔时的感觉,或是第一次讲外语时的感觉,并且能够把这种感觉同第一万次做同样事情时的感觉做一比较,就一定会同意我们的看法"。② 可见,一种经验经过多次重复后,就会变成一种"自动化"的存在,逐渐从人的意识层面转向无意识层面。经验变成一种可以循环的知识,在人的各种行为中进行复制,直到我们对此毫无感觉。"这样生活就消失了,变得什么也不是了。自动化囊括了一切物品、衣服、家具、女人和对战争的恐惧"。③ 经验在梭式循环的链条中,让人熟视无睹。艺术就是为了恢复人们对事物的感觉,"艺术的目的是提供作为视觉而不是作为识别的事物的感觉;艺术的手法就是使事物奇特化(一译'陌生化')的手法,是使形式变得模糊、增加感觉的困难和延长时间的手法。因为艺术中的感觉行为本身就是目的,应该延长"。④ 艺术的核心品质就是创新,就是创造一种新经验。唯有打破人们对旧经验的依赖,掐断旧经验梭式循环链条,才能够使人的感觉时间得到延长。艺术,包括叙述作品在内的所有以创新为核心的体裁,都会存在经验的自动化与新旧经验的重新排列的情况。只有在新经验不断得到更新的过程中,艺术才得到一种升力,一种逐渐走向精致化的通道。这同时也是在交流中不断培养接受者的过程。这一时期的接受者,有可能会变成下一阶段的创作者。艺术史是经验的新旧交流史,是经验的梭式循环史,是在经验的梭式循环中不断培养创作者和接受者的历史。

接受美学对于读者(接受者)的认识具有革命性意义。姚斯指出:"一部文学作品的历史生命如果没有接受者的积极参与,是不可思议的。因为只有通过读者的传递过程,作品才进入一种连续性变化的经验视野。在阅读过程中,永远不停地发生着从简单接受到批评性的理解,从被动接

---

① 赵毅衡:《论重复:意义世界的符号构成方式》,《河南师范大学学报》2015 年第 1 期,第 123 页。
② [俄]维·什克洛夫斯基:《艺术作为手法》,载[俄]茨维坦·托多罗夫编选:《俄苏形式主义文论选》,蔡鸿宾译,中国社会科学出版社,1989,第 63 页。
③ [俄]维·什克洛夫斯基:《艺术作为手法》,载[俄]茨维坦·托多罗夫编选:《俄苏形式主义文论选》,蔡鸿宾译,中国社会科学出版社,1989,第 64 页。
④ [俄]维·什克洛夫斯基:《艺术作为手法》,载[俄]茨维坦·托多罗夫编选:《俄苏形式主义文论选》,蔡鸿宾译,中国社会科学出版社,1989,第 65 页。

受到主动接受，从认识的审美标准到超越以往的新的生产的转换。"① 姚斯还阐述了文学与读者之间关系的两种内涵：一是美学内涵："一部作品被读者首次接受，包括同已经阅读过的作品进行比较，比较中就包含着对作品审美价值的一种检验。"一是历史蕴含："第一个读者的理解将在一代又一代的接受之链上被充实和丰富，一部作品的历史意义就是在这过程中得以确定，它的审美价值也是在这过程中得以证实。"② 可见，经验视野的传承、审美与历史蕴含的检验与丰富，均需要在读者接受中完成。需要指出的是，文学史是文学作品的发展历史，经验视野在通过读者进行传递的过程中如果不进入新的文本，就很难完成传承任务。同时，作者与读者之间有着复杂的关系，二者的相互影响、相互交流对文本生产的影响不可小觑。单纯从读者角度建构文学史，和单纯从作者与作品角度写作文学史并没有什么本质不同，二者均会坠入一种偏见。究其原因在于，经验视野是一种无形之物，只有形诸文本才会获得生命，而读者没有这种能力，只有"作者式读者"才具有传承经验视野的可能性。而这种经验视野的传承，遵循的是"梭式循环"模式。

解释学从理解的角度阐释经验的传承。解释学是这样描述理解文本的初始状态的：

谁想理解某个文本，谁总是在完成一种筹划。一旦某个最初的意义在文本中出现了，那么解释者就为整个文本筹划了某种意义。一种这样的最初意义之所以又出现，只是因为我们带着对某种特定意义的期待去读文本。作出这样一种预先的筹划——这当然不断地根据继续进入意义而出现的东西被修改——就是对这里存在的东西的理解。

对前筹划（vorentwurf）的每一次修正是能够预先作出一种新的意义筹划；在意义的统一体被明确地确定之前，各种相互竞争的筹划可以彼此同时出现；解释开始于前把握（vorbegriffen）所筹划的理解的前结构，而前把握可以被更合适的把握所代替。正是这种不断进行的新筹划过程，构成了理解和解释的意义运动。谁试图去理解，谁就面临了那种并不是由事情本身而来的前见解（vor-meinungen）的干扰。③

① ［德］H.R. 姚斯、［美］R.C. 霍拉勃：《接受美学与接受理论》，周宁、金元浦译，辽宁人民出版社，1987，第24页。
② ［德］H.R. 姚斯、［美］R.C. 霍拉勃：《接受美学与接受理论》，周宁、金元浦译，辽宁人民出版社，1987，第24页。
③ ［德］汉斯-格奥格尔·加达默尔：《真理与方法（上）》，洪汉鼎译，上海译文出版社，1999，第343页。

应当指出，这里的"前筹划""前见解"，也是一个历史过程。不同读者对同一文本会有不同的前见解，这些"前见解"也存在一个历史累积过程。这种"累积"不是一种无形的东西，而是蕴含于历代的文本之中。解释学的另一个重要理论——"视野融合"也存在一个历史累积过程，"读者在阅读作品时产生的'视野融合'，是因为作品中有某种可以与历史衔接的'融合点'，这些融合点并不是孤立的偶然现象，而是作者有意或无意受历史（文学作品）影响而在作品中的自然流露或人为投射，是'经验视野'在作品中'积累'的有力证据。由此可见，孤立地研究读者阐释所产生的'视野融合'现象，而不考虑作者对造成这种'视野融合'的影响，具有明显的片面性"。①

如果我们重新审视经验传承的"梭式循环"，就会发现作者与读者的界限在历史维度中变得模糊不清，即二者在经验交流的链条中可以相互转化。经验视野就是在这种转化过程中获得逻辑动力，叙事作品就是在这种经验交流中得到传承、创新与发展。从民间故事的"在很久很久以前……"模式到现代小说的"多少年之后……"模式，我们看到叙述在培养作者的同时，也培养了读者，二者在"梭式循环"中承受相同的继承性压力与创新性动力，经验视野围绕时空轴线不断地梭式往返，而时空在动力线的不断折返中形成历史。

经验视野的梭式循环同样会在叙述转向和广义叙述学背景下得到检验。赵毅衡先生从符号学角度对叙述下了一个最简定义：

      1. 有人物参与的变化，即情节，被组织进一个符号组合；
      2. 此符号组合可以被接收者理解为具有时间和意义的向度。②

由赵毅衡先生的定义可以看出，叙述文本的建构是一个双向交流的过程，即必须有作者把有人物参与的情景组织进一个符号组合，同时此符号组合必须被接收者理解为具有时间和意义的向度，二者缺一不可。如果我们按照赵毅衡先生的定义分析叙述文本，就会发现叙述作品类型的容量变得空前巨大，经验视野的梭式循环在扩容后的叙述类型中变得非常明显。比如广告叙述，一种叙述经验在过去也许需要成百上千年时间才能完成传

---

① 王委艳：《作者的"读者"维度与文本动力学》，《甘肃联合大学学报（社会科学版）》2010 年第 1 期。

② 赵毅衡：《符号学：原理与推演》，南京大学出版社，2011，第 23 页。

承，而广告叙述经验只需几天甚至几小时就能完成传承，如明星代言、伴随文本运用等。再如网络叙述所潜藏的能量，很快会形成经验视野而参与梭式循环链条。网络炒作就是经验视野梭式循环模式的活态证明材料。交流性虽然在文学叙事作品中处于潜藏状态，但在其他叙事类型中则成为一种核心特性。新闻、庭辩、教育、广告、影视、体育等叙事类型如果没有交流，其存在就会出现问题。

第三节　交流叙述学的"双循环交流图式"

查特曼的叙事—交流情景图示受到许多学者的演绎、推崇、反驳或者修正的根本原因是，查特曼的图示第一次揭示了叙事作品交流的内在运行机制、层次、阶段等。查特曼的图示基本上是一种单向的修辞性交流，交流双方并不对等。针对查特曼的叙事—交流图示，里蒙－凯南提出两点不同的看法：一是对于隐含作者，"如果要始终坚持把隐含作者和真实作者、叙述者区别开，就必须把隐含作者的概念非人格化，最好是把隐含作者看作一整套隐含于作品中的规范，而不是讲话人或声音（即主体）。照此推论，隐含作者不可能是叙述交际场合的真正参与者"。因此，他主张把隐含作者与隐含读者排除在交际场合之外。二是"把叙述者和被叙述者作为必要的构成要素，而不是作为可以取舍的成分，纳入叙述交流过程"。[1] 这里，里蒙－凯南并没有改变查特曼交流图示的单向性。其原因有二：一是作者与接受者之间并没有"鸿沟式"界限，二者可以相互转化；二是接受者不但可以建构文本，甚至可以建构作者、建构人物甚至建构作品的意识形态。因此，交流的单向性无法解释这些问题。谭君强非常敏感地意识到这一点，不仅提出了叙述交流的"双向性"，并指出有两种交流过程——"叙述文本范围之外的交流"和"叙述文本范围之内的交流"。[2] 但，用以支撑交流行为的核心要素是什么？交流各层次的媒介是什么？至今仍没有得到令人满意的解答。此外，仅仅有渠道、方向还远远不够，正如费伦所言："文学交流最终是关于人类经验的某些方面。"[3] 经验视野就是支撑交流

---

① [以色列] 里蒙 - 凯南：《叙事虚构作品》，姚锦清等译，生活·读书·新知三联书店，1989，第 158—159 页。

② 谭君强：《叙事理论与审美文化》，中国社会科学出版社，2002，第 27 页。

③ [美] 詹姆斯·费伦：《修辞、伦理及叙述交流：抑或从故事和话语到作者、资源与读者》，载邓颖玲编：《叙事学研究：理论、阐释、跨媒介》，北京大学出版社，2013，第 20 页。

行为的核心要素，经验视野的"梭式循环"可以为叙事文本交流的各层次提供交流的内在动力系统。经验视野提示我们，交流各方的交流行为在经验视野背景下并不自由。经验可以提升为行为方式，而行为方式可以影响交流方式、交流内容、交流效果等。

以"梭式循环"为基础，叙事文本存在两种交流循环图式——文本内循环图式和文本外循环图式。这两种循环并非互不相容，不仅在叙述交流过程中会出现"跨层"交流现象，各循环内部的各个交流层次之间也会出现"跨层"交流现象，这就使叙述交流呈现出复杂状态。需要指出的是，交流是一种经验交换，是交流双方在媒介交往过程中相互影响并进而转化为行为方式的过程。

其一，文本内循环包括两种循环模式：1. 人物—事件—人物；2. 叙述者—故事—受述者。如图 2-3 所示，两种循环模式中的交流双方并没有方向性指示，交流双方均可作为主导方而对另一方产生影响，交流是可以回溯的，是一个环形图示，即"人物—事件—人物"和"叙述者—故事—受述者—叙述者"。同时，两种模式可以实现跨层交流，即叙述者和受述者均可以成为人物。反之亦然。

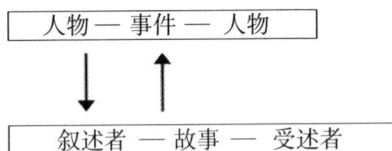

图 2-3 交流叙述的文本内循环图式

①人物—事件—人物。人物之间的交流基本上是以事件为基础的。所谓的"人物"，并非指某一具体的个人，而是指一个承担叙事人物功能的实体。比如体育叙述中，某一团队即可承担人物功能。人物之间以事件为媒介进行交流，事件并不具备整体故事功能，而是故事的组成部分。人物在以事件为媒介进行交流的过程中，经验视野有一个累积过程和行为化过程。事件经由经验过滤后会形成具有人物性格、行为方式、心理内涵、道德伦理与意识形态内涵的"交流场"，而经验则遵循"梭式循环"的交流性链条。由此可见，以经验视野的"梭式循环"为基础，以事件为媒介的人物交流不再是一种单纯的形式研究，而是更具有内涵意义。而且，人物交流有时会出现跨层现象，不但会向文本内的其他交流层次跨层，而且会向文本外的交流层次跨层。

关于叙事交流的人物参与，叙述学界经历了一个长时期的认识过程。

自从查特曼提出叙事—交流图示之后，不少理论家对其进行了完善，如里蒙 - 凯南、曼弗瑞德·雅恩、詹姆斯·费伦等。其中，雅恩进一步提出叙述交流层次的人物层。（见图 2-4）①

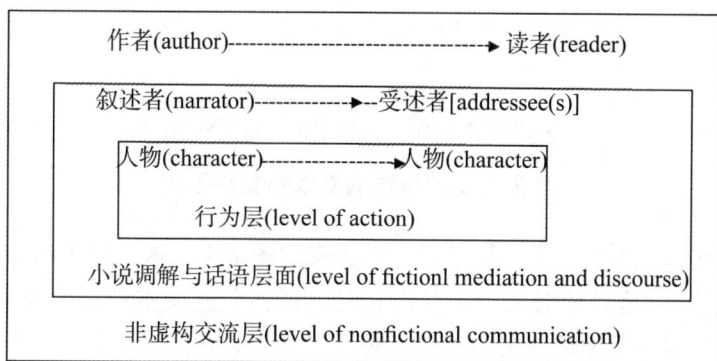

图 2-4 曼弗瑞德·雅恩 "交流层次图"

雅恩在详细阐述叙事文本的交流层次的基础上，将文本内、外交流层次进行了区分，明确了文本内人物之间交流的"行为层"。费伦则对查特曼的图示作出修正，提出了"双渠道"交流理论，也就是增加了"人物"这个层次。②

②叙述者—故事—受述者。叙述者与受述者之间通过故事进行交流，故事是一个整体概念，是事件的集合，但不是文本的全部，也无法代替"叙述文本"。在雅恩的图示中，它属于虚构媒介和话语层次。但在广义叙述学背景下，许多叙述类型的这一交流层次并非一种虚构，而是真实的或拟真实的。比如教育叙述、医疗叙述、新闻叙述、口述历史、广告叙述、庭审叙述等。但无论是虚构还是真实，均以经验视野的"梭式循环"为基础，交流双方的经验背景为其行为方式提供支持。这一层次的叙述者和受述者会出现跨层，如二者均可能成为故事人物；也可能跨出文本，参与文本外的交流循环。

其二，文本外循环也包括两种循环模式：1. 作者—叙述文本—接受者；2. 叙述作者集团—叙述载体—接受者集团。第一种模式是具体的，第二种模式的视野更为广阔。在这里，每种交流模式中都没有箭头式的方向性，每种模式都可以回溯，交流永远是一种相互的过程，主动与否在历史意义

---

① Manfred Jahn , *Narratology: A Guide to the Theory of Narrative*, http://www.uni-koeln.de/~ame02/pppn.htm.

② [美]詹姆斯·费伦：《修辞、伦理及叙述交流：抑或从故事和话语到作者、资源与读者》，《外语与外语教学》2012 年第 1 期。

上很难判定。同时，两种交流模式之间也会出现跨层现象。在交流双方相互作用的过程中，体裁的约定性、文化规约、道德伦理规约、意识形态等因素会参与到叙述交流之中，形成一种具有文化意义的交流叙述图景。

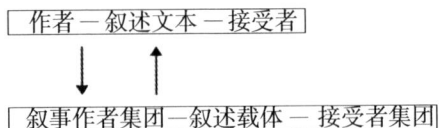

```
┌─────────────────────────┐
│ 作者 — 叙述文本 — 接受者 │
└─────────────────────────┘
           │      ↑
           ↓      │
┌──────────────────────────────┐
│ 叙事作者集团—叙述载体 — 接受者集团 │
└──────────────────────────────┘
```

图 2-5 交流叙述的文本外循环图式

①作者—叙述文本—接受者。在雅恩的图示中，这一层次属于"非虚构交流层"。这是针对文学作品而言的。任何叙述文本都会出现"镜像"问题，区别只是镜像层次的多少。对于文学叙事而言，文本内交流都会成为文本外交流的镜像，而对于叙述研究者来说，文本内、外交流层次才是他们研究的对象，一种交流层次在另一更大的交流层次中都会找到自己的副本。关于交流方向的读者向作者回溯，费伦指出："作者设计文本，以独特的方式感染读者。那些文本设计要得以表达，就必须借助词汇、技法、结构、形式以及文本的互文关系。读者反应作为文本设计过程中所产生的一种功能，能够指导作者如何通过文本现象对文本加以设计。"[①] 费伦将读者反应看作"一种功能"，是把读者反应"文本化"了。这是第一种情况，即读者反应与文化背景（体裁、语境等）一起对文本设计构成压力。第二种情况是，作者的读者身份决定了作者与读者具有相同或相似的接受心理构成，作者的"自反性"可以使读者获得与作者相同或相似的接受反应。第三种情况是，在集团意义上看待作者与读者之间的交流关系。

交流叙述学是在叙述的广义背景下展开研究的，因此，存在于作者—文本—接受者之间的叙述交流具有超越虚构与真实的意义。而在这一交流层次中，作者与接受者有时会模糊不清，所谓的"谁说""谁听"问题会变成"众声喧哗"。此外，这一层次的交流双方有时会公然跨进文本内的交流，从而使交流叙述呈现出更为复杂的局面。比如网络叙述。

这一交流链条可进一步细分为"作者—文本"交流、"文本—接受者"交流和"作者—接受者"交流三种情况。第一种情况：作者与文本之间的交流中会发生自反性问题，作者是文本的第一读者，这种自反性决定了作

---

① [美] 罗伯特·斯科尔斯、[美] 詹姆斯·费伦、[美] 罗伯特·凯洛格：《叙事的本质》，于雷译，南京大学出版社，2015，第 315 页。该书最后一部分《叙事理论，1966—2006：一则叙事》出自费伦之手。

者不能够随心所欲地创作，而是受到自身感受的反向支配。这种自身感受，就是自反性，它决定了文本进入交流渠道之后接受者的理解模式，是文本对理解的一种规定性，一种元语言。第二种情况：文本与接受者之间的交流是任何叙述交流必然发生的交流关系。对于批评家接受者来说，它具有重要意义，批评家"并非将一种业已存在的伦理体系应用于叙事之上，而是力求发掘文本的内在价值体系，以及作者是如何凭借那一体系去实现叙事的交往意图的。接下来在最后一个步骤中，批评家会引入他本人的价值观念，以对文本的价值体系及其应用作出评判"。[①] 第三种情况：作者与接受者之间直接进行交流。朱立元认为，"文学接受作为审美活动，是作家与读者之间的一种审美经验的交流"，"然而，交流总是双向的，而不是单'流'的。文学接受活动的交流性，更主要地体现在读者审美经验向作家的回'流'或反馈中"。[②]"回流"的方式多种多样，且具有时代特性。无论何种时代，"写-读"之间的双向交流从未消失过。这种双向交流在网络时代尤其频繁，途径更多样，反馈更及时。这种直接交流甚至会影响到作者正在创作的文本：接受者反馈的即时性使文本的创作变得透明，接受者经验抵达文本的时间也日益缩短。

②叙述作者集团—叙述载体—接受者集团。如果把交流叙述扩展为一种历史视野，就会发现经验视野的传承需要一个历史过程。虽然在某些叙述类型中，这一过程会变得很短暂，但其并不会消失。叙述作品的历史也是一种经验累积、经验创造的历史，即使是同一作者在交流中获取的经验，也需要在下一部作品中运用，而不可能改变已经经验过的事实。因此，在历史意义上，叙述文本的作者是一个集团，它与接受者集团之间会发生"身份翻转"。即这一阶段的接受者，在下一个交流阶段中会成为作者。反之亦然。作者集团还可能包括参与叙述文本形成的各种要素，如出版商、版式设计者甚至身兼接受者角色的评论家等。而接受者集团还可能包括评论家、教育工作者等。这里，起推动作用的是经验交流的"梭式循环"，时空会在以"叙述载体"为中心的交流中成为历史。因此，任何叙述交流都是一种动态的、历史的、经验的。这种处于集团状态的宽泛的交流叙述，会在经验视野的"梭式循环"模式下获取交流的行为姿态。因此，

---

① [美]罗伯特·斯科尔斯、[美]詹姆斯·费伦、[美]罗伯特·凯洛格：《叙事的本质》，于雷译，南京大学出版社，2015，第316页。

② 朱立元：《接受美学》，上海人民出版社，1989，第175—176页。朱立元在该书第五章《文学认识论（下）：群体接受社会学》"文学接受是一种社会交流活动"一节中，详细列举了作家与读者之间的各种交流方式，指出二者之间的交流中，读者审美经验"回流"给作家的诸多途径。

流派的形成以及创作集团、地域创作群体的出现等，均会在叙述交流经验的"梭式循环"意义上获得解释。

文本内和文本外的双循环交流图式，遵循"梭式循环"的经验交流传承原则，形成交流叙述学基本的学理框架。在这一框架中，有许多需要探索的理论问题。比如交流过程与交流经验的层次，不同体裁的叙述交流原则，叙述文本的意义交流方式，叙述层次与叙述交流的影响因素，跨层交流，等等。

综上所述，交流叙述学以经验视野的"梭式循环"为基础，以探索文本内、外的"双循环交流"以及各交流层次间的跨层交流，交流叙述的文化内涵、交流机制等为内容，搭建一般意义上的交流叙述研究框架。应当指出的是，无论是文本内交流还是文本外交流，都符合人类交流的基本规范。二者在某种程度上具有同构关系，其经验累积和增长的方式具有一致性。关于文本内交流，叙述学界的研究已经非常丰富，而且提出了一系列的理论思想。如费伦的双渠道、谭君强的双向交流、雅恩的文本内外双层等。本书虽然侧重于研究文本外的交流叙述，但其规则同样适用于文本内的交流叙述。

交流叙述学的提出背景是当今叙述学发展的实际，即叙述转向和广义叙述学的形成。叙述交流作为人类交流行为的核心模式之一，并没有得到叙述学界的充分关注。当今叙述普遍化的现实语境，即新闻、网络、游戏、医疗、教育、庭辩、体育等，使交流已经成为一种普遍化的叙述行为。探索交流叙述学的一般理论问题，可以为研究诸多叙述的交流性提供理论基础。与此同时，某一学科的叙述交流特性可以作为分支来研究，如新闻交流叙述学、网络交流叙述学、游戏交流叙述学等。因此，交流叙述学的提出仅仅是交流叙述研究的一个起点。

第四节　交流叙述中的主体身份翻转

本节主要探讨如下问题：在交流叙述中，什么情况下才会发生身份翻转？身份翻转有哪些类型？翻转之后一定是二者的身份交换吗？身份翻转会带来哪些交流效果？身份翻转与自反性是什么关系？

交流叙述中的主体身份翻转一方面使交流中各方的地位变得不确定，由此使交流叙述各方在历史层面处于平等位置；另一方面使交流站在了一个公平的平台上，"人类文化中的大部分符号接收，必须从对方的立场调节接受方式,交流才能在无穷变化中进行下去"。^① 参与交流的主体必须时刻准备变换身份,站在对方立场调整自己的交流姿态。但这只是一般意义上的交流心理调适。这种身份翻转发生在各交流主体的心理层面,它虽然可以保证交流的流畅性,但不能从现实层面获得真正意义上的翻转。因为,话语权力不会只是在心理层面显示存在,身份翻转具有更深更广的层面。

在交流叙述中,各参与方都作为主体参与叙述交流,但其位置会产生翻转,即交流主动方(作者)和被动方(接受者)会在一定的交流阶段产生身份翻转。不同的叙述类型会有不同的翻转模式,"每一个交际互动的都是这样一种活动:参与者轮换主动发话,互动的责任也在参与者之间均摊"。^② 在文学叙述中,作者与读者之间的身份翻转首先发生在创作过程中。任何作者的创作的第一个读者必须首先是他自己,然后才是别人,这是叙述自反性的客观要求,也是作者创作的作品进入流通领域必须具备的基础。这是一种隐性身份翻转,是任何符号表意在进入交流领域之前必须具备的品质,"交流的发展不只是一个抽象的观念问题,而是把人的自我置于其他人态度之中的过程,通过表意符号进行交流的过程。记住,对于表意的符号来说必不可少的是,影响他人的姿态应该以同样的方式影响个体自身。只有当某个人给另一个人的刺激在他自身唤起同样的或类似的反应时,该符号才是一个表意符号"。^③ 也就是说,符号表意是以符号发出者的身份翻转为前提的,这种翻转保证了符号脱离个体的独立性品质,这种独立性使符号表意文本具备历史穿行的能力。正是这种独立性,符号表意文本不会给交流的任何一方以操纵性的权力,交流主体随时会在历史的某一时刻占据主导性地位。交流各方会在历史的平台上获得平等的身份。

其次,作者与读者的身份翻转产生于历史中。即不是个体意义上的翻转,而是站在更长的历史阶段,读者会以作者的身份、作者会以读者身份出现在叙述交流中。这里的读者和作者是一种集团意义上的概念,并不指向单个个体。文学叙述中,不论是作者还是读者,都会经历经验学习的过程。叙述的经验视野没有建立之前,不可能进行成功的叙述活动。因为,没有文化、体裁等规约带来的叙述压力,其所创作的文本就难以获得一种社会化身份,叙述交流就会出现障碍。也就是说,主体在人类的符号交流

① 赵毅衡:《符号学:原理与推演》,南京大学出版社,2011,第345页。
② [意]布鲁诺·G.巴拉:《认知语用学:交际的心智过程》,范振强、邱辉译,浙江大学出版社,2013,第47页。
③ [美]乔治·H.米德:《心灵、自我和社会》,赵月瑟译,上海译文出版社,1992,第285页。

活动中变得很不稳定。这种不稳定以身份不稳定为表现形式，"符号文本落在发出与接收两方之间的互动性领域，其中的主体性，只能在主体之间的关系中解决。符号传达是一个互动过程，主体只能从'交互主体性'角度来理解。或者说，主体性就是交互主体性"。①

再次，身份翻转与自反性。对于符号交流活动来说，至少存在三个必备条件：符号发出者、符号文本和符号接受者。自反性是作为符号文本的一种品质来说的，符号发出者为了保证符号表意在交流中获得通行密码，必须在符号创作过程中具备自反性品质。换言之，符号发出者想在接收者那里获得的交流效果，必须首先在自身获得这种效果，这是符号文本最起码的品质。对于身份翻转来说，这是发出者与接收者在符号交流过程中的地位问题，或者说是话语权问题。因此，自反性作为符号文本获取预想效果的品质因素，是一种交流基础，身份翻转则是在此基础上交流双方的身份博弈。"自我必须在与他人、与社会的符号交流中确定自身。自我是一个社会构成、人际构成。而确定自我的途径，是通过身份。自我的任何社会活动，不管是作为思索主体（subject）的表意与解释，还是作为行为主体（agent）的行为与反应，都必须从一个个具体的身份出发才能进行"。身份在符号交流中是不稳定的，身份翻转决定了符号交流的动态性，也决定了符号文本在交流中的不确定性。这种不确定包括符号文本的价值、地位等品质因素。

最后，身份翻转在后现代文学与后结构主义诗学那里有了另一种意味。后现代文学与后结构主义诗学均倡导文学的能指化，所指被掏空，变成一种有待填充的阐释领域，这就是所谓的"削平深度"。"就文学而言，文本不再指向意义，只留下意义的痕迹，或者说似乎有意义的逗弄；就诗学而言，切断表意之链，从而使释义不服从某个标准"。②"文本不再以表意—释义为中轴，而只是一个召唤结构，一份邀请书或挑战书。它无法提供自我意识，而靠产生意义的阅读提供意识主体"。"至此，诗学终于形成倒流式传达。唯一真正在场的是释义的主体，其他各成分虽然没有完全离场，都采取离场的姿态。离场的程度大致依次为：作者、文本、语境、前文本"。③后现代文学采取的"主动让位"的姿态，使交流一开始就蕴含了接受者的主导身份。这种权力的自我让渡与其说是后现代作者的主动撤离，不如说他们所追求的就是这种放弃释义权力带来的交流效果。身份翻转由

① 赵毅衡：《符号学：原理与推演》，南京大学出版社，2011，第344页。
② 赵毅衡：《意不尽言——文学的形式—文化论》，南京大学出版社，2009，第4页。
③ 赵毅衡：《意不尽言——文学的形式—文化论》，南京大学出版社，2009，第4页。

此成为文本策略的一部分。

　　身份翻转在具体的叙述类型中会出现不同的情况。如在电子游戏叙述中，作者和接受者的身份界限会变得模糊不清，二者的身份会不断翻转。正是游戏的这种身份翻转，构成了玩家不断更新的情趣体验。在医疗叙述中，发现病人叙述中存在的心理问题是医疗师的基本技能，唯有帮助病人摆脱原来的身份认知，重新建构一种新的叙述角色，才能达到治疗目的。因此，在叙述疗法中，身份翻转发生在叙述者（病人）的内心，医疗师是病人身份翻转的协助者。

　　拉比诺维茨、费伦对读者进行分类时，没有提及作者的读者维度。作者的读者维度给经验的传承提供了一种连接点，也为"视界融合"中"融合什么""怎么融合"提供了一种支撑。这是一种动态视野，它有效解决了经验传承的方式问题。作者式读者是身份翻转在文学领域中的特例，任何文学活动都必须经过身份翻转，纯粹的、没有经过文化浸染的"纯天才"是不存在的。"读者—作者"在符号交流中的身份翻转，一方面使"视界融合"有了"融合点"，另一方面使我们在符号文本中找到"融合方式"。身份翻转会在符号文本中找到痕迹。

　　在交流叙述中，主体身份翻转可进一步细分为文本内主体身份翻转和文本外主体身份翻转。文本内主体身份翻转是叙述文本内部，各人格主体之间的交流。假如把文本看作一个独立的世界，那么，文本内部人物之间、各种主体之间会出现如现实世界那样的虚拟交流与真实交流，其主体身份翻转的运行机制、翻转的类型，均与文本外具有同构性。必须指出的是，文本内有一种不受文本外控制的内在规定性，即文本内世界的规则系统。在这个系统中，人物的交流以及他们之间的主体身份翻转会受到这个规则的制约。无论这个规则在文本外世界看来是多么荒诞不经，但对于文本内世界而言，其都具有足够的真实性。因此，在文本内规约的制约下的文本内部的叙述交流不仅丰富多彩，而且具有不可预知性。我们无法对这种无法预知的世界做精确的理论描述，只能说在多数情况下，文本内世界各种主体之间的交流在交流位置（主动／被动、主体／客体）方面，与文本外世界具有相同或相似的通行规则。

　　文本外交流叙述主体身份翻转大致有四种情况：

　　1. 传承性翻转与批评性翻转。虚拟交流中的主体身份翻转主要有两种方式：一种方式是通过接受者向创作者的转化获得；一种方式是接受者获得对接受对象的主导性"评价权"，使"作者"失去交流主动权，而成为对评价的被动"接受者"。也就是说，创作者的身份、历史地位等，均受到接受者的反向确立。

2. 现场性翻转。在真实交流中,交流双方的身份在"主动"与"被动"的位置上相互转化,交流中的主导权处于游弋状态。

3. 创作接受者:主客同体。在交流叙述中,交流双方处于模糊边界,或者合为"创作接受者"。如网络游戏中,玩家既是接受者,也是叙述的参与者和创作者。玩家主动选择角色,并选择自己构筑叙述的方式。这是一种典型的"创作接受者",是一种多身份的"自我交流"。网游娱乐的核心品质,也许就存在于这种虚拟的自我身份分裂带来的交流效果中。

4. 自我身份翻转。自我身份翻转有如下几种:①虚拟翻转。在交流叙述中,交流某一方会通过对另一方身份的自我模拟获得一种虚拟的交流经验,或者获得某种预想的交流效果。这种模拟可以发生在虚拟交流叙述中,但其经验反馈预期或者交流效果不会当场显现。②身份自行翻转。在交流双方身份一体化后会出现这种翻转。如网络游戏叙述。③自我异时翻转,比如梦境。按照赵毅衡先生的观点,梦境的叙述者和接受者是人头脑中的两个不同部分,即一个部分向另一个部分发送叙述文本。①因此,梦叙述是一种自我的分裂,自我无法控制叙述,也无法控制接受,二者均处于被动状态。那么,梦境中的主体是如何实现翻转的呢?在梦叙述进行的过程中,人无法控制,也无法干预叙述进程,但梦醒时分,人在梦境中的主体分裂会恢复到同一状态。这时,他会用不同的方式(如回忆重述、占梦等)对于梦叙述进行分析,由梦中被动的接受者转化为主动的接受者,甚至由梦中的接受者转化为叙述者。重述梦境所包含的主体身份翻转会带来一系列后果,如果梦的主人是掌握权力的人物,那么,梦境及其重述就会带来现实后果。中国古代,用占梦影响决策的实例并非没有。作家(交流的主动方)常常利用梦叙述的特点,来达到某种叙述目的,如使故事发生戏剧性转折、推进故事进程、揭示人物隐秘心理等。《初刻拍案惊奇》卷十九"李公佐巧解梦中言 谢小娥智擒船上盗"中,谢小娥梦见其父所言的含有杀人者姓名的谜语,使故事的运行方向和人物的行为发生了质的变化。谢小娥的梦是一个转折性的事件,也是一个极具戏剧意味的事件。一些话本小说之所以常常用梦叙述来描写人的隐秘心理,就是因为梦是主人公无法控制的心像叙述。

---

① 赵毅衡:《广义叙述学》,四川大学出版社,2013,第52页。

第三章　交流叙述学的语言哲学视野

　　20世纪语言哲学对西方文论乃至世界文论的影响是非常巨大的，索绪尔语言学的诞生直接导致西方文论界的"语言学转向"。叙述学正是诞生于此一背景中。20世纪的另一语言哲学派别——奥斯汀日常语言学派对于文学理论的影响虽没有索绪尔大，但当结构主义语言学走向衰落之时，却给我们另一启示。当今时代，文学性蔓延、叙述转向既向包括叙述学在内的文艺理论研究提出挑战，也提供机遇。在叙述转向和叙述扩容背景下，叙述的交流性已经成为一般叙述研究的重要内容。只要从20世纪语言学角度理解叙述的交流性，就会发现叙述与交流这对在人类历史上最为广泛的经验建构方式是如何走向融合的。只要我们以交流为视角，来研究叙述在交流过程中的质、量和度，就会发现叙述不同于一般语言交流的独特品质，及其对质、量、度的不同要求。

第一节　二十世纪语言哲学与叙述学

一、索绪尔结构主义语言学与叙述学

　　20世纪初，西方语言学获得突破性发展，即索绪尔语言学（又称共时语言学），研究语言共时状态下的表层和深层、能指和所指等语言的结构，所以也称为结构主义语言学。索绪尔的研究启发了多种学科的研究，引发了遍及各个学科的语言学转向。结构主义叙述学（经典叙述学）秉承索绪尔语言学的核心研究模式，寻求文学叙述的普遍语法，立足文本，形成系统的理论体系。格雷马斯认为，文本是一个句子的扩展，即大句子，语法规则是控制句子建构的内在因素。热奈特对文本进行精细阅读，对叙述话语进行命名，创造性地提出一系列叙述的基本概念。巴特从功能角度，

对叙述作品进行分析，以对应于句子的语法功能。

索绪尔语言学对 20 世纪西方文论产生了巨大影响，使形式批评，尤其是结构主义文论（如叙述学等）得到了前所未有的成功。虽然结构主义受到后结构主义、解构主义、新历史主义、接受美学等的冲击，但这些冲击很难排除结构主义文论奠定的理论遗产，很难在一个没有结构主义的文论平台上建构自己的理论大厦。正如戴卫·赫尔曼指出：

> 叙述学已经从经典的结构主义阶段——相对远离当代文学和语言理论蓬勃发展的索绪尔阶段——走向后经典的阶段。后经典叙述学（不要将它与后结构主义的叙事理论相混淆）只是把经典叙述学视为自身的"重要时刻"之一，因为它吸纳了大量新的方法论和研究假设，打开了审视叙事形式和功能的诸多新视角。其次，后经典阶段的叙事研究不仅揭示结构主义旧模式的局限性，而且也充分利用它们的可能性；正如后经典物理学也不是把牛顿模式简单地抛在一边，而是重新思考它们的潜在思想，重新评估它们的适用范围。[①]

对于文学叙述而言，对结构主义叙述学（经典叙述学）来说，虽然其适用范围、潜在思想受到重新判断，同时也失去往昔的理论雄心，但作为一个影响广泛的理论，其思想永远成为后继者难以绕过的理论平台。后经典叙述学将经典叙述学置于自身发展的"重要时刻"，充分利用其理论思想的可能性来开启自己的理论创新与研究假设。但当规模宏大的"叙述转向"来临之后，我们发现，原来其他叙述类型研究对文学叙述理论的借鉴，已经难以满足发生在各种领域的叙述转向的需要，发展一种"总其成"的"广义叙述学"成为摆在叙述学研究者面前的紧要课题，"叙述学的'体裁自限'已经成为这个学科始终未能认真处理、认真对待的重大问题"。[②] 在这一背景下，"经过叙述转向，叙述学就不得不面对既成事实：既然许多先前不被视为叙述的体裁，现在被视为叙述体裁，而且是重要体裁，那么，叙述学就应当自我改造：不仅要有能处理各种体裁的门类叙述学，也必须有能总其成的广义叙述学。……门类叙述研究迫使叙述学打开边界，从小说叙述学的茧壳中破蛹而出，成为一门广义叙述学"。[③]

叙述扩容使叙述研究不得不面对一个全域性的局面，广告、新闻、

---

① [美] 戴卫·赫尔曼主编：《新叙事学》，马海良译，北京大学出版社，2002，第2—3页。
② 赵毅衡：《广义叙述学》，四川大学出版社，2013，第3页。
③ 赵毅衡：《广义叙述学》，四川大学出版社，2013，第5—6页。

医疗、庭辩、网络游戏、电影等非文学领域的叙述类型，使叙述与现实之间的可见性连接被开启。这里之所以强调可见性，是因为相对于文学叙述来说，非文学领域的叙述类型与现实之间的联系更直接、更紧密，被索绪尔结构主义语言学所围成的理论栅栏至少在叙述学领域应当被开启。当然，文学叙述并非与现实隔离，在文学叙述研究领域，围绕雅各布森语言交流示意图的讨论从未停止过。现在看来，这种人为隔离其实反映了一种理论暴力，或者理论霸权，特色与深刻背后隐藏了其片面性。站在叙述转向背景下，回顾叙述学的发展历程，我们需要思考的是理论的雄心永远无法替代理论更替的历史法则。如果把视野再放大一点，其实 20 世纪的另一个语言学发展方向会给叙述学研究，尤其是在叙述转向背景下的叙述研究更多启示，那就是语言学研究的奥斯汀方向。

二、奥斯汀日常语言学派与叙述学

20 世纪另一重要的语言学研究流派，是奥斯汀日常语言学派。因其主要研究语言的述行功能，又称为言语行为理论。奥斯汀的理论很快被其学生塞尔与另一语言学家奥赫曼扩展到文学的述行性研究。日常语言学派与文学之间的关系，是该学派一个颇具纠结意味的发展方向。这与奥斯汀关于言语施为性的核心观点有关。按照奥斯汀的观点，言语的施为性就是言语对现实的构筑关系，言语在被说出的同时也是在做一件事情，即对现实形成某种改变，说话就是做事。"说出句子（当然，是在适当情景中）显然并不是要描述我在做我说这句话时我应做的事情（更不是描述我已做的或将会做的任何事情——原注释），也不是要陈述我正在做它。说出句子本身就是做我应做或在做的事情"。[1] 奥斯汀将言语行为分为三个层次：话语行为、施事行为和施效行为。[2] 这三个层次具有共时特性，即言语行为本身同时在言事、施事和获取效果。这里有一个核心思想，即言语与现实之间的密切联系。

文学的虚构性和内指性，使其对现实的构筑被悬搁。"以假定施行话语和记述话语之间存在差异作为出发点，我们发现有足够的迹象表明，这两种话语似乎都具有'不适当'这一特性"。[3] 因此，奥斯汀不认为作为记

---

① ［英］J.L. 奥斯汀：《如何以言行事》，杨玉成、赵京超译，商务印书馆，2013，第 9 页。
② 也有译者译成以言表意、以言行事和以言取效。
③ ［英］J.L. 奥斯汀：《如何以言行事》，杨玉成、赵京超译，商务印书馆，2013，第 87 页。

述性的、虚构性的文学言语具有施为性功能。这一观点限制了言语行为理论研究的拓展，因为文学不仅仅是个案，所有书面文本均会面临这种局面，历史文本等非虚构文本也处于施为性与非施为性的边界地带。应当指出，奥斯汀把言语的施为性与物质世界的关系看得太过牢固，认为施为性必须表现为现实世界的某种显性改变，但是我们必须关注人文学科对人的心理现实的构筑作用。弗洛伊德将释梦运用于心理治疗，治疗精神疾病的医生将叙述发展成一个具有巨大潜力的精神疗法，充分表明虚拟言语同样具有强大的施为性，它在潜移默化中使人产生心理改变。

实际上，虽然奥斯汀把文学排除在言语行为理论的研究之外，但文学从来没有远离过该理论。文学具有双重言语层面：其一，文学具有内指性。其文本内部构成一个独立的世界，文本内部言语对于文本内的人物、行为来说具有足够的真实性，其施为性也会通过人物的言行表达出来。其二，文学具有交流功能。其与交流对象一起构筑起连接现实的桥梁，文学言语施为性可表现为接受者的心理改变与行为改变。因此，对文学言语施为性的研究成为该理论后来发展的最具活力的方面之一。

塞尔打破了言语行为理论不能应用于文学研究的局限，指出严肃话语的施为性来自与现实世界联系的"纵向规则"（vertical），而作为虚构的文学作品是"非严肃的"话语，它打破了这种与世界联系的惯例，从而使言语行为的作用被"悬置"起来。塞尔称之为"横向规则"（horizontal），"构成一部虚构作品话语的言语行为的虚假表现存在于意在包括横向惯例的实际履行的话语行为中，这些横向惯例暂时悬置了话语正常的以言行事行为"。[1] 这种被"悬置"的言语行为的作用，即"以言取效"的"效果"会在阅读的时候得到恢复，但这种恢复并非一种无序的恢复，而是受渗入作品语言规则的作者的"意向性"的支配。也就是说，作者的言语行为通过设置于文本的语言规则在读者阅读中取得行为效果，"但是，这种将词与世界、言语与现实相关联所必须的'纵向规约'悬置起来而产生的意义，不仅仅是作者佯装行为的结果，同时读者也分享这一佯装行为"。[2] 所谓的文学施为性悬置依然无法逃脱虚拟指涉，而"塞尔的言语行为理论，从某种程度上说，就是探讨交际过程中，言语行为发出者的意向行为以及接受者对这一意向行为的理解如何成为可能的问题"。[3]

但应当看到，读者的阅读受很多条件的制约，作者的"意向性"并非

---

[1] J.R. Searl, "The logical status of fictional discourse", *New Literary history* 1975（6）.p.327.

[2] 王建香：《当代西方文论中的文学述行理论》，中国广播电视出版社，2009，第35页。

[3] 王建香：《当代西方文论中的文学述行理论》，中国广播电视出版社，2009，第35页。

文本"言语效果"的全部，它还受到来自读者所处语境的影响。对此普拉特指出："①文学文本存在于一个决定其如何被接受的语境中。②由于读者共享这一语境，他们将文学文本看作展示性文本，这种展示性文本的目的是刺激想象力、情感和评价参与。"① 由此可以看出，文学作品的"言语效果"受到作者"意向性"、语言规则、接受语境以及社会规约的支配。因此，文学的虚拟所指并不一定会出现虚拟能指的结果，文学的"意向悬置"在与接受者的交流中，并不一味表现为一种"佯装"状态。不少情况是接受者获得某种精神改变，并进而改变现实。心理状况的提升，也是现实的一部分。

和塞尔一样，奥赫曼也将文学视为"伪言语行为"。奥赫曼将言语行为述行的恰切条件概括为四种：①言说情景必须恰切；②言说的人必须恰切；③言说者必须具有与言语行为相恰切的情感、思维和意图；④言语行为双方必须真正得体地去完成这一行为。② 文学显然无法完全满足上述恰切条件，只能是一种"伪言语行为"。文学世界的虚拟性特征是站在与现实世界的关系的角度得出的结论，以虚构言说为现实世界寻找施为对象，或者说用虚拟现实的言语规则为现实世界的某种效果买单，当然会使这种努力最终成为一种虚构。塞尔和奥赫曼的努力虽然推进了言语行为理论在文学领域的运用，但并未真正实现"无差别"的理论"施为性"。因为他们无法突破文学虚构性这一传统认知，无法打破言语行为理论施为性必须表现为现实（物理现实、行为现实）改变这一思想桎梏。说到底，塞尔和奥赫曼无法摆脱文学话语对日常话语的依附关系，没有站在日常话语立场看待文学话语，使文学话语成为一种有条件的施为性话语。因此，改变对文学话语施为性的认知成为一项紧迫任务。

斯坦利·费什从读者角度打破了这种理论局限。他认为，文学言语行为的表现就是读者的阐释行为，文学言语的施为性通过读者获得，而读者的活动就是阅读行为和阐释行为。但，单个的读者无法完成这种行为，这种阐释行为的背后有一个"阐释社群"对其进行规范。在费什看来："一个有经验的实践者的阅读行为之所以行之有效，并不取决于'文本本身'，也不是由某一关于文本阅读的包罗万象的理论决定的，而是取决于他现在所遵从或实践的传统，他在其参照因素及方向已经确立的某一点上所进行

---

① Michael Kearns, *Rhetorical Narratology*, University of Nebraska Press,1999,p.26.

② Richard Ohmann, "Speech, Literature, and the Speech between ", *New Literature History* 1972(4),p.50. 转引自王建香：《当代西方文论中的文学述行理论》，中国广播电视出版社，2009，第 37 页。

的对话，因此他所作出的选择范围会非常有限。"① 费什没有直接将文学与现实联系在一起，而是通过读者的阐释活动与现实发生关系，从而打破了塞尔、奥赫曼把文学与现实之间的直接联系视为文学施为性基础的理论局限。读者的阐释行为是文学施为性的表现方式，同时这种阐释行为受到阐释社群的支配，而阐释社群就是以整个文化传统为背景的规约系统。文学通过读者与现实发生关联。

米勒对文学言语行为的阐释是："'文学言语行为'可以指文学作品中的言语行为话语，即小说中的人物或叙述者所说、所写的言语行为，如许诺、撒谎、找借口、宣称、祈求、请求宽恕、辩解、原谅别人等。它也可以指作为整体的文学作品的述行性。写小说本身可能就是一种以言行事的方式。"② 米勒在分析亨利·詹姆斯小说的言语行为时，从三个方面建构了文学言语行为的述行性：其一，作者写作的述行性；其二，小说作品中叙述者、人物的言语行为；其三，读者的述行性，即读者"把阅读转化为文字而行事"。③ 米勒强调了读者对文学经验的转化作用，经验的"梭式循环"为文学的述行性思想提供了一个很好的注脚。这就启示我们，文学施为性要置于更广阔的历史背景中进行考察。

卡恩斯直接将言语行为理论应用于叙述学研究，"伴随修辞叙事学，我意欲通过把叙事元素是如何在读者那里真正起作用的这一问题放在探究问题的中心，以及通过言语行为理论的方法进入这个问题来对叙事学的修辞性转向进行强力的推进"。④ 卡恩斯认为，叙述学与言语行为理论之间的关联研究存在不足，"据我所知，没有理论能兼容如下这两个领域，即运用叙事学工具分析文本和运用修辞学工具分析文本与语境之间的相互作用，以便更好地了解读者是如何感受叙事的"。⑤ 卡恩斯将叙述文本与读者之间的互动视为联系叙述学与言语行为理论的核心，始终坚持自己的强硬语境主义立场："适当的语境可以使几乎任何文本被视为叙事的，并且没有文本因素担保这样的一个结果。"⑥ 但，卡恩斯忽视了语境应有的文化背景以及文化规约、体裁规约给接受者带来的解释压力，只是一味强调语境

---

① [美]斯坦利·费什：《读者反应批评：理论与实践》，文楚安译，中国社会科学出版社，1998，第 2 页。
② J. Hillis Miller, *Speech act in Literature*, Stanford University Press, 2001, p.1. 转引自王建香：《当代西方文论中的文学述行理论》，中国广播电视出版社，2009，第 67 页。
③ 王建香：《当代西方文论中的文学述行理论》，中国广播电视出版社，2009，第 67 页。
④ Michael Kearns, *Rhetorical Narratology*, University of Nebraska Press, 1999, p.9.
⑤ Michael Kearns, *Rhetorical Narratology*, University of Nebraska Press, 1999, p.9.
⑥ Michael Kearns, *Rhetorical Narratology*, University of Nebraska Press, 1999, p.9.

对解释的规范作用所造成的直接结果是文化盲视。因此，叙述学与言语行为理论之间的理论联系仍是一个有待开拓、有待完善的学术空间。

相对于索绪尔的结构主义语言学，言语行为理论的影响较为有限。但以经典叙述学和后经典叙述学为核心的文学形式研究繁荣过后，我们发现，文学的述行性正以我们意想不到的形式呈现在我们面前。首先是发生在多个领域的"文学性蔓延"，文学性逐渐从文学的独有特性转变为一种功能，并成为多个领域的述行语言；其次是 20 世纪 90 年代以来，发生在多种学科的"叙述转向"，对叙述学研究提出了巨大挑战。它不但挑战了以往叙述学研究赖以存在的概念范畴，而且挑战了叙述学的研究范式。也就是说，叙述学研究在面对叙述转向时，不得不进行研究范式和基本概念的双重更新任务。

第二节　叙述：从述行走向交流

叙述转向为索绪尔语言学和奥斯汀日常语言学派提供了一种融合方向。从交流的角度来看，任何言语活动都离不开言语外因素的影响，文学文本不能离开其赖以产生的文化环境而独存。看似与外界无关的叙述话语、叙述结构，其实已经渗透了历史文化、语境、接受者等因素的影响。这一点得到了后结构主义、解构主义、新历史主义等理论的一致认可。叙述转向使叙述学研究从文学叙述的狭窄藩篱中脱离出来，使文学叙述回归叙述的一个类型，释放了叙述作为一般性范畴的理论能量。奥斯汀日常语言学派为叙述冲破文本局限提供了一种思考方向。如此一来，叙述、述行、交流就形成一个完整的学术链条。

人类对日常生活的叙述性构筑，是人类言语符号化的基本方式。叙述与日常生活具有同构关系，叙述是按照理想的、人类能够控制的方式重塑人类生活的。这是叙述述行的基本表达式。诚如费绪尔所言，"叙述范式认为，人类是天生的故事讲述者，他有一种天生的能力去识别他所讲述和经验的故事的逻辑性和精确性"，"各种形式的交流——所有的符号活动形式——都可以被看作故事和顺序性事物的理解"。[1] 交流是人类符号活动的基础，"按照生物符号学的观点，生命与交流是相互意指的——或者如保罗·科布里所说（2004），'存在'即意味着'交流'。交流不仅被看作生

---

[1]　Walter R. Fisher, *Human Communication as Narration: Toward a Philosophy of Reason, Value, and Action*, University of South Carolina Press, 1987, p.24.

命的条件，而且被看作辨识生命的标准之一。即有生命的存在依赖交流而
生长和繁衍"。^① 叙述与交流构成人类生活、人类活动的基本方式，以叙述
的方式述行就成为题中应有之义。事实上，人类无时无刻不在用叙述的方
式改变世界、改变自我，叙述转向使我们重新考虑叙述如何在交流中施为，
并改变着我们的世界。

　　叙述通过交流可对现实产生述行作用，可改变现实，改变交流双方的
现实处境和心理处境。体育、庭辩、网游、医疗、教育、历史、新闻等均
可述行。用于医疗的叙述，就是通过对病人的心理干预，用叙述的方式改
变病人的心理处境，重建其心理秩序的。述行不但针对看得见的现实，而
且针对人的心理状态。文学阅读、教育叙述、新闻叙述、游戏等很多情况
下并不对现实进行物理改变，而是通过调节人的心理来影响人的行为的。
洛特曼指出："文本和它的读者处于互动的关系中：文本尽力使读者与自
身一致，迫使读者使用它的符号系统；读者也以同样的方式回应。可以说，
文本包含了它自身理想的读者形象，而读者也有自身理想的文本。"^② 文本
与读者之间的关系是一种双向建构，这种双向性其实蕴含了交流双方的施
为性及其效果。对于表演艺术而言，文本与接受者之间的双向建构作用也
同样存在，"表演艺术的阅读本质上是由演出剧目决定的一种体验交流的
成果。演出剧目以建议和信号的形式同时针对观看者和演员，当然也反过
来对他们提出各自制约"。^③ 由此可见，施为性是一种普遍现象。

　　交流叙述的意义共建可形成普遍责任，使交流双方同样承担伦理、道
德、法律等现实后果。与此同时，这种意义共建可作为一种协商性的意义
建构模式，形成一种平等、民主的交流氛围。

　　奥斯汀的言内行为、言外行为和言后行为，为叙述交流的述行表达提
供了富有价值的思想。言内行为就是交流叙述的文本内行为，其构筑受到
文本外的文化传统与阐释社群的影响，其创造的施为性其实蕴含着"作
者—文化"之间潜隐的交流关系。无论文本内行为有多么荒诞，都无法脱
离经验现实带来的隐形压力，其可理解性、经验逻辑以及述行效果都受到
经验现实的支配。言外行为的表达式有多种，其中就包括米勒所谓的"读
者述行性"，即读者"把阅读转化为文字而行事"。^④ 米勒的理解也许过于

---

① [意]苏珊·佩特丽莉：《符号疆界：从总体符号学到伦理符号学》，周劲松译，四川大学
　　出版社，2014，第 6 页。
② [俄]尤里·M.洛特曼：《文本运动过程》，彭佳译，《符号与传媒》第 3 辑，第 194 页。
③ [意]安德烈·埃尔博：《阅读表演艺术——提炼在场主题》，吴雷译，《符号与传媒》第
　　7 辑，第 167—168 页。
④ 王建香：《当代西方文论中的文学述行理论》，中国广播电视出版社，2009，第 67 页。

狭窄，叙述作为一般性的概念，自然包括任何叙述类型，其述行性效果自然也包括叙述带给叙述各方的各种思想、行为的改变。

叙述交流的文本内、外双循环交流，强调交流叙述的双向互动关系，以及这种关系对于建构叙述文本的影响。交流影响了交流双方的行为方式，是形成各自经验的重要途径。对于文本外交流而言，存在两种经验的建构过程：其一，建构主动方经验；其二建构接受方经验。叙述不但塑造接受方的经验，而且具有反塑能力，即塑造叙述发出方的经验。这是一种言后行为，是双向的。

对于文学叙述来说，存在两种言语行为模式。一是文本内世界。根据赵毅衡先生的观点，在文本框架内，叙述永远表现为真实。即在框架区隔内，言语行为依然有效，其述行性通过叙事中的人物反应得到贯彻。二是文本外世界，即作者—文本—读者形成的交流链条。文学作品作为一种"整体话语"参与"作者—读者"交流，其言语行为模式表现为整体话语的目的性。作者通过作品让读者获得愉悦、猎奇、悲伤等情绪体验。由此可见，文学述行在文本外交流并不针对具体的文学话语，而是聚焦于文学整体话语给交流双方带来的交流效应。

因此，对于文本内世界而言，其具体的话语表述并不指向外部世界，而是具有内指性，并在文本内有足够的述行力量。在作者的"意向悬置"中，"意向"是"整体话语"意向，而非文本中的只言片语。文本内世界作为一个整体的话语系统，或者作为具体的知识，会在促进经验认知方面产生巨大作用。所谓"互文性"（克里斯蒂娃）、"重复、录用"（德里达）、"影响的焦虑"（布鲁姆）、阐释社群（米勒）等无不为文本施为性，为文本在"文本—接受者"之间的交流中的述行作用找到了注脚。这些基本规约系统保证了文本在文化与历史中的自由旅行，而不至于丧失其根本性的东西。

在历史叙述中，"叙述是再现甚至是解释历史事件的有效模式"；[1] 也是一种意义建构方式，在"历史文本—读者"之间的交流中，"当读者认识到历史叙事中的故事是作为一种特殊的故事——比如，作为史诗、浪漫剧、悲剧、喜剧或闹剧——被讲述的时候，可以说他就已经理解了话语所产生的意义。这种理解只不过是对叙事形式的识别而已"。[2] 叙事形

---

[1] ［美］海登·怀特：《形式的内容：叙事话语与历史再现》，董立河译，文津出版社，2005，第54页。

[2] ［美］海登·怀特：《形式的内容：叙事话语与历史再现》，董立河译，文津出版社，2005，第61页。

式本身就携带了意义方式，叙述的选择就是一种述行方式——选择的述行性，"在这种情形下意义的产生就可以被视为一种述行，因为任何一组给定的真实事件都能够以很多方式被编织成情节，都能经得起以多种不同的故事类型来讲述。任何特定的一系列真实事件都不会原本就是悲剧的、喜剧的、闹剧的，等等，而只能通过在事件之上施加一种特定故事结构的方式被构建成这样。因此，赋予事件以意义的是选择故事类型并把这种故事施加给事件这两种行为"。[①] 因此，对于历史叙述来说，叙述本身就是一种述行行为，因为叙述建构意义。进入"文本—读者"交流链条后，对历史叙述与历史事件之间的明确区分之所以非常重要，是因为意义不是事件的自然携带，而是一种经验赋予。这种赋予以历史叙述文本的叙述方式作为一种元叙述痕迹，理解真实历史是一回事，理解事件的意义建构是另一回事。清醒的读者会享受由同一事件的不同意义建构带来的交流乐趣。历史叙述对读者的交流效果，远比冰冷的历史编年表好得多。

从述行走向交流是叙述学研究的必然选择。尤其是在数字化时代，交流、互动激发起人们的参与热情，叙述变成了一种全民参与的狂欢，网络游戏、网络活态叙述（包括狂热的跟帖、评论）、网络小说以及以网络为平台的电视、电影等叙述形式正改变着人们的传统生活习惯。小说、电影、舞台剧、图片等非网络叙述形式在被数字化之后，也获得一种新的传播—接受方式，交流的时空距离瞬间被压缩，其述行效果即时显现。数字化使叙述可以调动各种叙述媒介参与叙述文本的建构，扩大文本容量，从而使叙述的述行性变得多向，使交流变得更加多姿多彩。

第三节　交流叙述的质、量和度

叙述在进入交流之后，必须考虑其有效性的问题。在交流叙述中，叙述的述行性使交流效果成为检验叙述交流的重要指标。这里需要思考几个问题：叙述有效性受到哪些因素的影响？叙述发出者在创作叙述文本的时候需要注意哪些问题？叙述在何种情况下，才会获得最佳的交流效果？

格莱斯在论及会话交往的时候提出合作原则，并将合作原则具体细化为四条准则——量、质、关系和方式。"量"方面的要求是："1. 让您的稿

[①] ［美］海登·怀特：《形式的内容：叙事话语与历史再现》，董立河译，文津出版社，2005，第61页。

件的信息满足需要（用于当前的交流目的）。2. 不要让你的稿件的信息量大于需要。""质"方面的要求是："1. 不要说你相信的东西是假的。2. 不要说你缺乏足够的证据。""关系"方面的要求是：要"具有相关性"。"方式"方面的要求是："1. 避免模糊的表达。2. 避免歧义。3. 简短（避免不必要的啰唆）。4. 有秩序。"① 对于一般性的会话而言，格莱斯的四项原则构成了会话双方有效合作的基础，但对于叙述交流，尤其是文学叙述交流而言，也许还要考虑文学特性带给交流的某种独特品质。关于"量"方面的要求，格莱斯形象地说，如修理汽车，"在某个特殊阶段，我需要四个螺丝刀，我希望你递给我四个，而不是两个或六个"。② 对于文学叙述而言，很难做到如此精确的量化。究其原因在于，作者式接受者所面对的文学形象都是复杂的个体，精确的描绘反而会破坏人物的复杂性格，进而影响接受的愉悦效果。对于叙述而言，也是如此。

叙述转向之后，对于以真实为追求目标的叙述而言，格莱斯的四项合作原则也许较为适合。比如庭辩叙述，在质、量、关系和方式方面均有严格要求。在质上，必须保证叙述的真实性。在量上则要求"适可"，即对于信息的提供不能泛滥，也不能将有效信息减少。在关系准则上，庭辩叙述要围绕案情，排除无关内容。在叙述方式上，严格限定于法律的许可范畴。任何以真实为核心的叙述交流，除了要遵循格莱斯的四项合作原则之外，还要考虑叙述体裁给叙述和接受带来的压力。

对于虚构叙述而言，情况更为复杂。叙述的量、质、关系、方式，都会受到虚构叙述体裁的影响。追求故意违反原则带来的独特交流效果的叙述，是虚构叙述的常项。换句话说，违反原则是非标出性的。而那些循规蹈矩的叙述反而成为这些叙述类型的标出项，是标出性的。更为复杂的是，某些叙述类型在本质上要求必须为真，但故意以"假"标出自己，从而获得超乎寻常的交流效果。比如广告叙述。

对合作原则的故意违反，是交流叙述中的常见现象，在艺术类叙述中尤为常见。文学交流与日常交流的不同之处在于，文学交流经常提供非常规的文本特质（如陌生化等），追求这种非常规带给交流对象——接受者的独特阅读体验。"在读文学作品时，倘若小说中的话语支离破碎，难以理解，读者会将之视为作者有意的艺术创新。这是对现实主义以模仿为基础的创作规约的有意违背，是对文类或用法规约的有意偏离，而非'缺乏控制'。作者有清晰的创作意图，也选择了自认为能恰当表达其意图的手

---

① Paul Grice, *Studies in the Way of Words*, Harvard University Press, 1989, pp.26-27.

② Paul Grice, *Studies in the Way of Words*, Harvard University Press, 1989, p.28.

段"。① 可见，文学叙述中对合作原则的偏移，往往带有作者的某种叙述目的。当以常规无法阅读的时候，读者不得不把目光转向偏移本身，由这种非合作性（或者"特别合作"）带来的阅读体验，恰恰是作家追求的目标。

电影叙述经常通过提供震撼性的画面语言，来达到超乎寻常的观影效果。网络游戏叙述、网络小说，均追求这种打破合作原则带来的独特交流效果。

格莱斯的四项合作原则是一个整体，当我们考虑叙述交流"质"与"量"的时候，更应该同时考虑"关系"和"方式"。也就是说，用最适合叙述体裁的相关性和表达方式，来寻求"质"与"量"的恰切度，是叙述交流取得最佳效果的基础。需要指出的是，格莱斯有关"质"与"量"的表述需要调整。过量的信息在某些叙述类型中会取得非同一般的交流效果。如鲁迅《祝福》中祥林嫂对儿子被狼叼去的事的不厌其烦的重复，按照量的要求，应改为一次叙述再加上一句"祥林嫂精神因此受到打击而出现问题"的评论，但这会极大减弱交流效果。读者能动地阅读，自我得出的结论，比直接看评论的效果要好得多。对"质"与"量"的要求，不能忽略体裁压力。在文学叙述中，故意违反关系和方式的现象不在少数。因此，格莱斯的四项准则虽然在各种叙述交流中都是适用的，但其内涵会有很大变化。

但是以真实为目标的叙述，往往寻求一种遵循合作原则的交流效果，如庭辩、新闻、历史、纪录片等叙述类型，在质、量和度上的要求均极为严格。

无论叙述追求何种目的，都必须遵循"度"的界限。无论是遵守还是违反合作原则，交流的"恰切度"永远是判断叙述的质、量、关系和方式是否合适的重要依据。事实上，交流双方任何时候都不会处在严格对等的地位，"如果说话人和听话人信息不对称，说话人所掌握的信息多于听话人，听话人往往不会发现说话人的错误。反之，如果听话人的信息超过说话人，说话人的错误很容易被听话人察觉。由此推知，如果听话人通过违反准则而推理出一些信息，那么，这些信息不是说话人有意传递的。因为说话人通常不会特意让自己的错误被别人察觉"。② 在任何叙述类型中，对合作原则的故意或非故意违反，都会对交流造成影响。无论是站在作者角度还是站在认知角度，叙述的（不）可靠性的来源往往是交流双方的信息

---

① 申丹、韩加明、王丽亚：《英美小说叙事理论研究》，北京大学出版社，2005，第270页。
② ［意］布鲁诺·G. 巴拉：《认知语用学：交际的心智过程》，范振强、邱辉译，浙江大学出版社，2013，第37—38页。

不对称。

当叙述本身不能提供足够的信息使接受者建立经验链接时，对于真实交流而言，叙述者必须补充信息，以使叙述有足够的质与量达到顺畅交流的目标。但叙述者不一定会选择主动补充，还可以选择沉默，任由接受者去理解。而在虚拟交流中，由于作者缺席，接受者不得不采取某种修复行为，来使叙述文本达到可理解的程度。对于作者的不作为或者不能作为，接受者有两种选择：一是放弃理解；二是运用自身经验对叙述进行修补，直到其达到可理解的程度。任何交流叙述在接受者那里都有一个修补过程，只不过程度和方式有所不同而已。

叙述的质与量对叙述交流有很大的影响，而判断质、量的标准却是一个很大的问题。因为我们无法对处于各种境况中的叙述交流做一个定性、定量的规则，而且面对各种各样的交流对象，叙述文本不可能用同一个标准来使交流获得最大效果。这里，叙述的恰切性是叙述交流对叙述文本的一般性要求。所谓的"恰切性"，就是一种"度"，即叙述要讲究技巧，不泛滥，留下足够的空白点。

有些叙述类型会利用媒介、文类局限性，来获得最佳交流效果。媒介和文类对于叙述的影响并不一样，"媒介和文类均制约着所能讲述的故事种类，但文类的界定是出于个人和文化的缘故而或多或少自由采用的规约，而媒介则是将其可能性与局限性强加给用户"。"我们是按照其可供性来选择媒介，且绕过媒介局限性，努力克服这些局限，或使其无足轻重。比如画家引入透视法，来为平面画布增添第三维度。相比之下，文论则刻意使用局限来优化表达，引导预期并促进交流"。① 因此，对于交流叙述的质、量、度来说，充分利用媒介和文类的各种可能性来优化交流效果，是所有叙述类型追求的目标。

不同媒介可以构筑人类经验的不同侧面，而不同文类则是人类经验分类表达的优化结果，这些会在叙述交流中获得不同的结果，"语言是通过其逻辑能力和对人类思维的建模能力，图画是通过其沉浸式空间性，音乐是通过其氛围营造和情感力量，来分别实现的"。② 正是叙述的普遍性以及在其基础上形成的人类叙述交流的各种面向，共同构成了当今叙述转向的基础。

媒介与文类的局限性，可以通过"媒介互补"和"文类互补"获得弥补。网络叙述使媒介融合、文类融合成为现实。数字化成为一种常态化的

① ［美］玛丽-劳尔·瑞安：《故事的变身》，张新军译，译林出版社，2014，第26页。
② ［美］玛丽-劳尔·瑞安：《故事的变身》，张新军译，译林出版社，2014，第20页。

叙述表达方式之后，不但追求虚构的叙述类型获得了独特交流品质，而且以真实为核心的叙述（比如庭辩）也在更加透明的叙述方式面前获得某种公众效应。

文学叙述利用局限性来达到某种叙述效果是一种常态。如书面文字呈现的"画面感"，诗歌呈现的"声音""推敲""色彩""味觉"等。而口头叙述常常利用同声异字来获得叙述交流效果。如曹禺《雷雨》中，面对自己的儿子周萍打另一个儿子鲁大海，鲁侍萍悲愤交加，对周萍说："你是萍——凭什么打我的儿子！"两个"萍/凭"字表达出的舞台效果，实在比读者阅读剧本要好得多。这是因为声音效果的模糊性（局限性），更能传达人物的复杂心理。表达互补、效果互借的目的在于利用局限性，开拓可能性，使叙述能力得到扩展。

总之，交流叙述的质、量和度在言语行为理论之外获得了不一样的内涵。叙述交流对质与量的要求，受到来自媒介、文类和文化传统的多向压力，质与量的内涵早已超出格莱斯的原初含义而具有复杂性。交流叙述在此获得理论启迪，唯有以交流的"恰切度"，以获得最佳的交流效果来追求叙述的质与量，才能使格莱斯的合作原则得到拓展。20 世纪语言学索绪尔方向和奥斯汀方向在当今叙述转向的背景下，在交流叙述学中获得了融合的契机，文本自身品质受交流影响而构筑，其构筑同时会影响交流。唯有打破文本内、外的界限，经验才能获得传承，获得发展。

第四章　交流叙述美学的理论进路

开启 20 世纪西方文论的形式主义美学，把文学研究的视野局限于文本自身，从而将文本从与作者、读者、世界的联系中独立出来。接受美学切断了作者对于文本的权威与优势，最大限度地释放了接受者在文本最后形成中的作用。也就是说，把视野从作者—文本转移到接受者—文本之间的内在关系上来。这实际上开启了文学研究的交流模式，使文本—接受者之间的交流关系成为研究的中心，而这种交流产生的效果也一并纳入研究者的视野中来。在当今文学性蔓延、叙述转向的背景下，作者、文本、接受者之间的交流关系进入研究者的视野之内。在形式美学、接受美学的理论背景下，在当今数字化时代，交流美学的建构逐渐成为一项紧迫任务。

第一节　文本动力学：经验的传递路径

现代西方文论从俄国形式主义开始似乎形成一个共识，就是对作者的放逐，西方文论对于文本与读者的关注程度，要远远高于对于作者的关注程度。1961 年，韦恩·布斯发表《小说修辞学》，从文本层面重新对作者进行了关注，提出作者可以选择在文本中的表现方式，却不可能选择消失不见。本节立足于布斯的理论，在考察俄国形式主义文论、接受美学以及解释学的同时，对作者的读者维度进行探讨，由此提出作者在其读者阶段获得的交流经验既是构成经验视野梭式循环的基础，也是经验传承的基础，视野融合也是在此基础上形成的。没有这个基础，文学的发展就无从谈起。

一、形式主义理论的"作者"描述

现代文论对作者的放逐，首先从俄国形式主义文论开始。托多罗夫指出："形式主义者从一开始便采取的另一个原则，就是把作品作为考虑的中心；他们拒绝接受当时支配俄国文学批评的心理学、哲学和社会学的方法。形式主义者特别在这一点上与前人有所区别：形式主义者认为，不能根据作家的生平，也不能根据当时社会生活的分析来解释一部作品。"[1] 形式主义者认为，文学科学的对象不是文学，而是"文学性"，也就是使一部作品成为文学作品的东西。因此，研究文学要研究作品本身，而不是作品之外的东西，作者就被完全排斥在文学研究之外。

俄国形式主义者认为，艺术的存在"就是为了恢复生动感，为了要感觉事物，为了使石头更像石头。艺术的目的就是提供一种对事物的感觉（幻象），而不是认识；事物的'陌生化'程序，以及增加感知的难度和时间造成的困难形成的程序，就是艺术的程序。因为艺术中的接受过程是具有自己的目的的，而且应当是缓慢的；艺术是一种体验创造物的方式，而在艺术中的创造物并不重要"。[2] 而"程序都经历着诞生、生存、衰老、死亡的过程。程序随着不断地被使用会变得僵化，结果是丧失自己的功能和活力。为克服程序的僵化，就要使程序在功能和意义上不断翻新"。[3] 因此，俄国形式主义者把文学史视作一部"程序"（形式）的演变史。

需要指出的是，以研究作品本体为基础的俄国形式主义者将文学形式的演变视为一个自动的过程，对旧的文学语言、形式结构等的陌生化处理，对旧程序的翻新，均被其视为文学自身的运动，并将作者排斥在外。这明显带有极大的片面性，因为任何创造物离开了创造者，绝不可能自动生成，更谈不上更新。

秉承俄国形式主义衣钵的法国结构主义叙事学主张，用"科学"的结构对文本进行叙事学分析，同样是一种先入为主的、预设结构的、静止的本体论文本分析。它显然无法满足发展的文本的需要，也无法对文学由低级到高级、由简单到复杂的演变等问题作出合理解释。

二、接受美学理论的"读者"观与作者的"读者"维度

接受美学理论把读者推上了至高无上的地位，主张读者对文本的接受过程就是对文本的再创造过程，也是文学作品得以真正实现的过程。文学作品不是由作者单独创作的，而是由作者和读者共同创作的。读者不仅是

---

① ［俄］茨维坦·托多罗夫编选：《俄苏形式主义文论选》，蔡鸿滨译，中国社会科学出版社，1989，第6—7页。

② 胡经之、张首映编：《西方二十世纪文论选》，中国社会科学出版社，1989，第7页。

③ 胡经之、张首映编：《西方二十世纪文论选》，中国社会科学出版社，1989，第94页。

鉴赏家、批评家，也是作家。姚斯认为："一部文学作品的历史生命如果没有接受者的积极参与，是不可思议的。因为只有通过读者的传递过程，作品才进入一种连续性变化的经验视野。在阅读过程中，永远不停地发生着从简单接受到批评性的理解，从被动接受到主动接受，从认识的审美标准到超越以往的新的生产的转换。"① 因此，接受美学从读者的"新的生产转换"中找到了新的文学史方法："如果理解文学作品的历史连续性时，像文学史的连贯性一样找到一种新的解决方法，那么，过去在这个封闭的生产和再现的圆圈中运动的文学研究的方法论必须向接受美学和影响美学开放。"② 接受美学对文学作品的历史传承过程的描述是："第一个读者的理解将在一代又一代的接受之链上被充实和丰富，一部作品的历史意义就是在这过程中得以确定，它的审美价值也是在这过程中得以证实。在这一接受的历史过程中，对过去作品的再欣赏是同过去艺术与现在艺术之间、传统评价与当前的文学尝试之间进行着的不间断的调节同时发生的。"③ 接受美学认为，文学史是一代又一代的接受者对作品的理解的积累、丰富的过程，完全把作者排斥在文学史之外。

但是接受美学忽略了一个关键问题：什么样的读者具有传递"经验视野"的能力？"经验视野"的传递需具备一定的物质条件，即能让一代代读者对前代读者的经验有一种感知的物质基础，否则，这种"经验"就不会传递，更不会对文学史构成影响。另外，文学史上的作品浩如烟海，历代作品所形成的"经验视野"是如何通过读者进行"传递"与"新的生产转换"的呢？要想解决这些问题，恐怕还要从接受美学所推崇的"读者"入手。

"读者"绝不是一个孤零零的"个体"，而是一个复杂的"群体"。那么，什么样的读者才有资格传承"经验视野"？什么样的读者才有能力打破"旧程序"，创造"新程序"？什么样的读者才可以使陈旧的事物"陌生化"，从而创造一个五彩斑斓的文学史？一般而言，读者可以分为三种：（1）普通读者；（2）作家读者；（3）评论家读者。（见图4–1）

---

① [德] H.R. 姚斯、[美] R.C. 霍拉勃：《接受美学与接受理论》，周宁、金元浦译，辽宁人民出版社，1987，第24页。

② [德] H.R. 姚斯、[美] R.C. 霍拉勃：《接受美学与接受理论》，周宁、金元浦译，辽宁人民出版社，1987，第24页。

③ [德] H.R. 姚斯、[美] R.C. 霍拉勃：《接受美学与接受理论》，周宁、金元浦译，辽宁人民出版社，1987，第25页。

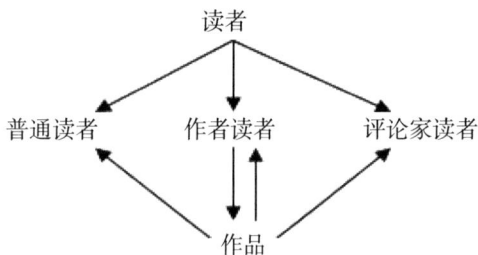

图 4-1 读者类型与作品关系图

由图 4–1 可知，普通读者与评论家读者都不是作品的创造者，都无法通过文学作品（这里不涉及文学理论著作）传承"经验视野"，只有作为作者的"读者"，才是作品的创造者，才有资格通过作品向一代又一代读者（包括历代作为"读者"的作家）传递"经验视野"，创造新的"程序"。也就是说，作者首先以读者身份出现，在读者阶段获得创作经验与"经验视野"。他了解读者的期待，并将这种期待直接作用于其作品，然后通过作品进入包括其他"读者"身份的作家在内的读者的视野，形成新的期待，而作家则形成从感性到理性的写作经验。

三、解释学与文本动力学

要想弄清文学史如何在作为"读者"的作家那里获得内在动力，我们要先弄清作家如何在"读者"阶段获得创作资本，又如何将这些资本内化到作品之中，从而完成传承"经验视野"的过程。

解释学认为，理解一个文本就是对该文本的前见进行验证、补充、修改的过程，同时也是在阅读过程中不断产生前见的过程。但问题是，对于历史上的同一部作品，不同时代的读者会产生不同的前见。比如对《红楼梦》的理解，现代读者也许期望从中获得古代爱情、阶级压迫、生活及生产方式等方面的知识，而古代读者就不会产生这种前见。读者的"前见"是一个历史的积累过程，后代读者对《红楼梦》的前见来源于前代读者把自己的前见与观念形诸自己所创作的作品中，并被后代读者所理解与运用，后代读者以此为基础形成新的"前见"。比如第一个读《红楼梦》的作家读者对《红楼梦》中的爱情产生一种"前见"，认为《红楼梦》中的爱情与自己的前见有出入或根本被修正，于是决定创作自己心中的爱情诗歌，并且把从《红楼梦》中学到的写作经验直接形诸自己的作品中。后代读者读了他的作品后再去读《红楼梦》，就会产生一种"经验叠加"（"经验积累")。如果他在"经验积累"的基础上，加上自己读这些作品时未被满足的期待去写作新的作品，那么，所有的"经验"与"前见"都会在其新作品中得以传承。这就可以解释，为什么我们在读后世作品时，会发现其中有前世作品的影子。需要注意的是，这里的"读者"是指作家型"读者"，而非普通读者或评论家读者。即只有作家型"读者"，才会以作品的形式来传承"前见"与"经验视野"。这就是笔者在本书第二章第二节所阐述的经验视野的"梭式循环"思想。

进入阅读状态的作家型"读者"，会产生种种期待视野。期待视野是一个不断积累、开阔、丰富的历时性概念。作家型"读者"在一个文本中得到其期待视野的满足或不满足后，会把"满足"的经验和"不满足"的欲望以创作的形式形诸自己的文本中，从而完成"积累"的任务。这个文本又会激发新的期待视野，而新的期待视野又会在新的文本中得到传承与发展。这是一个历时的、历史的过程，而历时的文本的视野的经验积累并非一个自动的过程，而是作为读者的作家在创作过程中填充了自己在阅读过程中形成的新的期待视野的过程，是作者之于文本的有意识或无意识的修辞过程。虽然不同读者对文本的理解不同，所形成的期待视野也不同，但这些不同也是一种积累的结果。加默尔对于"视界融合"作出如下阐释：

> 如果没有过去，现在视域就根本不能形成。正如没有一种我们误认为有的历史视域一样，也根本没有一种自为的现在视域。理解其实总是这样一些被误认为是独自存在的视域的融合过程。我们首先是从远古的时代和它们对自身及其起源的素朴态度中认识到这种融合过程是经常出现的，因为旧的东西和新的东西在这里总是不断地结合成某种更富有生气的有效的东西。而一般来说，这两者彼此之间无须有明确的突出关系。①

"视界融合"是一个交流性概念，唯有借助历代作家型"读者"从经验学习阶段到经验生产阶段的创造性、继承性工作，才能找到"融合点"，即可以使视界融合的界面。只考虑作为"作者"的作者，而不考虑作为"读者"的作者，很容易为全面理解作品带来困难。"视野融合"的基础是旧作品与新作品在承传中的"融合点"，是历代作者在自己的读者生涯中所体察到的新的期待视野与所读作品的"空白点"在自己创作中的一种修

---

① ［德］汉斯－格奥格尔·加达默尔：《真理与方法（上）》，洪汉鼎译，上海译文出版社，1999，第393页。

辞性填充。文学的动力恰恰来源于作为"读者"的作者在阅读生涯中所产生的"创新"冲动，来源于作者填充"空白点"与新"期待视野"的创作欲望。

作者的读者身份预示着作者与读者之间存在着难以割舍的关系。他了解读者的所想与期待，他明白什么样的作品在读者那里有"市场"，他明白什么样的作品才是读者所乐意接受的。事实上，很多作者都有一种"被看"意识，有一种读者意识，他可以通过设计语言、结构故事等一系列的修辞策略来组织文本，达到他所想要达到的修辞效果。作品的完成并不意味着"唯一"阐释的终结，而是意味着"多种"阐释的可能性的开始，也意味着作品从作者—文本系统进入读者—文本系统，从而开启了文本—读者交流的大门，使作品进入"视野经验"的积累阶段。但这并不意味着作者的死亡，而是作者在一系列修辞策略掌控下的文本与读者的交流中浮现出来。作者通过一系列修辞策略创造的文本是读者理解、阐释的基础，任何时代、任何地方的读者，都无法离开这个基础而作异想天开的阐释。虽然我们不能精确勾勒出作者受其阅读、个人经历、历史经验以及所处社会环境的影响，并将这些影响诉诸其作品的清晰图景，但是不能因此斩断作者与作品的联系，否认作者之于作品的修辞行为的意义。我们阅读中国当代小说时，之所以找不到其受到儒道思想影响的确切证据，是因为这些思想早已内化到作品的深层。作者的修辞行为也已经内化到作品之中，其效果会在读者与文本的交流过程中获得释放。

从作者的"读者"维度，可以引申出作为其对象的文本问题。从时间维度，可以将文本分为过去文本、现在文本与将来文本。（见图4-2）

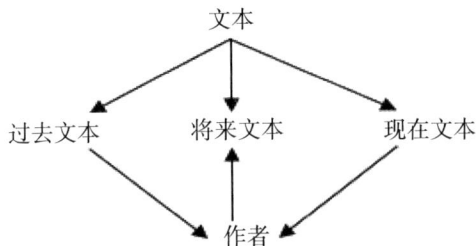

图 4-2 文本类型与作者关系图

由图4-2可知，过去文本和现在文本首先进入作家"读者"的视野，然后作家在这种"经验视野"积累的基础上，加上自己的创新写出"将来"的作品。此即作品传承的互文性图示。它指出了作品通过作者所形成的承传与创新关系，而这种关系为加达默尔的"视野融合"理论找到了历时性的基础，提供了一种发展着的"视野"创造与积累的文学史方法。文学的动力恰恰来源于这种创造与积累的内在冲动。

总之，作者的读者维度给我们打开了理解文学作品的另一扇大门。作者在身为读者阶段积累的"经验"以及将"经验"形诸作品的修辞行为，构成了创作的重要基础，成为文学传承与发展的内在动力。

第二节 形式研究的交流性隐喻

如果抛开理论偏见，那么，在20世纪西方文论中，开启文本—接受者交流关系研究的并不是接受美学。事实上，英美新批评、俄国形式主义、结构主义等以文本形式研究为主的理论派别，对于文本—接受者交流关系并非视而不见。英美新批评代表人物瑞恰慈认为："批评理论所必须依据的两大支柱是价值的记述和交流的记述。"[1] 瑞恰慈把交流看作文学作品的重要品质，以交流为基础，文学作品在历史的流程中自然选择，已经形成的经验就会在经由自然选择而生存下来的文学文本中获得传承。瑞恰慈用充满诗性的语言描述了这些经由自然选择而生存下来的艺术品的独特品质：

> 诸门艺术乃是我们载入史册的价值观念的宝库。艺术来源于出类拔萃之辈生命中的某些岁月，并且使之长存于世。在那些岁月里，他们运用经验已经得心应手，可谓登峰造极；在那些岁月里，千变万化的生存可能性已经看得一清二楚，而可能出现的各种不同的活动又得到天衣无缝的调和；在那些岁月里，习以成性的狭隘兴趣或糊里糊涂的困惑已为一种千锤百炼修养而成的宁静心境所取代。……艺术记载了我们关于经验的价值所掌握的最为重要的判断。[2]

这里的"自然选择"，其实是一种交流性选择。"自然"是文学艺术存在的自然，即进入"文本—接受者"交流领域的自然。"自然选择"有两方面的内涵：其一，艺术家必须提供有价值的、出类拔萃的经验；其二，

---

[1] [英] 艾·阿·瑞恰慈：《文学批评原理》，杨自伍译，百花洲文艺出版社，1997，第19页。

[2] [英] 艾·阿·瑞恰慈：《文学批评原理》，杨自伍译，百花洲文艺出版社，1997，第26页。

这种经验必须在与接受者的交流中获得有效释放。这无疑为接受美学提供了一个有价值的理论参照。瑞恰慈虽然没有明确指出接受者是文本的最后完成者，但他提出的"自然选择"，无疑将接受者提升到决定文学艺术文本命运的高度。接受者的选择，无疑是这种"自然选择"最主要的表现形式。

俄国形式主义虽然强调文本内部研究，强调文学性来自文学文本内部，但是无法割裂文本与接受者经验的内在联系，并以接受者经验为参照，进行文本内部的文学性改造。什克洛夫斯基在阐释"陌生化"时指出："为了恢复对生活的感觉，为了感觉到事物，为了使石头成为石头，存在着一种名为艺术的东西。艺术的目的是提供作为视觉而不是作为识别的事物的感觉；艺术的手法就是使事物奇特化（一译'陌生化'）的手法，是使形式变得模糊、增加感觉的困难和时间的手法，因为艺术中的感觉行为本身就是目的，应该延长。艺术是一种体验事物的制作的方法，而'制作'成功的东西对艺术来说是无关重要的。"[1] 什克洛夫斯基认为，艺术就是让人们摆脱感觉的"自动性"，把人们从麻木的、习以为常的、已经自动化的感觉中解救出来，恢复对事物的新鲜感。可见，所谓"陌生化"的参照系恰恰不在艺术本身，而是在于艺术接受者的感觉。真正的艺术品就是对人们"自动化"感觉的抵抗，以新鲜的经验唤起人们的感觉，增加感觉的难度，延长感觉的时间。因此，"形式主义"其实是对于这个理论派别的不太恰当的命名。俄国形式主义与英美新批评无论如何强调文本内部研究，都无法真正摆脱来自接受者经验的反向塑造。交流，其实从另一角度建构了这些以文本内部研究标榜的理论流派。

结构主义理论家罗兰·巴特将文本分为"可读文本"与"可写文本"。前者的读者仅仅是文学的消费者，"读者因而陷入一种闲置的境地，他不与对象交合，总之，一副守身如玉的正经样：不把自身的功能施展出来，不能完全地体味到能指的狂喜，无法领略写作的快感"。[2] 罗兰·巴特认为，前者的读者是被动的，其文本是消极的，后者才是文学的价值所在，"文学工作（将文学看作工作）的目的，在于令读者做文本的生产者，而非消费者"。[3] 可写文本启动了读者的创造性，文本的愉悦来自读者与文本之间的这种"生产性交流"。

---

① ［俄］维·什克洛夫斯基：《艺术作为手法》，载［俄］茨维坦·托多罗夫编选：《俄苏形式主义文论选》，蔡鸿宾译，中国社会科学出版社，1989，第65页。
② ［法］罗兰·巴特：《S/Z》，屠友祥译，上海人民出版社，2000，第56页。
③ ［法］罗兰·巴特：《S/Z》，屠友祥译，上海人民出版社，2000，第56页。

由此可见，所谓形式研究无法完全排除接受者的经验视野，其只不过是"文本—接受者"的一种交流性隐喻，其研究对象只不过是选取了交流链条中的某一段，选取的同时遮蔽了其他的内容。

第三节　巴赫金的对话理论

对话、复调和狂欢化，是巴赫金文艺思想的重要内容。巴赫金认为，长篇小说话语具有杂语性质，即长篇小说话语是由多种话语混合而成为一个整体。话语和对象之间被各种社会话语充满，因此，话语不可能直接抵达对象，而是要穿越"稠密地带"，"那里是别人就同一对象而发的话语，是他人就同一题目而谈的话"。① "杂语"就是各种话语"围绕对象的社会氛围"② 所形成的对话。由"杂语"形成的对话性是长篇小说基本的存在方式。"对话性"不但包括各种话语之间的一致性，也包括各种话语之间的"争辩"。正是在"杂语"对话中，作家完成了对艺术形象的塑造。

长篇小说叙事话语是各种杂语的统一体，每一种话语的组织、结构均以获取回答作为其结构原则，这是一种双向的交流关系。即小说话语本身的杂语性质使各种话语之间形成对话关系，同时各种话语又以获取回答作为组织原则，话语与回答之间也形成交流对话关系。由此可见，长篇小说的叙事就是一个组织完美的交流结构，对话与交流构成小说话语形式的基础。

复调小说是巴赫金文艺思想的又一个重要概念。"复调"概念来自音乐，学界对复调及复调音乐的解释有如下几种：

复调由两段或两段以上同时进行、相关但又有区别的声部所组成。这些声部各自独立，但又和谐地统一为一个整体，彼此形成和声关系，以对位法为主要创作技法。不同旋律的同时结合叫作对比复调，同一旋律隔开一定时间的先后模仿称为模仿复调。运用复调手法，可以丰富音乐形象，加强音乐发展的气势和声部的独立性，造成前呼后应、

① ［俄］巴赫金：《长篇小说的话语》，载［俄］巴赫金：《巴赫金全集·第三卷》，白春仁、晓河译，河北教育出版社，2009，第54页。
② ［俄］巴赫金：《长篇小说的话语》，载［俄］巴赫金：《巴赫金全集·第三卷》，白春仁、晓河译，河北教育出版社，2009，第55页。

此起彼落的效果。①

　　复调音乐被视为一种以若干独立的旋律线的结合与发展为基础的音乐。②

　　"复调"一词在拉丁文中即多声部的意思。复调音乐可称为对位法音乐，有人也称之为编织物音乐，其实它就是不同旋律交织在一起的多声音乐。③

　　由此可见，复调的构成要素主要有：多声部、相互独立、和谐统一成一个整体、不同旋律之间有对比。巴赫金借用"复调"概念来概括陀思妥耶夫斯基长篇小说的特点。巴赫金指出："有着众多的各自独立而不相融合的声音和意识，由具有充分价值的不同声音组成真正的复调——这确实是陀思妥耶夫斯基长篇小说的基本特点。在他的作品里，不是众多性格和命运构成一个统一的客观世界，在作者统一的意识支配下层层展开；这里恰是众多的地位平等的意识连同它们各自的世界，结合在某个统一事件之中，而互相不发生融合。"④ 不同于一般作品中，主人公、人物的思想意识受作者支配，或者作为作者意识的传声筒，在复调小说中，主人公、人物、作者等的声音、意识是相互独立的，他们之间不是支配、被支配的关系，而是平等关系，作者无法干预人物的声音与意识，反之亦然。"主人公议论具有特殊的独立性；它似乎与作者议论平起平坐，并以特别的方式同作者议论结合起来，同其他主人公同样具有十足价值的声音结合起来"。⑤ 巴赫金通过阐释陀思妥耶夫斯基长篇小说的独特性体裁，揭示了小说体裁中的几种交流关系及其特点：

　　一是作者与人物的关系。人物作为作者的创造物，一般认为人物的声音与意识受作者支配，作者是作品中人物的上帝，人物的意识是作者赋予的。这种观点忽略了"作者—人物"交流关系中人物独立性的一面，人物一旦被创造出来，就会形成自己的灵魂，并会对作者的创作进行干预。在文学史上，有许多作家谈到被人物、情节支配的创作状态。人物的真实性源自作者与人物在交流中的平等关系，作者不能强迫人物做出让步或者扭

---

① https://baike.baidu.com/item/%E5%A4%8D%E8%B0%83/134627?fr=aladdin.
② [苏]斯克列勃科夫：《复调音乐》，吴佩华、丰陈宝译，音乐出版社，1957，第2页。
③ 孙云鹰编著：《复调音乐基础教程》，高等教育出版社，1991，第1页。
④ [俄]巴赫金：《陀思妥耶夫斯基诗学问题》，载[俄]巴赫金：《巴赫金全集·第五卷》，白春仁、顾亚铃译，河北教育出版社，2009，第4页。
⑤ [俄]巴赫金：《陀思妥耶夫斯基诗学问题》，载[俄]巴赫金：《巴赫金全集·第五卷》，白春仁、顾亚铃译，河北教育出版社，2009，第5页。

曲其言语行为，只有二者处于平等关系时，作者才不会以自己的创作支配权强行左右人物的行为。巴赫金将复调小说视作"新的世界"，"面对这个新的世界，无论叙述、描绘或说明，都应采取一种新的角度。叙述故事的语言、描写的语言和说明的语言、对自己的对象都必须形成某种新的态度"。[①] 这里的"新态度"，就是改变支配型创作姿态，与人物展开对话和交流。

　　二是小说中各种人物之间的关系。复调小说是一个杂语体，或者说是一个辩驳场所，人物之间不会形成某种权力优势，他们都处于一种平等的位置，他们都会在一个整体中发出各自的声音与意识，而且是相互独立的声音与意识。这并不意味着人物之间没有交流，而是他们之间的交流建立在各自充分发表声音的基础之上，"确立他人的意识作为平等的主体而非客体，成了决定小说内容（孤僻意识的崩溃）的伦理的宗教的基准。这就是作者观察世界的原则"。[②] 这些"平等的主体"（人物）之间不会存在支配关系，从而为各种人物之间平等的交流关系奠定了基础。

　　狂欢化是巴赫金小说理论的又一核心思想。狂欢节是许多欧美国家盛行的传统节日，它起源于非基督徒的节日庆典，如希腊酒神节、古罗马农神节和牧神节以及凯尔特人的宗教仪式等。巴赫金借用狂欢这一概念来概括陀思妥耶夫斯基、拉伯雷等小说中的叙述特色。巴赫金阐述了狂欢化的几个特点：其一，在狂欢式中，所有人都是参与者，都"按照狂欢式的规律在过活"，"过着狂欢式的生活"。[③] 其二，狂欢节取消了一切的法令、禁令和限制；"在狂欢广场上发生了随便而又亲昵的接触"；"狂欢式有自由随便的姿态"，"有坦率的语言"。[④] 其三，在狂欢中，人们之间"形成了一种新型的相互关系"；在狂欢中，人们之间"插科打诨"，从而表现出人的潜在本质。其四，狂欢式还表现在冒渎不敬，降低格调，转向平实，即"粗鄙"。[⑤] 巴赫金进一步将狂欢式的特点简括为：亲昵、插科打诨、俯就和粗鄙。狂欢式与所有的社会规则、等级关系形成背反与嘲讽，并释放了

---

① [俄]巴赫金：《陀思妥耶夫斯基诗学问题》，载[俄]巴赫金：《巴赫金全集·第五卷》，白春仁、顾亚铃译，河北教育出版社，2009，第6页。

② [俄]巴赫金：《陀思妥耶夫斯基诗学问题》，载[俄]巴赫金：《巴赫金全集·第五卷》，白春仁、顾亚铃译，河北教育出版社，2009，第10页。

③ [俄]巴赫金：《陀思妥耶夫斯基诗学问题》，载[俄]巴赫金：《巴赫金全集·第五卷》，白春仁、顾亚铃译，河北教育出版社，2009，第158页。

④ [俄]巴赫金：《陀思妥耶夫斯基诗学问题》，载[俄]巴赫金：《巴赫金全集·第五卷》，白春仁、顾亚铃译，河北教育出版社，2009，第158—159页。

⑤ [俄]巴赫金：《陀思妥耶夫斯基诗学问题》，载[俄]巴赫金：《巴赫金全集·第五卷》，白春仁、顾亚铃译，河北教育出版社，2009，第159页。

人的另一面本质。"讽刺模拟"是狂欢式的本质,陀思妥耶夫斯基的小说就表现出这种讽刺模拟特性。巴赫金认为,狂欢化文学包括古希腊罗马的讽刺剧、文艺复兴时期(拉伯雷、塞万提斯)的讽刺模拟体文学等,"狂欢化已经变成文学体裁的一种传统"。①

纵观巴赫金的文艺思想可以看出,对话、复调和狂欢化理论是相互联系的整体,其精神内核具有一致性,即消除等级隔阂的平等思想、打破各种社会规则的自由参与、自由表达思想的对话性。对话是实现平等的途径,复调是自由状态下的声音参与,狂欢化则是比喻意义上的等级消弭。这无疑是一种理想化的设想,因为任何对话与交流均会存在框架规则和权力背景。因此,使交流双方放弃社会赋予的权力关系,成为狂欢语境中的平等存在,并以此语境作为交流的框架背景,无疑是巴赫金追求的目标。

复调理论无疑是另一种存在状态。在交流中,交流双方因某种因素而处于不自由状态,这种状态会使交流姿态变形,从而使得交流意义的生成无法真实反映交流意愿。复调的内涵是独立、和谐统一。在巴赫金的理论框架中,平等、自由、独立、和谐统一是其基本内核。

交流叙述学追求平等的交流关系与自然而不扭曲的交流框架的构建,在此框架下形成交流双方自由意志的表达。唯有在此基础上,才能获取交流所需要的真实意义。但在现实背景下,狂欢化注定只是一种暂时状态,一种非常态。真实语境往往复杂多变,意义的呈现往往是多方博弈的结果。巴赫金的对话思想使我们看到在各种规则和等级关系之外,依然有非常值得思考的价值存在,而且在某些条件下成为现实的可能性(比如在文学中)。因此,在一般叙述学研究框架下,巴赫金的对话思想无疑具有重要的启示价值,它使我们思考交流叙述中,对于交流叙述的意义生成可能存在的影响因素,并在具体的交流中进行有效的规避,从而追求一种把影响正常、准确的意义生成的因素减到最低状态的交流效果。

第四节　罗森布拉特的文学交易论

在接受美学的理论史上,罗森布拉特是一位不应被忽视的理论家。理论界普遍认为,接受美学起源于姚斯的宣言性演说。1967 年,姚斯就任德国康斯坦茨大学的罗曼语文学教授时发表了题为《研究文学史的意

---

① [俄]巴赫金:《陀思妥耶夫斯基诗学问题》,载[俄]巴赫金:《巴赫金全集·第五卷》,白春仁、顾亚铃译,河北教育出版社,2009,第170页。

图是什么、为什么？》的演说，提出文学研究的"接受之维"。其实早在
1938 年，著名文学教授露易丝·M.罗森布拉特就在《作为探索的文学》
（*Literature as Exploration*）[①] 一书中提出，文本只有在读者阅读中，在文本
与读者的合作中，才能创造意义。她"把读者与文本看作阐释过程中的合
作伙伴"，极大释放了读者在文本意义形成过程中的积极作用。她明确指
出，"文本多元化阐释的有效性不仅由文本塑造，而且更由读者打造"。[②]

　　罗森布拉特曾经提出一个简明的公式："文学 = 作品 + 读者。"
（Literature equals book plus reader.）"在这个问题上，我们忽视任一方都是
危险的"。[③] "阅读是一种交易（transaction），是一种双向过程（two-way
process），包含读者和文本所处的特定时间和特定环境"。[④] 罗氏将阅读分
为析出式阅读（efferent reading）和审美式阅读（aesthetic reading），二者
是一个统一体，分别对应于阅读中的公共性和私人性，"在阅读中，当落
入统一体中的析出一方，读者选择更加公共的或者认知的要素占主导。相
反，如果站在审美立场，选择性注意会导向私人情感、态度、感知以及信
念那一半更多"。[⑤] 此外，罗氏还阐释了交易理论与新批评和读者反应理论
的不同："在析出和审美统一体中的读者立场观念，和交易理论范式一样，
不同于传统的和新批评的方法，也不同于所谓读者反应理论。"[⑥] 也就是说，
析出式阅读与审美式阅读是读者阅读的两个方面，在不同的时间、不同的
场合，读者会采取不同的阅读立场。这是读者与文本之间的一种"交易"，
交易双方都不会以绝对优势控制对方，文学就是二者交易磨合的结果。缺
少二者中的任一方，文学都是残缺的。

　　罗氏在 1993 年发表的《交易理论：反对二元论》一文中，捍卫并发
展了她 1938 年的观点。罗氏指出，对于文学文本来说，"作者和读者都会
在与文本循环往复的交易中，抽取个人的语言 / 经验库存。作者和读者一

---

① Louise M. Rosenblatt, *Literature As Exploration*, Modern Language Association of America, 1996, 5th Edition. 此书多次再版，1996 出版第五版。

② ［美］查尔斯·E.布莱斯勒：《文学批评：理论与实践导论》，赵勇等译，北京大学出版社，2015，第 91 页。

③ Louise M. Rosenblatt, "Literature: the Reader's role", *The English Journal*, Vol. 49, No. 5. (May, 1960), p.306.

④ Louise M. Rosenblatt, "The Literature Transaction: Evocation and Response", *Theory into Practice*, Vol.21, No.4, Children's Literature (Autumn, 1982), p.268.

⑤ Louise M. Rosenblatt, "The Transaction Theory: Against Dualisms", *College English*, Vol.55, No.4. (Apr, 1993), p.383.

⑥ Louise M. Rosenblatt, "The Transaction Theory: Against Dualisms", *College English*, Vol.55, No.4. (Apr, 1993), p.383.

起发展了一种框架、原则或意图，然而，这些或模糊或清晰地引导一种选择性注意，导向一种综合的、有组织的意义构成过程。然而，这些相似性产生自极其不同的语境与环境。我们不要忘了作家面对的是空白的纸页，而读者面对的是已经写就的文本。他们的创作和阅读活动是互补的，也是不同的"。[1]

罗氏清晰地规划了两种不同的交易过程：一是作者式交易；二是读者式交易。围绕文本的交易过程，我们可以绘制出图4–3：

作者 ⇄ 文本 ⇄ 读者

图 4-3 罗森布拉特"文学交易"图示

罗氏在《交易理论：反对二元论》中明确提出了"作者式阅读"（authorial reading）概念，并指出在写作交易中，有两种类型的"作者式阅读"："首先是表达导向，阅读通过检验已经写下的内容来抵抗不断变化的内在意图；其二接受导向，通过潜在读者的眼光阅读文本。当把交流作为目标时，第一种必须为第二种提供标准。"[2]罗氏建构了从作者创作到读者接受的完整的文学交易链条。这类似于笔者的文本外循环之"作者—叙述文本—接受者"的循环链条。罗氏的交易理论勾勒了作者、文本、读者之间相互影响、相互制约的交流关系。"作者式阅读"实际上是一种"自反性"的文本接受，它对于文本的交流预期至关重要，直接影响到文本的构成（包括取材、体裁、写作方式、写作意图等），并进而影响接受者的解读方式。这种交流循环往复、梭式累积，经验在这个过程中不断继承、增殖、发展、淘汰。罗森布拉特在半个多世纪的学术生命中，[3]一直坚持自己的文学交易理论。其间，文学理论的发展日新月异，而1960年代接受美学的兴起，使我们看到了罗森布拉特理论的前瞻性。

---

① Louise M. Rosenblatt, "The Transaction Theory: Against Dualisms", *College English*, Vol.55,No.4. (Apr, 1993), p.384.

② Louise M. Rosenblatt, "The Transaction Theory: Against Dualisms", *College English*, Vol.55,No.4. (Apr, 1993), P.384.

③ 罗森布拉特从1928年开始在Barnard College做写作方面的助教，1938年出版《作为探索的文学》，1993年写下回忆自己学术生涯、继续坚守文学交易论的文章《交易理论：反对二元论》，时间跨度半个多世纪。

第五节 后经典叙述学的"解放作者" 与交流叙述学的文化视野

经典叙述学与后经典叙述学最大的不同,就是对于"作者"的认识。经典叙述学对"作者"的放逐斩断了作品与外界的最后联系,使文本成为一个自足的存在,以此为基础建立起来的叙事作品的"语法"系统形成了经典叙事学的理论特色。但是,这种理论框架首先受到经典叙事学研究者内部的怀疑,叙事现象的丰富性使任何企图对之做一劳永逸概括的理论模式都会在大量的理论实践中捉襟见肘。打破封闭的文本,对文本外因素进行重新审视,成为后经典叙述学的主要任务。申丹在阐述经典叙述学与后经典叙述学的异同时指出:"经典叙事学旨在建构叙事语法或诗学,对叙事作品之构成成分,结构关系和运作规律等展开科学研究,并探讨在同一结构框架内作品之间在结构上的不同。后经典叙事学将注意力转向了结构特征与读者阐释相互作用的规律,转向了对具体叙事作品之意义的探讨,注重跨学科研究、关注作者、文本、读者与社会历史语境的交互作用。"① 对"作者"的重新关注成为后经典叙述学的理论特色之一。

一、作者:从"死亡"到"复活"

经典叙事学的代表理论家罗兰·巴特在《作者的死亡》中写道:"一件事一经叙述——不再是为了直接对现实发生作用,而是为了一些无对象的目的。也就是说,写作最终除了象征活动的练习本身,而不具备任何功用——那么,这种脱离就会产生,声音就会失去其起因,作者就会步入他自己的死亡,写作就开始了。"巴特同时宣称:"叙事从来都不是由哪个人来承担的。"② 结构主义叙事学从来不承认作者可以控制文本,文本始终处于自我呈现的状态,它不传达任何作者的声音、价值观、意识形态等。叙事学的任务就是为叙事作品建立一种普遍的法则,这种法则通过寻求一种二元对立的结构性平衡来建构故事的框架系统,或者寻求一种话语叙述逻辑,即在视点、时间、语式、语态等层次努力建立叙事语法。因此,对于结构主义叙事学来说,"作者"是与其研究毫无关系的存在,或者说根本就不存在。经典叙事学对于作者采取的是一种放逐的态度,其研究是一种纯文本层面的研究模式。

---

① 申丹:《叙事学》:《外国文学评论》2002 年第 2 期,第 42 页。
② [法]罗兰·巴特:《罗兰·巴特随笔选》,怀宇译,百花文艺出版社,2005,第 294—295 页。

经典叙事学对作者的放逐，与其理论渊源有关。叙事学作为一门学科，诞生于 20 世纪 60 年代的法国。叙事学诞生的标志是《交际》杂志 1966 年第 8 期，该期是以《符号学研究——叙事作品结构分析》为题的专刊，它通过一系列的文章，介绍了叙事学的基本理论与方法。但"叙事学"（narratology）概念直到 1969 年，才由兹维坦·托多罗夫（Tzvetan Todorov）在其《〈十日谈〉语法》一书中正式提出。将叙事学作为一门学科进行系统的、大规模的研究，则始于 1960 年代法国的结构主义，而结构主义是在费尔南德·索绪尔（Ferdinand De Saussure）结构主义语言学和俄国形式主义文艺理论的双重影响下建立起来的。1916 年出版的索绪尔《普通语言学教程》，在西方文论界引发文论研究的第一次转向——语言学转向。索绪尔改历时语言学研究为共时语言学研究，认为语言研究的着眼点应为当今语言符号系统的内在结构关系，即语言各成分之间的相互关系，而不是去追踪这些成分各自的历史演变过程。结构主义把文学视为一个具有内在规律的、自成一体的、自足的符号系统，注重系统内部各成分之间的关系。不同于传统的小说理论，结构主义将注意力从文本外转向文本内，探讨作品内部的结构规律和各要素之间的关联，其方法便是对索绪尔语言学方法的借用与改造。俄国形式主义文艺理论是 20 世纪形式主义文论的开端。因为不满于以往把文学视为其他学科的附庸，即把文学变成验证社会学、心理学、政治学等理论的工具，所以俄国形式主义文艺理论决定建立文学自己的学科体系。他们第一次把文学研究从文学作品外部移到内部，强调文学的自律性，认为批评的着眼点应放在作品本身，应努力挖掘艺术作品的内在规律。也就是使文学作品成为文学作品的东西——文学性。形式主义理论家普罗普在其《民间故事形态学》一书中，对俄国民间故事的结构进行了研究，并提出"功能"概念，对法国结构主义叙事学产生了直接影响。

1961 年，韦恩·布斯的《小说修辞学》出版时，正是西方形式主义盛行，"否定作家和作品思想意义的声音甚嚣尘上的时期。从英美新批评到俄国形式主义以至法国结构主义无不认为，文学作品是一种独立的存在，其中起决定作用的不是作家的意向意图等内容因素，而是语言结构等形式因素"。[1] 而布斯以作者为中心的小说修辞学研究，在当时无疑是一个独树一帜的存在。布斯在《小说修辞学》中提出的"隐含作者"，其实就是隐含在作品中的作者形象，是作者在作品中的"替身"，是作者在具体文

---

[1] 肖锦龙：《文学叙事和语言交流——试论西方的修辞叙事学理论和思想范式》，《文艺理论研究》2005 年第 6 期，第 69 页。

本中表现出的"第二自我"。"隐含作者"的提出无疑是既要肯定作者，又要"照顾"当时的批评潮流的"折中方案"。"隐含作者"以作品为依据，而不考虑作者的身世、经历和社会环境，既符合形式主义"内在"批评的要求，又可以使修辞批评家得以探讨作品如何表达了作者的预期效果。可以说，"隐含作者"在"外在"批评与"内在"批评之间建立了一个缓冲地带。但隐含作者自身的暧昧性引起长时间的争论，尤其是接受美学兴起之后，来自"作者"立场的"隐含作者"与来自"接受者"立场的"隐含作者"使本来就模糊不清的隐含作者概念更加复杂。一个重要的事实是，"隐含作者"的提出打破了经典叙事学的理论藩篱，重新"复活"了作者。这一重要思想在 1990 年代初兴起的后经典叙事学那里得到了很好的贯彻。

后经典叙事学与经典叙事学最大的不同，是对文本自足性的怀疑。修辞叙事学代表人物詹姆斯·费伦在布斯的"隐含作者"概念的基础上，提出"作者代理"概念。费伦指出：

> 我对作者的兴趣在一个方面是与布斯极有影响的修辞学方法相悖的。布斯强调作者是文本的建构者，他对叙事因素的选择大致上控制着读者的反应。……我并不认为作者的意图是完全可以复原的，并控制着读者的反应。……我所提倡的方法把重点从作为控制者的作者转向了在作者代理、文本现象和读者反应中间循环往复的关系，转向了我们对其中每一个因素的注意是怎样既影响了另外两种因素，同时又受到这两种因素的影响。①

费伦之所以要对布斯的"隐含作者"概念进行"客观化"的改造，是因为任何作者意图都会在文本的接受过程中被不断地"误读"。作者在完成文本之后，便不具有完全控制读者反应的能力，这是一种客观事实。但作者意图会存在于文本的各个层面，如语言层面、技巧层面、视角层面、道德伦理与意识形态层面，等等。这些都作为"作者代理"存在于文本之中，参与文本的流动过程。因此，这里的叙事是作为"修辞"而存在的。由此可见，"作者代理"与"隐含作者"的不同之处在于：前者并不是一个纯然的"作者"个体，而是存在于一系列"文本现象"中的作者意志，是一种文本各个层面的综合；而后者是一种个体性的存在，是作者的"第二自我"。因此，走出文本藩篱的"作者"在后经典叙事学理论中"复活"

---

① ［美］詹姆斯·费伦：《作为修辞的叙事》，陈永国译，北京大学出版社，2003，第 24 页。

之后，走向了更为宽广的视域。

二、权威化、遮蔽和身份制造

与经典叙述学相比，后经典叙述学无疑是一个更为复杂的存在，它逐渐抛弃了单一的、寓于自身建构的理论发展模式，走向了更为宽广的理论境域。对此，戴维·赫尔曼指出：

> 后经典叙事学可能缺乏初生牛犊的那种一往无前的激情、纯粹发现所带来的不可抑制的激动以及20世纪60年代第一次符号学大革命所引起的对方法论的美好幻想，但是它的长处在于对自身范围和目的进行了一种更为灵活和更具探索性的姿态，在研究叙事（或任何其他对象）时，更愿意承认任何事情都不可能，也不应该一蹴而就。……叙事学已经演变为一个更具包容性和开放性的工程。①

后经典叙述学的开放性与包容性，使后经典叙述学对于"作者"的描述呈现出一种复杂的存在。如果说修辞叙述学对作者的"复活"还是一种"软性"的理论表述，那么，女权主义叙事理论则对"作者声音"进行了强烈的倡导。一种政治化的强调，使作者在文本的运行过程中显示出一种强力的权威性，"每一位发表小说的作家都想使自己的作品对读者具有权威性，都想在一定范围内对那些被作品所争取过来的读者群体产生权威"。②女权主义叙事学对于作者权威的强调，来自一种自我生存处境差异性对比带来的强烈的身份确证愿望。换句话说，面对强势的男权话语，女性在作品中所要表达的是一种虚拟世界权威诉求，是一种"自我权威化"。③兰瑟在其《虚构的权威》一书中引述了伊里盖蕾的观点："故意采取'女性'立场，通过暴露自己卑微无助的具体细节（同时也暴露对'话语霸权'的依赖关系）来夸大女性特征，以此获得具有颠覆性的效果。"④兰瑟对这种通过向"男权话语"示弱来获得女性声音的做法提出批评，指出这实际上是用男性语言表述的"声音"，是一种"太太"语言，而不是女性声音。这种"女性声音"没有实质性的意义。女性要想表达自己的声音，必须"做回自己"，而不是按照男权话语来为自己塑形。"女性一旦在话语中被

---

① [美]戴维·赫尔曼主编：《新叙事学》，马海良译，北京大学出版社，2002，第3页。
② [美]苏珊·S.兰瑟：《虚构的权威》，黄必康译，北京大学出版社，2002，第6页。
③ [美]苏珊·S.兰瑟：《虚构的权威》，黄必康译，北京大学出版社，2002，第6页。
④ [美]苏珊·S.兰瑟：《虚构的权威》，黄必康译，北京大学出版社，2002，第7页。

识别为'我（我的）'，这样身份的女性就成了'个体的人'，占据着只有优等阶级男性才能占有的地位"。① 因此，女性主义叙事学所要建构的"女性声音"是一种叙事学领域内的"女权运动"，是社会权力斗争在叙事的虚构世界中的一种反映，是一种"虚构的权威"。但不可否认的是，女性主义叙事学给我们研究叙事作品提供了另一种视角，其充分表明作者声音是难以消弭的，也是难以脱离其社会性而独存于世的。

但，后经典叙述学的发展并不是对经典叙述学的背反，按照戴维·赫尔曼的观点，"后经典叙事学（不要将它与后结构主义的叙事理论相混淆）只是把经典叙事学视为自身的'重要时刻'之一，因为它还吸纳了大量新的方法论和研究假设，打开了审视叙事形式和功能的诸多新视角"。"后经典阶段的叙事研究不仅揭示了结构主义旧模式的局限性，而且也充分利用了它们的可能性"。② 由此可见，后经典叙事学理论的发展呈现出一种复杂的状态。希利斯·米勒在建构自己的"解读叙事"理论时，依然徘徊在形式主义的边缘，故其理论并没有逃脱文本的境域而关注"作者"。在米勒的理论中，"作者"处在"被遮蔽"的状态。对于米勒的解构主义与形式主义的混合体，申丹向其本人进行过求证：

　　2003 年，笔者应邀为庆祝米勒的 75 岁寿辰撰写一篇论文。在这篇论文中，笔者揭示了米勒的《解读叙事》一书的实际内涵：尽管其总体理论框架是解构主义的，但在批评实践中却是解构主义与形式主义（结构主义）的混合体。米勒对这一揭示表示赞同。③

正是这种"混合体"，使米勒的理论呈现出一种文本自身的开放性。"一部表面上看起来具有封闭式结尾的小说，仿佛总是能够重新开放，这使结尾的问题变得更加复杂"。④ 而对于"文本外"的作者，则采取"遮蔽"的态度。

马克·柯里的"后现代叙事理论"则是另外一种态度。后现代社会给人带来的异化、碎片化、物化，使人产生了一种身份认同危机。柯里尖锐地发问："我们的身份是否像坚果一样，存在于我们的身体里面呢？"关于这个问题，学界有两种观点：其一，人的身份存在于与他人的关系之

① [美]苏珊·S.兰瑟：《虚构的权威》，黄必康译，北京大学出版社，2002，第31页。
② [美]戴维·赫尔曼主编：《新叙事学》，马海良译，北京大学出版社，2002，第3页。
③ 申丹、韩加明、王丽亚：《英美小说叙事理论研究》，北京大学出版社，2005，第327页。
④ [美]希利斯·米勒：《解读叙事》，申丹译，北京大学出版社，2002，第50页。

中；其二，身份存在于叙事之中。^① 也就是说，身份并不是一种自我的自然本质，而是一种建构，是一种"身份制造"。这其实反映了后现代社会中，人的身份焦虑与身份重造的努力。在此，柯里指出了后现代叙事的另一面，即叙事不是作为叙事本身而存在，而是作为进行"身份制造"的手段而存在。因此，柯里更愿意将元小说称作"理论小说"，"因为小说有微妙的说服机制，能对思想和个体经历过的历史力量进行探讨"。^② 在柯里看来，元小说不是在叙事，而是把人们的视线从故事移开，而去关注"个体经历"，也就是作者的创作活动本身。"这样，叙事学上的单纯的事实就转变成了超出书本的社会动力学问题"。^③

综上所述，后经典叙事学在还原"作者"的过程中并不是严整统一的，而是与经典叙事学有着千丝万缕的联系。需要指出的是，对作者的遮蔽并不能完全怀疑后经典叙事学打破文本藩篱的努力，无论是女性主义叙事学还是后现代叙事理论，对"作者"的强调无不打上后现代的烙印，重建"身份"与"权威"哪怕只是一种虚构的存在，也标明在碎片化的后现代社会重塑自我的渴望与信心。

三、调和作品内外的"意向悬置"

后经典叙事学在重塑"作者"的同时，不得不承认一个客观事实：作者与文本是不能同时存在的。换句话说，作者不能和文本一起参与读者的接受过程。布斯和费伦的修辞叙事理论似乎在这一问题上采取了折中方案：把文本看作一种来自作者的修辞行为，读者在阅读过程中的反应就是这种修辞行为产生的效果。这种看起来合情合理的解释，使我们意识到文本巨大的框范力量。1999 年，米歇尔·卡恩斯出版了《修辞叙事学》一书。他在该书前言中开宗明义地宣称：

> 在《修辞叙事学》这部书里，我的目的是在言语行为理论的背景下，在叙事方面，为修辞的和结构主义的方法提供一种合乎逻辑的综合。我问如下问题：什么是叙述行为的基本元素？受众如何识别一个文本是一种叙事的影响？受众和叙事之间如何相互交流？我把自己描述成一个强硬的语境主义者：这些问题的答案，必须首先考虑在任何

---

① [美] 马克·柯里：《后现代叙事理论》，宁一中译，北京大学出版社，2003，第 21 页。
② [美] 马克·柯里：《后现代叙事理论》，宁一中译，北京大学出版社，2003，第 58 页。
③ [美] 马克·柯里：《后现代叙事理论》，宁一中译，北京大学出版社，2003，第 161 页。

的语言交流中，语境所扮演的支配性角色。我注意到没有任何方法使任何文本元素（textual element）能够担保（guarantee）一个文本被看作叙事性的，除非语境把受众导向叙事性的。许多文本我们起初可能认为是非叙事的，而实际上可以看成叙事性的。[①]

　　卡恩斯把读者、语境、规约置于言语行为理论的背景之下，并强调语境的支配作用。"言语行为理论"是当今语用学和语言哲学的重要理论。1955年，英美日常语言学派哲学家奥斯汀在美国哈佛大学做了题为《如何以言行事》的演讲，提出言语也是一种行为，说话即做事，言即是行的语言哲学观念。奥斯汀将作为整体的言语行为分为三个层次：1. 以言表意行为；2. 以言行事行为；3. 以言取效行为。奥斯汀认为，言语行为只发生在普通的情形之下，而文学"是以一种特殊的方式被使用的，即不是严肃的，而是以一种寄生于普通规范用途的方式被使用"。"所有这些我们都不予考虑，不管是否恰当，行为话语都只应该被理解为发生在普通规范情形里的言语"。[②] 奥斯汀的学生塞尔将言语行为理论应用于文学研究，提出作者意图在作品中的"意向悬置"思想。[③] 作者意向在进入读者阅读之前被暂时搁置起来，一旦进入阅读，作者意向就会得到恢复，文学作品的施为性就会得到显现。其实，卡恩斯所强调的语境与规约对读者的支配作用有一个潜台词，即作者意向是不能完全还原的。因此，当卡恩斯提出"作者式阅读"的时候，便陷入了自相矛盾的局面。对此，申丹在《英美小说叙事理论研究》中提出了尖锐的批评。[④]

　　其实，卡恩斯的尴尬源自他对语境、规约的片面强调。任何文学活动都要遵循这样一条路径，即"作者—文本—读者—作者"。如果割断"作者—文本"的联系，片面强调"文本—读者"交流过程中语境和规约的作用，那么，我们就会陷入把"宪法"读成叙事作品的错误。我们必须明确一个事实：语境与规约作为一种历史的形成物，对读者和作者起到同样的作用。语境和规约虽然会发生改变，但其改变要遵从基本的发展逻辑，且同样对作者和读者起作用。语境和规约的普遍性，使写、读双方有一个基本的约定，而不至于产生没有边际的误读。

---

① Michael Kearns, *Rhetorical Narratology*, University of Nebraska Press,1999,p.ix.

② J.L.Austin, *How to Do Things with Words?* The Clarendon Press, 1962, p.21.

③ J.R Searl, "The logical status of fictional discourse", *New Literary history* 1975 (6), p.327.

④ 申丹、韩加明、王丽亚：《英美小说叙事理论研究》，北京大学出版社，2005，第268—270页。

言语行为理论的"意向悬置"思想其实是连接作者与读者以及连接文本内与文本外的理论思想。卡恩斯在逃脱文本藩篱的过程中，无意中坠入了自我设置的语境陷阱之中。如果站在作者与读者平等的立场上看待作品的"施为性"，就会发现正是作者意图在作品中的"意向性悬置"，为读者与作品之间的交流提供了平台与通道。语境与规约可能会因为作者与读者不同的处境而出现差异、抵牾甚至是误读，但这是一种有限度的误读。在历史环境发生革命性改变的情况下，会出现对作者意向的完全颠覆，其颠覆会在变革的历史流程中窥得端倪。

四、交流叙述学：一种文化视角

后经典叙述学关于"作者"的描述，反映了后经典叙述学者在突破经典叙述学的文本藩篱，走向更加宽广领域方面付出的努力。虽然这种努力被有的学者解读为叙事学在面对后现代的挑战时所做的一种"自救"行动，但是其表现出叙述学在后现代语境中依然具有发展的空间和潜力。叙述理论将叙述学研究的目光从单纯的文学研究逐步移向具有叙事现象的各种领域，媒介、表演、音乐等。费伦和拉比诺维茨将叙事研究的这种新转向称为叙事理论的"漩涡"，"叙事理论的漩涡还来自所谓'叙述转向'，'叙述'一词涵盖了越来越广的范围，囊括了（有人会说'吸纳了'）越来越多的范畴。叙事理论日益关注历史、政治、伦理方面的问题。与此同时，视域也从文学研究拓展到其他媒介（包括电影、音乐和绘画）以及其他非文学领域（例如法律和医学）"。[①] 叙事研究正经历一场历史性的变革，如果以叙述理论的宏观视野来反观文学叙述研究，就会发现在文化的视野下，一种在文化背景中贯穿文学产生到接受再到创作的交流图式正在形成。

从文化的视野来看，作者并不是一种纯粹的个体存在，他受到身处的文化语境、出版商、读者等因素的多重制约。如果我们把作者看作一种职业，把作家看作一种社会身份，那么，其创作过程就会充满一种自我身份确证和与外界交流的欲望。法国社会学家罗贝尔·埃斯卡尔皮提出，作家有两种谋生手段：其一，靠版权获得内部财源；其二，获得外部财源（他人资助或自己开辟财源）。[②] 因此，作家的生存需要为其交流欲望提供了动力。我们虽然不必因此怀疑作家职业的神圣性，但揭示这一点有助于我们

---

① [美]詹姆斯·费伦等编：《当代叙事理论指南》，申丹等译，北京大学出版社，2007，第2页。
② [法]罗贝尔·埃斯卡尔皮著，于沛选编：《文学社会学》，上海译文出版社，1988，第55页。

理解作家受交流欲望驱使，而采取的自我包装或自我救助措施。比如，靠版税生存的作家作品的媚俗姿态与衣食无忧的作家采取的先锋性姿态。由此引申出经典叙事学的另一个重要问题：文本形式要素是如何进行交流叙事的？

经典叙述学对文本的内部研究忽略了一个重要事实：文本形式不是一种脱离文化语境的存在，文本形式在文化的意义上不具有封闭性，"除语言外，作家采用的文学体裁和形式也是由社会集团决定的。作家一般都不发明一种文学体裁，而是使文学体裁去适应社会集团新的需要"。① 因此，作者并不是处于完全自由的随心所欲状态，而是受到各方面的影响。文本形式具有穿越文本的力量，这种穿越性为"作者—文本—读者"之间的交流互动提供了依据。陶东风在论述文化对作家叙述方式的影响时指出：

> 只有从特定的叙述角度出发，才能组织生活中的材料，而这种叙述角度总是受特定的政治、意识形态、宗教的观念和信仰的制约。也就是说，总是受文化的制约。这里，重要的不是所叙之事，而是叙述方式与文化或意识形态之间的对应性与相关性。②

因此，文本形式不是一种纯粹的形式，而是一种文化。这种文化在文本的接受过程中，会为文本与读者之间的交流提供方便。换言之，作家受文化制约施之于文本的形式要素，受到来自特定文化内部社会集团的反向作用，由此构成了"读者—作者"的反向交流关系。即文本形式在某种意义上受到来自阐释社群的塑形力量的制约。如此一来，就形成了"作者—文本—读者—作者"的循环交流图式。只要反观布斯和费伦的修辞叙事理论，就会发现他们所谓的交流其实是建立在作者权威基础上的单向交流，是一种静止状态下的共时性交流，而文化的视角则为我们提供了另一种研究叙事作品的角度。

从文化的角度来看，文学作品的交流叙述是在各种层面展开的。比如文体的形成、在公共意识形态制约下形成的主题结构以及趋从于读者接受而设置的情节模式等。由此可见，交流叙述实际上贯穿了文学作品的整个流程。

综上所述，后经典叙述学对作者的描述从根本上颠覆了经典叙述学的文

---

① ［法］罗贝尔·埃斯卡尔皮著，于沛选编：《文学社会学》，上海译文出版社，1988，第126页。

② 陶东风：《文体演变及其文化意味》，云南人民出版社，1994，第134页。

本框范，把叙述研究纳入后现代的语境之中，并预示着一种新交流叙事理论的形成。从文化的视角来看，处于文本之中的形式要素具有了穿越文本的力量，关注文本的同时，也关注作者的生存状态以及这种状态对于作品形式与作品价值的影响。可以说，交流叙述学是站在经典叙事学和后经典叙事学的理论资源的基础上，适应当今"叙述转向"的学科发展需要，在一般叙述学研究框架下，在文化研究的语境中，对叙述研究作出的新调整。

第六节　从接受美学到交流美学

姚斯提出"读者之维"的落脚点是文学史问题，与罗森布拉特的文学交易理论落脚于写作与文学教育截然不同。姚斯深感文学史的重要弊端是忽略了读者的作用，"艺术作品的历史本质不仅在于它的再现或表现功能，而且在于它的影响之中"，"只有当作品的连续性不仅通过生产主体，而且通过消费主体，即通过作者与读者之间的相互作用来调节时，文学艺术才能获得具有过程性特征的历史"。[①]"把文学事实局限在生产美学和再现美学的封闭圈子内，这样做便使文学丧失了一个维面，这个维面同它的美学特征和社会功能同样不可分割，这就是文学的接受和影响之维"。[②] 有鉴于此，姚斯提出要建构一种"读者文学史"。他借用解释学的"视界融合"概念，来解释历代读者的经验积累过程，历代读者不同的经验传递形成"经验视野"的流动链条，后来读者的经验与前代读者的经验有一个融合过程，也有一个变异过程。正是这一在融合中变异、在变异中发展的历史过程，构成了文学史的接受维面。但并非所有作品都具有改变审美判断，并进而改变审美标准的能力，"作品在其诞生之初，并不是指向任何特定读者的，而是彻底打破文学期待的熟悉的视野，读者只有逐渐发展去适应作品。当先前成功作品的读者经验已经过时，失去了可欣赏性，新期待视野已经达到了更为普遍的交流时，才具备了改变审美标准的力量。正是由于视野的改变，文学影响的分析才能达到读者文学史的范围"。[③]

姚斯在把文学的演变史转换为接受者的接受史的过程中，显然是以文

① ［德］H.R. 姚斯：《走向接受美学》，载［德］H.R. 姚斯、［美］R.C. 霍拉勃：《接受美学与接受理论》，周宁、金元浦译，辽宁人民出版社，1987，第 19 页。

② ［德］H.R. 姚斯：《走向接受美学》，载［德］H.R. 姚斯、［美］R.C. 霍拉勃：《接受美学与接受理论》，周宁、金元浦译，辽宁人民出版社，1987，第 23 页。

③ ［德］H.R. 姚斯：《走向接受美学》，载［德］H.R. 姚斯、［美］R.C. 霍拉勃：《接受美学与接受理论》，周宁、金元浦译，辽宁人民出版社，1987，第 33 页。

学自身的演变作为参照的。没有文学自身的改变，接受者难以在没有接受对象的情况下获得持续的经验视野的积累，"新作品的崛起以先前的或已完成的作品为背景，它作为一种成功的形式达到了一个文学时期的'高峰'，被迅速地再生产并因而变得习以为常。直到最终，后来的形式破土而出，前者便成为一个文学日常范围中已寿终正寝的类型而无人问津"。① 姚斯的这种形式变革与俄国形式主义者什克洛夫斯基的"陌生化"与"自动化"的转换如出一辙。需要注意的是，文学形式并非自动变革，其动力主要来源于"作者式读者"的经验积累和创作变异，即笔者所谓的经验视野的"梭式循环"。在历史的宏大视野中，通过接受者与作者身份的转换来获得经验的梭式积累，这种积累经过"量—质"互变规则获得改变审美标准的力量。从根本上讲，来自文本内外的、各种主体间多层次的交流，构成了文学发展的内在动力系统，它是一个动态的过程。

伊瑟尔发展并改变了姚斯的"读者中心论"观点。伊瑟尔认为，"文学作品作为一种交流形式，它冲击着世界，冲击着流行的社会结构和现存的文学"。"分析审美反应，必须把它放到文本、读者及其相互作用的辩证关系中才能进行"。② 伊瑟尔将姚斯的文学接受史转换为文学的交流史的意义在于，它使我们看清了文本经验与解释者经验在相互激发、交流中所形成的经验的动态积累过程。伊瑟尔进一步指出了文本与读者交流的内在运行机制："文本自身的模式只是整个交流过程的一个方面，因此，文本的保留剧目和策略只不过提供了一个可资交流的框架，要想达成交流，还必须由读者在这个框架之内为自己构筑审美对象。因而，文本的结构和读者对结构的理解活动便成为交流活动的两极。人们在阅读活动中达成的成功交流，将依据文本在何种程度上作为相关物在读者意识中建构自身"。③ 因此，文学接受活动不是一种单向过程，而是文本与接受者之间的双向交流互动，是一种动态过程。

伊瑟尔同时注意到文学交流与社会交流的不同："阅读不是面对面交流，一部文本在它与读者的接触中，自身不能随机应变。社会交际中相互作用的双方可以通过互相提问来确定他们的观点在何种程度上控制了偶然性，或者他们的想象在何种程度上为相互间经验性的、非经验性的鸿沟架

① ［德］H.R. 姚斯：《走向接受美学》，载［德］H.R. 姚斯、［美］R.C. 霍拉勃：《接受美学与接受理论》，周宁、金元浦译，辽宁人民出版社，1987，第41页。
② ［德］沃尔夫冈·伊瑟尔：《阅读活动：审美反应理论》，金元浦、周宁译，中国社会科学出版社，1991，第1—2页。
③ ［德］H.R. 姚斯：《走向接受美学》，载［德］H.R. 姚斯、［美］R.C. 霍拉勃：《接受美学与接受理论》，周宁、金元浦译，辽宁人民出版社，1987，第127页。

设桥梁。然而，读者永远不能从文本中得知他的看法准确与否。"①在文学阅读中，文本与读者之间的交流是不对称的，正是这种不对称开启了读者的能动接受模式，使文学艺术活动出现了经验增殖现象。笔者将交流划分为真实交流与虚拟交流，这两种交流的经验反馈方式存在根本不同。伊瑟尔的文本与读者交流的不对称性，与笔者的虚拟交流的经验交换方式具有相通之处。伊瑟尔的审美反应理论使接受美学走向了交流美学的广阔领域。如果以其为基点审视叙述文本的交流过程，就会发现叙述文本始终贯穿于交流叙述的整个过程之中。换句话说，只有在交流中，叙述文本才能获得某种存在形态。这种形态不是固定的，而是动态的；不是稳定的，而是变化的；不是就此结束，而是有所传承。正如伊瑟尔所言："小说之所以被定义为一种交流形式，是因为它给世界带来某种并不存在的东西。这些东西只有被理解，才能展示自身。"②

---

① ［德］沃尔夫冈·伊瑟尔：《阅读活动：审美反应理论》，金元浦、周宁译，中国社会科学出版社，1991，第 199 页。

② ［德］沃尔夫冈·伊瑟尔：《阅读活动：审美反应理论》，金元浦、周宁译，中国社会科学出版社，1991，第 275 页。

第五章　交流叙述的文本建构

在经典叙述学和后经典叙述学研究中，叙述文本是一个确定的存在，"叙述双层论"并没有影响到"文本"的确定性。这是因为对于形式研究来说，如果没有一个清晰的文本边界，形式研究就会出现问题。至于"文本内"的叙述层次，则是形式研究必须面对的基础性方面。如果没有叙述分层，叙述学的研究对象就会出现问题。"整个现代叙述研究以底本／述本分层原理为基础，甚至整个一百多年的现代批评理论，也以这个分层原理为起点之一"。[1] 但是，在"一般叙述"框架下，叙述文本这一在文学叙述中并不成为问题的因素，演变成颇为复杂的问题。根据赵毅衡先生关于叙述的底线定义，叙述是一种双向建构过程，即首先，一个主体把有人物参与的事件组织进一个符号文本；然后，这一文本被接受者理解为具有时间和意义的向度。[2] 这里有一个根本性问题，即主体和接受者所面对的叙述文本是否必须边界清晰？换句话说，符号文本的创造主体与接受者是否面对一模一样的符号文本？答案是否定的。因为，在一般叙述研究框架下，某些叙述类型在主观上并非一种"有意"创造，如体育比赛、庭辩、梦等叙述类型。这些叙述类型被理解成叙述的原因有两个：其一，它们具有叙述的一般特征，而不是创造者有意使其成为叙述；其二，它们被接受者理解为叙述文本，是一种"解释性叙述文本"。另一种情况是，叙述主体"有意"叙述，并组织成叙述文本，但这种文本进入接受者视野后，其形态发生了改变，或者说其内容（包括形式）与"作者文本"并不一样，甚至截然不同。从交流叙述的视角来看，叙述者文本与接受者文本并非完全重合。这是因为进入二者的叙述文本材料并不完全一样，用这些材料加工而成的叙述文本自然会有所不同。在交流叙述学研究框架下，叙述文本自身出现了"层次"。这里说的是文本层次，而不是叙述层次、接受层次。

---

[1]　赵毅衡：《广义叙述学》，四川大学出版社，2013，第119页。
[2]　赵毅衡：《广义叙述学》，四川大学出版社，2013，第7页。

第一节　交流作为叙述文本的存在方式

皮尔斯在阐释"符号"的内涵时指出："我将符号定义为任何一种事物，它一方面由一个对象所决定，另一方面又在人们的心灵中决定一个观念；而对象又间接地决定着后者那种决定方式，我把这种决定方式命名为符号的解释项。由此，符号与其对象、解释项之间存在着一种三元关系。"①这里的"三元关系"，就是指符号、对象和解释项三者之间的双向决定关系。皮尔斯的论述蕴含着交流思想，任何符号文本都存在于交流之中，交流是符号文本的存在方式，叙述文本自然也不例外。皮尔斯列举了交流的三个条件：

（1）必然存在一个发送者和一个解释者。

（2）必然存在着某物在发送者与解释者之间交流。

（3）在发送者与解释者之间交流的某物必须是这样一种东西，即它能够在发送者与解释者之间建立起某些共同解释项。②

任何参与交流的符号，都应该被视作携带发送者意向的文本，并且，发送者有一种"解释期待"，即希望解释者按照自己的意向做出解释。如果这种理想的状态能够实现，那么，皮尔斯所谓的"共同解释项"就会产生。"只有当发送者能够产生一个意向解释项，并且解释者能够产生一个效力解释项时，交流才会发生"。应当指出的是，发送者的意向与解释者的解释很难完全重合。任何符号文本都存在于交流之中，不存在不参与任何交流的符号文本。因为，符号用来表达意义，意义不在场需要符号，而这种表达意义的符号的基本功能就是代替"对象"进行意义传递。叙述文本也适用于这种情况。因此，交流也是叙述文本的基本存在方式。

索绪尔语言学一度将意义锁定在文本之内，其与皮尔斯的重要区别在于，索绪尔切断文本的交流链条，把能指与所指看作意义指涉的基本模式，二者之间是一种非理据关系，是任意的，但一旦确定下来就会具有法律意义。如"tree"与其所指对象自然之"tree"之间是任意的，但一旦确定了

---

① ［美］皮尔斯：《皮尔斯：论符号（李斯卡：皮尔斯符号学导论）》，赵星植译，四川大学出版社，2014，第31页。

② James Jakób Liszka, *A General Introduction to the Semeiotic of Charles Sanders Peirce*, Indiana University Press, 1996, p.89.

这种关系，就无法更改。这似乎与发送者与解释者没有关系，因为无论二者是否愿意，"tree"的能指与所指都是固定的。扩而广之，语言与言语、深层结构与表层结构等二元对立关系均是这种情况。结构主义思想即由此而来。但文学的核心特征在于其情感性、审美性，排除情感内涵与审美心理，文学将会失去其应有的魅力。索绪尔的两分法忽略了意义层次在解释过程中的变异。

英美新批评将研究范围聚焦于文本内部，提出"意图谬误"和"感受谬误"概念，并着重指出理解和研究文学作品不能以作者的意图为目标或根据，也不能以读者的个人感受为核心。这两种文本研究的模式都是一种谬误。文学研究应该关注文本内部，以"细读法"为研究方法，对文本进行精细阅读，在文本的语言中寻找其美学意义。但英美新批评派忽视了一个重要的前提，即当他们"细读"文本，并得出其审美性质的时候，他们的分析是否带有主观性？换句话说，文学文本不能自我呈现意义，意义是"读"出来的，是文本与读者之间交流的结果。再客观的研究也无法完全摈弃个人之见，不同的研究者，即使他们运用相同的理论与方法（比如英美新批评派的理论与方法），也无法保证得出相同的结论。原因很简单，在"文本—读者"的交流关系中，进入不同读者眼中的材料并不一样，再加上不同读者具有不同的经验、知识背景，最后所形成的"读者文本"并不一样。

在叙述转向背景下，在一般叙述研究的理论框架下，存在于各个领域的叙述现象、叙述文本给叙述学研究提供了更多的思考方向。在新闻叙述、庭辩叙述、教育叙述、游戏叙述（包括体育叙述等游戏类型）、演示叙述等叙述类型中，交流成为一种核心品质。任何叙述文本都存在于交流之中，叙述文本永远都处在动态的建构之中，因此，回到皮尔斯在当今一般叙述研究框架下具有非常重要的意义。赵毅衡先生认为，"皮尔斯提出的每个符号的三分构造（再现体、对象、解释项），使符号不再闭锁在能指/所指构造中"。[①]"皮尔斯并不满意固执于表象，他不认为意义只是个人的，他把符号学理解为推进人际关系的社会理论。皮尔斯理论念兹在兹的主导问题，是符号意义的解释，而解释并不仅仅是个人行为。他认为人一旦追求意义，必然会进入人际关系，符号意义必然是一种交往关系"。[②]

---

① [美]皮尔斯:《皮尔斯:论符号（李斯卡:皮尔斯符号学导论)》，赵毅衡序《回到皮尔斯》，赵星植译，四川大学出版社，2014，第7页。

② [美]皮尔斯:《皮尔斯:论符号（李斯卡:皮尔斯符号学导论)》，赵毅衡序《回到皮尔斯》，赵星植译，四川大学出版社，2014，第9页。

很明显，任何符号文本都会存在于这种交往关系之中，叙述文本也不例外，那些在交流中形成的叙述文本更是如此，"对皮尔斯而言，思维永远是一个'我—你'对话模式"。[1] 这种"我—你"对话模式是一种从现在到未来的过程，未来的不确定性使意义永远处于一种动态建构之中。

一般叙述研究范式将"叙述"从文类范畴中提取出来，将之归入人类的经验范畴。即叙述是人类的一种经验方式，通过叙述，人类可总结、保存、传承各种经验。因此，叙述并不与某种文类具有天然联系。另外，叙述同时也是一种"跨媒介"经验模式，语言、图片、声音、动作等都能够进行叙述表达，只要这种叙述表达能够满足叙述的一般特征。但叙述无论是否跨媒介，一个叙述过程必须进入某种交流结构才能最后完成。正如瑞安所说："所有叙事的集合乃一模糊的集合。……只有将言语叙述的参数迁移到其他媒介，跨媒介叙事研究才有可行性。总的来说，这意味着要寻找一个除发送者(作者)和接收者(读者、观众等)之外的，包含叙述者、受叙者、叙事内容的交流结构。"[2] 因此，交流是叙述文本的存在方式。

第二节　文学"非交流"论与普遍双向文本

在交流叙述学视野内，叙述文本成立的条件是必须要考虑的问题。究其原因在于，面对叙述文本的是参与交流的各方，无论是创作者还是接受者，都不能单独决定文本是否构成叙述。但，允许创作者处于一种"无意识"的叙述状态。这是在"一般叙述"研究框架下必然出现的现象。比如体育叙述，运动员或者运动参与者不一定会有叙述意识，但是他们在体育规则框架下进行的竞技运动的确具有叙述的一般品质，叙述学可为体育研究提供一种非常新的视野。对于"媒介体育"这一事实，用叙述的方式解读体育竞技早已成为一种职业习惯。如果无视这一事实，必然会造成叙述学研究的盲视。再如教育、医疗、历史、新闻等领域，也都因叙述学视野而产生了新的增长点。因此，一般叙述研究不仅仅是对叙述性文本的理论归纳，更重要的是通过对叙述的重新界定，把大量具有叙述性的体裁纳入叙述学研究视野中来。这并非叙述学研究者的一厢情愿，而是对人类行为的叙述性的重新认同，更是对当今"叙述转向"客观事实的一种叙述学

---

① Norbert Wiley, *The Semiotic Self*, Polity Press, 1994, p.24.
② [美]玛丽-劳尔·瑞安编：《跨媒介叙事》，张新军、林文娟等译，四川大学出版社，2019，第13页。

回应。

　　交流性虽然是所有叙述文本的核心品质，但不同叙述体裁对于交流性的追求并不是一种均质状态。医疗、新闻、体育、庭辩、教育、网络游戏、口头艺术、戏剧等叙述类型，必须靠交流性才能获得文本的存在。而文学叙述、梦叙述等叙述类型，从作者的角度来看，交流性并不明显。文学叙述中，以追求艺术品格为目标的作者（如所谓的严肃文学作家）往往更注重文本的独立性、创新性品质。为了实现这个目标，他们不惜牺牲读者的流畅性阅读。如俄国形式主义理论家什克洛夫斯基提出的"陌生化"，"艺术的手法是事物的'反常化'（陌生化——引者）手法，是复杂化形式的手法，它增加了感受的难度和时延，既然艺术中的领悟过程是以自身为目的的，它就理应延长；艺术是一种体验事物之创造的方式，而被创造物在艺术中已无足轻重"。[①] 但这并不意味着交流性不是文学艺术的核心品质，而是文学艺术把交流性的交流方向引向它所追求的独立性、创新性品质。不同的文学体裁对交流性的追求也是不均质的，对于通俗小说而言，获得读者、赢得市场才是其主要目标。因此，与读者大众形成融洽的交流关系，对于通俗小说来说至关重要。

　　有论者提出，文学不是交流的，作者与接受者最好互不了解。如瓦雷里认为："制造者与消费者相互独立，互相不了解对方的思想和需要，这对一件作品的效果来说，几乎是至关重要的。"[②] 瓦雷里的观点忽略了一个关键因素——共同的经验背景。共同的经验背景和文化规约是任何交流的基础和底线，文学的独立性、创新性必须建立在共同经验的基础上。唯有如此，新的经验才会在新的经验视野的梭式循环中获得复制和传承，从而完成经验的累积和更新。

　　还有不少论者对文学的"非交流性"进行了论述。如布拉格学派的穆卡洛夫斯基区分了报刊文章，尤其是政论文章与诗歌在交流性方面的不同，指出报刊文章"总是服从于交流的：它的目的在于把读者（或听众）的注意力吸引到由突出表达手段所反映出来的主题内容上面"，而"在诗的语言中，突出达到了极限的强度：它的使用本身就是目的，而把本来是文字表达的目标的交流挤到了背景上去。它不是用来为交流服务的，而是用来

---

① [俄] 什克洛夫斯基等：《俄国形式主义文论选》，方珊等译，生活·读书·新知三联书店，1989，第6页。

② [美] 韦勒克：《西方四大批评家》，林骧华译，复旦大学出版社，1983，第30页。

突出表达行为、语言行为本身"。①

英美新批评代表人物瑞恰慈认为，艺术家并不把交流作为其艺术创作的核心，过分注重交流有时候会成为艺术品的灾难，"如果他当作一个割裂开来的问题去考虑交流方面，那么，由此引起的注意力分散就会在极其严肃的作品中造成毁灭性影响"。②不注重交流并非意味着艺术作品没有交流性，恰恰相反，"有意识地忽略交流毫不削弱交流作为一个方面的重要性，除非我们准备承认只有我们的自觉活动才有意义，否则就不会削弱交流。只要艺术家精神正常，使作品'恰到好处'这一过程本身便具有巨大的交流影响"。③

瑞恰慈与穆卡洛夫斯基均认为，交流性虽然不是艺术家创作艺术作品时追求的核心，但是，这不妨碍艺术作品交流性的存在。"实际上，渴望交流不同于渴望推出具有交流功效（无论怎样掩饰）的作品"。④这里需要区分艺术创作的独特性与作品获得交流性之间的关系，即文学艺术作品的交流性及其交流效果的获得，所依靠的恰恰是艺术家对艺术作品表达独立性、创新性的追求。"一味仔细研究交流的可能性，同时又极其强烈地渴望交流，但若缺乏诗人的冲动与读者可能产生的冲动之间息息相通的自然感应，是绝对不足以交流的。所有十分成功的交流都包含着这种感应，任何策划均无法取而代之。旨在交流的那种苦思冥想、有意识的尝试，总不如无意识的间接方法那么有效"。⑤

曼弗雷德·雅恩在论及班菲尔德作品的时候，提出叙述的非交流特性。即班菲尔德作品中那些"无法说出的句子"具有某种非交流品质，"句子表达某事时，并不同时交流某事。换句话说，表达某事是一种语言的自主功能，而这可能会促使文学理论家按照传统的观念重新考虑其位置。比如视点、叙述文本的间接性以及'双声'阐释"。⑥雅恩还区分了语言学中句子的交流性与文学理论中叙述的非交流性："即使有说话人（例如第一人

---

① ［捷］简·穆卡洛夫斯基：《标准语言与诗的语言》，载伍蠡甫、胡经之主编：《西方文艺理论名著选编》下，北京大学出版社，1987，第416—417页。

② I. A. Richards, *Principles of Literary Criticism*, Routledge, 2001,p.22.

③ I. A. Richards, *Principles of Literary Criticism*, Routledge, 2001,p.22.

④ I. A. Richards, *Principles of Literary Criticism*, Routledge, 2001,p.23.

⑤ I. A. Richards, *Principles of Literary Criticism*, Routledge, 2001,p.24.

⑥ Manfred Jahn, *Narration as Non-communication: On Ann Banfield's Unspeakable Sentences*, Revised version of a paper originally published in *Kölner Anglistische Papiere*,23（1983）. See: http://www.uni-koeln.de/~ame02/jahn83.htm.

称)，叙述也是由'无法说出的'、非交流的句子组成的。"① 可见，叙述学与语言学关注的焦点是不同的，叙述学更加注重语言背后的内涵、功能，而语言学更加注重语言本身带来的交流。叙述文本的交流性往往来自其表层结构背后的深层结构，能指并不是叙述文本交流的全部，所指才指向交流意义。

因此，文学"非交流论"并非意味着文学不具备交流性，相反，相较于其他言语类型，文学的交流性具有独特品质，看似不追求交流性而注重独立性和创新性的文学作品，其实是文学独特交流性的核心表达式。正如洛特曼所言："艺术是一种交流手段。毫无疑问，它创造联系发送者和接受者的纽带。（在某些情况下，一方可以同时具备两者的功能。比如当一个人自言自语时，他既是说话者，又是听话者，但这并不能改变问题的实质。）"② 因此，文学的交流性不是"造成的"，而是自身品质，"作品的交流并不在于作品通过阅读成为同读者可以交流的东西，作品自身就是交流"。③

事实上，在机械复制时代，文学艺术生产与公众的交流密不可分。在艺术生产者、传播机构、公众等形成的场域之内，风格各异的艺术品的形成培养了公众的不同趣味，而公众的不同趣味又反过来促成了艺术风格多样化，"我们今天无法想象，没有学生和知识分子或艺术家的倾慕者当观众，电影探索会是什么样子。同样，我们无法设想，没有聚集在巴黎的落拓不羁的文人和艺术家这个公众群体，19 世纪的先锋派文学和艺术怎么能够产生和发展，尽管这些人穷得买不起什么，但他们为特定的传播和认可机制的发展进行辩护。这些机制无论是借助论战还是丑闻，都能为革新者提供一种象征资助形式"。④ 新的文学风格正是在培养接受者和在接受者的支持下，得到发展并进入文学场的中心。正是这种文本内、外的交流机制，构成了文学发展的动力系统。当今网络文学异军突起，交流性已经成为这种新兴文学类型的核心品质，或者说是这种文学新类型的存在方式。正如布迪厄所言，网络文学正在从文学场的边缘向中心位移。没有接受者和网络传媒作为推手，这种位移无疑会失去动力。

以交流为视角，叙述文本有两种存在方式：

---

① Manfred Jahn, *Narration as Non-communication: On Ann Banfield's Unspeakable Sentences*, Revised version of a paper originally published in *Kölner Anglistische Papiere,23*（1983）. See: http://www.uni-koeln.de/~ame02/jahn83.htm..

② [苏联] 洛特曼：《艺术文本的结构》，王坤译，中山大学出版社，2003，第 9 页。

③ [法] 莫里斯·布朗肖：《文学空间》，顾嘉琛译，商务印书馆，2003，第 201 页。

④ [法] 皮埃尔·布迪厄：《艺术的法则——文学场的生成和结构》，刘晖译，中央编译出版社，2001，第 299 页。

（一）单向文本

文本创作者或者接受者可以单独构建叙述文本，即创作者可以认为自己创作的是某种叙述文本，而不必考虑接受者是否会那样认为；同样，接受者可以把连创作者也不敢确定的文本解释为／理解为叙述文本，如体育竞技。

单向叙述文本是叙述交流中经常出现的类型，文学叙述更是如此，"文学交流的独特之处在于，这种言语事件采取了文本的形式，标志着交流双方不发生直接的相互作用，而是被隔离了。这种交流阻隔的结果，对于作者和读者的心理过程具有重要意义。前者与文本处于一种不寻常的关系中，可被看作文本的一个抽象的同伴。作者在阅读自己的作品时，他（她）会用原始意图与客观意义相比，并根据葛雷明格称之为'单路'或'单面'的交流相互矫正，发生一定的改变"。① 从作者的角度来看文本的单向性，作者与文本之间的交流关系存在两种情况："一方面作者创作了文本，被看作文本的一个抽象同伴。另一方面作者又是自己作品的读者，经历了另一个'心理过程'。所以，只有他能发现'原始意图'与'客观意义'之间的差别。而一般读者只能'单路'地与文本交流，只具备'一个心理过程'。"② 某些类型的叙述文本的作者也许并没有特定的文类或体裁意识，他们或者并不在意或者刻意去创造一个叙述文本。如此一来，来自接受者方向的文本建构就变得很重要了。

关于来自读者／接受者方向的叙述文本建构，早有学者论及。如莫妮卡·弗卢德尼克在论述叙述的"自然化"时提出"使叙述化"（narrativization）概念，并进一步指出："使叙述化适用于一种特定的针对文本的宏观框架，即所谓叙述性。当读者遭遇潜在的无法阅读的叙述文本，这种文本存在基础性矛盾，读者会受到文本携带的文类标记的激发，寻求各种方法和方式复原这些文本的叙述性。"③ 接受者可以根据文本提供的叙述性信息还原文本的叙述特性，尽管某些时候文本的显性要素很难被认定为叙述文本，但文本的叙述性标记会提供线索。当这种线索达到一定的量级后，文本就会被认定为叙述文本。

---

① [美]R·G·霍拉勃：《接受理论》，载 [德] H.R. 姚斯、[美] R.C. 霍拉勃：《接受美学与接受理论》，周宁、金元浦译，辽宁人民出版社，1987，第 403 页。此观点出自拉尔夫·葛雷明格。

② 金元浦：《接受反应文论》，山东教育出版社，1998，第 189 页。

③ Monika Fludernik, *Towards a "Natural" Narratology*, Routledge Landon and New York, 1996, p.34.

接受者单向叙述文本其实是对人类具有叙述性的言语、行为的一种反向确认，这种确认并不以言语、行为发出方是否有意识而决定文本性质，而是基于对叙述性的一般判断模型。来自接受者方向的单向文本很多时候是一种研究视角，这种视角可以使对象获得能力释放。比如新新闻主义以叙述化、情节化的方式进行新闻报道，尽管这种方式备受质疑，但当今新闻报道的叙述化转向，使新闻获得了另一种接受愉悦。新闻叙述化受到质疑的根本原因，是这种叙述化可能会使新闻的客观性受到影响。如果考虑到人类总是用叙述化使经验获得时空、因果序列，就会发现新闻叙述化转向并非率性而为。历史叙述虽然也遭遇同样的情况，但这并不影响历史的客观性。如《史记》的客观性是公认的，而叙述性则是世家、列传的最大特点，其叙述技巧甚至可以和小说相媲美。《左传》亦是如此。

单向文本面临的一个问题是：文本在进入交流渠道之后，不能保证一定会获得只有叙述文本才会有的交流效果。即单向文本不得不面临交流风险。来自作者方向的单向文本面临的交流风险是交流错位，即接受者并不以叙述文本的视角来看待这种叙述文本。其原因有二：一是作者有意为之，即作者的叙述自反性使他知道该文本进入交流渠道之后会出现这种情况；二是作者因缺乏叙述文类知识而违反叙述文类规约。来自接受者方向的交流风险是接受者误读，接受者误读又可分为有意误读和无意误读。而误读产生的原因有二：一是接受者有意采取某种特别姿态使其阐释产生偏向；二是接受者因缺乏相关知识、经验而使解读产生障碍。

（二）普遍双向文本

文本创作者按照普遍叙述原则进行文本创作，接受者则按照普遍叙述原则理解文本。即文本的叙述性是交流双方共同达成的，并会取得预期的交流效果。这种文本虽然不会面临太大风险，但会承担因袭带来的陈旧交流效果，创新性会因文本严格遵守的叙述法则而减弱。

双向文本面临的一个重要问题，是叙述文本的双向建构问题。任何叙述文本都是一种双向建构的产物，无论创作者是否有意创作叙述文本，无论接受者是否会把一个文本解读成叙述文本，只要叙述文本进入交流过程，就会成为一种双向建构。文本从创作到交流，从一度叙述到二度叙述，都处在不断建构的过程中。双向文本是普遍存在的，任何叙述文本都可以称为普遍双向文本。

第三节　交流叙述与"二度文本化"

二度叙述文本的获得必须经过叙述文本的二度叙述化阶段，没有这个阶段，就无法形成最终文本。当交流的接收方无法完成二度文本的建构时，往往意味着其二度叙述化出现了问题。赵毅衡先生把二次叙述分为对应式、还原式、妥协式和创造式四种。四者有一个递进的过程，其对应式非常简单，它要求接受者对应解读即可，没有个体发挥的空间，比如红绿灯等。还原式二次叙述"按文化规约找出叙述的'可理解性'"，"'可理解'的标准是人们整理日常经验的诸种（不一定非常自觉的）认知规则"。[①] 妥协式适用于情节混乱的叙述文本。当叙述文本的逻辑—因果链条达到接受者难以承受，意欲放弃解读的临界点时，接受者就会去寻求一种合适的二次叙述方式来重建叙述文本的秩序。"'创造式'二次叙述是最严重的考验，把二次叙述者的忍耐力与道德能力推到极端。如果接收者甚至整个解释社群承受不起，就会选择放弃，叙述交流就会中断"。[②] 由此可见，赵毅衡先生是根据叙述文本的"可理解"程度，来划分二次叙述的等次的。

笔者认为，二次叙述的四个等次并非一种法律化的静态规则，而是针对不同接受者的不同状况而言的，即接受者的解读能力决定了其二次叙述的状况。对于解读能力弱的接受者来说，即使是非常简单的叙述混乱，也会造成理解中的大问题。因此，二次叙述的四个等次具有个体针对性。对于叙述文本而言，文本的叙述性程度（或者可理解程度）在整个文本中的分布也许并不均质，二次叙述的组合性表现在对接受对象的局部调整。在叙述文本的叙述过程中，其（不）可理解程度并非均质，在局部的理解中，接受者会采取不同等次的二次叙述。在多媒介叙述中，二次叙述更像是一种媒介秩序调整，它是由符号到意义再到经验的过渡。

赵毅衡先生认为，没有二次叙述，表意就无法完成。与此同时，二次叙述对于丰富人类文化具有非常重要的意义。他尤其推崇妥协式二次叙述和创造式二次叙述，认为二者对于符号文本的意义散播意义重大。

二次叙述使叙述文本的意义进入重组与散播阶段，不同时代的人具有不同的二次叙述能力，以此为视角，可以建构人类叙述经验的进化史。既然叙述文本不是意义最后的存在状态，或赖以附着的物化状态，那么，二次叙述是否是文本的最后存在状态呢？笔者认为，答案是否定的。原文本

---

① 赵毅衡：《广义叙述学》，四川大学出版社，2013，第109页。
② 赵毅衡：《广义叙述学》，四川大学出版社，2013，第113页。

作为交流叙述的媒介物，其经验秩序需要在交流中重建，二次叙述的作用就是这种重建。无论哪种二次叙述方式，都是一种接受者经验重建的路径。叙述文本的逻辑—因果、逻辑—价值（包括道德、伦理、意识形态道德）在文本中的表现时刻处于非均质状态。一部叙述文本的解读会有不同的二次叙述方式的加入，二次叙述只不过是重新建构了原文本的经验逻辑，是一种方式，一种过程。因此，二次叙述不是交流叙述的最后状态。交流叙述的最后状态需要经由二次叙述后的二度文本化。无论是原叙述文本还是二次叙述，都是一种经验的建构方式，交流就是交流双方根据自己的理解将经验符号化的过程。作者出于某种目的，先是对经验进行符号化变形，然后物化为用于交流的媒介文本。接受者根据自己的理解，将经过变形的文本进行"二次叙述化"处理，重建文本秩序。这种重建过程也是一种获得"自然化"文本的过程，它使变形的符号化经验得到某种程度的矫正，达到接受者可以理解的程度（这种可理解程度极富个人化特征，并不适合所有人），最后拼合成"接受者文本"，即二度文本。

可见，二次叙述是获得二度文本的重要桥梁。罗兰·巴特在《S/Z》中阐述了两种文本模式——读者式文本与作者式文本。所谓"读者式文本"，是指按照作者意图，读者被动接受的既成意义的文本；所谓"作者式文本"，是指能够使读者发挥能动性和创造性，召唤读者进行重新阐释、创造意义的文本。巴特指出，读者式文本更普遍，作者式文本更难，更具有先锋性，只能吸引少数人。[1]读者式文本和作者式文本其实是一种理想状态，这是因为文本进入交流的过程很复杂，我们很难预料文本进入交流后会是什么状况；我们既无法寻找到合适的、与作者意图对等的读者，也无法准确判断读者的阐释是对作者意图的遵循还是自己的创造。面对成分复杂的读者群体，所有既成的叙述文本都要经历一个被二次叙述化的过程，文本意义的生成和用于组合这些意义的因素在每个读者那里不尽相同，每个读者都会得出一个自己的"二度文本"。这种"二度文本"类似于皮尔斯的"解释项"："被交流的符号可以在解释者中建立一种解释项，而这个解释项又有点类似于它在发出者中所建立的那种解释项。换言之，当被交流符号能够把发送者与解释者'焊接'（welded）在一起时，交流行为就发生了。"[2]这里的"焊接"，就是皮尔斯所谓的"共同解释项"。在交流叙述中，交流双方的叙述文本并不完全重合，交流双方均会以原始文本为基

---

[1]　[法] 罗兰·巴特：《S/Z》，屠友祥译，上海人民出版社，2000，第 158 页。

[2]　James Jakób Liszka, *A General Introduction to the Semeiotic of Charles Sanders Peirce*, Indiana University Press, 1996, p.91.

础形成各自的文本，但二者之间必然有重合部分，而重合部分就是交流的基础。因此，在交流叙述学视野中，叙述文本的最后状态是抽象的，且处于交流双方的中间地带，所有的形成性文本都是交流一方把叙述文本化的产物。

前文是对在交流之前已经成型的叙述文本进行的理论分析，这种分析同样适用于动态叙述文本。只不过对于动态叙述文本来说，叙述化是一个不断变动的过程，文本在变动中呈现为不稳定状态。尤其是对于真实交流叙述而言，动态文本是在交流过程中逐渐成形的，交流双方不断在交流中获取对方的反馈，并以此为依据调整自己的叙述策略，使叙述更加适合交流的氛围与方向。一般情况下，真实交流叙述目的明确，交流方向有预知，经验秩序在此类交流中一般不会偏离日常经验太远，但也有例外，比如医疗。在叙述疗法中，病人的经验秩序（包括语言逻辑、因果逻辑、道德逻辑等）是混乱的，医生不得不在这种混乱的秩序中进行二次叙述，帮助病人重建自己的经验逻辑，使其获取改进自己精神状态的二度文本。再如释梦，梦境的混乱非人力可为，梦中的很多情节无法在同一经验逻辑下建构一种前后一致的情节系统，释梦者不得不挑选核心的事件进行经验重建，而不是面面俱到。

二次叙述化的目的在于建构意义文本，意义的获得首先必须为文本建构秩序。秩序可以是时空秩序，也可以是心理秩序。也就是说，建立叙述秩序是获得意义的途径，叙述秩序连接人的经验，经验连接意义。因此，这是一个意义的生成链条。叙述文本的秩序（时空、心理等）出现混乱时，会给理解造成障碍，接受者要想理解文本，必须通过自己的经验重建文本秩序。秩序的重建过程其实是搭建通向意义桥梁的过程，没有这个过程，就无法使文本与接受者经验建立联系；而没有这种联系，意义便无法被有效建构。

在二度文本化过程中，会出现意义偏移现象。语言具有全域性，它会具体到某个文本甚至每句话，但具体分节会有所不同；它会具体到每个人，即使在同一文化传统内部。比如吃饭，每个人都理解其大致意思和认知方向，但具体到每个人就会有不同意味。如吃饭的内容、时间、方式等。因此，意义的产生是一种双向交流的结果。首先，说话人有一个最初的意义和交流意向、方向。他之所以认为交流对方会有相同或相似的理解，是因为任何表义都具有自反性。他期望别人理解的内涵，他自己必须先那样理解，这是一个基本条件。对于接收方来说，每个人都会在大致意向的基础上形成个人理解，这是一种围绕意向轴的偏移现象，但始终不会偏移太远。

如果放在整个文化传统中，上述现象就构成了文化延续和发展的基础。没有基础意向性，文化的延续就会有问题；没有适当偏移，文化的发展就会有问题。这里有三种意义方式——基础义、偏移义和交流义。基础义来源于说话人，偏移义来自接受者，交流义来自交流双方的妥协或者共建，是文本意义的动态拓展。

意义本身就是一个非纯形式的东西，它包含了文化传统。考虑意义时，必须考虑意义发出主体的个人特性及其携带的文化背景。对于书面文本及一些意义和主体分离的文本来说，意义的产生似乎和说话人无关；但在意义和主体同时在场的情况下，则不会出现这种情况。其区别仅仅在于，一个是说话方的经验梭式循环被暂时悬搁，一个是现场开启并随时反应。因此，意义永远与发出主体有关，只不过在历史的流程中，有的意义逐渐偏移太远，偏移义大于基础义，使最后的交流义向偏移义严重偏向。即使偏移再多，也会找到基础义的影子。

二度文本化有两种情况：一是来自创作主体的二度文本化；二是来自接受者的二度文本化。创作主体将叙述对象文本化后所形成的文本（如体育叙述、网络游戏叙述、庭辩叙述、医疗叙述等），还要面对接受者的再度文本化。我们之所以很少关注创作主体的二度文本化，是因为这种自我交流很少会影响到其他人。但是事实并非如此。符号表意并不像交通红绿灯那样清晰明了，符号文本的创作者在完成其符号文本后，会将自己降格为非权威的接受者。有时候，其他接受者的解读甚至会让他感觉到自己在自创作品面前并不占据任何优势。"悔其少作"的例子比比皆是。有的作者在其他接受者的二度文本化后改变立场，甚至修改自己的作品。比如杨沫对《青春之歌》的修改，尽管在今天看来，杨沫的修改未必成功，但当时的时代语境充分表明二度文本化并非一种个人行为，也并非一种纯学术行为或者纯感受行为，而是受到外界的严重影响。由此可见，二度文本化无论是来自作者还是来自接受者，都受到文化语境的显著影响。不管这种影响是负面的还是正面的，是积极的还是消极的。因此，二度文本化是一种非个人的文化交流现象。与《红楼梦》同时代的李绿园的《歧路灯》就是一种被赋予意识形态化的二度文本，其由于被贴上"维护封建社会"的标签（《红楼梦》被贴上反封建的标签），至今没有获得应有的关注与地位。由此可见，二度文本化研究不是一种形式研究，而是一种文化研究。

对于体育叙述，尤其是对于媒介体育叙述来说，二度文本化是一种非常重要的叙述模式。体育叙述接受群的接受文本，绝大多数靠媒介体育的二度文本化来获得。二度文本化带来的倾向性直接参与体育二度文本（媒介体育叙述文本）的建构，并形成具有价值影响力的核心元素。媒介倾向性因受到来自接受群的压力而具有方向性。瑞安在论及媒介对棒球比赛的叙述化时指出，对棒球比赛的情节化问题，"不仅仅是一个纪实真实性问题，更是一个是否同棒球典故和听众忠诚性相吻合的问题"，这种"吻合"给媒介带来叙述压力：二度文本化必须为其倾向性带来的价值评价承担责任，因此，"这就是为什么大多数比赛故事是从主队的视角来讲述的，并赋予本地球员以主人公角色。主队的失败更多地被呈现为主人公的功亏一篑，而不是对手的矢志不渝。……这些偏见表明，文化规范与受众群体的价值观对棒球比赛情节化的影响，丝毫不亚于其在文学文本阐释中的影响"。①

综上所述，叙述文本的二度文本是经由交流叙述参与者对叙述文本二次叙述化后获得的具有整体意义的文本系统。受到时代语境影响的二度文本化并非一种个人行为，而是一种特定文化语境中的"群体阐释"行为，受到"阐释社群"的内在控制。二度文本化无论是来自作者还是来自接受者，都是对原文本的一种解读方式，文本一旦脱离作者，作者就失去了权威性；文本一旦脱离源生语境，文本就失去了权威性。二度文本化决定了文本的历史命运，并进而影响对作者的评价。交流，在历史意义上既没有权威方，也没有稳固的主动方或接收方，身份翻转随时都可能发生，经验也在此过程中获得"梭式循环"。

第四节　交流叙述的文本层次

在交流叙述学的视野中，叙述文本并不是一个固定的存在，即来自作者的文本与接受者最终形成的"接受者文本"并非同一，二者是有区别的。也就是说，组成"作者文本"的要素和组成"接受者文本"的要素并非完全重合。在一些现场性交流叙述中，叙述文本是一种渐进性构成，是在交流中逐步形成的，其构成是一种复杂存在。"在会话语境中，文本并不是传递给接受者的现成品，而是在讲故事活动的实时过程中通过对话动态建构的；叙述者要回应各种输入：来自听众的问题、插嘴、请求解释、笑声、支持性的声音、面部表情等"。② 因此，在交流叙述中，无论是现场性真

---

① [美]玛丽 - 劳尔·瑞安：《故事的变身》，张新军译，译林出版社，2014，第 90 页。
② [美]玛丽 - 劳尔·瑞安编：《跨媒介叙事》，张新军、林文娟译，四川大学出版社，2019，第 35 页。

实交流还是某一方缺席的虚拟交流，叙述文本的层次都是一种动态性、渐进性的存在，叙述文本是一种"动态叙述文本"。这是叙述文本进入交流过程时，必然出现的现象。在交流叙述学视野中，影响交流叙述文本建构（或者说组成叙述文本）的要素有"主叙述""辅叙述""非语言叙述"和"零叙述"。

一、主叙述

所谓"主叙述"，就是由叙述主体创造的叙述形态，它既是构成叙述文本的核心部分，也是有效参与叙述交流，并影响交流效果的核心部分。主叙述是经典叙述学和后经典叙述学研究的主要内容。按照一般的理解，主叙述文本可分为故事和话语（或者底本和述本）以及"有意伴随文本"。在交流叙述学框架下，叙述文本的建构并非一种"主体单向"，而是一种"主体—接受双向"。

主叙述的构成要件因叙述类型不同而异。对于虚拟交流叙述而言，其文本形态往往已经成型，是可见的，因此，主叙述就是已经具形的符号文本。如文学叙述文本、电影、录制的戏剧、文字新闻或录制的新闻、历史著作等。接受者所面对的是不能增殖也不能减损的文本形态。对于真实交流而言，由于交流双方都在场，文本是在二者的交流中动态形成的，构成文本的素材并不确定，因此，主叙述就包括一切能影响交流进程、效果，且能够有效形成叙述文本有机组成部分的因素。比如现场性舞台演出的叙述构成除了戏剧情节本身外，还包括演员与台下观众之间的互动，戏剧外因素对戏剧叙述效果的影响，演员的眼神、插科打诨等。再如庭辩叙述，控辩双方的某个动作、某个眼神等，都可进入叙述文本的构成。

这里有必要探讨一下真实交流中的静态文本与虚拟交流中的动态文本的区别问题。静态文本由于媒介局限，会屏蔽掉许多影响叙述的内容。这些内容有的形成文本空白，有些纯粹为丢失的信息。空白经过接受者的努力可以填补或部分填补，但丢失的部分则无法还原。再加上虚拟交流中交流的某一方缺席，这些空白或丢失的信息无法通过及时反馈来填补，经验就会在此处形成断裂。只有在二次叙述化过程中建立经验链接，才能弥补经验链条中的遗失部分。动态文本一般在真实交流中形成，因为交流双方都在场，经验反馈很及时，所以相对于虚拟交流而言，真实交流的空白和信息遗失较少。即使交流中有所遗失，也会在交流反馈中得到及时的补充和修正。否则，就会因为这种遗失使经验链接被切断，并进而影响正常的交流进程。而经验的及时反馈可以有效弥补叙述媒介的局限性，某方面的局限会通过其他形式获得补偿，使局限性对交流的影响降到最低。因此，真实交流中的动态文本的构成较为复杂，主叙述包括多种信息媒介，比如视觉媒介、声音媒介、味觉媒介等。真实交流的媒介复杂性以及经验反馈的即时性，使得动态文本的主叙述构成极其复杂，包括进入叙述并影响叙述交流的各种因素。只要这些因素参与了叙述意义的交流性共建，就可以被看作主叙述的一部分。

因此，主叙述，无论是虚拟交流中的静态文本还是真实交流中的动态文本，指的是得到交流叙述参与各方认可的、边界一致的叙述文本。也就是说，主叙述文本有一种交流参与各方都认可的边界，有共同承认的叙述媒介、材料、方式等。但，主叙述并不是交流叙述文本的全部，这是因为除了交流参与各方都一致认可的文本之外，还有其他因素影响着交流叙述的意义建构。

二、辅叙述

辅叙述指的是在交流叙述中，交流双方为达到某种交流效果或者接受效果，在主叙述之外有意增加或者无意携带的，对交流起辅助作用的因素。这些因素对于叙述文本的意义建构起到了一种辅助作用。辅叙述是影响叙述文本意义建构的非主体部分，有些是靠提取交流对方的信息获得的，这些信息是所有者无意之中被对方获取并影响交流的因素。此外，辅叙述还包括叙述交流的参与各方为辅助叙述交流而有意为之的部分。如"说书"艺人的"看官有所不知"、话本小说中的"看官听说"等都不是故事的一部分，而是为了交流顺畅而进行的"情况说明"。

赵毅衡先生注意到文本边界模糊不清的问题："实际上，符号文本的边界模糊不清：看起来不在文本里的成分，必须被当作文本的一部分来进行解释；许多似乎不在文本中的元素，往往必须被'读进'文本里。因此，文本的边界取决于接收者的解释方式。"[1]赵毅衡先生将文本附加的、严重影响对文本的解释，却经常不被视作文本一部分的因素称作"伴随文本"。由此可见，伴随文本是一种影响接受方理解的因素，并不与叙述发出方共享。在交流叙述中，叙述发出方有意或无意增加一些影响解释的因素，这些因素同时辅助了意义文本的生成，此即所谓的"辅叙述"。辅叙述包括伴随文本，但大于伴随文本。辅叙述也许并不为交流对方所知，甚至表达

---

[1] 赵毅衡：《广义叙述学》，四川大学出版社，2013，第215页。

者不想被认为他是有意为之，接受者也不想让对方了解太多有关帮助自己理解的构成因素。后者是叙述本身的有机组成部分，是文本的天然伴生物，它有效参与了文本的意义建构过程。因此，辅叙述是交流叙述中的一种交互现象。辅叙述中，有些是交流双方的共享因素，有些则是隐秘因素；有些是有意为之，有些则是无意流露并为对方所捕捉。这里的交互性，主要是针对真实交流叙述而言的。交流双方的在场性，使辅叙述对发出方和接收方都同样起作用。

辅叙述包含两方面的内容：一是发出辅叙述，即来自叙述发出方的辅叙述；二是接收辅叙述，即来自接收方的辅叙述。发出辅叙述发生在叙述文本的形成过程中，其通过或公开或隐秘的方式，用各种手段来辅助叙述文本的意义建构。这些手段并不一定都被接受者知道，有时候甚至对接受者故意隐瞒。接收辅叙述发生在叙述文本的理解过程中，接受者为了加深对叙述文本的理解，让多种因素参与自己的理解过程，这些因素并不一定为交流对方知道，有时甚至采取一些非常手段来理解对方的真实意图。如信息提取、收集对方的各种资料等。

交流叙述中，意义的合作共建虽是一种常态，但绝不能因此排除叙述（包括来自作者的一次叙述和来自接受者的二次叙述）的个人化行为。因为在交流叙述中，参与各方的目的并不一定重合，为了各自目的而进行的叙述必然充满个人化的东西。此外，由于个人生活、经验背景、知识结构等的不同，对于叙述符号的理解运用也存在差异。尤其是在叙述博弈中，这种个人化行为更多、更复杂。个人化行为并会不影响交流叙述的意义共建。相反，唯有个人化行为方式，才会出现意义的延展。经验就是在个人化行为方式中得到增殖并进而生长为一种"共识"的。

根据叙述者（包括一次叙述者和二次叙述者）的意图，辅叙述可分为有意辅叙述和无意辅叙述两种。

有意辅叙述是指交流叙述的参与各方为了促进对方的理解，为了协助主叙述完成意义建构的任务，而有意在交流叙述中加入辅助成分，同时对方也准确地理解这种成分的作用，并使这种成分发挥其应有的作用。有意辅叙述是公开的，并期待其发挥作用的叙述辅助部分。如带有创作意图的电影海报，其目的是帮助观众获得解读电影的方向。再如在真实交流中，信息接受者会通过某个动作来求证自己的理解准确与否。

无意辅叙述是指交流叙述的参与者在自己没有察觉的情况下提示给对方的信息，这些信息被对方有效提取并影响交流。这些提取的信息与意义的连接要靠提取者来完成，"信息提取就是为别人的行为赋予意义，至于赋予何种意义,就完全靠观察者的观察能力了"。① 无意辅叙述往往在真实交流中意义更大。在叙述博弈中,无意辅叙述有时甚至能够决定交流的成败,这是因为无意辅叙述有时会带来"辅叙述矛盾",即叙述者无意之中提示给对方的信息被对方获取,而且这种信息与叙述者所要表露的信息存在矛盾,叙述者的真实意图通过这种无意流露而被交流对方获得,并影响交流对方进一步的交流行为。叙述者无意表露的信息不是其想要参与交流叙述的意向,这种意向也许是其真实意图,但不是其交流意图。也就是说,在真实交流叙述中,交流双方的言语行为只有部分参与了交流叙述的意义共建,另一部分则不是有意为之,而是无意之中流露出自己的某种真实心态。这种无意流露被捕捉、被读取后,会反过来影响读取者的交流行为。

信息提取是交流叙述中必然出现的一种现象,在虚拟交流叙述和真实交流叙述中都会出现。在虚拟交流叙述中,信息提取的方式有时会与真实交流不同,在真实交流中的信息提取往往当场完成并影响交流的意义共建,但在虚拟交流叙述中,信息提取可能会发生在交流叙述之前或之后。比如有些信息,叙述者并不想让交流对方获知。围绕叙述者或叙述文本的信息提取,无论是之前还是之后,都会影响到交流的效果。有时候,信息炒作者会通过虚构事实来达到某种接受效果。一旦这种虚构被揭穿,交流叙述的结果会朝着相反的方向运动,直到其效果足够抵消虚构事实带来的负面影响为止。

辅叙述误读是指在交流叙述中,信息接受者在组建"接受者文本"的过程中,错误地接受了某些杂音,导致某种错误判断,并进而影响交流效果。比如在审判、庭辩等叙述类型中,由接受者错误的"信息提取"导致的辅叙述误读现象极为常见。在法律领域,辅叙述误读导致的后果往往非常严重。

三、非语言叙述

以交流为视角研究叙述,使叙述中的非语言因素获得重视。尤其是对于面对面的交流叙述而言,更是如此,"语言选择和伴随的种种非语言行为形式(包括面部表情、身体姿势、具有副语言特征的声音的发出、笑声、手势和注视)之间,通常有很高的互动"。② 在很多情况下,完成一种意义

---

① [意]布鲁诺·G.巴拉:《认知语用学:交际的心智过程》,范振强、邱辉译,浙江大学出版社,2013,第69页。

② [比]耶夫·维索尔伦:《语用学诠释》,钱冠连、霍永寿译,清华大学出版社,2003,第135页。

表达需要语言和非语言之间的互动配合，"叙事语言并非仅仅是组合轴与聚合轴相交的一个二维事物：它有一个完整的、丰满的 3D 结构，其中的一个维度是意象主义的（既有视觉又有身势，不是整体的便是分解的）"。"自然而同步的手势，和言语一样，是叙事交流工具的一部分"。[①] 也就是说，叙述进入交流，多数情况下并非由语言符号单独完成叙述，而是加入了手势等非语言叙述成分。

非语言叙述多数情况下是一种片段性叙述，叙述的施受双方靠共享经验、语境来补充、建构一个完整的叙述行为。共享经验与共享语境是非语言叙述成功参与叙述交流的基础，其表达的内容越多，交流参与各方共享的经验与语境就越庞大。"语言外交际在记忆和推理时，要求更多的知识和更大的努力。只有这样，它才能传达更复杂的信号"。[②] 非语言叙述不同于聋哑人手语，手语是一种具有约定规约的符号系统，是已经被语法化的语言系统，实际上是语言的另一种符号形式。非语言叙述不存在规约性的东西，而是靠共享经验、语境而联系起来的叙述方式，它没有固定的表达方式，一张图片、一个动作、一个指示符号，甚至某种声响、气味等，均可以作为一种非语言叙述方式。只要交流双方能懂得即可，而不必对交流关系之外的人透明。如一个人可以用手指着放在桌子上的书告诉别人书在那里，也可以用下巴朝书的位置抬一下来指示。

非语言叙述的非规定性，决定了其不能单独完成一个复杂的叙述过程，而只能作为该过程的一部分。一旦非语言叙述的表达方式被固定下来，成为一种语法意义上的交流手段，非语言就转变为具有独立表意功能的符号语言了。

尽管非语言叙述是一种非规定性的符号表意，但这种非规定性在一个具有共同经验基础的文化环境中，却可以形成某种约定俗成的动作语言。格雷马斯将人类动作分为自然动作和文化动作，"尽管由于机理原因，动作语言表述的可能性受到限制，但它一旦被传授学会，就和其他符号系统一样，构成了一种社会现象"。"一个关于社会化了的人体语言的类型学不仅能说明文化分野（见接吻技术），或者性别的分化（见'脱羊毛衫'的操作程序），它还能解释并假设一个自主的符号向度的存在。仅就这一向度在文化、性别和社会集团之间造成种种分化差异而言，它就让各文化、

[①] ［美］贾斯汀·卡塞尔、［美］戴维·麦克尼尔：《手势与散文诗学》，载［美］玛丽 - 劳尔·瑞安编：《跨媒介叙事》，张新军、林文娟等译，四川大学出版社，2019，第 100 页。

[②] ［意］布鲁诺·G. 巴拉：《认知语用学：交际的心智过程》，范振强、邱辉译，浙江大学出版社，2013，第 32 页。

各社会和各集团拥有了表意功能"。"于是，自然动作语言摇身一变，成了文化的动作语言"。① 这种"文化动作"由于携带文化内部共享经验的表意特征，而被符号化了。尽管如此，这种动作语言往往是一种语言或经验链条的携带物，一般不单独构成一个具有语法化特征的表意链条。因此，动作语言只能辅助话语或经验完成表意，或者在一定的话语、经验语境中传达表意信息。如卓别林的无声电影，靠动作完成某种表意链条。这种表意链条必须在特定的经验、语境中完成。也就是说，动作之间靠共享经验来连接，从而构成完整表意信息。当经验无法完成这些动作连接时，不得不靠字幕辅助完成。单纯的动作无法提取为语言符号，但可解释为某种文化符号，动作之间靠共享经验获得连续性，并形成完整的叙述。但，这些动作无法拆分，也无法形成单独的表意符号。民间故事的讲述者往往靠多种叙述方式来完成一个完整的叙述，其演述文本除包括讲述者的话语之外，还包括一些非语言因素，"（民间故事）演述文本的构成主要包括故事讲述时的环境，讲述人的讲述语言、身体动作，故事听众三方面的内容，三个方面结构成一个立体演述图式"。② 之所以把"故事听众"也作为演述文本的一部分，是因为故事讲述者在讲故事的过程中，除了故事的语言部分与观众达成交流之外，一些非语言叙述也靠与观众的共享经验获取意义，并成为故事的一部分。因此，在采录这些文本时，"准确地记录当然也还要求尽可能把那些'没有用语言表达出来的部分'（如手势、音调、表情）标记出来"。③ 这些非语言叙述尽管构成了演述文本的一部分，但终究是对语言叙述的一种辅助，不能成为主体部分。

非语言叙述只能是复杂叙述的有机辅助部分，而不能成为叙述交流的主体，故是一种辅叙述。它可以辅助话语完成某个叙述过程，也可以通过共享经验链接不同非语言叙述而形成一个完整的叙述文本。在某些看起来只靠非语言完成的叙述文本中，其实蕴含了一种经验语言，这是一种内化的语言。如果需要，它随时可以转化为话语符号。在非语言符号构成的叙述文本中，话语符号已经内化为经验符号，动作语言必须经由经验进行链接，才能获得整体的存在感。因此，电影的默片、舞台的哑剧等非语言叙述之所以能够形成叙述文本，是因为接受者的二次叙述。在二次叙述形成的二度文本中，没有经验链接是不可想象的。

① [法]A.J. 格雷马斯：《论意义——符号学论文集》下册，冯学俊、吴泓渺译，百花文艺出版社，2005，第58页。
② 林继富：《民间叙事传统与故事传承》，中国社会科学出版社，2007，第133页。
③ 刘魁立：《刘魁立民俗学论集》，上海文艺出版社，1998，第164页。

非语言叙述参与交流可分为有意和无意两种模式，无意非语言辅叙述有时更能传达发出者的真实意图。如庭辩叙述中，无意流露出的某种情绪会使交流叙述的发展方向变得扑朔迷离。所谓表情比表达更真实。

照片、连环画、漫画、绘画叙述也是非语言叙述形式，它们获得交流通行证的方式有两种：①靠伴随文本；②靠画面呈现的具有共享性质的经验逻辑。这两种方式之所以不能百分百保证交流的预期效果，是因为二者具有的不充分性特征在交流中容易引起误解和断章取义。

无论是哪种方式的非语言叙述，都可还原为一种语言描述，即用语言符号描述叙述本身或者交流叙述过程。非语言叙述不但表达经验，也建构经验。

非语言叙述往往成为叙述文本的表达方式。在中国传统戏剧叙述中，有两种非语言叙述方式，一种是约定俗成的动作语言方式，即已经程式化了的戏剧动作，如上马动作、抬轿动作、表达愤怒情绪的动作等。这些动作因长期与观众的交流而形成固定的表意，观众通过这些动作可以直接获得理解，无须通过话语传达。另一种是跨层动作语言，即演员面对观众的表情和肢体语言，与观众达成交流协议。这种非语言叙述只有观众和表达者共享，而对故事中的其他人不透明，这就构成了中国戏剧特有的插科打诨。电影中对人物细微表情的特写，就是用非语言叙述来传达人物的内心隐秘，这种隐秘同样是电影的作者与观众达成的某种交流默契，而对故事中的其他人不透明。这其实也是一种跨层交流，用特写镜头来传达演员某种隐秘动作的方式，暴露了摄像机的存在，也暴露了银幕外叙述者的存在。借助特写镜头，银幕外的叙述者与观众形成了交流语言，而对故事内的人物来说，它是不透明的。正是信息的不透明，构成了观众的某种心理优势或接受意向。这往往成为影视叙述文本吸引观众的一种常用方法。

四、零叙述

零叙述是指叙述交流中的符号空白。它虽然不具形为某种符号，但它本身携带意义，是一种"空符号"，是能够被交流双方感知并形成交流经验、取得交流效果的叙述现象。零叙述可发生在故事层面，也可发生在叙述层面。它之所以是叙述发出方的选择行为，是因为故事不会自己消失或隐匿。因此，笔者认为，只有在叙述的交流中讨论零叙述带来的意义，才具有价值。

零叙述在交流叙述中大致有如下几种表达式：

其一，欲言又止。由于某种语境压力或者道德压力，说话人不得不回避某些不可明言的内容，使叙述成为空白。如《雷雨》中，鲁侍萍对周萍说："你是萍——凭什么打我儿子？"《祝福》中，鲁四老爷得知祥林嫂被婆家的人绑去时说道："可恶！然而……"欲言又止实际上屏蔽了说话人所应承担的道德伦理等责任，使接受者有一种领悟感，似乎比说出来更具心理内涵。说话人在屏蔽自己应承担的言语后果的同时，也把自己内心的秘密隐秘地传达给接受者。

其二，避免重述（重复）。这种零叙述方式在中国古代小说中常常出现。比如对过去经历的回顾，叙述者往往采取"如此这般地重说一遍"等叙述干预，来避免重复给读者带来的厌烦感。中国传统"说话"（说书）艺术也是如此。避免重复有两种类型：一是为避免复述过去事件。一般情况下，被省略的过去事件是接受者知晓的。二是为避免重复未来事件。因为叙述内容在将来还要叙述，所以采取零叙述方式省略。如《水浒传》《三国演义》等古典名著中，常常出现为应对将来某个事件而采取什么样的行动方式，用"如此这般""等等"省略。在未来的叙述中，被省略的内容会逐渐展开。在电影中，这种手法也十分常见。这种为避免未来重复而采取的零叙述策略，还有一个重要的交流目的——获取交流期待。

其三，非语言替代。在交流叙述中，尤其是在真实交流叙述中，非语言成分不仅参与叙述的交流进程，有时候甚至起到非常大的作用。非语言替代式零叙述是一种非语言叙述。在交流双方获得共享经验的前提下，一方采取某种非语言方式暗示对方某种状况，对方只要根据共享经验还原暗示所表达的内容，交流就算完成。非语言替代的暗示效果实际上是一种语言转换，比如本来可以用说话的方式传达的内容用动作代替，动作本身虽然在某些时候也可以被解读成语言，但绝大多数情况下都不具有语言的普遍语法化特征，而只是一种小范围动作语言。因此，非语言替代式零叙述是一种小范围的交流叙述方式，它因为不透明性而让局外人觉得神秘。非语言叙述有很多种方式，某个动作、某种声音甚至某种气味等，均可以成为一种约定性的叙述。如间谍电影中，常用正放的花瓶表示正常，用放倒的花瓶表示有危险。

侦探小说、警匪电影、武侠电影、悬念电影、舞台戏剧等往往采取零叙述方式。如用某个神秘事物代替某种往事，这种代替对于剧中人来说也许是透明的，但对于接受者来说，却需要解密式阅读或观看才能获取。非语言替代式零叙述在庭辩中也十分常见，如代表案件过程的物证，局外人无法获知，局内人却心知肚明。弗吉尼亚·伍尔夫《墙上的斑点》中，一个墙上的斑点引发主人公的无限遐想，每一次的思想滑动，斑点就会代表一件往事，斑点成为许多故事的重要生发点。此时，斑点就相当于一种非语言的零叙述，其所代表的每一个故事均与主人公形成某种无言的约定。外人无法确知斑点与故事的神秘联系，只有主人公与斑点之间形成的这种"约定"，才形成了斑点（及其所可能代表的故事）与主人公之间贴近心灵的交流。由于它不共享，读者永远不知道主人公接下来会联想到什么故事。意识流在这种不可预知的思维流动中，获得"文本—读者"之间的交流张力。

其四，经验性省略。在交流叙述中，某些叙述成分被人为省略后，完全不影响交流效果，即接受者可以根据自己的经验补充被省略的内容，从而使叙述获得"残缺的完整性"的效果。如电影中，如果上一个镜头显示一个杀人场面，下一镜头显示罪犯受审的画面，那么，观众会将二者的中间环节通过自己的经验判断连接起来：罪犯因杀人而被逮捕受审。有时候叙述文本作者会利用"既成经验"，为叙述文本设置接受悬念。如影片《肖申克救赎》开头，将杜福瑞受审与其酒醉后拿枪走向案发现场进行蒙太奇剪辑，但杜福瑞对妻子与其情人被杀没有责任，这种组接为影片设置了一个悬念：观众的接受经验受到考验。观众会根据以往电影剪辑的经验认为杜福瑞是凶手，但事实上，影片一步步颠覆了观众的这种经验期待。再如，电影中的一个人物说他明天要开一个会议，下一镜头他出现在会议现场，观众会感觉很自然。这是因为电影叙述已经把足够的信息提供给接受者，使其能够对故事建立起经验链接。

经验性省略在叙述交流中有两种利用方式：一、顺向利用。利用交流叙述中交流双方的经验共享（或者延展性共享）来获取经验链接，使零叙述获得最佳交流效果；二、逆向利用。利用接受者的既成经验，使其产生误判，使叙述获取接受动力，并在适当时机揭示接受者判断的不可靠性，使其获取意想不到的接受体验。

因此，经验性省略在很多时候是一种叙述技法，它有效利用交流双方共享的经验，来使叙述的效率获得提升。电影对观众经验的培养就是一个典型的例子。任何叙述对参与叙述交流的任何一方，都有一个经验培养的过程，它使某些个人化经验转变成公共经验，使叙述在技法层面得到发展。经验性省略作为零叙述的一种，其对叙述交流各方的经验培养从方式到程度都是不同的。经验性省略在某些叙述类型中运用得较为谨慎。如庭辩叙述中，详尽的叙述过程对于庭辩叙述及其法律效果都是至关重要的。在医疗叙述中，任何一个叙述动作都会影响医疗师对于病人心理状况的分析与判断。对于追求客观真实的新闻叙述来说，经验性省略的零叙述无疑会引起观众的怀疑。有时候经验只能限定在可控范围内，因为我们无法保证某些经验会对所有人都有效。

其五，视角盲区。对于叙述文本来说，现代小说叙述的一个重要开创就是限制视角的运用。正是这种运用，使叙述学研究中的一个重要问题域——叙述的可靠性问题得到广泛讨论。限制视角就是采取故事中某个人物的视角进行叙述，使叙述视野受到该人物视野的限制而出现视角盲区。在该人物视野之外发生的故事，在叙述中受到限制，出现叙述空白，即视角盲区式零叙述。限制视角在使叙述受到视野限制的同时，也被叙述者进行了个人化过滤，使故事充满变形、情绪化，表达的也是一种个人化经验。它通过把判断的权力让渡给接受者，使故事与叙述同时受到评判。从理论层面讲，限制视角带来的交流叙述效果有二：一是转移了接受者对故事的过分关注，调动了接受者参与文本价值建构的热情，增加了接受者的裁判权；二是要求接受者须有较高的审美判断力。

视角盲区式零叙述增加了意义的多向性。只有在叙述交流中将未叙述的部分填补完整，才能对叙述进行整体的意义建构。而这种填补必须从已叙述部分中寻找线索。接受者的能动性被这种叙述技巧调动起来，并且不是调动一端，而是整体调动（包括故事整体性建构、价值判断、意义判断等）。

其六，媒介缺陷。媒介的表达能力是有限的，对于叙述的普遍性而言，有时候某些媒介会显得力不从心。如以视觉为主的静态图片（包括绘画、照片等），其表达永远是事物的一瞬。如果想表达一个连续的场面，就需采取多幅图片组合的方式。如《韩熙载夜宴图》通过五幅画面来叙述整个夜宴过程，每幅画面只是某个叙述环节的一瞬，无法呈现整个事件过程。静态画面的局限性，使大部分的连接性事件被省略而成为零叙述。小说无法直观呈现某一画面、场景，描述性语言只能是一种模糊表达。《红楼梦》对大观园的描写无论多么精细，不同的专家也会绘制出不同的大观园景观。释梦者的手段无论多么高明，也不足以还原梦境。逻辑、时空混乱的梦叙述，使任何"二次叙述"都变得不完美。电视剧对名著的改编导致的一个恶果是，使那些再看原著的人思维受限。因为文字的模糊性、不确定性带来的审美魅力被瞬间定格成画面，所以用看电视剧的方式代替阅读原著，不仅不能培养审美思维，反而会造成思维僵化的恶果。

媒介局限带来的叙述空缺，是叙述者不能回避的"技术性"难题。要想解决这一难题，需从两个方面入手：其一，修补媒介局限，或者进行

"跨媒介修补"。比如上海世博会中国馆展出的《清明上河图》，就是一种跨媒介修补，使绘画版本在电子媒介转换后获得了动感。其二，巧妙利用媒介局限，使叙述在交流中获得"意外收获"。鉴于笔者在第三章《交流叙述的质、量和度》中已有论及，此处做一次"避免重复"式的零叙述。

媒介局限式零叙述是把双刃剑，其在带来独特审美效果的同时，也造成了交流叙述中的歧义丛生局面。合理利用媒介局限，会提高叙述质量，提升叙述魅力，获得意想不到的接受效果。

热奈特在论及叙述的时距问题时提及"省叙"概念，称："从时间观点看，对省略的分析归结为对被省略故事的分析。"[①] 热奈特进一步把省叙分为"明确省略""暗含省略"和"纯假设省略"三种。[②]"明确省略"的读者可以从文本中感知时间的流动，如"三年过去了"。"暗含省略"的读者只能推导出某个时间空白。"纯假设省略"则无法确定时间，甚至通过倒叙透露出的时间，也无法找到其确定的位置。省叙是时间在叙述中的变化方式之一，它似乎是一种不掺杂经验成分的文本形式，不连接文本外的作者与读者。即使"暗含省略"是一种读者推导，但说到底也只是一种文本现象而已。

中国古代艺术讲究"不着一字，尽得风流"。白居易《琵琶行》的接受效果，是"东船西舫悄无言，唯见江心秋月白"。中国画讲究"虚白"带来的意境氛围，并影响深远。张艺谋在电影中常常用到国画的意境，比如在关键时刻，镜头不给演员，给空镜头，让观众有深远、空灵、意味深长的想象空间。[③]《道德经》之"大音希声，大象无形"，也是强调空缺带来的接受效果。

在叙述交流中，叙述文本的零叙述所造成的空缺，需要交流来填补。如果交流链条出现断裂，零叙述交流就会有问题。零叙述建立在交流双方有效的意义共建的基础上，即使出现叙述空缺，也不会影响交流的连续性。相反，零叙述可以节省文本时间，可以增加叙述者与接受者心照不宣的交流。但如果滥用零叙述，就会使交流叙述的流畅性受到影响，甚至会使交流一方因不堪忍受叙述空缺带来的理解障碍而退出交流，甚至拒绝交流。这种情况在电影史、文学史上屡见不鲜。也许这并非叙述文本作者的

---

① ［法］热拉尔·热奈特：《叙事话语 新叙事话语》，王文融译，中国社会科学出版社，1990，第68页。

② ［法］热拉尔·热奈特：《叙事话语 新叙事话语》，王文融译，中国社会科学出版社，1990，第68—69页。

③ 张艺谋图述，方希文：《张艺谋的作业》，北京大学出版社，2012，第40页。

缺点，反而是其前卫性或前瞻性的表现。只要假以时日，接受者的经验获得提升后，其叙述文本也许会获得接受。

第五节　抽象文本

叙述文本是在其进入交流之后逐步建构的，这里有一个关键问题：在交流叙述学视野下，叙述文本是以什么方式存在的？如果说二次叙述只不过是一种过渡，不是交流叙述的最后状态，那么，之后是什么呢？要想弄清叙述文本的最后存在形态，还得从接受终端寻找线索。赵毅衡先生在《广义叙述学》中对叙述文本的构筑方式有一个重要思想，即"底本"与"述本"的区分。笔者认为，这是任何叙述过程都会出现的文本构筑现象。如果承认接收者的二次叙述也是一种叙述文本（接受者文本）的构筑方式，那么，底本与述本思想对之同样有效。

为了廓清学界对文本层次的混乱表述，赵毅衡先生提出"底本"与"述本"两个概念。"述本"即叙述文本；"底本"即"述本形成之前的叙述形态"。[①]赵毅衡先生认为，底本有两个特点：其一，它是供选择的材料集合；其二，它是未被媒介再现的非文本。"底本与述本没有先后的差别"。"底本与述本互相以对方存在为前提，不存在底本'先存'或'主导'的问题。我们必须从述本中窥见底本，并不是因为底本先出述本后出，而是因为底本是非文本的、隐性的"。[②]因此，底本与述本之间有一个选择过程。这一选择过程包括材料选择和再现方式选择，底本 1 是材料集合，底本 2 是再现方式集合。经过上述两种选择后，才能获得述本。这种"三层次论"清晰勾勒了述本的形成过程。对于二次叙述而言，也会存在这一过程。因为，对于接受者而言，接受过程也是一个选择过程，对于已经具形的叙述文本的二次叙述，叙述文本自身构成了二次叙述的底本 1，即材料集合中的一部分。材料中的其他部分则包括很多因素，如叙述文本的伴随文本，接受者对文本作者、文本的评论，接受者对文本语境与接受语境等的了解。所有的底本 1 材料都会参与接受者文本的构建。然后是底本 2，即读者对上述材料选择后的组合方式。最后才能获得述本——接受者文本。值得关注的是，在一般叙述研究框架下，有些叙述类型要靠二次叙述来获得存在。如体育叙述，多数情况下，体育叙述表现为媒介体育（媒介对体

---

① 赵毅衡：《广义叙述学》，四川大学出版社，2013，第 121 页。
② 赵毅衡：《广义叙述学》，四川大学出版社，2013，第 130—131 页。

育的二次叙述），媒介观众所面对的是媒介体育的二次叙述文本。在这种文本中，体育竞技本身只不过是其底本 1 中的一种材料。靠二次叙述来获得存在的文本还有网络游戏叙述，它主要靠玩家的二次叙述化获得存在，而在这之前，它只不过是一堆数字堆积的材料。体育和网游属于已经具形的二次叙述文本。一般情况下，接受者文本处于潜隐状态，是一种理论状态下的抽象。

托多罗夫曾提出"构建性阅读"概念。他有两个关于阅读的观点："第一，我们在历史或社会的差异中、集团或个人的差异中考虑读者；第二，我们考虑的是读者的形象，正如某些文本所再现的：读者作为人物，或者作为'受述者'。"[①]这两种观点均没有涉及"阅读"本身，而是一种读者存在状态，前者是读者所处的社会语境，后者是文本的一种功能。"然而还有一个领域尚待探索，即阅读的逻辑；它未在文本中得以再现，却先于个体差异而存在"。[②]当阅读被独立出来之后，就会出现一个问题：阅读过程中会发生什么？托多罗夫指出，同一文本在阅读过程中会出现两种不同的叙述——作者叙述和读者叙述。（见图 5–1）

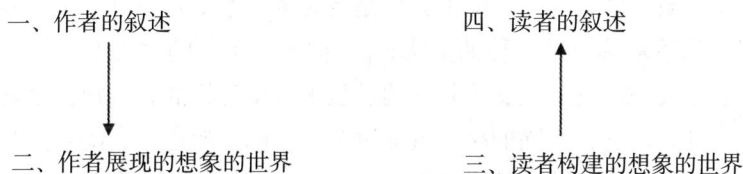

一、作者的叙述　　　　　　　　四、读者的叙述

二、作者展现的想象的世界　　　三、读者构建的想象的世界

图 5–1 托多洛夫"阅读过程"图示 [③]

造成作者文本与读者文本不同的原因，是文本的两种语式——意指和象征化。所谓的"读者叙述"，就是读者在阅读过程中通过文本所提供的材料，挖掘意指与象征化的具体内涵。按照托多罗夫的观点，作者叙述与读者叙述是不能等同的。二者是不同的个体，作者通过语言所展现的世界不会在读者那里简单还原，读者所构建的世界，是经过读者的"叙述化过滤"后的世界。其材料与作者构建文本世界的材料的不同，决定了作者文本与读者文本的不对等性。

托多罗夫的观点启示我们，从交流叙述的角度看，叙述文本从来就不

① [俄] 茨维坦·托多罗夫：《散文理论——叙事研究论文选》，侯应花译，百花文艺出版社，2011，第 223 页。

② [俄] 茨维坦·托多罗夫：《散文理论——叙事研究论文选》，侯应花译，百花文艺出版社，2011，第 223 页。

③ [俄] 茨维坦·托多罗夫：《散文理论——叙事研究论文选》，侯应花译，百花文艺出版社，2011，第 230 页。

是一个确定的存在物，它在从作者到接受者的流转过程中，会发生各种各样的转变，包括现实时空的变化、社会语境的变化、文类自身的改变，等等。所有的变化都会在交流中获得某种反映，"符号文本落在发出与接收两方之间的互动性领域，其中的主体性，只能在主体之间的关系中解决。因此，符号传达是一个互动过程，主体只能从'交互主体性'角度来理解，或者说，主体性就是交互主体性。而在一个文化中，符号文本互动产生后，进入传播流程，最后演化成'共同主体性'的一部分"。[①] 符号文本的意义从来不是由某一方确定的，在符号文本的传播交流历史中，主体交互性导致的结果是符号文本也发生了变化，意义具有历史性、累积性、互动性和不确定性。

因此，叙述文本是一种动态的建构。在这一动态建构中，叙述文本是不定型的，或者说叙述文本最后实现的是一种"抽象文本"。所谓"抽象文本"，是在交流叙述中，以作者文本为基础，经过接受者的二次叙述化过程和二度文本化过程，最后呈现的处于作者与接受者之间、接受者与文本之间，具有协商性质的文本形态。它来源于作者文本，但不等同于作者文本；它被二度叙述化，但不完全是接受者文本；它不具形，但确实存在于交流叙述末端，是一种抽象状态。"抽象文本"的动态性特征表现在两个方面：其一，它是在交流叙述的过程中逐步建构的，即建构过程具有动态性；其二，它在不同的接受者那里会有不同的形态，会随着接受者、历史时空、语境等的变化而改变形态。"抽象文本"促使我们考虑文本与接受的历史性。"抽象文本"的动态变化，构成了叙述文本的历史化的交流链条。交流叙述的历史性也以此为基础构建成型。

托多罗夫将作者文本与读者文本的不同归结于文本的"意指与象征化"，即文本意义的呈现方式与解读方式的不同，使作者文本与读者文本表现出不一样的形态。这里有一个关键问题，即作者与接受者在以文学为代表的虚拟叙述交流中并不直接发生关系，二者必须以文本为中介进行交流。这里存在两个交流过程：一是"作者—文本"交流，一是"文本—接受者"交流。进入作者视野中的叙述材料与进入接受者视野中的叙述材料并不相同，加上历史时空、语境和个体差异，使这两个交流过程并不具有相同的建构模式。因此，二者是不等同的。如果从意义建构的角度来理解，也会得出相同的结论。

赵毅衡先生对"符号"与"意义"有一个相互勾连的界定："符号是

---

① 赵毅衡：《符号学：原理与推演》，南京大学出版社，2011，第 244 页。

被认为携带意义的感知：意义必须用符号才能表达，符号的用途是表达意义。"① 意义不在场时需要符号，因此，符号是抵达意义的中介。意义被感知主体确定后，符号就算完成使命。所谓"得鱼忘筌""得意忘形"，即是此意。什么是"意义"呢？"意义就是一个符号可以被另外的符号解释的潜力，解释即意义的实现"。这里包含一个意义的实现过程，"一个意义的发出（表达）与接收（解释）这两个环节都必须用符号来完成，而发出的符号在被接收并且得到解释时，必须被代之以另一个符号。因此，解释就是另一个符号过程的起端，它只能暂时结束前一个符号过程，而不可能终结意义延展本身"。② 意义的延展性构成了解构主义最主要的思想。因此，作者文本与接受者文本永远不可能等同，意义在不同符号之间流通的过程中，会增加、减损。这是因为不同符号的意义域是不重合的。加之个体的理解偏差，用符号组成的叙述文本永远不是最后的状态，其最后的状态永远是一种动态的、不稳定的抽象物，即抽象文本。抽象文本使我们有充分的理由对喜欢以定论来论证的文类史（文学史、历史著作、电影史……）提出质疑。

　　格雷西亚在阐述文本分类的时候，提出"理想文本"概念。无论是历史文本还是当代文本，在进入接受者视野的时候，也许并没有完美表达它想要表达的观点，因此，在解释者那里就会有另一种能够完美表达观点的"理想文本"。"理想文本"并不实存，而是一种解释性设计，"理想文本可被理解为解释者创作出来的文本，该文本完美地表达了历史作者应当表达的观点，即表达了完美的或真的观点"。③ 因此，理想文本有一个前提，即解释者认为文本有缺陷，不能完美表达它应该表达的观点，"理想文本用于表明当代文本可能有什么地方是不准确的；或通过对比文本作者已做的事情与他们应做的事情，表明他们可能在一些地方犯了错误，而在另一些地方没有犯错误。它还阐释了作者可能想说却未能充分说出的东西"。④

　　应当指出，格雷西亚所谓的"理想文本"也许永远只是一种"理想"。这是因为对于人文学科来说，很难确认什么样的表达才是完美表达，也没有确定的标准来证明某种表达方式是某种观点的完美表达式。这里还存在另一个棘手的问题，即文本所要表达的观点真的是解释者所认为的那个观

① 赵毅衡：《符号学：原理与推演》，南京大学出版社，2011，第 1 页。

② 赵毅衡：《符号学：原理与推演》，南京大学出版社，2011，第 2 页。

③ ［美］乔治·J.E. 格雷西亚：《文本性理论：逻辑与认识论》，汪信砚、李志译，人民出版社，2009，第 112 页。

④ ［美］乔治·J.E. 格雷西亚：《文本性理论：逻辑与认识论》，汪信砚、李志译，人民出版社，2009，第 112 页。

点吗？格雷西亚认为，无论是历史文本还是当代文本，在解释者那里都会存在一个变异问题，每个解释者心中都会存在一个"理想文本"，尽管面对同一文本，不同的解释者心中的"理想文本"可能会不尽相同，甚至差异巨大。尤其是针对历史文本，不同时代的接受者都会有自己的"理想文本"。这里不仅有时代差异，还有个体差异。

事实上，不但"有缺陷"的文本会受到接受者的质疑，而且任何文本都会受到接受者的质询，任何文本都无法保证自己就是那个"最后"状态。也就是说，任何文本在历史的流转中都处于游移不定状态，其命运也会在这种流转中沉浮不定。问题的关键是，在文本进入交流链条之后，永远存在一种处于文本与解释者中间地带的文本形式——抽象文本。它可以是所谓的"理想文本"，也可以是携带解释者个人、时代偏见的文本；可以是对原文本曲解后的产物，也可以是携带原文本不应有的过量价值的文本。抽象文本携带着交流痕迹，携带着时代和个人的印记，还携带着流转过程中的历史擦痕。因此，抽象文本是"文本—接受者"交流的产物，它不属于文本方，也不属于接受方，而是存在于二者交流磨合后的中间状态；它可不具形，也可被接受者进行物化塑造。但，一旦某位接受者将自己心目中的文本进行物化，抽象一旦变成具象，这种具象化的文本就会随原文本一起接受后代接受者的评判，并形成更为复杂的抽象文本。金圣叹通过腰斩《水浒传》得出自己的"理想文本"，即《水浒传》七十回本，金圣叹版《水浒传》与原文本《水浒传》一起成为后代接受者的评判对象。抽象文本的物化形态具有两种状况：一种是金圣叹式的，即改写式；另一种是评论式的，即抽象文本物化为研究论著的形式而存在。物化"抽象文本"表明抽象文本的真实存在，它是一种证明，更是某个历史时期"文本—接受者"交流所留下的历史印痕。

叙述文本在交流中的"抽象文本物化"现象非常普遍。电影、电视剧对小说的改编就是典型的物化现象。每个导演心中都有一个文本，当他们把各自心中的文本落实到电影或电视剧上后，我们就会发现，改编自同一部小说的两部电影或电视剧竟会截然不同。如1987年版电视剧《红楼梦》与2010年版电视剧《红楼梦》，二者在造型、故事的呈现方式等方面截然不同，2010年版《红楼梦》受到的批评充分表明，面对经典，阐释社群会有一个基本的规约，它保证"抽象文本"的基本形态。当这一基本形态被破坏后，接受者往往面临两种选择：一是改变自己的思维定式以适应新的变化，二是维持自己的思维定式来抵抗违反基本规约的行为。

叙述文本虽然携带自然意义，但并不是最终文本。在交流叙述中，文本会形成非自然意义，并构成"抽象文本"。"意义通过听说互动或读写互动建构起来。交际事件中的意义通过听说或读写的同时执行而实现"。[①] 因此，无论是真实交流还是虚拟交流，意义生成都是一种互动的结果，它不简单地取决于一方，而是存在于交流参与各方的交互关系之中。意义宿主只能是一种难以具形的、妥协性的抽象文本。抽象文本存在于交流之中，具有变动特性，不同接受者面对同一叙述文本，形成不同的抽象文本；具有历史性，不同时代的接受者面对同一叙述文本，会形成不同的抽象文本。抽象文本的形成还会受到交流环境的影响。抽象文本是交流叙述中普遍存在的现象，它包含一种普遍的阐释法则，又变异不定；它保存经验，又在运动中完成经验的更新；它是叙述文本在交流中的基本存在状态。

---

① ［意］布鲁诺·G. 巴拉：《认知语用学：交际的心智过程》，范振强、邱辉译，浙江大学出版社，2013，第 47 页。

第六章　交流叙述元语言

　　任何叙述文本都会为解释提供一种方向或方法，这是一种存在于文本的元语言现象，它为交流叙述的意义建构提供了一种方向。叙述文本元语言是一种普遍存在的现象，它包含了叙述文本的各种叙述现象，如取材、文本的叙述方式、叙述逻辑、选择等。这些构成了叙述交流的层次，也构成了交流信号。交流信号的有机组合形成作者密码，作者密码构成文本内、外交流的重要因子。任何叙述交流都有来自叙述作者或隐或显的存在。这是一种普遍元叙述，是一种交流叙述元语言。叙述元语言决定着叙述文本的意义建构，"叙事是关于组织和呈现话语的文化的既定方式，叙事的特色结构本身携带着重要意义"。① 因此，形式本身即是意义，因为它包含着选择性。对交流叙述元语言的研究，有利于充分认识叙述文本意义生成的影响因素和其内在逻辑。

第一节　叙述逻辑

　　叙述文本的组织必须遵循一定的逻辑，叙述的情节、因果、空间布局等的排列秩序在语言的线性时间流程中，是不可回避的问题。任何叙述者在叙述中必须在这种单向的时间流程中寻找自己经验最佳的表达秩序，并且这种秩序须遵循接受者可理解的经验逻辑，或者必须具有"能够"理解的经验逻辑。正如戴维·赫尔曼所说："故事不仅有一个逻辑，而且也构成了一个逻辑；叙事不仅是各种符号结构，而且也是结构化的各种策略。因此，还是领悟经验——广义的解决问题的各种策略。"② 这里包含三层意

---

① ［美］罗伯特·雷奇：《社会符号学》，周劲松、张碧译，四川教育出版社，2012，第230页。

② ［美］玛丽-劳尔·瑞安编：《跨媒介叙事》，张新军、林文娟译，四川大学出版社，2019，第48页。

思：其一，故事包含一个逻辑结构；其二，故事本身就是一个逻辑结构；其三，叙事是一种为达到某种意义或目的而采取的策略的有机组合。也就是说，叙述逻辑是叙事文本的固有性质。

同时，叙事还是一个具有自足性的、相对封闭的结构系统，它不能是一个没有任何结果的行动，它必须提供一个具有连贯性的逻辑序列，这与人类的生活、生产性活动具有相同或相似的特征。因此，叙事可以传承、建构某种经验模式，"叙事是一种组织经验的方式，它遵循严格的内在逻辑，序列至关重要，并力求达到封闭（closure）。叙事不能半途中断：一旦人物决定采取行动来解决问题，故事必须追踪行动过程直到结局，无论成败"。[①] 任何叙述者都可以选择自己的逻辑方式，且所选择的逻辑方式对于叙述的交流性会产生影响。

任何叙述都是一种选择行为，叙述本身就携带倾向性，只是这种选择意识形态是通过各种叙述表征表现出来的。这种表现出来的作者意识形态是一种读者行为，是叙述文本的"二次叙述化"。叙述的选择性使受众的参与热情被激发，他们用各种原因、手段来填补因选择而被遗漏的部分。正如查特曼所说：

> 无论叙事是通过一段表演还是通过一段文本而被感觉到，受众成员们都必须予以解释性回应：他们无法避免地参与进互动中。他们必须用由于各种原因而未被提及的各类必要或适当的事件、特征或对象来填补空白。……我们只是提及叙事的一种逻辑特性，即激发一个潜在情节细部世界的那些特性，其中有很多未被提到，但可以被提供出来。[②]

作者的选择必须在叙述文本中留有足够的逻辑相关性，否则，接受者就会因缺乏逻辑链接而感到困惑。比如电影中，一个人要去医院，必须先传达出去医院的意向，因此，第一个场面可以是他准备去医院，第二个场面可以是他出现在医院，中间可以省略去医院的过程。如果第一个场面没有行为意向性，第二个场面就出现在医院，接受者就会感到困惑。由此可见，叙述省略必须以能够建立必要的逻辑链接，且不会引起歧义为前提。

---

① ［美］玛丽-劳尔·瑞安编：《跨媒介叙事》，张新军、林文娟译，四川大学出版社，2019，第 304 页。

② ［美］西摩·查特曼：《故事与话语：小说和电影的叙事结构》，徐强译，中国人民大学出版社，2013，第 14—15 页。

先锋文本往往违反逻辑相关性，即打破常规的时间、空间经验，故意采取混乱的逻辑叙述来增加接受者接受的难度，甚至阻碍接受者的接受过程。即无论接受者如何努力重建叙述的逻辑秩序，都无法成功。此类文本会产生两种交流效果：其一，使接受者由对故事的关注转向叙述本身。这种交流结果建立在接受者"可以理解"的基础上，因为接受者会在重建叙述秩序的努力中获得文本叙述的新经验。其二，接受者放弃解读努力，交流失败。这样的文本注定行而不远，因为任何企图挑战交流成功的所谓"创新"，都不是一种有益交流的行为。还有一种情况，叙述文本的叙述方式超前，导致当代人无法理解，须假以时日，使接受者获得足够的接受经验后，方可对文本进行有效的解读。

叙述交流必须考虑媒介的特殊性、语境的特殊性。比如法庭、医院、异性之间、视觉、听觉等。法庭叙述中的控辩双方所依据的是一个共同的事实底本，即底本1，但由于双方的立场是不同的，他们的叙述选择以维护受害人或者被告的合法权益为前提。作为接受者的法官和陪审团，则需要根据各种证据进行"事实填充"，并做出裁决。控辩双方和接受者的交流，必须在法庭程序和法律规定性中完成。控辩双方的叙述选择透露出二者不同的叙述密码，接受者（法官、陪审团）必须从不同叙述者（或者说不同叙述的"作者"）所揭示和掩盖的案件事实的逻辑相关性中寻求真相。

异性之间的交流往往更加微妙。有时不需叙述者的讲述，而只是一个眼神、一个动作，就可以在对方那里对某一已经发生或正在发生或即将发生的故事建立充分的逻辑相关性。这种交流所需的密码，只有当事人能够破解。

展示性叙述或有时间限制的叙述，如电影、广告、连环画、绘画等，叙述者尽可能在保留叙述逻辑的前提下，进行逻辑性省略以节省时空。逻辑空白在给接收者留下极大的参与空间的同时，也为某些前卫作者提供了发挥想象力的广阔舞台。此外，文本外与文本内的交流还受到叙述"技术性"的支配。由此可见，交流不但受到叙述文本的影响，而且受到建构叙述文本的技术支配。文本虽然在不同的接受者那里会变得复杂多样，但仍会基本遵循故事的内在逻辑。这种逻辑就是一种"作者密码"，是一种携带作者倾向性的密码。这种携带，使得任何文本都不能脱离作者而独存。作者密码既保证了"作者—接受者"交流的有效性，也可以使故事在不同类型的叙述那里获得"通行密码"。比如电影对小说的改编，无论表现手段如何变化，故事都会携带作者的原始密码。

话语对故事时间的处理，以交流的有效性为前提。当故事的时间逻辑无法被识别时，交流通道就会被掐断，就会出现无效交流。但，也有叙述作品（如先锋小说）通过故意扰乱故事时间使故事变得混乱而难以识读，将读者与文本之间的交流阻隔在话语层次之外，来完成其从叙述什么到如何叙述的叙述革命。因此，对于先锋小说之类的叙述文本而言，话语层次的交流才是其追求的目标。因为话语层次的交流属于较高层次的交流，所以先锋文本所带来的更多的是文学史意义或理论意义。但，不被理解的叙述姿态，注定行而不远。如姜文备受争议的电影《太阳照常升起》，故意将几个故事交叉叙述，并把它们的时间打乱，使本来可理解的故事变得支离破碎。也许姜文就是要追求这种秩序混乱带来的接受效果，使道德、理性、法律等混乱的年代有一个在形式上的直观感受：那个时代本来就毫无逻辑、毫无秩序可言，混乱正是那个时代基本的表达方式。而张艺谋的《英雄》，将无名刺秦的故事以三个版本讲述出来，接受者虽然开始也会迷惑，但最终会形成一个清晰的故事逻辑，不会是一种"罗生门"式的接受效果。这是因为《英雄》所宣扬的民族大一统观念，必须让观众正确理解。

电影的省略和剪辑，要以观众对叙述逻辑的识别为限。换句话说，电影的意义建构是一个与观众交流的过程，"电影句子和电影句段不仅是导演通过蒙太奇构成的，而且需要观众通过自己的思维活动，参与到这些句子和句段的构成中，将镜头之间可能存在的叙事空缺、意义空缺填补起来"。[1] 因此，电影叙述的发展存在两个方向：一是电影自身的经验积累；二是对观众的观影经验的培养。在电影发展史上，剪辑经验的积累不需要像文学叙述那样漫长，经验视野的"梭式循环"在电影方面会变得快速。某种叙述方法在文学领域也许会经历成百上千年时间，但在电影领域会短很多。在电影领域，从接受者到作者的回溯渠道要比文学领域短得多。某一类型影片受到欢迎，会马上出续集。如成龙的"警察故事"系列；徐峥的《人在囧途》成功后，马上推出了《泰囧》等。

体裁规定性具有规范作者与受众的特性，作者的叙述不得不遵循体裁规定性的内在逻辑，其真实与虚构要受体裁规定性的影响。接受者同样要根据体裁规定性来调整自己的接受姿态。作者与接受者在这一规定性面前达成交流默契。赵毅衡先生以纪实体裁为例，阐述了体裁对于接受者的影响："纪实叙述与否，取决于文化程式，即接收者的'二次叙述化'方式。只有依从文化程式，把某种叙述体裁程式化为纪实型叙述，例如把揭发信

---

① 刘云舟：《电影叙事学研究》，北京联合出版公司，2014，第20页。

理解为指称实在世界，然后接收者才会去检查它是否'符合事实'，哪怕它的'真实性'甚至不如一则网络笑话段子。笑话的基础语义域依然只是可能世界，而揭发信的基础语义域是实在世界。"[1]卡恩斯的强硬语境主义立场，使他忽略了文本所具有的多重规定性特征，而把放错书架的非叙述作品读成叙述作品。[2]

叙述逻辑可引导接受，规定接受的方向性。广告制作最大的特点，是将内容与其尾题（logo）进行逻辑链接，且其链接逻辑必须不难获得。如果其逻辑联系不能自然引起联想，接受者就会感到困惑，广告的目的就难以达到。赵毅衡先生列举了一个广告案例：一个人站在燃烧着的灶火前打碎一枚鸡蛋，蛋清蛋黄顷刻落下，而下面还没有锅，图片右下角是广告的logo——一个快递公司的招牌。赵毅衡先生指出："画面只有一幅单独的图像和一个快递公司的招牌，读出其中的叙述，需要把两个方案（煎蛋与快递）合成一个方案，而这种需要做出努力的'二次叙述'，正是此类叙述文本（广告）的理解过程，也就是广告的目的所在。"[3]这则广告蕴含的叙述逻辑就是快递公司的"快"，可以用鸡蛋掉落到锅的瞬间来类比。这则广告的巧妙之处在于，通过接受者的简单逻辑链接过程，使快递公司宣传的"快"得以具体化。

叙述者、人物心理、空间、时间、独特经验、情感、道德准则、文化传统、政治等均可构成叙述逻辑。因此，叙述逻辑并不是一种固定的模式，其决定于叙述者对所叙述之事的个人化经验，以及个人化经验所据以呈现的叙述方式。由于个人化的叙述行为太过私人化，其所依据的独特逻辑无法被所有接受者所理解，由此带来交流叙述效果的多向偏移，意义变得不稳定。

第二节　叙述选择

任何叙述都是一种选择行为，任何选择都带有倾向性，这是叙述最基础的品质，也是叙述与生俱来的先天特性。对叙述选择的研究，是一种静态、共时研究，其一方面考察入选叙述材料与落选叙述材料之间的关系，一方面考察所选材料的组合方式对于意义生成的影响。从交流角度来说，

① 赵毅衡：《广义叙述学》，四川大学出版社，2013，第 186 页。
② Michael Kearns, *Rhetorical Narratology*, University of Nebraska Press, 1999, p.2.
③ 赵毅衡：《广义叙述学》，四川大学出版社，2013，第 111 页。

还要考虑交流双方各自文本之间的关系问题，即信息发出方叙述文本与信息接收方叙述文本之间的关系问题，或者说叙述文本与二次叙述文本之间的关系问题。这些关系非常复杂，必须引入具体的交流叙述。即使在引入后，也很难具备普遍品质。正如索绪尔所说："一般地说，研究静态语言学要比研究历史难得多。……但是老在价值和同时存在的关系中兜圈子的语言学却会显露出许多更大的困难。"[①] 因此，这里仅仅探讨叙述选择的元语言意义。

不可否认，叙述的选择性对于叙述文本具有非同寻常的意义。所谓的"选择性"包含两方面的意义：其一，叙述材料选择，如人物选择、事件选择等，即对赵毅衡底本 1 材料的取舍；其二，表达方式选择，即底本 2 中的形式技巧等"手法"的选择。这两种选择之间的关系，是文艺学的老问题。笔者不想陷入二者纠缠不清的关系之中。这两种选择具有同步性，选取材料的同时，也就选取了材料的组合方式。但这并不意味着二者互为前提，毕竟我们的讨论没有引入施为者。叙述选择本身是一种个性化活动，不同叙述者面对相同的底本 1 材料，可能会选择底本 2 的不同表达方式，由此生成完全不同的叙述文本。如高考话题作文，考生面对的是同一个话题，但是很难找到完全相同的作文。选择虽然是共时性的，但对所选材料的排列组合是具体言语不得不面对的历时性事实。雅各布森将前者（选择）称作"隐喻方式"，将后者（组合）称作"转喻方式"，"在一般的语言行为中，这两种方式总是持续地起作用的。然而，仔细的观察表明，在文化模式、个性和词语风格的影响下，对于这两种方式的某一个的偏爱会超过另一个"。[②] 文学界对于文学创作流派的划分就是如此，如中国当代文学史上的"山药蛋派""荷花淀派"，就是以底本 1 材料的选择的共同性作为划分依据的，而先锋文学则是以组合（如何叙述）作为划分依据的。在现场性交流叙述中，有些选择是无意识的，交流者只是"顺手"使用。唐小林将之称为"非特有媒介"："现成非特用媒介，笔者称之为非特有媒介，以'身体—实物'为代表，而以身体为中心，这类媒介不是专门用来表意，而是'顺手'拿过来当作媒介使用的。"[③] 虽然无意识选择的目的不是"专门用来表意"，但并不能排除在交流中形成意义因素。

① [瑞士] 费尔迪南·德·索绪尔：《普通语言学教程》，岑麟祥等译，商务印书馆，1985，第 144 页。

② [美] 罗曼·雅各布森：《隐喻和转喻的两极》，载胡经之、张首映主编：《西方二十世纪文论选》第二卷，中国社会科学出版社，1989，第 67 页。

③ 唐小林：《符号叙述学视野与人类社会演进》，《符号与传媒》第 20 期，第 199 页。

对于叙述选择来说，如果没有对选择的法律式规定（如高考材料作文），如果叙述者处于自由状态，那么，叙述材料选择和表达方式选择都可以带有倾向性。如果叙述者不自由，而是必须面对给定的材料或事实，那么，其倾向性则表现在叙述方式之中。同时，叙述文本还必须受体裁规约的支配。也就是说，叙述者可以自由选择，而体裁的规定性会对叙述者的叙述文本进行二次选择，将那些不符合体裁规定性的成分排除在意义建构之外。在庭辩叙述中，控辩双方在法庭所围成的叙述框架中，都力求选择有利于自己的材料和表达方式，但法庭叙述框架有自己的运行轨迹，意义的形成并非取决于一方，而是在控辩双方、法官、律师、陪审团等的交流叙述中获得某种平衡，最后以多方的交流磨合而取得均衡。法律"事实的形成，套用主体间性的哲学观，将其视为法庭上各主体相互交流、对抗、整合而成的，而非主体单方面去认识完全抽离于主体之外的客体的过程，并且较有创见地点出了案件事实的关键性质——它是一种语言流传物，由客观的存在到差异化的个体经验与感知，由差异性的主体间互动再到以语言的形式固定下来。这一过程的创造和转型，远远大于对外在客体的机械认识"。① 2006 年 8 月发生在北京的小摊贩崔英杰刺死城管一案，就出现了同一事实的多种版本。尤其是《南方周末》对案件的持续报道，引发全社会的广泛关注。刘燕指出："基于相同的证据信息，却能讲出截然不同的案件事实的叙事文本，并且导向截然不同的法律评价、社会评价。"② 该案最后的结案裁定，是以"与本案无关"的理由排除了民间版本对崔英杰的同情叙述和城管版本对崔英杰的无赖摊贩的认定。由此可见，叙述选择没有绝对的自由，意义的生成受到多方制约。

无论是对于具有时间延展性的叙述文本来说，还是对于静态叙述文本来说，叙述选择都是一种不可回避的特性。查特曼说："在某种特定的意义上，叙事可以说就是选择。在非叙事的绘画中，选择意味着某一部分与绘画世界中的其余部分分离。画家或摄影家框住了这个模仿的自然，而其余部分留在了画框之外。在这个框架之内被精确表现的细节之数量与其说是一个结构问题，不如说是一个体裁问题。"③ 可见，对于具有叙述性的绘画、摄影、图片新闻等来说，选择性忽略与选择性叙述也是同时存在的。

叙述选择沿着雅各布森的"双轴"会产生痕迹，这种痕迹就是一种元

---

① 刘燕：《法庭上的修辞——案件事实叙事研究》，光明日报出版社，2013，第 5 页。
② 刘燕：《法庭上的修辞——案件事实叙事研究》，光明日报出版社，2013，第 8 页。
③ ［美］西摩·查特曼：《故事与话语：小说和电影的叙事结构》，徐强译，中国人民大学出版社，2013，第 15 页。

语言，一种自携的读解方向。这种选择痕迹的背后有一种强大的文化规约、体裁规约，它对叙述的控制是隐形的。对于接收方而言，各种隐形规约同样有效，而且来自"阐释社群"（斯坦利·费什）的影响永远无法排除。

海登·怀特明确指出，历史追求客观，而历史叙述作为一种记录方式却带有强烈的个人性或者目的性，再客观的叙述也没有历史事实本身客观。历史是人类理解过去的一种方式，我们总是试图将时间、事件赋予一定的意义，并以此作为建构经验的途径。因此，对材料的取舍、对建构方式的取舍直接服务于我们的目的，"鉴于语言提供了多种多样建构对象并将对象定型成某种想象或概念的方式，史学家便可以在诸种比喻形态中进行选择，用它们将一系列事件情节化以显示其不同的意义"。历史的情节化是近年来历史研究的重要范式转换，"近来的'回归叙事'表明，史学家们承认需要一种更多是'文学性'而非'科学性'的写作来对历史现象进行具体的历史学处理"。"这意味着回归到隐喻、修辞和情节化，以之取代字面上的、概念化的和论证的规则，而充当一种恰当的史学话语的成分"。"相信某个实体曾经存在过是一回事，而将它构成为一种特定类型的知识的对象是另一回事"。① 由此看来，对历史"回归叙事"是一种选择结果，是构筑历史知识的一种方法。这并非不尊重历史事实，因为历史事实是一方面，如何讲述历史事实则是另一方面。这关系到对历史存在与经验存在的认识问题，前者是一种客观的、无法改变的、"曾经存在过"的事实，后者是构建知识经验的一种方法。如天气预报，如何对于毫无情感内涵的自然现象进行感性讲述，的确是一个方式问题。但无论如何讲述（比如拟人化、情节化），都必须以天气的事实状况作为最终的播报目的。当然，历史不是自然现象，但选择性是相同的。

叙述之所以成为表述历史的一种方法，是因为叙述是人类建构经验的最基本方式，"叙事是我们基本的认知工具，是人类经验的基本组织原则，是我们表征和重构现实世界的重要手段。我们以叙事的形式在记忆中存储具体的经验信息，并通过它来过滤、配置、理解新的感知经验"。② 选择以叙述的方式记录人类历史和对历史的思考，是非常自然的事情，"叙事是一种图式，人类通过这种图式赋予他们的时间经验和个人行动以意义"。③

---

① ［美］海登·怀特：《元史学：19 世纪欧洲的历史想象》，陈新译，译林出版社，2013，中译本前言第 4—5 页。

② 张新军：《可能世界叙事学》，苏州大学出版社，2011，第 5 页。

③ Donald E. Polkinghorne, *Narrative Knowing and the Human Sciences,* State University of New York Press, 1988, p.11. 转引自张新军：《可能世界叙事学》，苏州大学出版社，2011，第 5 页。

与历史叙述要求真实性相对的是虚构叙述。如果说历史叙述旨在让交流双方获得"以史为鉴"的历史认知，那么，它将直接导向一个真实世界。而"叙事虚构作为一个文本符号系统，编码一个可能世界作为现实世界的替代，读者在阅读过程中会被引入到一个虚构世界"。① 亚里士多德说："诗人的职责不在于描述已发生的事，而在于描述可能发生的事，即按照可然律或必然律可能发生的事。历史家与诗人的差别……在于一叙述已发生的事，一描述可能发生的事。"② 可能世界作为虚构叙述的一种建构，代表了人类经验的另一种投射方式。选择虚构并非意味着建构虚构经验，而是真实经验在虚拟的幕布上的投影。人类思想的魅力，就在于在真实世界之外构筑精神的后花园。

叙述表达意义，选择性痕迹是意义形成并被读解的元语言。叙述文本的意义分布是非均质的，这源于交流信号的选择性，重点信号会在选择时得到强调。因此，无论是叙述材料选择还是叙述方式选择，均体现了一种意义分布方式。读解这一方式，会为准确理解文本意义提供线索。因此，叙述文本的接受者需要寻找信息发出方遗落的叙述材料和叙述方式，并比较入选项与落选项之间相互竞争的过程中所留下的选择痕迹。这对于交流叙述的意义生成来说，具有非常重要的意义。但事实上，信息接收方很难做到这一点。究其原因在于，选择性忽略对信息发出方和接收方同样起作用。另一种情况是，某些落选项已经在人的意识中作为常识而存在，如果不是特殊情况，或者出于研究需要，信息接收方完全没有必要去了解落选项是什么，他只需追随叙述者的选择性叙述即可抵达一般性的理解。但对于庭辩叙述来说，控辩双方在建构自己的叙述文本的时候，往往会通过选择性忽略来规避不利于自己的一些事实。对于法庭叙述框架中的叙述博弈来说，选择性本身就是一种博弈手段，法官、陪审团的作用在于对控辩双方的叙述进行法律性"仲裁"，从而达到某种利益均衡。对于医疗叙述来说，医疗师需要排除或者甄别来访者（患者）叙述中对某些选择项的特别嗜好，因为这些嗜好可能对其心理障碍的形成构成影响。因此，治疗师并不一定会关注来访者的叙述主线，而是更关注问题的出处。即以问题为核心，而非以主线故事为核心。对于网络游戏叙述来说，选择性带来的乐趣不比游戏叙述本身差。这是因为选择性会带来"虚拟权力"，而"虚拟权力"会带来心理满足。

叙述选择在具体的交流叙述中会出现各种情况，尤其是对于目的性较

---

① 张新军：《可能世界叙事学》，苏州大学出版社，2011，第13页。
② [希腊] 亚里士多德：《诗学》，罗念生译，人民文学出版社，2008，第28页。

强的叙述来说，叙述选择考虑的往往不是文本最佳的表达效果，而是文本在交流中获得的最佳交流效果。文本最佳表达效果与最佳交流效果并非完全处于重合状态，"选择是必然的，而选择过程中受到的限制又是不可避免的，其结果是选择都不是确定的，甚至也不是最佳的"。① 选择受到多种因素的限制，尤其是交流愿望强烈的叙述文本，更要考虑接受者的客观状况。中国民间说书艺术往往采用方言、俚语，宣扬的也是民间普遍认同的价值观。对于说书的叙述文本来说，其很多表述未免啰唆或者低层次，但是听众们都愿意接受。李绿园在《歧路灯》中指出，在中原地区，地方小调俚曲比以高雅著称的昆曲更受到老百姓的欢迎。对于民间艺术来说，叙述选择以取得最佳交流效果为目标，叙述文本的最佳表达则退居其次。

对于叙述秩序混乱的文本来说，叙述的选择性本身成为标出项，它使叙述交流因这种秩序混乱被迫转移视线，即从对故事的关注转向对叙述的关注。但接受者要想理解意义，必须找到恢复正常秩序的路径。乔纳森·卡勒的"归化"（naturalization）与莫妮卡·弗卢德尼克的"自然化"② 源自同一词根"nature"，二者均主张读者将叙述文本归化到一种自然状态。赵毅衡先生指出："没有一个自然而然的文本形态，二次叙述无法把文本还原或是'归化'到一个事件的原始形态。二次叙述能做的，只是把叙述理顺到'可理解'的状态。而'可理解'的标准，是人们整理日常经验的诸种（不一定非常自觉的）认知规则。"③ 对于那些习惯了"正常"叙述秩序的接受者来说，叙述文本作者对正常叙述秩序的选择性违反，他们的确需要适应和经验更新。

叙述选择是任何叙述都必须面临的问题，语言符号就是一种选择性符号，没有选择就没有个性，也没有五彩斑斓的符号世界。叙述作为语言符号最有魅力的表达方式之一，选择性更是叙述个性的必须。研究选择投射在叙述文本中的轨迹，是叙述文本留给接受者的一种解读工具，是文本自携的元语言。自携的元语言并非任人取用，而是靠接受者的发现。接受者的接受能力决定了他对选择性痕迹的发现能力，也决定了他对叙述文本的理解程度。因此，叙述选择式元语言也是"写-读"交流（或者说"作者—接受者"交流）的一种方式，其交流层次取决于二者会在多高的层次上相遇。

---

① 李捷、何自然、霍永寿主编：《语用学十二讲》，华东师范大学出版社，2011，第134页。
② Monika Fludernik, *Towards a "Natural" Narratology,* Routledge London and New York, 1996.
③ 赵毅衡：《广义叙述学》，四川大学出版社，2013，第109页。

第三节　交流层次、信号与作者密码

既然叙述选择是叙述的核心品质，是交流叙述中理解并建构意义的一种路径，是一种元语言，那么，叙述选择的具体内容是什么呢？叙述材料选择和叙述方式选择构成的选择层次，会对交流叙述造成什么影响呢？

在交流叙述中，交流层次问题是一个非常重要的问题，它与交流的效果和意义的生成密切相关。交流叙述的层次可分为文本内与文本外两个层次，二者并非截然有别，有些内容可以跨越层次。按照赵毅衡先生的底本与述本理论，文本内层次包括：被选材料、时间、聚焦、人格填充、空白、陌生化等，这些均可被看作"述本"内容。文本外层次包括：原始材料、表达方式、文化、历史、体裁、语境、意识形态等，这些均可被看作"底本"内容。

其一，交流建立在底本的基础上。即交流双方各自以底本为基础进行交流，并形成各自的述本。如庭辩，控辩双方所依据的底本是最为基础的案底材料，但各自建构的述本截然不同。再如体育赛事转播，媒介叙述是一种"二次叙述"，并建构"二次叙述文本"，即"媒介体育文本"。不同的媒介对于同一场赛事的不同立场与认知，会形成完全不同的述本。此外，还需注意接受者对媒介的认可度问题。接受者在与媒介体育叙述文本的交流中之所以会有不同立场，是因为接受者看到的"原始材料"和媒体存在差异。网络游戏叙述也是如此。建立在底本基础上的交流存在两种情况：一是建立在底本 1 基础上的交流，即交流双方面对的是一种"材料集合"，交流的重点是哪些材料可以进入叙述文本的组合之中，哪些必须被排除在外。在庭辩叙述中，这种情况经常发生。二是建立在底本 2 基础上的交流，即对于"材料集合"没有异议，但对于如何组织材料并形成叙述文本持不同立场。比如网络游戏叙述，不同玩家组织材料的不同方式会形成不同的文本。

其二，交流建立在述本的基础上。即叙述文本已经成型，交流以此为基础布局各自的角色、位置。一篇小说、一部电影、一台戏剧的叙述文本已经成型，接受者在"文本—接受者""作者—接受者"的文本内外交流中，其"二度文本化"所依据的底本材料也许要多于成型文本。这是因为影响"接受者文本"建构的不但包括主叙述，还包括辅叙述、非语言叙述，甚至包括能够进入接受者视野的、与已成型叙述文本不相关的因素。虽然对不相关材料的过度引述会影响交流叙述的效果，但在具体的交流叙述中，这些材料都应当被考虑在内。尤其是对于那些严肃的、具有现实述行效果的交流来说，更应当考虑各种因素对接受者"二度文本化"建构的影响，以便排除不相关因素，建构具有"相关性"的二度叙述文本。

虽然交流层次的区分在理论上较为清晰，但在实际的交流叙述中，原始材料（底本1）、材料如何组合（底本2）和建构完成的叙述文本（述本）之间并非层次分明，交流双方在面对原始材料的时候，同时也在面对材料的组合方式。接受者在面对已经完成的叙述文本的时候，叙述文本自身的材料集合、文本的组织方式以及文本附带的许多东西都会进入接受者的视野之中。笔者认为，任何交流叙述最后都会归结于"如何"建构叙述文本，无论是作者的"一次叙述文本"还是接受者的"二度叙述文本"（接受者文本），叙述文本的建构是形成意义的前提条件。

无论是在虚拟交流叙述中还是在真实交流叙述中，叙述与所述都是交流参与各方关注的对象，意义是在二者的交流叙述中形成的一种综合。理查德·鲍曼在论及表演艺术的交流性时指出，表演的"本质在于表演者对观众承担着展示交流能力（能够用社会认可的和可阐释的方式来说话的知识和才能）的责任。它突出了艺术交流进行的方式，而不仅仅是它所指称的内容"。[①] 也就是说，表演者的"交流能力"（展示内容的方式）和"所指称的内容"一起参与了与观众的交流，并一起成为观众的品评对象。赵毅衡先生在论述第三人称可靠性问题的时候，提出了"人格填充"概念。第三人称叙述者"没有独占人格，而是有许多不同程度、不同方式的'人格填充'，形成即是各种人格充溢框架的格局"。[②] 赵毅衡先生提出了多种"人格填充"方式，如评论与拒绝评论、次叙述者、视角与方位、人物、抢话、抢镜等。笔者认为，这些"人格填充"方式其实都是叙述文本的组织方式，是底本2参与交流叙述的各种途径。在真实交流叙述以及以第一人称作为叙述者的小说中，处于底本2层面的交流之所以随处可见，是因为原始材料构成叙述的基础，如何叙述构成思想的基础，交流层次及其表达方式则构成价值判断（如可靠性问题）、意义交流的重要基础。

笔者将各种叙述方式（包括赵毅衡先生的各种"人格填充"方式[③]）称

---

① [美] 理查德·鲍曼：《作为表演的口头艺术》，杨利慧、安德明译，广西师范大学出版社，2008，第131页。

② 赵毅衡：《广义叙述学》，四川大学出版社，2013，第245页。

③ 赵毅衡《广义叙述学》第四部分第三章《叙述框架中的人格填充》对第三人称叙述的"人格填充"进行了详细论述，明确提出第三人称不"独占人格"但以"人格填充"形成"人格充溢的框架格局"。此外，还将"人格填充"分为多种方式，如评论与拒绝评论、次叙述者、视角与方位，等等。参见赵毅衡：《广义叙述学》，四川大学出版社，2013，第244—261页。

作"交流叙述信号",交流叙述信号的组合方式构成"作者密码"。这里的"作者",并非平常理解的作者。站在交流叙述学的立场上,交流主体会发生翻转,而对于真实交流叙述而言,由于交流参与各方都在场,"二次叙述"建构的"接受者文本"会即刻参与交流;对于虚拟交流叙述而言,在历史层面,"接受者文本"会以各种方式参与对原叙述文本的建构。因此,"作者密码"是包括"叙述文本"和"二次叙述文本"的作者的"作者密码",是各种叙述文本、叙述信号的组合方式。作者密码构成文本内、外交流的重要因子。伯格指出:"作者常常以间接的方式对读者说话。当作者通过选择名词、动词、副词和形容词进行描写时,他们实际上是在对读者说话,告诉他们应该如何看待某些人物或事件。描写和修辞语言(以及作者运用的其他技巧)给了读者相当大量的信息。"[1]

虽然意义的生成与多种因素相关,但各要素在意义追求上有强弱之分,即来自作者的意向性通过不同的叙述方式,会形成"强意义信号"和"弱意义信号",作者密码也有"强密码"和"弱密码"之分。例如新闻叙述的两种叙述方式——"说明"和"理解",二者的意义编码的强弱是不同的:"'说明'面对的是强编码文本,意义相对恒定,受众不需要做出过多解释,仅仅凭借文本就可以准确解读出文本发送者的意图。'理解'面对的是弱编码文本,意义相对复杂,受众在解读文本的过程中,需要综合把握文本中各意义要素之间的关系。"[2] 因此,作者密码的强弱实际上包含了作者的价值追求和叙述文本体裁的规定性。

各种叙述选择(包括材料选择和表达方式选择)的组合方式形成作者密码,这种形式逻辑可形成叙述的倾向性、道德、伦理与意识形态。叙述所包含的价值判断就蕴含在这种形式逻辑之中,并构成交流施动方的价值观,而受动方会以此为基础形成自己的判断,从而构成叙事交流的伦理逻辑,"在任何叙事交流中,居于中间的不是作为整体的叙事符码——不管它如何,而是发送者和接受者从符码中吸取了什么以及(特别是)他们分别从自己的存储中选择出什么来为信息编码和解码。这些符码子集有或多或少的共性,但未必是相同的"。[3] 可见,交流叙述的意义建构并不依附于任一方。究其原因,是交流双方建构意义的材料、背景、目的等并不一样。

① [美]阿瑟·阿萨·伯格:《通俗文化、媒介和日常生活中的叙事》,南京大学出版社,2006,第38页。
② 冯月季:《可述性:从符号叙述学界定新闻价值》,《符号与传媒》第20期,第176页。
③ [美]杰拉德·普林斯:《叙事学:叙事的形式和功能》,徐强译,中国人民大学出版社,2013,第107页。

普林斯引入"我"信号和"你"信号来表明叙述者的某种态度。所谓的"我"信号，是指"叙事中任何代表着叙述者形象、态度、他对所叙述的内容之外的其他世界的认识，且并非他对所述之事的解释和对其重要性的评价的信号"。[①]"我"叙述是第三人称叙述的叙述者现身的一种方式，也是接受者识别的一种信号。"你"叙述是指"叙事中凡是提及受述者的形象、态度、认识或其背景的一切信号"。[②]"你"叙述也是叙述者的一种叙述策略，如话本小说中的"看官听说"，或者模拟看官语气的"说话的，你差了……"因此，无论是"我"信号还是"你"信号，都是一种策略性的叙述方式，一种交流信号。"你"叙述在交流中不一定构成接受者的严格对应。也就是说，对于叙述者的虚拟假定，真实接受者也许并不买账。普林斯的两种"信号"，其实是叙述者现身的直接证据，是一种人格填充模式。

交流叙述的意义建构是一个动态过程，人格填充是价值倾向表达的重要手段，也是构成交流进程的辨识与影响因子。叙述进程与接受进程具有同步性，交流信号的交流作用是一个动态的运行过程。在此过程中，交流信号在动态组合过程中形成具有整体意义的作者密码。接受者在交流信号的引导下形成自我判断，并与作者密码形成呼应与交流。因此，交流是在动态运行中建立的，而非在静态状态下的一次成型。也就是说，在叙述与接受的动态运行中，每一个阶段都会形成不同的价值判断，甚至会形成截然相反的判断，但这些判断是阶段性的。交流没有结束，价值判断就不会定型。这些判断会在作者密码的逐步建构中整合成一个统一、完整的价值判断，从而完成作者密码与接受者判断之间的交流过程。可见，动态、变化、调整、统一构成了一个完整的交流过程。

任何叙述立场的选择都是一种聚焦行为，全知叙述类似于一种上帝式的散点透视，但其局部会采取某种聚焦立场。限制视角类似于定点透视，其明暗虚实使视野带有个人化立场。这些都可以作为交流信号，并在最后汇集组合成完整的作者密码。聚焦既是一种叙述立场，也是一种表达方法，它可以使聚光灯下的世界获得特别关注。"虚构世界虽然认知广度有限，但因聚焦时空或心理世界的某一片段而获得了认知强度，通过遮蔽其他信

① [美]杰拉德·普林斯：《叙事学：叙事的形式和功能》，徐强译，中国人民大学出版社，2013，第10页。

② [美]杰拉德·普林斯：《叙事学：叙事的形式和功能》，徐强译，中国人民大学出版社，2013，第21页。

息从而使虚拟世界的某个侧面获得最大限度的放大并前景化"。① 其实，不仅仅是虚构世界，现实世界同样如此。当某个社会事件在媒体的聚光灯下获得关注的时候，其影响往往被放大，并因此形成"事件效应"，其意义会在与公众的交流中获得一般性，甚至会达到意想不到的层面。因此，炒作往往成为别有用心的人最廉价的汇聚公众光源的手段。

聚焦选择可以使某方面得到局部放大、强化，并在一定程度上体现价值与意识形态立场，从而形成一种信号较强的作者密码，并影响交流判断。因聚焦选择而表现的立场性，其交流结果会出现不同向度：a. 交流双方的价值一致；b. 交流双方的价值对抗；c. 交流双方价值因部分一致而出现的妥协。

空白设置是另一种交流信号，它必须以交流双方共同的经验为背景。共同经验把空白的起始与结束边缘进行有效连接，从而使叙述在交流中呈现出完整意义。如用一只漂亮的公鸡与一只秃毛的公鸡来类比春运期间人们在上火车、下火车时的情形，共同的经验把两幅画进行了动态的、因果性的连接，使其呈现为一种具有连续性的时间、因果序列。成功的作者善于利用空白密码来激活接受者的生活、情感、怜悯等经验，从而建构顺畅的交流通道。鲁迅在评价《红楼梦》的主题时说，"单是命意，就因读者的眼光而有种种：经学家看见《易》，道学家看见淫，才子看见缠绵，革命家看见排满，流言家看见宫闱秘事"。之所以"一千个读者就有一千个哈姆雷特"，是因为叙述接受者的经验不同，他们用来交流的经验被叙述中不同的经验层次所激活，而叙述最先激活的是接受者最熟悉的经验。叙述的多样性不仅指叙述体裁、种类、故事的多样性，而且指同一叙述文本所蕴含的能够激发多种叙述经验与接受经验的潜能。因此，从叙述交流角度而言，叙述交流激活了叙述的多种潜能，同一叙述文本在不同的接受者那里会形成不同的版本，其所激活的经验视野的版本也是多种多样的。

二次叙述化、接受者文本与交流"反塑"。任何叙述都存在接受者的"二次叙述化"过程，这个过程会因叙述交流情景的不同而异。新闻、庭辩、脱口秀、医疗等以现场性为主的叙述类型，其"二次叙述化"所需的时间会很短暂，而且在二次叙述化中获得的交流经验会很快运用到下一轮交流过程。接受者文本是二次叙述化的整体建构，其对于文本和作者都具有非常重要的意义。因为接受者文本不但是叙述文本抵达最终形态——"抽象文本"的必备条件，而且是对作者的最终判断。作者的价值、地位

---

① 张新军：《可能世界叙事学》，苏州大学出版社，2011，第 54 页。

等都会受到接受者文本的影响。这是一种交流性的反塑现象。作者无法建构自身，其身份往往是一种接受者建构。接受者对文本与作者的反向塑造能力，决定了二者的历史命运。从历史层面来看，作者在叙述交流链条中并不具备先天优势，而是处于与接受者平等的地位，接受者在构建接受者文本的过程中，对文本与作者进行了反向交流，而反向交流形成的经验会很快进入下一轮的叙述交流之中。

交流从来都不是一种单向的运动，而是双向互动的。对于交流信号来说，信号的回应是也是信号的一部分。由信号组合而成的作者密码，期待接受者的解码。萧也牧的《我们夫妇之间》、王蒙的《组织部新来的青年人》、路翎的《洼地上的"战役"》等作品的命运，充分反映出接受者的反塑交流对于作品与作者命运的影响。《金瓶梅》的读者文本在历史的流转中长期起落无定，但当《红楼梦》出现之后，接受者对于《金瓶梅》的评价发生逆转，这源于《金瓶梅》对《红楼梦》的影响。曹雪芹作为《金瓶梅》的接受者，对于该小说的艺术借鉴改变了其历史命运。但与《红楼梦》同时期的李绿园的《歧路灯》，则没有如此幸运。小规模流传，加上后人的意识形态解读，使该小说被贴上"维护封建意识形态"的标签，至今尚未得到应有的重视。因此，从历史角度来看，解释社群对作者集团的反塑能力绝不比作者的创造能力逊色。在"叙述作者集团—叙述载体—接受者集团"交流链条中，主体身份随时都可以发生翻转。

接受者的反塑能力，对于作品和作者均具有非同寻常的意义。未来潜在作者的经验获得，大都在反向建构中获取。事实上，对于历史流传物的作品来说，发生在双循环交流中的接受者文本的建构，往往决定了作品与作者的历史命运。那些在历史上无法确定作者的叙述文本，也毫不影响这种建构。

综上所述，交流叙述存在于叙述的各个层次，叙述文本的组织方式则取决于叙述主体的交流信号，交流信号的有机组合构成的"作者密码"，从整体意义上参与了交流双方的意义构建过程。因此，交流信号、作者密码共同构成了交流叙述元语言表现在叙述文本中的可见部分。

第四节　普遍元叙述

任何叙述都会为解释提供一种方向，这是叙述文本中的一种常见现象，我们将这种现象称作"普遍元叙述"。这是符号编码者或者符号文本提供给符号解码者的一种解码方向。无论叙述文本的编码主体采取何种方式，叙述文本都会通过各种层次（如底本 1 或者底本 2）来显示编码主体的倾向性。这是编码主体显示自身的一种方式。无论编码主体采取的是暴露方式还是隐藏方式，我们都可以通过文本的某些层次进行分析与判断。一般而言，存在于底本 2 中的元叙述痕迹是比较容易判断的，文本形式层元叙述是一种显性元叙述。而存在于底本 1 中的元叙述痕迹是较难判断的，因为面对虚构叙述文本，我们很难判断出作者究竟做了何种取舍。

一、什么是普遍元叙述？

叙述作为人类建构经验的一种基本方式，必须遵循一定的经验逻辑。否则，叙述就会因缺乏叙述逻辑而无法进入交流，并进而无法在人类叙述经验的序列中获得合法性。任何叙述都是一种选择，不管是材料选择（底本 1）还是表达方式选择（底本 2），都会在具体的交流叙述中形成交流的层次性。选择已经成为一种交流信号，整体性的交流信号的有机组合构成作者密码，它是理解叙述文本的一把钥匙。尽管不同的人因个体差异（文化、知识背景，理解水平等）而呈现出不同的理解程度，但无不受到上述叙述痕迹的交流性支配。这些来自创作主体的叙述痕迹是文本携带的一种元语言，而且是一种普遍的元语言。正如韦恩·布斯所说："我们永远不要忘记，虽然作者可以在一定程度上选择他的伪装，但是他永远不能选择消失不见。"[①]

叙述文本中这种普遍存在的元语言，是一种"普遍元叙述"，它是由一系列创作信号组成的作者密码提示给交流对象的一种解码方式，一种叙述文本自携的意义建构意向。普遍元叙述具有三个特点：其一，普遍性；其二，文本自携；其三，其对意义的建构作用取决于交流对象对文本的解码程度。因此，普遍元叙述并非自动建构意义，其对意义的开放程度与交流对象的解码能力呈正向关系。

Vande Kopple 将元话语分为语篇元话语和人际元话语两类，包括"语篇连接词、语码注释语、内指标记、叙说者、态度标记、评注词和效度标记等语言资源"。Hyland "将元话语分为文本交际型和人际互动型两类，前者是指作者围绕读者需求组织建构语篇的话语机制，后者是指作者用

---

① ［美］韦恩·布斯：《小说修辞学》，付礼军译，北京大学出版社，1989，第 23 页。

以传达对命题的态度观点、建立作者—读者交互关系的评价手段"。[①] 文本交际型元话语是一种语篇组织方式，包括过渡语、框架标记、内指标记等显露组织语篇痕迹的一些标志性词汇。如 in addition, but, thus, finally, to conclude, noted above, according to，等等。再如中国传统说书艺人用"花开两朵各表一枝"等套语，来显示自己的谋篇布局。所谓人际互动型，是显露说话人评价的一种话语类型，包括模糊限制语（might, perhaps），增强语（in fact, definitely, it is clear that），态度标记（I agree, unfortunately），自称语（I, me, my），介入标记（consider, note, you can see），等等。[②]

在虚拟交流叙述中，叙述文本是一个中介，它连接真实作者和真实接受者。叙述文本的"文本交际型"具有自身的独特性，如视角选取、叙述时间安排、情节布局等。换句话说，所谓叙述文本的"文本交际型"标记，是作者对于底本 2 的选择痕迹在文本中的显露。这种显露对于接受者来说，是一种交流性提示。而叙述文本中能够显露作者、叙述者态度的议论、评价等，则是"人际互动型"。文本交际型所表达的形式部分和人际互动型所表达的态度部分都具有交流功能，前者也可以表达态度。在叙述文本中，有时候叙述者会刻意隐藏自己，从而把判断的权力让渡给接受者。

在真实叙述交流中，情况会更加复杂。因为交流双方都在场，交流中的辅文本、非语言叙述增加，所以其容量要比虚拟交流叙述中的单纯符号文本大得多。文本交际型和人际互动型均可以传达作者、叙述者（叙述发出方）的态度。

语用学中的元话语分类与元叙述中的话语层面（底本 2）具有很大的重合，故事层面（底本 1）则在重合范围之外，这与言语交际和交流叙述情况不同有关。言语交际是一种判断性交际，更注重交际双方的态度。叙述则以构建叙述文本为中心，存在文本内和文本外两种交流模式，这两种模式都会出现跨层交流现象，并最终形成"抽象文本"。如果说日常言语交际以改变人的现实行动为目的，那么，交流叙述则以形成意义栖居的"抽象文本"为最终形态。需要明确的是，这并不排除交流叙述对于人的现实行动的意义。

---

① 陈仁新等：《语用学视角下的身份与交际研究》，高等教育出版社，2013，第 80 页。Vande Kopple, "Some Exploratory Discourse on Metadiscourse", *College Composition and Communication* 1985(2),pp.82-93; K. Hyland, *Metadiscourse*, Continuum,2005, p.49.

② K. Hyland, *Metadiscourse*, Continuum,2005, p.49. 转引自陈仁新等：《语用学视角下的身份与交际研究》，高等教育出版社，2013，第 81 页。

二、交流叙述的作者存在方式

在交流叙述中，有三种方式可以表现作者的存在感：其一，暴露取材的倾向性；其二，暴露谋篇布局痕迹；其三，暴露创作主体的态度。这种暴露可称为来自创作主体的元叙述痕迹，它构成作者信号的一部分，是一种交流信号。元叙述痕迹是一种较强的交流叙述信号，它对交流方向和效果具有强大的引导作用。在叙述文本中，有两种方式可以表现创作者对于元叙述痕迹的态度：

一是元叙述弱化。即创作者在创作过程中有意隐藏自己的态度，追求一种客观的叙述态度，把价值判断让渡给接受者。第三人称限制视角叙述就是如此，叙述的可靠性问题就成为接受者必须解决的问题。现代小说常常采取"展示（或者显示）"的方式有意隐藏作者，就是一种典型的元叙述弱化现象。这种现象其实是一种元叙述偏向，即由对作者观念的直接宣扬转变为用叙述技巧来隐藏其观念，或者说由"讲述什么"转变为"如何讲述"。元叙述弱化在某些叙述类型中，会使弱化本身成为一种修辞行为。如"网络公共事件中总是有多元主体在说话，各自对影像的呈现和言说都具有深刻的修辞意图。因此，关于'事实'的问题就变成了修辞问题，而不再是艺术的问题或批判的问题"。[①]

二是元叙述强化。元叙述强化的一种方式，是作者故意暴露叙述痕迹，甚至把叙述痕迹抬高到叙述主体的地位。如先锋文本将接受者对写什么的关注转换为对怎么写的关注，甚至与读者讨论写作方法。元叙述强化使叙述本身成为叙述交流的主体，追求一种"元写作"效果。后现代叙述文本、实验小说等即是如此。元叙述强化的另一种常用方式是主题式强化。如话本小说往往先确定主题，情节布局、结构安排都为主题服务。《初刻拍案惊奇》卷二十七《顾阿秀喜舍檀那物 崔俊臣巧会芙蓉屏》中对正义、忠贞、节操等传统价值观的强调，就集中体现了"主题化"元语言。王氏的复仇、高公的恩德、崔英的情谊等，均作为一种道德元语言存在，道德已经成为小说的通行元语言。当文本的道德压力变成一种没有争议的通行标准时，任何对文本价值持怀疑态度的接受者，都无法承受由文本价值带来的道德后果。只有那些对文本价值认同的读者，才可进入文本接受者的行列。如此一来，隐含读者、理想读者、真实读者就会在同样的道德面前重合为一。道德伦理的显性表达带来的认知结果，使作者、文本和读者承受

---

① 李红：《对话视野下影像指称中的"事实"问题》，《符号与传媒》2016 年秋季号，第197 页。

了相同的压力。①

"元叙述弱化"与"元叙述强化"现象，在小说理论史上被反复讨论。韦恩·布斯明确反对把"讲述"与"显示"作为传统小说与现代小说的叙述方式的分野。在他看来，无论采取何种叙述姿态，都是一种修辞行为，都是一种与读者交流的手段。"简而言之，作者的判断，对于那些知道如何去找的人来说，总是存在的，总是明显的。它的个别形式是有害还是有益，这永远是一个复杂的问题，是一个不能随便参照抽象规定来决定的问题"。②现代小说呈现作者观念的方式由传统小说的直接表述转变为隐蔽表述，现代小说的表达方式由传统小说的直接宣扬转变为叙述技巧展示。这是叙述文本交流方式的根本性变化，这种变化对读者提出了更高的要求，即要求读者必须由原来的价值判断转向技巧判断。

在体育叙述领域,体育叙述的文本 1"赛场 + 规则边界"③给观众提供的元叙述信号，来自观众自身。如果观众是某一队伍的粉丝，那么，运动员衣服的颜色、国旗等都会成为一种元叙述，而且是非常强的元叙述。但对于那些没有倾向或者只是把体育当作娱乐的观众来说，具体的体育技巧及其解释比国旗与衣服的颜色更为重要。而那些远离赛场的观众则会用体育叙述的文本 3"媒体表达边界"这一元叙述更强的手段作为辅助。"随着技术的发展，媒介赛事会跨越层次影响到赛场赛事。早期，不少观众会带着收音机和电视机进入赛事，他们需要得到媒介赛事叙述的辅助，通过收听解说员的解说更好地理解比赛，看到现场无法目睹的视角。今天，手机和平板电脑等便携电子产品逐渐取代了之前收音机和电视机的功能"。④显然，明显的元叙述痕迹更容易使接受者理解文本的意向性。

元叙述痕迹是所有叙述都存在的文本现象，它蕴含着作者的倾向性（价值、道德伦理、意识形态），是一种普遍元叙述。它是叙述双轴现象遗留的选择轴痕迹，是交流叙述用以沟通作者—接受者的密码，也是左右文本解释方向的元语言。

普林斯对"元叙事信号"的阐释是："元叙事信号为我们提供特定内涵；它们明确某个象征的意义；它们界定某些状态的阐释地位。这样，元叙事信号一方面帮助我们以一定的方式理解一个叙事，另一方面它们（努

① 王委艳：《明清话本小说专题研究》，中国文联出版社，2015，第 57 页。
② [美] 韦恩·布斯：《小说修辞学》，付礼军译，北京大学出版社，1989，第 23 页。
③ 王委艳：《体育叙述学的基本问题》，《符号与传媒》2016 年春季号，第 166 页。
④ 魏伟：《叙述公正与叙述惊喜：竞赛型演示叙述研究》，《符号与传媒》2015 年春季号，第 93 页。

力迫使我们）以此种方式（而不是彼种方式）来理解它。"① 可见，元叙述信号为解释提供了方向和切口。元叙事信号并非以接受者的期待为核心，而是为表达者的目的而存在，"元叙事信号可能在我们最期待它们时并不出现，或者在我们不再期待它们时反而出现；在很复杂的段落中，它们可能从不出现，相反在那些看起来没有任何特殊难度的段落中，它们却可能出现。事实上它们提供的解释可能是琐碎、多余而重复的。在这种情况下，其最终任务与其说是阐明其所评论的特定要素的意义，毋宁说是强调它们的重要性"。② 话本小说中，说书人的套语："话说""说话的，你差了""有诗为证"等，读者也许并不喜欢如此冗余的评论，也很难以其作为解释参照，其只是为了显示说话人的存在感。需要指出的是，元叙述信号不是出现与否的问题，而是隐藏与暴露的问题。对于接受者来说，二者要求的解释能力并不相同。元叙述虽然是普遍的，其表达方式却是千变万化的。

三、交流叙述的元叙述类型

按照赵毅衡先生的底本与述本思想，元叙述可以存在于底本 1（叙述材料），也可以存在于底本 2（材料组合方式）。对于存在于底本 1 的元叙述来说，如果作者的叙述材料是一种与接受者共享的知识，那么，接受者可以根据作者对材料的取舍来判断其倾向性。但一般情况下，作者不会与接受者共享知识，尤其是面对虚构叙述文本，我们更是无从知晓作者究竟做了何种取舍。因此，我们很难在底本 1 层面对元叙述进行研究与分类，但面对述本，我们却可以清晰判断作者的叙述方式。如果从内容的角度来研究元叙述，我们很难做出清晰的判断，且会受到接受者主观意识的影响。但形式因素不会因接受者的主观意识而发生改变，其引导解释的方向也不容易受到干扰。正如赵毅衡先生所言：

> 内容的解释可以因解释者的立场而千变万化，而形式因素不可能被任何主观的读法所忽视。这些因素主要集中在三个方面：一是文本所属的文化体裁产生的"期待"，它们决定了文本的根本\读法；二是文本符号组成中的聚合轴显现，它们透露了文本选择组合的过程；三是文本的"自携元语言"因素，它们直接要求解释者看到文本的某

---

① [美]杰拉德·普林斯：《叙事学：叙事的形式与功能》，徐强译，中国人民大学出版社，2013，第 125 页。

② [美]杰拉德·普林斯：《叙事学：叙事的形式与功能》，徐强译，中国人民大学出版社，2013，第 125 页。

种意义。①

从符号学的立场来说，作者的编码方式是一种明示交际，其既无法隐藏也无法伪装。根据作者对叙述文本的编码方式，我们可以将普遍元叙述分为五个类型。需要指出的是，这五个类型仅仅是普遍元叙述的九牛一毛而已。

①视角倾向

视角选择既是形式问题，也是内容问题。实践证明，视角选择具有倾向性，长时间运用某个人的视角叙述，很容易使接受者对该人物持同情立场。如该人物是一个罪犯，那么就会产生叙述的道德伦理问题，甚至会坠入道德陷阱。《肖申克救赎》中，观众对杜福瑞的正面评价是正常的，因为大家知道他是被冤枉的，而把同情的目光投向瑞德、布鲁克斯，则完全是视角倾向问题。由视角倾向带来的评价错位，往往会产生道德后果，而元叙述痕迹所带来的并非都是正面的东西，这是任何接受者都必须严肃对待的问题。

②语言修辞与叙述修辞

语言修辞是运用语言符号进行表意活动的必要环节，任何语言表意都会采取一定的修辞手段来实现自己所追求的目标。亚里士多德认为，修辞演讲就是对听众的一种"说服"，修辞就是一种说服的艺术。布斯也指出："在写《小说修辞学》的时候，我主要不是对用于宣传或教导的说教小说感兴趣，我的论题是非说教小说的技巧，即与读者交流的艺术——当作家有意或无意地试图把它的虚构世界灌输给读者时，他可以使用史诗、长篇小说或短篇小说的修辞手法。"② 由此可见，作者利用修辞手法所创造的"虚构世界"与接受者进行交流，并"说服"他们接受这个虚构的世界。体裁选择是作家创作的第一步，这种选择本身也是一种修辞。体裁不但确定了某种表达方式，也确定了某种解释方式。来自文化规约的规定性，对所有被纳入这一文化规约的人的行为方式进行了规范。语言修辞和叙述修辞都是元叙述痕迹的一部分，对叙述文本的研究之所以能够导向价值判断，就是因为叙述发出方的修辞行为、叙述行为会经由语言获得某种程度的存在感。

---

① 赵毅衡：《文本如何引导解释：一个符号学分析》，《河南师范大学学报（哲学社会科学版）》2014 年第 1 期，第 122 页。

② ［美］韦恩·布斯：《小说修辞学》，付礼军译，北京大学出版社，1989，第 1 页。

③元叙述偏向

任何叙述者都首先作为个体而存在，并在个性的影响下形成独特的叙述行为。此即所谓的叙述个性。叙述文本所表现出的独特元叙述痕迹会出现个性化倾向，对于同一个叙述作者或者具有相同、相似叙述个性的流派而言，这种倾向的不断重复会形成个性化偏好，并由此构成"元叙述偏向"。元叙述偏向使叙述文本的元叙述痕迹在某方面得到强调、突出，形成具有相同或相似叙述风格的叙述文本。一个作家的创作个性、一个流派的独特风格就是由"元叙述偏向"形成的。如先锋文本对元叙述之叙述方式的强调，形成了先锋文本的流派特色。

对元叙述偏向的特意追求会构成一种强元叙述信号，从而构成解读叙述作品的元语言。这是一种文本自携元语言（赵毅衡），它规划了对其自身的解释方式。

元叙述偏向在不同叙述类型中会出现不同的状况。对于文学叙述而言，突出的元叙述偏向会构成创作个性或流派个性的重要元素。对于医疗叙述来说，元叙述偏向会表现出病人的某种思想偏激，治疗师通过干预病人的元叙述偏向，让其建立正常的叙述心理秩序。对于网络游戏叙述来说，元叙述偏向来自玩家的个人嗜好，游戏叙述的目的在于让玩家按照自己的意志建立一个虚构的世界，并从不断变化中获取心理满足。在舞台戏剧叙述中，演员往往通过个性化的声腔、动作来突出个性。如豫剧的"常派"（常香玉）、"马派"（马金凤），听众闻其声即可辨其人。

元叙述偏向在给叙述者带来风格标记的同时，也会形成一种风格壁垒。作者很难打破这种风格壁垒，实现自我突破。一方面，作者需要有自己的独特风格，这是成熟作者确立自己地位的凭证；另一方面，作者因受到风格壁垒的阻碍，常常因袭有余而创新不足。这里有一个突破度的问题，即作者如何在保持自己优势风格的前提下，在坚守与突破之间找到一个平衡点。

④跨层露迹

交流叙述学既关注文本内、外双循环交流，也关注各交流层次之间的跨层现象。跨层会留下痕迹，跨层痕迹会影响接受者的判断。跨层并留下痕迹的现象，即是所谓的"跨层露迹"。赵毅衡先生提出的人格填充的两种方式——抢话、抢镜，即是两种跨层露迹现象。"抢话"包括人物话语侵入叙述者话语、叙述者话语侵入人物话语；"抢镜"是指电影中主观镜头和客观镜头的穿插运用。在客观镜头中掺杂主观镜头，是电影框架叙述与人物抢夺话语权的实例，也是一种跨层露迹。①

赵毅衡先生认为，"跨层是对叙述世界边界的破坏，而一旦边界破坏，叙述世界的语意场就失去独立性，它的控制与被控制痕迹就暴露出来"。"跨层意味着叙述世界的空间—时间边界被同时打破。因此，在非虚构的记录型叙述（例如历史）中，不太可能发生跨层"。②叙述边界被打破后，跨层就会露迹，并形成较强的交流信号。赵毅衡先生所谓的"回旋跨层"，简单来说，就是叙述自身讲述自身的产生过程。这种逻辑悖论，只有在虚构文本中才会出现。

跨层露迹是叙述跨层现象的信号标记，它有时候非常明显，有时候则非常隐蔽。在某些叙述文本中，叙述者会将自己隐藏在人物视野、语言的后面，通过人物的只言片语来显露自己的存在。而在中国传统评书中，跨层痕迹往往非常明显。如一些说书人将自己的话通过人物说出，形成与台下观众的交流互动。因此，跨层露迹也是一种信号较强的交流叙述元语言。

跨层露迹的另一种表现形式，是交流叙述参与方或者接受方暂时忘却了交流所设定的框架，使自己进入甚至沉溺于叙述世界，出现了区隔混乱。如《红楼梦》的读者认为自己是林黛玉、《白毛女》的观众欲"枪毙"台上的"黄世仁"等。

⑤框架标记

框架标记是由 Hyland 提出的语用学概念，主要用来"指明语篇行为、顺序或阶段"。如 finally, to conclude, my purpose is, 等等。③ 在一般叙述框架下，叙述者的人格—框架二象（赵毅衡）为框架标记注入了新的内涵。在某些类型的交流叙述中，框架标记常常被忽略。如在舞台戏剧演出中，某些观众往往因过于"投入"戏剧演出而忽略作为区隔标记的舞台。在《生绡剪》第七回《沙尔澄凭空孤愤　霜三八仗义疏身》中，沙尔澄因看戏剧表演太投入，误将饰演魏忠贤的演员杀死，由此酿成大祸。现在的网络游戏通过设置防沉溺程序，将虚拟世界与玩家的现实世界适当隔断。电影花絮会让观众从电影虚拟的世界中转回到现实世界，在客观上起到隔断虚拟世界与现实世界的作用，从而成为虚拟世界的框架标记。在交流叙述中，辨识叙述框架有助于避免叙述边界、说话边界混乱给生活造成的负面

---

① 赵毅衡：《广义叙述学》，四川大学出版社，2013，第四部分第三章。

② 赵毅衡：《广义叙述学》，四川大学出版社，2013，第 276 页。

③ Ken Hyland, *Metadiscourse*, Continuum Intl Pub Group, 2005, p.49. 转引自陈仁新等：《语用学视角下的身份与交际研究》，高等教育出版社，2013，第 81 页。

影响。暴露框架标记有时候是虚拟叙述作者聪明的做法，比如写上"本故事纯属虚构，如有雷同纯属巧合"，等等，有意识地与现实世界拉开距离。叙述进入交流，也是以事先达成的"契约"为基础的。

因此，框架标记的交流功能也许就在于能够让叙述接受者的辨别能力得到提升。而提升的前提，则是接受者在框架叙述面前必须保持清醒的边界意识。在一般叙述研究框架下，框架标记获得了一种新的内涵，即一种对文本边界的认知。当影院的灯光熄灭，当剧院开戏的铃声响起，当你打开一本小说，当你进入一个游戏世界，当体育赛事的裁判员哨声响起，当你倾听民间故事"很久很久以前……"，当你悄然入梦等，这些叙述框架就会提醒你：接下来就会进入叙述世界，你不必当真！对于以真实为底色的叙述类型（如庭辩、新闻、医疗等）而言，框架标记其实也是一种框架。正是各种叙述框架，决定了接受的方式。

值得关注的是，元叙述痕迹并非都是有意识的行为，还存在着"无意元叙述"，即来自作者本能的一种叙述方式。正是这种无意携带，使作者也无法控制元叙述痕迹带给接受者的解释。这是叙述文本多义性存在的基础。

第七章　交流叙述的一般过程

在交流叙述中，交流过程异常复杂，对其内在机制的研究和探讨是交流叙述学研究的重要内容。一般来说，交流叙述都要遵循基本的程序。首先是确定交流叙述的框架，这决定了交流参与者会采取何种交流姿态。其次是确定信息源，这是交流叙述中判断权力关系的重要一环。再次是身份识别，这是交流参与者调整交流姿态和交流内容的重要环节。最后是进入具体的交流环节，包括观点的复制、目的的达成、交流效果以及反馈和影响等。顺应和冲突是交流叙述中经常出现的两种现象，其运行机制复杂并直接影响意义的生成。

第一节　交流叙述的基本过程

交流叙述的第一个环节是确定交流叙述的框架，框架决定了交流的整体方向，主要包括交流各方的交流姿态、交流内容、交流方式、意义达成等。在交流叙述中，判断信息源非常重要，交流各方的权力关系决定了它们在交流中的具体位置。身份识别与判断信息源同等重要，"交流叙述身份"的识别有助于交流各方在交流中把自己和对方置于合适的位置上，及时、有效地调整交流姿态。交流的基本目的是传递意义，所有交流参与者都希望自己的思想在交流中获得复制。交流效果、反馈和影响是交流叙述的最后程序，也是交流影响研究的重要一环。

一、交流叙述框架

哈贝马斯提出："一个主体孤立生存，进行独白，这是不可能的，但是只要同其他主体发生关系，进行交往和对话，他就必然是在一定前提下行事，就必定以这种或那种形式承认和遵循一些规范的要求。"① 交流框架既是交流影响因素的综合，也是各种规范的综合。接受者如果只关注体裁规约，就会出现理解偏差。一则便条分行写成诗歌形式，如果按照诗歌体裁来解读，就会出现问题。这是因为除了体裁规约之外，阐释社群和文化规约也会对诗歌解读产生影响。新闻叙述要求以"新、真、论"为核心建构叙述文本，这一规约对于新闻叙述作者与接受者（读者、听众、观众）同样有效。也就是说，新闻发出者以此作为新闻的制作原则，而接受者也以此来要求新闻叙述。新闻叙述的交流框架虽然从交流开始就达成了这种规约，但新闻接受者并非对新闻全部接受。

交流叙述框架主要包括叙述体裁规约、文化规约以及交流的各种影响因素。体裁规约并非交流叙述框架的全部，文化规约也具有不可忽视的作用和地位。不同民族由于文化差异，对相同体裁的叙述文本产生不同解读的现象屡见不鲜。

交流叙述框架的达成是综合多种因素的结果。交流叙述框架大都存在于理论的表述中，因为人类的交流已经进入一种娴熟的操作状态，无须用明确的框架来约束交流参与者的行为，除非是为了引入一种新的叙述方式或追求一种新的交流叙述效果。如孩子们在玩游戏前，会先制定好游戏规则。否则，游戏就会因框架不清而出现混乱和分歧。再如法庭上的叙述必须真实，提供不真实的信息将会承担法律责任，这是法律叙述交流框架的客观要求。

一般来说，交流叙述框架可分为两种类型：

一是框架默认。即交流叙述没有明确交流参与者所应遵循的规则。这是因为规则是作为交流参与者共享的知识存在于背景层面的，是默认的。阅读小说，读者不会当真；观看电影，观众也不会当真。因为，小说和电影的体裁规约中，虚构是核心规约。对于电影制作者和观众来说，这种规约是默认的。在不同文化背景中，必须对交流的规约系统进行重新确认，否则就会造成误解。

二是明确框架规约。即在交流开始的时候，必须确认交流采取的原则。框架规约在很多时候都是一种明示状态。如当一个老人对孩子说"很久很久以前……"，即进入了故事框架；当法官说"开庭"，即进入了法庭叙述的规约之中；当戏剧开场的铃声响起，当电影画面开始投射银幕，都是叙述明确的规约。明确框架规约在很多叙述类型中都是一种常见现象，游戏

---

① 薛华：《哈贝马斯的商谈伦理学》，辽宁教育出版社，1988，第13页。

有明确的游戏规则，体育比赛有明确的比赛规则，有些电影、电视剧明确标明"本剧纯属虚构"，等等。

交流叙述框架具有历史性，同一叙述类型在不同历史阶段中可能会有所不同。如以真实性为核心的历史叙述在新历史主义理论学者眼里，只不过是一种历史的"个人化"表述，一种"文本的历史性"。所谓"一切历史都是当代史"，充分表明历史不可能逃脱写作历史的时代印记。因此，历史的真实是有条件的。这里，必须区分历史叙述的底本 1 和底本 2。底本 1 中的历史材料的真实性是不容置疑的，底本 2 作为材料的组织原则，带有历史学家的倾向性。比如《水浒传》和《荡寇志》取材于同样的历史事件，二者的主题却截然有别。对相同叙述体裁的叙述文本，作者和接受者都有一个长期的培养、磨合过程。电影的默片大行其道的时候，有声电影并不被看好，但新的框架规约很快就被建立起来。马丁·斯科塞斯执导的电影《雨果》就演绎了一个电影演员、导演在默片向有声电影过渡阶段的失落。曾几何时，穿越电视剧是不被观众认可的，但现在的观众显然已经承认了这种新的交流叙述框架规约：电视剧本来就是虚构的，既然虚构，就不必较真。"关公战秦琼"可以，但必须明确其并不是真的。

但，交流叙述框架并不是一个牢固的栅栏，在具体的交流叙述中，人们经常打破交流初期达成的"框架协议"，采取框架外的某种态度。"破框"可分为无意破框和有意破框两种类型：

一是"无意破框"。即交流参与者出于非有意动机，打破了交流叙述的框架规约，迫使交流方向发生改变，交流出现非预期效果。如在剧院中，观众由于把演员与剧中人物混为一谈，引发了"枪毙黄世仁"的闹剧。这就是交流叙述中的"跨层"现象。跨层交流有一个渐进过程。首先，交流双方达成初步交流叙述框架，并以此确立交流初期交流各方采取的基本态度；然后，交流双方逐渐进入"沉溺"状态，框架先是被这种沉溺湮没，再逐渐被打破，最后出现跨层交流现象。

二是"有意破框"。即交流参与者明明知道有框架约束，但还是出于某种目的而刻意打破这种框架规约。需要指出的是，"有意破框"者往往对交流叙述的框架规约非常熟悉，其破框是为了追求框架之外的交流效果。

无意破框和有意破框都是交流叙述中的跨层现象，跨层使经验有机会越出交流的具体场域而进入复制、传承阶段。交流跨层往往成为交流中的事件而被记忆。交流跨层不但包括交流叙述参与者冲破交流框架，自觉、不自觉地加入叙述的某个环节中去，而且包括交流中的经验提取过程。虚构叙述要求接受者不必当真，但有一批接受者不但当真了，还将有用的叙述经验提取出来进行传播（研究者）、复制（未来叙述文本的制作者）、发展，从而使经验获得了"梭式循环"。

综上所述，交流叙述框架是一套规约系统，是交流叙述参与者态度的综合，是一种历史沉淀，更是一种历史记忆。唯有在交流初期达成一套框架规约，才能保证交流的流畅性和有效性。交流叙述框架具有历史性、地域性、继承性和发展性。

二、信息源

交流叙述中，"说话人"不一定是信息的源头，其话语所代表的权力关系、思想观念等，有时候与其本人并没有关系，真正的信息源或者话语权力人另有其人。正如维索尔伦所言："不应该认为发话人或说话人就一定是其所发话语信息的来源；语言使用并非如此简单。"[①] 比如律师的叙述很大程度上受制于委托人的意愿；御用史学家并不认为历史事实比其背后的权力集团的意志更具有权威性，日本对历史教科书的一遍遍篡改即是例证。因为"说话人"并不拥有话语权是一种常见现象，所以判断信息源就显得尤为重要。

确定信息源是交流参与者识别信息权力关系的一种方式。确定信息源，实际上就是确定话语责任人。"说者"不一定是信息的源头，通过话语来判断说话人的态度、立场等可能会出现偏差。信息的发出存在四种情况：其一，信息直接来自说话人；其二，说话人中立，信息通过说话人进行传达，说话人成为信息传播的一种渠道；其三，说话人与信息源发出者处于同样的立场，说话人是其全权代表；其四，说话人与信息源发出者处于不同的立场。确定信息源对于叙述交流参与者调整各自立场具有重要意义，并关系到交流的流畅性和交流效果。

参与交流叙述的各方都会受到对方的牵制，"人类文化中的大部分符号接收必须从对方立场调节接受方式，交流才能在无穷的变化中进行下去。而符号过程正是对这种'独立主体'神话的挑战，迫使接收者考虑对方的立场。这样理解的主体，是相互的，是应答式的，是以他者的存在作为自己存在的前提"。[②] 交流参与各方在以交互方式确立自身的立场时，必须考

---

① ［比利时］耶夫·维索尔伦：《语用学诠释》，钱冠连、霍永寿译，清华大学出版社，2003，第90页。

② 赵毅衡：《符号学：原理与推演》，南京大学出版社，2011，第345页。

虑信息源，明确的信息源对于交流参与者的态度调整至关重要。"两国交战不斩来使"的一个重要原因是，使节的任务是传递信息，他既不是信息的源头，也不是信息的权力控制方，因此，斩来使不但不能解决问题，反而会堵死回旋余地。1998 年版电视剧《水浒传》中，宋江派信使张顺去涌金门劝降方腊，不料方腊竟然下令将张顺乱箭射死。宋江恼怒，疯狂炮轰涌金门。

信息在传播过程中，经常出现信息流失现象。很多情况下，信息源并不直接面对交流对方，而是通过中介进行传递，由此导致信息传递出现以下几种情况：

一是信息完全传递。这取决于信息的复杂程度，简单信息完全传递的概率比复杂信息要高得多。

二是信息的不完全传递。信息在通过中介传递时，由于渠道局限、信息中间人的有意或无意漏传等，会导致信息的部分流失。"从严格意义上讲，信息在传达过程中不可能百分之百地抵达对象。即便是面对面的讲话，接收者也不可能注意到表达者发出的所有信息"。①

三是信息失真。信息失真存在两种情况：一是信息在传播过程中发生扭曲，导致误解；二是传播过程中的"其他信息携带"。即信息在传播过程中，由于媒介、渠道、信息运营商、接收者等方面的原因，在原信息基础上无意或有意增加一些相关或不相关的信息。这些信息会在交流中构成噪音，使接收者的信息接收受到干扰，从而产生信息的增生、附加、歪曲等。

四是权力流失。信息权力人的信息通过非信息源的"说话人"（信息传递者，起到渠道作用）抵达交流对方时，其权威性常常受到损害，甚至减弱到"说话人"无法承受的程度。为避免这类情况的发生，信息权力人经常采取"信息＋实物"的方式，通过"说话人"或某种中介渠道准确传递信息及其包含的权力。调兵的虎符、皇帝的宝剑、接头的暗语等，均能代替权力人说话。

判断信息源有利于信息接受方准确判断信息交流中的权力关系，及时调整自己的交流姿态。在交流叙述中，交流双方是对等的。对于既成的叙述文本而言，判断接受方的信息源携带的权力关系十分重要。不仅文学史的写作受到权力话语的左右，历史叙述文本和新闻叙述文本亦是如此。对于在交流中动态完成的叙述文本而言，判断接受方的信息源携带的权力关

---

① 王小英：《网络文学符号学研究》，中国社会科学出版社，2016，第 32 页。

系也非常重要，其将会影响叙述文本的走向和意义建构。也就是说，对于叙述主动方来说，交流对方也同样具有权力源的问题。也许接受方的态度并非来自其本人，其背后可能有更强大的权力背景，判断其权力关系同样具有判断信息源的作用。尤其是对于那些与现实关系紧密的叙述交流来说，双向的信息源判断将会作为一种有效的经验模式参与到交流进程中，并影响叙述文本的生成与意义建构，从而完成经验的梭式循环。

三、身份识别

在交流叙述中，身份识别是意义共建的基础。在确定交流叙述框架和信息源的基础上，身份识别是调整交流姿态的关键环节。"交际者的身份是在交际中建构起来、浮现出来的，而非预先设定或安排的。身份浮现的观点对于话语意义的理解有着直接影响，因为只有正确把握说话人发出特定话语时所使用的身份以及对听话人身份的构想，才有可能正确把握话语的意义"。[①] 尤其是对于中介式的信息传达者或者渠道交流者来说，由于说话人不是信息的权力人，其对获取的信息进行甄别的第一步，就是根据话语判断其来自哪个身份。这对于理解说话人的意图非常重要，"人类交际是互动参与、共同构建的一个生成过程，只有参与者依据自身在交际中的角色构建的意义才是交际意义"。[②]

因此，身份识别对于交流叙述而言非常重要。在具体的交流叙述中，由于叙述文本的体裁不同，判断哪种身份是当下的"在线身份"所采取的方式是不同的。"正常情况下，交际者的社会身份具有多元性，一个人往往拥有多个社会身份。……各种身份类别并非都在交际中同时起作用，只有在当下语境中被激活的身份才是影响当前话语的身份"。[③] 这里不妨借用语用学的"语用身份"概念，将交流叙述中的语境身份称作"交流叙述身份"。

交流叙述身份有两方面的建构模式：一是自我身份建构。即在交流叙述中确定自己的身份类别，这种确定是一种自我定位，影响到自我在交流中的叙述方式、意义倾向。刘俐俐在论述小小说作家的"平民身份"自觉意识时指出："小小说的平民定性凝结出的'我们'，有讲者、听者和讲什么故事三个维度。'讲者'是平民身份'我们'中的一员，讲给'我们'

---

① 陈仁新等：《语用学视角下的身份与交际研究》，高等教育出版社，2013，第3页。
② [意] 布鲁诺·G.巴拉：《认知语用学：交际的心智过程》，范振强、邱辉译，浙江大学出版社，2013，第9页。
③ 陈仁新等：《语用学视角下的身份与交际研究》，高等教育出版社，2013，第3页。

群体中所有人听，讲'我们'都懂和感兴趣的故事，即与'我们'的经历感受有关的那些事和那些人的前因后果之情节链。这决定了小小说的书写题材和准则"。① 可以说，小小说作者的这种自我身份建构直接影响了小小说的叙述方式、交流对象和意义指向。二是建构他人的交流叙述身份。即在交流叙述中，根据交流的具体语境（包括体裁规约、文化规约、阐释规约等），确定对方是以什么方式参与交流的。这对于判断对方的叙述意向、态度，建构叙述文本的交流意义都非常重要。交流叙述身份是在"自建"与"他建"中完成的，有时候这两种方式交叉发生，相互融合，"身份是与符号文本相关的一个人际角色或社会角色。任何符号活动，都有相应身份。身份不是孤立存在的，它必须得到交流对方的认可。如果无法做到这一点，表意活动就会失败"。② 在具体的交流叙述中，话语、口气、腔调、神色、态度、说话人的行为方式等都可以提示身份，都是身份判断的重要依据。

在交流叙述中，不是任何时候都需要身份识别。有时候，身份是被明示的。即交流参与者首先亮明自己的身份，以便让对方清楚接下来的交流叙述的意义是在什么身份下获得的，"让别人知道自己的身份，就可以让他们知道可以对自己实施何种合理的行为。……一方面，宣布我们的身份，方便别人以合适的方式与我们打交道；另一方面，为了让我们宣布的行为成为合格的交际行为，我们需要别人正确对待我们的宣布行为"。③ 身份明示有时候是自己说出的，如"我是……代表"；有时候是标出的，如庭辩时，法庭上会标出"原告""被告""原告代理""被告代理"，等等；有时候是一种明显的框架确认，如舞台上的演员、电影中的明星，等等。

从理论上讲，身份判断对于交流叙述的意义建构具有基础性作用，但在现实生活中，并非所有人都具备清醒的身份判断意识。有时候，人们并不在意身份的模糊性给他们带来的理解误差。如一些明星代言，就是利用人们对明星身份和广告中角色身份的模糊性，把商品捆绑在明星身上，使其获得某种明星效应。在叙述性广告中，明星角色身份的判定往往很模糊，广告商就利用这种模糊性，甚至加强这种模糊性，如利用明星出演的电影或者经典台词来加强广告文本外的联想，从而使商品获得携带式传播。明

---

① 刘俐俐：《文学存在复杂样态的认定与价值评价问题——以小小说考察为中心》，《湘潭大学学报（哲学社会科学版）》2019 年第 2 期，第 109 页。

② 赵毅衡：《符号学：原理与推演》，南京大学出版社，2011，第 346 页。

③ [意] 布鲁诺·G. 巴拉：《认知语用学：交际的心智过程》，范振强、邱辉译，浙江大学出版社，2013，第 71 页。

星身份与广告叙述文本内的角色身份混合，并不一定带来正面效应，某些明星代言的商品出现质量问题时，明星本人也要承担文本外的道德、法律责任。

如前所述，交流叙述中的"沉溺"常常导致身份的暂时遗忘，从而出现跨层现象。身份遗忘的另一面是身份误判。即交流参与者由于过分沉溺于叙述之中而对自己身份产生遗忘，并误判为叙述世界中的某个角色。在成龙主演的《新警察故事》中，以祖为代表的五个少年为了寻求将网上的猎杀游戏进行实践的刺激，策划了一系列猎杀警察的犯罪行动。这些犯罪少年对于自己在虚拟网游中的身份与现实生活中的身份产生模糊认知，现实与游戏之间的区隔被打破，身份误判使他们处于现实杀警与网游杀警的混乱之中，并最终酿成恶果。

因此，在交流叙述中，我们不得不考虑身份识别的复杂性给意义的建构带来的影响，不得不思考身份误判所带来的理解偏差和意义偏差。在一些严肃的时刻，清醒的身份识别相当重要，尤其是当我们面对是非、善恶、家国等人生的大叙述的时候。

四、模因理论与交流目的

交流叙述的基本目的是传递意义，意义如何在不同的交流参与者那里获得通行密码，是交流叙述研究中不能回避的问题。叙述文本作为历史流传物，其所携带的信息会随着历史的发展逐渐增加容量，其原因何在？这里有必要引入语用学中的模因理论，帮助我们思考交流叙述中的意义传播方式。

交流叙述中，交流参与者希望传递给对方什么，这是一个基本问题，因为任何符号交流活动，并不结束于符号本身，而是追求意义的传递。符号只是意义的临时替身。因此，在交流叙述中，交流双方尤其是叙述发出方希望自己叙述文本中的某些东西获得传递，而且这些被传递的东西应该具有某种稳定性，能够在对方那里获得复制、传播、发展。这里有必要引入文化传播中的模因理论，帮助我们分析这种可以被复制和增殖的叙述基因。

"meme"概念是英国著名动物学家和行为生态学家理查德·道金斯（Richard Dawkins）在其著作《自私的基因》（*The Selfish Gene*）中提出来的。道金斯指出，文化的进化并非像生物进化那样靠遗传，而是靠复制，虽然这种文化进化中的复制现象与基因遗传有相似之处，但二者绝不相同。道金斯将文化的这种复制称作"meme"。[①]"meme"在国内有多种译法，此处采用"模因"译名。[②]道金斯对"meme"的解释是："正如基因通过精子或卵子从一个个体转移到另一个个体，从而在基因库中进行繁殖一样，模因通过广义上可以称为模仿的过程从一个大脑转移到另一个大脑，从而在模因库中进行繁殖。一个科学家如果听到或看到一个精彩的观点，会把这一观点传达给他的同事和学生，他写文章或讲学时也提及这个观点。如果这个观点得以传播，我们就可以说这个观点正在进行繁殖，从一些人的大脑散布到另一些人的大脑。"[③]"模因是一个文化信息单位，那些不断得到复制和传播的语言、文化习俗、观念或社会行为等都属于模因。模因可以看作复制因子，也可以看作文化进化单位"。[④]正是由于文化模因在历史的流传中不断被模仿、复制、变异、发展，人类文化才具有如此丰富的积累。正如本书反复阐释的经验视野的"梭式循环"那样，经验在交流中不断得到重复，重复的过程就是复制的过程和模仿的过程。但不是单纯的复制与模仿，而是会变异、更新并生成新的经验参与到经验累积的梭式循环之中。

道金斯的学生苏珊·布莱克摩尔进一步发展了模因理论。布莱克摩尔在《模因机器》(*The Meme Machine*)[⑤]一书中指出，模因作为复制因子须具备三个必要条件：①遗传：行为的方式和细节得到拷贝；②变异：拷贝伴随着错误、修改或其他变化；③选择：只有一些行为能成功地得到拷贝。[⑥]

模因理论给交流叙述以重要启示。在以叙述的方式进行的交流中，交流参与者尤其是叙述文本的发出者，希望向对方传达什么呢？换句话说，他希望自己叙述中的什么模因能够在对方那里获得复制呢？如果以阅读一

---

① [英]理查德·道金斯：《自私的基因》，卢允中、张岱云等译，中信出版社，2012，第217页。

② "meme"在中国有多种译名，如"觅母"（[英]理查德·道金斯：《自私的基因》，卢允中、张岱云等译，中信出版社，2012）；"谜米"（[美]苏珊·布莱克摩尔：《谜米机器》，高申春等译，吉林人民出版社，2011）；"模因"（谢朝辉、陈新仁：《语用三论：关联论·顺应论·模因论》，上海教育出版社，2007；等等）。本书采用"模因"这一译名，并在引用时将其他译名一律改为"模因"。

③ [英]理查德·道金斯：《自私的基因》，卢允中、张岱云等译，中信出版社，2012，第218页。

④ 谢朝辉、陈新仁：《语用三论：关联论·顺应论·模因论》，上海教育出版社，2007，第129页。

⑤ 一译《谜米机器》，[美]苏珊·布莱克摩尔著，高申春等译，吉林人民出版社，2011。

⑥ 谢朝辉、陈新仁：《语用三论：关联论·顺应论·模因论》，上海教育出版社，2007，第137页。

本小说为例，那么，当阅读完成之后，在读者那里首先留下的应该是故事，故事也就成为阅读同样小说的读者的共同话题，这是故事层；其次，如果读者具有较高的文学素养，那么，他可能会关注作者"如何"讲故事，即写作技巧层面；最后，善于思考的读者也许会更深一层，会关注作者想通过小说传达什么思想内涵，即观念层。每一个层次被复制的模因是不同的，第一个层次在长期的模仿、复制和变异中形成携带某种类型化的故事原型、母题。如中国小说中的清官母题、装扮母题（女扮男装、男扮女装等）、才子佳人母题等。第二个层次会形成某种叙述类型（如骑士小说、公案小说等）或某种类型电影（如西部片、武侠片等）。第三个层次会形成以观念主题为核心的叙述类型，如反腐、清官、雪冤、复仇、侠义、家国等。只要仔细研究这些文化模因，追踪这些文化模因在叙述历史流转中的模仿、复制、变异，就可以规划出叙述发展的清晰谱系。

因此，在交流叙述中，我们必须关注叙述中的什么东西在交流中发生了流转。也就是说，任何参与交流的叙述都有交流的意愿和方向，这不但决定了叙述的解释模式，还反过来决定了交流叙述文本建构的基本原则和方式。詹姆斯·费伦从修辞维度解释了叙述的内涵："'作为修辞的叙事'这个说法不仅仅意味着叙事使用修辞，或具有一个修辞维度，相反，它意味着叙事不仅仅是故事，而且也是行动，某人在某个场合出于某种目的对某人讲一个故事。"[①] 在交流叙述中，是什么作为一种模因被复制。"模因现象几乎无处不在。概括而言，有三样东西可以成为模因。那就是，想法、说法和做法，即思想、言语、行为，简称思、言、行"。[②] 叙述往往存在多种层次，不同层次在交流中，由于叙述发出方的目的不同而受到不同程度的强调，有些层次因受到强调而成为"强势模因"，有些层次因没有被强调而成为"弱势模因"。民间故事的故事性被强调，其故事本身被复制的机会就多，流传就广；先锋小说有意暴露写作痕迹，呈现为一种"元小说"写作，使读者更关注其写作方法，而忽略其故事性。庭辩叙述中，控辩双方各执一词，但其最核心的叙述模因则是站在有利于各自权益的立场上来组织叙述，以期使自己叙述中的强势模因在法官、陪审团那里获得复制。

高明的说话人经常试图借助模因的联想特征，努力使输出的模因符合听话人的认知状态和意向性，或明或暗地对听话人的心理空间进

---

① ［美］詹姆斯·费伦：《作为修辞的叙事》，陈永国译，北京大学出版社，2002，第14页。
② 谢朝辉、陈新仁：《语用三论：关联论·顺应论·模因论》，上海教育出版社，2007，第149页。

行建构、解构和再建构，对听话人产生影响，增强、削弱、修改甚至改变听话人的心理状态、思想、行为、信念、愿望或认知环境，从而对听话人的心理空间和心理认知实施控制，诱发听话人的行动，并最终促使听话人的行动符合说话人的意图，争取实现既定利益。如此看来，交际的最终目的不是传递意义，而是诱发行动。也就是说，从说话人角度来看，交际不但传递意义，更重要的是要催生行动，催生出符合说话人意图的行动。①

无论是何种类型的叙述，在交流中都希望某些模因有获得复制的机会。但在具体的交流叙述中，这种复制也许并不会完全按照叙述者的意愿进行。无论叙述者是文本内的虚拟形象，还是现实生活中的真实个体，其意愿模因在传播中均会出现如下几种情况：①模因按照说话人意愿被复制。这是一种理想状态。②模因被部分复制。其原因较为复杂，可能是因为说话人没有表达清楚，使模因在交流中呈现不完整而被遗漏；可能是听话人不愿意全盘接受；也可能是模因在交流中，由于渠道、中介等原因被遗失或部分遗失等。③听话人不接受说话人传递的模因，认为其不符合自身的利益或意愿，或认为其无足轻重。④听话人以相反方向对模因进行"反向复制"。在叙述博弈中常常出现这种状况。模因具有保真性，"所谓保真性，是指模因在复制过程中多少会保留原有模因的精要，而不是丝毫不发生变化"。②正是模因传递的复杂性、变异性和核心稳定性，才使得文化有坚守，有变异，有发展。叙述的交流性正是由于秉承了文化模因的这些特性，才获得了发展的动力。

模因的模仿、复制、变异、发展、传播，对于叙述的发展和丰富具有重要价值。交流叙述的目的是什么？其最核心、最底线的目的就是传递某些东西。追寻模因在交流叙述中的流转历史，可以为人类数千年的叙述史绘制家谱。这是一个很值得研究的、广阔的理论空间。

五、效果、反馈、影响

交流效果和交流反馈并非意味着交流的最后阶段，和交流的意义生成一样，二者也是一个动态的、渐进的形成过程。交流效果的显现不一定出

---

① 谢朝辉、陈新仁：《语用三论：关联论·顺应论·模因论》，上海教育出版社，2007，第183—184页。
② 李捷、何自然、霍永寿主编：《语用学十二讲》，华东师范大学出版社，2011，第148页。

现在交流结束时，在交流过程中，效果就会显现，反馈也会同时发生。尤其是在真实交流中，交流参与者都在场，效果的显现会以现场反馈的方式表现出来。这些阶段性的效果与反馈，使交流叙述的参与者能够及时调整交流的姿态、方式等，从而对效果和反馈做出回应。在虚拟交流中，由于交流参与者的某一方缺席，效果和反馈会暂时悬置，这种悬置虽然会在未来的交流中获得落实，但对于交流叙述缺席方来说，他唯一能做的，就是根据叙述文本来调整自己的交流姿态。他可以接受、拒绝接受、部分接受。这对于交流效果会产生多种影响，其反馈方式也会多种多样。

叙述交流成功与否，要靠交流效果来检验。与修辞不同，交流效果并不是叙述者（作者）的单方面愿望，而是对交流双方均构成影响，此即交流效果的"对等原则"。也就是说，平等权是交流双方均欲追求的目标。在交流叙述中，叙述发出方想要达到某种效果，必须站在对方立场上考虑叙述文本的构建。他必须以自反性为依据，自己先体验到这种效果。语用学认为："为了尽可能让合作者识别自己的交际意向，行动者必须构建一个关于合作者的心智模型，并以该模型为基础寻找策略。策略模式越具体，交际效果实现的可能性就越大。"① 交流叙述的效果研究并非只关注接收方心智状态的改变，叙述发出方也是效果判断的重要依据。这是因为在叙述交流中，身份翻转经常发生，有时候我们难以判断，效果的获取究竟会对哪一方产生的影响更大。在所有的交流叙述中，经验视野的"梭式循环"对任何一方都有效。

影响交流效果的因素除了信息发出方、信息本身、接受者之外，还包括媒介因素。面对同样的信息，不同媒介所产生的接受效果有所不同。如同样是上级命令，口头媒介传达就不如纸质媒介传达那样正式、严谨。同样内容的一封情书，通过手写邮寄的方式抵达情人手中，和通过互联网的方式产生的效果相差悬殊。手写邮寄的方式能让对方直接感知到发信人的真实情感。可见，媒介参与叙述文本的意义建构，影响意义的读取和产生的效果。"媒介体现的是一种聚焦方式，通过不同的媒介叙述，传达的重点也不完全相同"。在此意义上，"媒介也应被视为参与了修辞文本的建构，它具有一定的主体性或者主体间性，它带来的认识方式、情感方式和意识方式与传统意义上的修辞主体共同起作用"。②

叙述接受并非完全被动，接受者会在交流过程中进行"交流反馈"。

① [意] 布鲁诺·G. 巴拉：《认知语用学：交际的心智过程》，范振强、邱辉译，浙江大学出版社，2013，第 119 页。
② 王小英：《网络文学符号学研究》，中国社会科学出版社，2016，第 29 页。

这种反馈在不同的叙述文本中、不同的叙述类型中会采取不同形式，并会产生不同影响。巴拉把交际回应阶段分成两个过程："第一过程：按照交际意向酝酿某种心智状态的表达；第二过程：通过言语行为或语言外行为手段把这种心智状态的表现形式变成现实"。① 反馈信息的形成首先必须在接收方那里形成某种心智状态，然后，这种心智状态会内化为某种心理改变并形成某种表达方式。

医疗叙述中，作为接受者的医生通过及时反馈经验，来使叙述者的叙述方向、经验视野发生转向，甚至产生相反的经验认知。因此，交流经验的反馈是非常重要的交流手段。交流反馈可分为直接反馈和间接反馈两种。在文学作品、历史文本等虚拟叙述文本中，作者与接受者往往处于不同时空而不具备直接交流条件，但在历史层面，这种交流反馈所形成的影响可以在整体性的叙述文本中找到痕迹。而在某些叙述类型中，叙述者与接受者是面对面交流的，反馈往往是直接的，其形成的经验可以参与正在进行的叙述交流。而某些叙述类型的交流反馈则处于二者之间，如网络、影视、游戏等。

效果与反馈的动态性会在交流结束时形成一个综合判断，即阶段性的效果与反馈会以综合的方式体现在模因的传递之中，并最终转化为交流叙述参与各方的行为方式。这就是交流叙述的影响。比如一本小说，不管读者是否读完，都会有效果，有反馈，有影响。因此，交流叙述的效果、反馈和影响是以"交流时间"而不是以"文本时间"来定的。

同时，影响也是一种双向建构。交流影响会不同程度地改变交流参与各方的心智状态，虽然这种影响的方式、大小以及影响输出的方式等，均会有所不同。必须明确一种事实，交流改变的不是交流参与的某一方，而是所有的交流参与者，"单纯的传信仅仅改变了受讯者的认知环境，而交际改变了受讯者和讯递者双方的互有认知环境"。② 影响的双向性，使经验增殖与发展的"梭式循环"成为可能。

交流叙述的效果、反馈和影响，都是交流叙述学影响研究的一部分。三者是交流叙述基本过程中的最后程序，也是最复杂、最不易说透彻的部分。

---

① ［意］布鲁诺·G. 巴拉：《认知语用学：交际的心智过程》，范振强、邱辉译，浙江大学出版社，2013，第130页。

② ［法］丹·斯珀波、［英］迪埃珏·威尔逊：《关联：交际与认知》，蒋严译，中国社会科学出版社，2008，第76页。

第二节　交流叙述顺应

任何进入交流进程的叙述类型，都会寻求叙述与交流之间的正向应合关系，即使在一些对抗性的叙述交流中，叙述发出方也会为了谋求本身利益的最大化而与交流环境之间取得一种恰当的关系。因此，在交流叙述中，顺应性是交流参与者都会采取的策略。顺应论的提出者耶夫·维索尔伦从语境、结构、动态性和意识凸显性等层面，对言语交际中的顺应进行了具有创建性的理论建构。[①] 下面，笔者借用维索尔伦的理论框架，对交流叙述中的顺应性进行讨论。

一、语境顺应

在交流叙述中，交流参与者是交流叙述语境构成的最主要成分。因此，叙述必须首先考虑参与者的各种情况。在具体的交流叙述中，参与者包括说话人、听话人、次级说话人、次级听话人、设定性旁观者（有意旁观者）、不确定旁观者（无意旁观者），等等。但，并非所有的交流叙述都会有上述参与者，说话人和听话人的角色区分是相对的，在交流叙述中，二者随时会发生翻转。交流叙述文本在被组织的过程中，会根据参与者进行顺应性调整，甚至会牺牲最佳表达来换取最佳的交流效果。在交流参与者所围成的交流环境中，必须关注信息源问题，"不应该认为发话人或说话人就一定是其所发话语信息的无误的来源。语言使用并非如此简单"。[②] 关于信息源问题，笔者在本章第一节已经进行了详细论述，兹不赘述。确定信息源也是确定交流人际环境的重要部分，其会影响到叙述文本的组织方式。

在交流叙述中，叙述对参与者的顺应有很多表现形式。如在一些公共领域，交流叙述的直接参与者不得不考虑其他人构成的交流环境对自己造成的潜在影响。"当有第三方在场时，说话人往往比没有第三方在场时更加注意保护听话人的面子，听话人在场人数的多寡则明显影响说话人声调的高低"。[③]

① ［比利时］耶夫·维索尔伦：《语用学诠释》，钱冠连、霍永寿译，清华大学出版社，2003，第二编。

② ［比利时］耶夫·维索尔伦：《语用学诠释》，钱冠连、霍永寿译，清华大学出版社，2003，第90页。

③ 谢朝晖、陈新仁：《语用三论：关联论·顺应论·模因论》，上海教育出版社，2007，第84页。

交流叙述中的语境构成主要包括物理世界、社交世界和心智世界。

物理世界是指交流叙述参与者所处的时空关系。参与者在交流时所处的空间位置对于其叙述具有很大影响。如央视《等着我》栏目中，主持人倪萍常常对前来求助的人说"请坐到这边来""挨着我""离我近些"，等等，以此来拉近与当事人的距离。倪萍适当的亲近，甚至与当事人感同身受，有利于当事人放松心情，"分享"自己的苦痛往事。庭辩叙述中，每个参与者都有既定的空间安排和身份安排，这对于庭辩中的角色识别非常重要，是不折不扣的"明示—交际"。中国传统说书艺术一般在开放空间进行表演，说教性强，故事简单，少有色情情节。而来源于"说话"的话本小说，由于交流空间变成了私密的个人书房、卧室，色情描写明显增多。

社交世界是人际关系世界，"在社交世界中，需要语言做出顺应的社会因素无论是数量还是种类都几乎难以穷尽，顺应过程往往更加动态、更为复杂、更为微妙"。[①] 社交世界中，人的社会关系、社会角色非常复杂，对于交流影响很大，这表现在语言选择与社会场景和公共制度的关系。在交流叙述中，叙述选择、叙述逻辑等必须顺应社会场景和公共制度给选择留下的可能性。如中国式婚礼的基本元素是喜庆、热闹，"拜堂"司仪在话语选择上也充满调侃；而西方教堂婚礼以庄重与严肃著称，无法以热闹的方式进行叙述。

在交流中，参与者的心理状态也要顺应。维索尔伦强调："语言互动是心智与心智之间的交流——虽然我们永远不应忘记，心智是'社会心智'。"[②] 在交流叙述中，考虑交流参与者的观念、欲望、情感、信仰、动机、意向等心智状况，并根据其具体的心智状况调整叙述策略，对于获得预期的交流效果非常重要。

二、话语顺应

叙述文本作为符号文本，选择用符号表达意义，是一种基础性选择。在具体的交流叙述中，叙述语言、叙述结构的选择无不顺应交流的具体情况。

选择可发生在叙述的任何层面。在符号运用层面，交流叙述参与者根

---

① 谢朝辉、陈新仁：《语用三论：关联论·顺应论·模因论》，上海教育出版社，2007，第85页。

② [比利时] 耶夫·维索尔伦：《语用学诠释》，钱冠连、霍永寿译，清华大学出版社，2003，第101页。

据具体的情况，可以采取语言符号，也可以采取非语言符号来叙述，或者二者兼而用之。有时候出于交流需要，叙述者会采取口语说虚、笔写说实的方法来避免被偷听。一些反映隐蔽战线的电影、电视剧中，常常出现这类情节。

选择具体语言策略、选择语言渠道、选择视角、选择人称、故事时间安排、情节布局等，都是为了使叙述发挥最佳的交流效果。

交流叙述的话语顺应还有一种非常规表达，即叙述文本与交流目的并不直接发生关联，而是通过叙述文本对交流具体状况的顺应，从而使叙述发出者达到真正的目的。《天方夜谭》中，美丽、勇敢的山鲁佐德为了拯救无辜的少女，自愿嫁给国王，并用讲故事的方法吸引国王的注意。在讲述一千零一夜后，终于使国王感悟了。山鲁佐德所讲述的故事在策略选择、语言选择方面无不精巧，但其目的却与故事无关，而是为了拯救无辜少女。《邹忌讽齐王纳谏》中，邹忌给齐王讲各种人对自己"美貌"的夸奖，其目的在于劝说齐王纳谏。这些叙述并非言不达意，而是叙述作为一种策略在顺应交流。

三、动态调适

任何交流叙述都是一个动态过程，在这个过程中，交流参与者通过不断调节自己的叙述姿态来适应不断变化的交流环境。这种调整就是一种"动态调适"，它发生在各种层面，如语言调适、非语言调适、态度调适、立场调适等。小到说话人的一个表情，大到整个叙述文本的结构，都会随着交流环境的变化而进行动态调适。

在交流叙述中，人物是一个非常值得关注的实体，尤其是在一般叙述的背景下。在教育、医疗、法庭、网络等形成性叙述中，人物是接受者无须通过叙述即可自行塑造的真实客体，叙述交流直接发生在"人物—接受者"之间，二者之间的互动甚至构成叙述文本的一部分。因此，动态调适也会发生在"人物—接受者"之间。

"人物—接受者"之间的交流可以分为两个层面：其一，人物—文本内受述者；其二，人物—文本外接受者。有时，文本内受述者与文本外接受者之间会界限模糊。如在网络活态叙述等形成性叙述中，接受者直接成为叙述的一部分，二者处于重合状态。而在另外一些叙述类型（如庭辩）中，站在不同的研究立场会得出不同的结论。如果把整个庭审过程作为一个叙述文本，把原告、被告（包括他们的律师）作为叙述者，把法官、陪审团等作为接受者，那么，此时的接受者就是文本内的，而那些在法庭之外阅读或者观看庭审过程的人则是文本外的接受者。如果把叙述者的叙述视为独立文本，那么，法官和陪审团则是文本外的接受者，文本内的接受者则是叙述者心目中的假定的接受者。但这种假定，在真实庭辩过程中显得毫无意义。由此可见，在庭辩叙述中，文本边界的不同界定将会使接受者发生根本改变。这类叙述还包括体育。如果把体育叙述文本界定在比赛场的边界，那么，边界之内就不存在接受者。这是因为任何接受者的介入都会破坏文本区隔，从而使叙述无法进行。但事实上，体育叙述的界限早已扩展至包括看台观众在内的整个赛场。虽然体育叙述是一种框架叙述，但观众效应也被纳入了比赛过程。所谓主场、客场，会对体育叙述产生不同效果。而现代传媒早已把赛场内、外的观众区隔为两个不同的群体，赛场外观众通过各种媒体（如电视、网络等）观看比赛，而赛场内的观众则和比赛一起成为被看对象，并与比赛一起构成叙述文本。在医疗、教育、新闻等现场性叙述文本中，叙述边界往往决定着文本的叙述与接受构成。由此可见，确定人物、确定叙述边界，是顺应性交流动态调适的关键。

人物是接受者与文本之间交流的产物，是一种话语重构。文本中人物之间的交流在进入实质阶段之前，还有一个"预交流"阶段。即在交流之前，交流参与各方的地位、人际关系、交流语境、交流内容等因素将影响到实际的交流内容，需要交流参与者根据实际状况做出动态调适。所谓"预交流"，其实是一种心理层面的"非语言"交流，它为语言交流预设了一种基调，充分的"预交流"能够使进入实质阶段的交流顺利展开。相反，不充分的"预交流"则会使交流失败或者不顺畅。如美国电影《不一样的爸爸》中，律师与爸爸之间，爸爸与收养者之间，法官、公诉人与爸爸之间均出现了不充分的预交流，由此导致人物之间的隔阂与冲突。随着交流的逐渐深入，人物根据实际状况调整自己的交流姿态，使隔阂得以消除。在现场性叙述交流中，充分的预交流是保证交流顺利的关键。叙述者与接受者根据交流参与各方的文化层次、地位、关系、语境、交流内容等来确定自己的交流角色、状态、态度、立场等。

任何充分的预交流都不能保证交流在具体实施阶段会严格按照计划进行，因此，必要的"交流调整"是保证叙述顺利进行的关键。《红楼梦》中，刘姥姥二次进贾府时，虽然凭借第一次进贾府的经验而从容许多，但在与贾母及其他人交流时，仍需根据实际情况来调整交流策略。如刘姥姥正在给贾母讲雪下抽柴的故事时，马棚着火了。刘姥姥为了讨好贾母，特意修改了故事的结局。由此可见，对于真实交流来说，调整的依据就是在交流中形成的临时经验，这种经验马上会在接下来的交流中获得复制，并影响交流效果。

四、意义建构

在交流叙述中，叙述文本的各个层次对意义建构的贡献是不同的，因此，交流参与者有必要考虑意义生成的影响因素和主导因素。"并非所有选择都是在相同的意识程度和带有同等目的的情况下做出的"，"有些选择自然而然地发生，有些则带有明显的动机"。[①] 在交流叙述的顺应过程中，经过语境顺应、话语顺应和动态调适，叙述已经成为一种策略性的行为，表意变得富有层次感。一些影响意义生成的主导因素往往在叙述中得到强调，交流参与者必须关注这些主导因素对于意义建构的作用。正如笔者在第四章所论，交流叙述的最终文本是"抽象文本"，它是意义的最终宿主。

同时，我们必须注意交流叙述顺应过程中，一些意识凸显程度较低的表达方式对意义生成的影响。因为这些表达方式往往包含隐蔽信息，即叙述发出方不便凸显的方面，"一些凸显度低的表达方式，听话人处理起来往往需要花费更多的时间和精力，而这时往往又是说话人传递特殊信息的关键时刻。因此，我们要善于区分明说和隐含的信息。正因为这样，人们开始注意说话人在顺应过程中不同意识凸显程度支配下的语言表现"。[②]

交流叙述的意义建构是形成经验的基础性过程。意义建构作为交流叙述顺应的最终目标，贯穿于交流叙述的各个层次，叙述的各个层次都可以形成经验并历史化，参与经验的历史性"梭式循环"。尽管任何交流叙述都会参与历史层面的"梭式循环"，但其历史影响则取决于叙述交流的层次。这是叙述交流的最后阶段，也是历史化阶段，经验视野的价值会在历史化阶段表现出来。有些叙述交流经验在历史层面并不具备意义，属于"经验泡沫"，其历史参与度极低，但有些叙述经验则在叙述交流中成为一些经典性的视野。

因此，无论是什么类型的交流叙述，其意义建构都不是"到此为止"，而是具有历史延展性。由此可见，意义建构是对整个文化语境的一种顺应。

---

① 谢朝辉、陈新仁：《语用三论：关联论·顺应论·模因论》，上海教育出版社，2007，第97页。

② 谢朝辉、陈新仁：《语用三论：关联论·顺应论·模因论》，上海教育出版社，2007，第97页。

第三节　交流叙述冲突

在交流叙述中，任何叙述发出者都希望通过交流达到自己的目标，为此，他们采取各种姿态、各种策略调适叙述方式，以顺应具体的交流环境。在动态调适中，交流叙述参与各方的不同诉求会构成冲突，为了在冲突中占据有利地位，各方会根据交流语境对叙述策略进行动态调适。这是交流叙述顺应的另一种表达式。在交流叙述中，冲突表现在多种方面，具有多种冲突模式。下面，笔者拟探讨几种具有代表性的冲突模式。

一、动机偏向

动机作为意向的启动器，在交流叙述中一般作为一种明示的交流与交流对象分享，并期望获得某种意向结果。"动机可被视为意向生成器，或曰机制。这种机制一旦被一系列的必要条件激活，就会产生充分的意向性"。[①]但有时候，动机并不纯然单一，由此形成的意向性也不是一种明示状态。换句话说，在交流叙述中，动机会发生偏向，意向会由于这种偏向而变得模糊、多向、歧义。交流叙述参与者的动机并非一致，他们的关注点往往复杂多向，甚至与叙述文本没有任何关系，故必须由叙述文本来引发。这就是交流叙述中的动机偏向问题。

在交流叙述中，动机偏向可以大致分为叙述式动机偏向与接受式动机偏向。叙述式动机偏向使叙述本身成为一个复杂的问题。叙述文本会在偏向作用下变得非常不稳定，由此带来的多义性、不确定性等问题使叙述交流充满变数。叙述式动机偏向使叙述游离于真实意向与表面意向之间，甚至叙述者的目的并不是为了获得叙述本身的述行力量，而是通过叙述达到其他目的。如《十日谈》中的青年男女讲故事，是为了躲避瘟疫；《天方夜谭》中，山鲁佐德为国王讲故事，是为了拯救无辜的少女。动机偏向有时候很明显，有时候则很隐蔽。隐蔽的叙述动机极易使交流意向性受到遮蔽，给接受者的判断带来困难。

接受式动机偏向源于非纯粹的接受目的，接受者的主观性左右了其对叙述文本的解读，使解读本身成为一种功利性的行为。由动机偏向带来的误读、误判有时会引发恶劣的交流效果。接受式动机偏向的接受背景往往

---

① ［意］布鲁诺·G. 巴拉：《认知语用学：交际的心智过程》，范振强、邱辉译，浙江大学出版社，2013，第 132 页。

包含各种叙述文本合理延展意义以外的动机。接受式动机偏向可分为有意与无意两种，有意的接受式动机偏向往往形成主观性强的接受目的，蓄意曲解叙述文本，并将结论直接指向文本之外。如历史上的文字狱等。在文学叙述接受中，也会出现无意的动机偏向，这与文学文本的多义性不无关系，一般不会产生太严重的后果。

叙述只是达到某种交流效果的手段，是一种交流中介，但这并非意味着叙述的作用被排除。因为叙述所要达到的效果，是通向动机目标的重要途径。没有这种效果，动机目标就会失去依凭。如《天方夜谭》中，美丽的山鲁佐德给国王讲故事的动机，是避免国王对无辜少女的杀害，如果故事不精彩，那么，山鲁佐德就不会达到自己的目的。动机偏向使我们看到叙述的复杂性，很多情况下，叙述并不是目的，叙述的内容甚至与目的无关。此时，叙述只是一种交流手段，一种获取某种言外效果的工具。动机偏向是交流叙述中常见的现象，很多情况下，偏向动机都不是明示的。为了避免被交流对方识破动机偏向，叙述者会对其进行巧妙的包装。

二、叙述博弈

叙述博弈是交流叙述的另一种叙述形式，它一般存在于共同的叙述框架之下，叙述博弈各方虽然立场不同、利益不同，甚至有生死较量，但必须以共同的叙述框架作为其"合作"的基础。如庭辩叙述，控辩双方虽各执一词，但必须在法律规定的叙述框架内进行叙述，"合作不排斥对抗、敌对。我们认为，施动者间的合作可以采用否定的形式。不然的话，我们就犯了纯洁主义错误。当行为人的目的相反的时候，合作原则可以转向，或更甚者，可以被明显地侵犯"。① 因此，叙述博弈并不违反交流叙述的合作原则，相反，它是合作原则的另一种表现方式。叙述博弈各方必须遵循交流最初达成的交流叙述框架，必须在这个框架内完成自己的叙述行为，其叙述必须受到叙述框架的约束。也就是说，叙述博弈的合作就是以承认这一共同的叙述框架为基础的。

①叙述博弈与真值

叙述博弈面临的一个重要问题，是叙述的真值问题，即叙述的虚构型与非虚构型问题。对于虚构文本而言，叙述博弈的核心不是叙述所指涉的世界，而是叙述如何指涉世界；其博弈目标不是指涉真值，而是表达方式真值。对于非虚构叙述而言，面对同一指涉世界的叙述文本必须在竞争中，

---

① ［法］丹尼斯·韦尔南：《符用学研究》，曲辰译，四川大学出版社，2014，第126页。

在对指涉世界的比照中获得竞争优势。瑞安认为："真正的虚构文本创造自己的世界，并构成该世界的唯一通达模式。而非虚构文本指涉的世界则构成许多文本的潜在目标，因为该世界具有文本外的存在。虚构文本对其指涉世界而言自动为真，但非虚构文本必须同描述同一世界的其他文本竞争才能确立真实性。"[①]

叙述文本的真值判断，受到多种因素的影响。在叙述博弈中，叙述的真值判断问题复杂且富于层次。正如怀特所说："叙述的真值要么存在于对其中事实的字面陈述中，要么存在于这些陈述的组合中，要么存在于对用比喻语言表达的陈述的字面释义中。"[②]

在叙述博弈中，叙述的真值判断还要考虑叙述体裁、交流叙述框架等规约性因素，需要排除一些非相关因素，按照从最大相关性到最小相关性的顺序，对叙述相关的各种元素进行综合评估，来确定最接近真值的那个叙述核心。在一般的叙述博弈中，并不存在非常严肃的政治、道德等问题，对真值的判断往往取决于某种情感因素。如足球比赛，不同球队的粉丝们会根据自己的判断来对输赢进行解释，虽败犹荣往往成为失败球队粉丝们的一种价值判断。

而在历史叙述、庭辩叙述中，必须站在法律、公正、正义等价值维度来判断叙述博弈中的真值问题。叙述博弈中的真值判断受到多种因素的影响，有些因素来自叙述博弈最初达成的叙述框架之内，有些因素则来自其外，来源复杂、多向。此外，叙述博弈中的真值判断还受到判断者特定目的的支配。因此，学术界至今没有形成一个绝对权威的标准。

②叙述博弈与纳什均衡

冲突双方都以对方的存在为前提。冲突最后需要寻求一种平衡，这种均衡必须与叙述框架达成妥协，或者必须以叙述框架作为冲突双方的最终叙述文本成立的基础。

叙述博弈追求的是一种均衡状态，而叙述竞争追求的是一种胜败结局。法律叙述就是如此："法律无非就是相互竞争的故事，从在审判庭上讲述的故事……到上诉层面上重讲的故事——都需要对讲述的规则予以特殊注意，使叙事与讲述和聆听的标准达到一致——乃至最高法院，它必须把手头特殊案例的故事与宪法阐释结合起来，根据传统的先例和以前的规则。诚然，它也经常呈现一个故事的两种不同的讲述和不同的结果，因为允许

---

① ［美］玛丽-劳尔·瑞安：《故事的变身》，张新军译，译林出版社，2014，第49页。
② ［美］海登·怀特：《形式的内容：叙事话语与历史再现》，董立河译，文津出版社，2005，第66—67页。

人们表达不同意见。"① 要想使叙述与讲述和聆听的标准达到一致，必须在法律的叙述框架内寻求一种均衡状态。在法庭的叙述框架下，控辩双方看似存在竞争关系，但是从根本上讲，仍然是一种博弈状态。受害方需要争取自己的合法权益，而加害方则需要在法律框架下得到不超出自己应得的惩罚，最后的判决就是在这种叙述博弈中找到均衡的结果。法律的公平即体现了这种均衡。

叙述博弈的另一种表现，就是读者与叙述文本之间的意义竞争，即罗森布拉特所谓的"交易式经验"。"文本充当刺激物，负责从读者那里引发他们以往的种种经验、思考与想法，所有这些都来自读者的日常经验和阅读经验。与此同时，文本又像设计图那样发挥作用，去对读者的那些想法进行筛选、限定、排序，从而塑造读者的经验，使之更好地适应文本"。②

医疗叙述中的叙述博弈，就是正常经验建构的叙述与反常经验建构的叙述之间的博弈，其目的在于建立一种正常、健康的心理秩序。

叙述博弈还出现在因观念不同而形成的相反叙述文本中。在历史叙述、文学叙述中，这是一种常见现象。如《水浒传》和《荡寇志》。"灭人之国，必先去其史"，而灭史主要有两种方式：一是消除痕迹，二是歪曲历史。因此，历史叙述成为最容易被嫁接各种思想的领域之一。

叙述博弈追求一种均衡状态，这是遵循交流叙述框架必然获得的一种状态。美国科学家约翰·纳什从日常生活中的讨价还价入手，来讨论非合作博弈状态下取得双赢的可能性。"在纳什的'讨价还价'博弈论文中，他讨论了存在多种途径达到互惠结果的情形。问题是找到一种使双方的利益（或效用）最大化的方式——其前提是双方都是理性的（知道如何量化他们的期望），是具有同等技能的协商者，并且都了解彼此的期望"。③ "纳什均衡"指的是在非合作状态下，博弈各方均追求利益的最大化，并最终达到一种均衡状态。"在博弈中，一旦达到均衡，人们将不再有改变策略的动机——所以对策略的选择将维持不变（换句话说，博弈达到了稳定状态）。所有的玩家都对自己所采取的策略感到满意，认为当前策略比其他

---

① ［美］彼得·布鲁克斯：《法叙事与法叙事》，载［美］詹姆斯·费伦等编：《当代叙事理论指南》，申丹等译，北京大学出版社，2007，第478页。

② ［美］查尔斯·E. 布莱斯勒：《文学批评：理论与实践导论》，赵勇等译，中国人民大学出版社，2015，第91页。

③ ［美］汤姆·齐格弗里德：《纳什均衡与博弈论——纳什博弈论及对自然法则的研究》，洪雷、陈玮、彭工译，化学工业出版社，2014，第39页。

任何策略都要好（只要其他人也不改变策略）"。① 在交流叙述中，博弈的前提是承认交流最初达成的叙述框架，并按照各自状态获取相匹配的均衡状态。这就要求博弈双方客观判断自己的状态和应该匹配的权利。若是博弈双方达不到这种均衡状态，就会因为框架不稳而中断合作。体育叙述总要决出胜负，负者并不总是心理失衡，客观判断自身实力，也会获得虽败犹荣的安慰。除非博弈双方势均力敌，其中一方靠偶然因素获胜，另一方就会感到不平衡。如果诉诸理性，就会得到一些安慰。

崇高的道德会左右人的行为与判断，因此，利他也会出现在博弈中。也就是说，博弈一方会选取有利于对方的立场，让渡自己的权利，使博弈达到一种道德均衡。"人类社会中的亲社会行为之所以发生，不仅仅是因为那些直接受益或受害于他人行为的人倾向于投桃报李，也因为存在一些普适的促进亲社会行为的社会规范，而且许多人乐于善待循规蹈矩者，而惩罚那些不守规矩者，即便他们个人并未从此人的行为中获益或受害"。② 放弃某些权利，遵循更高的社会道德规范，由此成为另一种形式的均衡。观念形态参与博弈后，纳什均衡就不再是一种自然化的状态，而是出现了变异。革命英烈被投入监狱后，囚徒困境就不会出现。这是因为英烈让渡了自己的利益，而追求更大更高的目标。

③叙述博弈与模糊综合评判

所谓模糊性，就是客观事物的差异性在中介过渡时所呈现的亦此亦彼特性。模糊现象在叙述博弈中也经常出现，并影响交流叙述参与者的判断。叙述博弈要想获得一种理想的均衡状态，必须有一种科学的方法对交流叙述中的模糊现象进行规范。在法律、医疗、新闻、历史等严肃叙述类型中，当出现不同的叙述声音对同一个事实底本进行叙述时，模糊综合评判的价值就会凸显。

叙述博弈也会出现在叙述文本优选过程中。在具体的叙述博弈中，有时是自我优选，即叙述者对不同的叙述文本进行优选，选择一个能够取得最佳交流效果的叙述文本。有时是他人优选，即接受者从不同的叙述文本中选择一个自己认为最好的叙述文本。交流参与方对叙述文本进行优选时，都会采取"模糊综合评判"方式。这是因为在具体的交流实践中，每个人都会有自己的判断标准，好与坏没有严格的界限。这是模糊综合评判中的

---

① [美]汤姆·齐格弗里德：《纳什均衡与博弈论——纳什博弈论及对自然法则的研究》，洪雷、陈玮、彭工译，化学工业出版社，2014，第40页。

② [美]赫伯特·金迪斯：《理性的边界——博弈论与各门行为科学的统一》，董志强译，格致出版社、上海人民出版社，2010，第44页。

"中介过渡"现象。从一个等级到另一个等级之间没有明确的分界，就是在这种模糊中，事实经历了一个从量变到质变的过程。这就是判断的模糊性。如在足球比赛中，平局是经常出现的现象，但在不同球队的球迷看来，比赛一定要分出胜负。于是，他们会用不同的标准来设置评价指标、评价等级和指标的权重。

在庭辩叙述中，控辩双方根据相同的事实编织出隶属于各自利益的不同叙述文本，法官根据设定的评价指标，对控辩双方的叙述进行评价等级和权重设定。控辩双方叙述中的各种元素因为分值不同，或者接近或者远离法官的"平衡点"，经过中介过渡后取得最终结果。这里有"最大偏离度"和"最小偏离度"的区分。哪方的叙述元素（材料、方法）与法律叙述框架偏离的程度越小，判决结果就会越倾向于哪方。

三、模拟情景模式及其破坏

任何以虚构文本为媒介进行的叙述交流中，都会存在"模拟情境"模式。所谓"模拟"，是指交流双方假定交流叙述是一种真实，并在此框架下达成交流的默契。模拟情景模式是一种虚拟的交流叙述框架，交流双方须在这种虚拟框架下达成交流默契，遵守虚拟规范，并调整自身的交流姿态（语言、举止、行为方式等）。模拟情景模式是游戏叙述等虚构叙述的基本交流规范。在实际的交流情景中，交流参与者往往忘记已经达成的交流协议，而出现交流性沉溺现象。交流性沉溺实际上是一种交流跨层，即虚拟区隔被打破，参与者忘记了自己的身份，而跨入虚拟的情景之中，并使虚拟情景因跨入而发生改变。沉溺其实是交流叙述参与者为自己设定的一种"虚拟身份"，这种设定是不自觉的，是因过分投入而形成的某种情感倾向。虚拟身份是交流叙述的一种额外收获，正是这种额外收获，才使虚拟叙述的交流充满魅力：暂时的身份假定与情感投入使虚拟叙述有了一个现实之外的精神家园，从而还原了人类潜藏于内心的游戏情结。

叙述作为建构经验、把握现实的一种方式，总是试图还原或者演绎人类社会生活的各种方面。这源于现实对于个体的模糊性，即个体无法在自己的经验范围内看清现实，于是借助叙述，试图使现实在某种程度上获得一个清晰的图景。但叙述无法完整还原现实，而是具有片面性，这是因为任何符号表意均不能与意义本身等同，意义在符号化替代过程中会有流失现象。叙述正是以其"片面深刻"，来还原人类生存的某种经验现实。因此，在交流叙述的模拟情景中，叙述所追求的就是这种因某种生存经验被放大而带来的深刻的情感体验。正是这种深刻的情感体验，才使交流参与者暂时忘却了自己的真实身份，忘却了交流叙述最初达成的交流框架，把自己想象成叙述的一部分。

模拟情景模式在交流叙述中的破坏，也是一种交流叙述冲突。对于某些叙述类型来说，模拟情景模式破坏正是其追求的目标。叙述发出方（作者）希望在接受者那里获得这种效果，并为获取这种效果而有意采取各种叙述策略，甚至将破坏程度看作叙述作品成功与否的关键。在现场型戏剧、舞台演出中，唯有演员和观众之间达成戏剧是"真实"的交流默契，交流才能顺畅。模拟情景构成戏剧的区隔内真实，区隔外的交流叙述参与者往往忘记这种虚拟的区隔，沉浸其中不能自拔。赵毅衡先生饶有趣味地论述了模拟情景破坏所带来的现实结果：

> 只要感情投入，我们都会卷入故事世界：我们会忘了电视剧中那饱经苦难的主人公，有一张熟悉的明星脸，而且他只居住在离我们2米的一个30英寸宽的平面世界中。这不是因为观众无知，对感情上参与到那个世界中的人，那个世界里的一切，都是"真实"的。
>
> 假戏假看是戏剧观众，假戏真看是情节参与者。一旦观众也进入再现框架内部，文本中的一切就都是真实的。①

可能世界理论认为，文学叙述展现了世界的另一面，即可能世界的一面，现实世界也是可能世界的一种，只不过现实世界把可能世界现实化了，"可能世界概念可以有效地描述读者对于虚构叙事世界的双重意识：即将叙事世界看成'真'的，从而全身心融入其中，但又将叙事世界看成'假'的，从而与其拉开距离。以叙事世界为参照点，叙事世界就是真的；以现实世界为参照点，叙事世界就是假的"。②一般情况下，接受者在面对虚构叙事世界的时候，会有一个清晰的辨别，这种辨别能力保证了他在虚构世界与现实世界的自由游走。可能世界理论提示我们，虽然虚构世界没有被现实化，但它也是一种备选项，经验在这个虚构世界同样有效。否则，接受者就不可能在可能世界中获得情感认同。虽然经验可以在虚构和真实两个世界中穿行，但两个世界之间是相互封闭的，人们不可能同时处于两个世界之中。虚构世界往往有一个约定区隔边界，打破边界往往会产生现实

① 赵毅衡：《趣味符号学》，重庆大学出版社，2015，第187页。
② 唐伟胜：《文本 语境 读者：当代美国叙事理论研究》，世界图书出版社，2013，第146页。

后果，但暂时的、低限度的、可控制的打破，对于虚构叙述文本而言是一种最佳接受状态。这种状态既能够保证交流叙述的效果，又能够使参与者不至于沉溺其中不能自拔。

俄国形式主义反对戏剧的模拟情景破坏所带来的交流效果，"一个啼哭不已的悲剧观众是对艺术家的可怕的判决。对艺术家来说，重要的是善于唤起观众心中的特殊形式的怜悯感；对观众而言，只有这样的怜悯才能成为其艺术享受的素材"。① 但，能够享受纯粹"艺术"的观众毕竟只是少数，对于大多数观众来说，剧情与观众之间的情感交流带来的身份跨层现象是普遍的，感动来源于这种模拟情景模式被暂时遗忘后的情感共鸣，但这难以上升为对艺术技法、艺术形式的怜悯感。过分追问戏剧家采取何种艺术形式才能带来这种感动，只会使戏剧欣赏者变得疲惫不堪。恐怕连最直接的感动，也会在这种追问面前变得索然寡味。虽然，戏剧观众中并不乏高层次的、理性的、具有批评眼光的欣赏者，但戏剧家并不会为了小众而牺牲戏剧带给大多数人的艺术魅力和情感体验。

模拟情景破坏是一种交流叙述冲突，一些叙述类型需要这种冲突，另一些叙述类型则极力避免这种冲突。如网络游戏叙述给我们提供了一种"拟真系统"，其"兼具嬉玩与竞玩的特性，给我们提供了完全不同的（但不一定更好的）环境，来展示我们观照世界的方式"。② 游戏叙述的拟真特性，使本应存在于游戏与玩家之间的模拟情景被破坏，由此导致许多玩家无法自拔，甚至混淆了自己的现实身份和虚拟身份，为了降低网络游戏带来的负面影响，其设计者不得不设置防沉溺程序，增加玩家的现实感，加强虚拟隔断。

医疗叙述中，治疗师往往采取各种方式来避免来访者对自身进行定性化讲述。定性化讲述就是一种身份沉溺，如果来访者将自己的现实身份定位为受害者，那么，其讲述就会在这种身份下对自己的人生故事进行过滤，屏蔽掉自己的其他身份，并以受害者身份为自己圈定一种行为方式和对自身、对他人和对社会的认知。治疗师的首要任务是引导来访者打破这种身份区隔，使其在没有先入为主的情况下讲述自己丰厚的人生故事。所谓丰厚，就是人在社会中有各种身份、体验。丰厚的人生故事的最大特点，是价值多向性。对自我的单一价值定位会严重影响人的心理构成，并由此导

① ［俄］鲍里斯·埃亨巴乌姆：《论悲剧和悲剧性》，载［俄］维克托·什克洛夫斯基等：《俄国形式主义文论选》，方珊等译，生活·读书·新知三联书店，1989，第35页。

② ［英］贡扎罗·弗拉斯卡：《拟真还是叙述：游戏学导论》，《符号与传媒》第2辑，第260页。

致心理问题。如鲁迅笔下的狂人，迫害狂的价值定位严重影响了狂人的行为方式和言语方式，并以此为中心建构了一个"吃人"的社会图景。（此处，笔者仅从狂人的心理认知角度来分析，不牵涉鲁迅先生寓于其中的深广内涵。）因此，治疗师必须对来访者的自我情景模拟进行外科手术式的破坏，还原一个丰厚的人生故事。其手段之一就是价值隔离，即把来访者设定的价值定位与其故事分开，或者与其自身分开。如不是你抑郁了，而是抑郁影响了你的生活，等等。其手段之二，是以"问题"和"解决问题"为中心，关注支线故事带来的解决问题的可能性。因为支线故事更能够反映来访者的丰富人生，所以关注与加强支线故事也是对来访者自我情景模拟的一种破坏。

由此可见，模拟情景模式破坏作为一种交流叙述冲突，在不同叙述类型中具有不同的表现形式。大致来看，有三种表现形式：1. 主动追求模拟情景模式破坏，即交流叙述参与者有意追求这种破坏带来的交流效果。2. 被动模拟情景模式破坏，即交流叙述参与者受外在影响不得不打破这种模拟情景。叙述疗法即是如此。3. 无意识模拟情景模式破坏，如游戏玩家的沉溺现象等。需要注意的是，不同叙述类型中的破坏主体是不同的。如戏剧家虽然追求破坏带来的交流效果，但其并不是破坏的主动方。医疗叙述中，来访者不会主动破坏自我模拟情景下的人生叙述，需要在治疗师的帮助下建构出丰厚的人生故事。为了避免过分沉溺带来的现实恶果，游戏设计者通过设置防沉溺程序，对包括玩家在内的模拟情景进行破坏，使玩家重新确认自己的现实身份。

模拟情景模式及其破坏是交流叙述中的常见现象，是一种"跨层冲突"。利用和防止模拟情景模式破坏，对于不同的叙述类型具有不同的意义。从交流视角研究模拟情景模式及其破坏，有利于对各种叙述类型进行设计规划。

四、交流失败与叙述归零

交流叙述的失败会产生叙述归零，即叙述重新回归原初状态。叙述归零虽然没有参与经验的"梭式循环"，没有产生交流效果，并使叙述的意义转化落空，但叙述归零并非没有叙事，而是由叙述交流失败或者叙述发出方抹除已叙述部分导致的叙述重回初始状态。叙述归零造成的结果有三种：其一，放弃叙述交流；其二，调整叙述策略，可部分调整或全部调整；其三，改变交流策略，让接受者适应叙述。调整也有两个方向：一是文本方向，即改变文本的叙述状况以适应交流；二是改变接受者的经验模式，可以是迫使接受者改变，也可以是接受者自己改变。

叙述归零产生的原因大致有四种：一是作者的拒绝交流姿态或者抹除已经叙述部分重新再来；二是文本状况；三是接受意愿；四是语境因素。

叙述发出者抹除已经叙述部分重新再来，在电影叙述中十分常见。如电影《源密码》《罗拉快跑》等。这种抹除与再来体现的是一种叙述策略，对于文本内部的交流叙述而言，每次重新叙述均不会带有上次叙述的经验，即经验并不会在两次或者多次的叙述中流动。但对于文本外的交流而言（如"叙述文本—接受者"或者"作者—接受者"），叙述归零只是达到某种接受效果的一种手段。因此，交流失败与叙述归零是两种相对的状态，在文本内部的交流叙述中的失败与归零，在文本外部也许并非如此。在真实交流叙述中，交流失败与叙述归零常常发生，并产生现实效果；而在虚拟交流叙述中，区分文本内外是非常重要的。

叙述的前卫性也是导致交流失败的重要原因之一。所谓"前卫性"，就是新的叙述方式导致交流不畅。在文学、电影、网络游戏等叙述类型中，这种现象并不少见。新的叙述方式的探索性质，使交流中的异质因素过多，与交流对象共享的经验过少，从而使交流受到影响。叙述多样性是叙述发展的必经之途，交流则可以促使个体经验转化为群体经验。也就是说，前卫性、不可交流的姿态、个体性等因素是多样性的前提，交流则是积累共同经验的前提，"这里有一个悖论存在，多样性作为交流的产物，同时它也会由于过度的交流而受到损害。交流使得主体世界更加相似"。[①] 从这个意义上来说，交流失败是一种暂时现象，假以时日，这种失败就会转化为推进叙述发展的动力。

[①] [爱沙尼亚] 卡莱维·库尔：《符号域与双重生态学：交流的悖论》，张颖译，《符号与传媒》第 6 辑。

第八章　交流叙述中的价值、伦理与意识形态

任何交流要想获得最佳、最真实的交流效果，必须建立在交流双方真实意愿的基础之上，必须保证交流参与者具有充分自由的表达权力意愿。在交流叙述中，交流双方均处于各自的价值系统之中，其价值观念会在交流中融合、碰撞、调整，并最终获得意义。也就是说，叙述文本最终意义的获得，须建立在交流双方价值交流的基础上。文学批评理论认为："读者与文学作品总是处在一定的价值关系之中，在阅读中，这种关系呈现为双向运动和交互作用：作品作为价值客体作用于读者，在读者身上产生影响与效果（正与负），达到价值的实现；同时，读者作为价值主体也反作用于作品，对作品在自己身上的影响与效果做出反应，并理性化为对作品的价值评判，这就是批评。"① "双向运动和交互作用"，是文学价值实现的主要途径与方式，叙事性作品的价值实现也要靠这种双向互动，并在交流中获取价值和意义。

价值系统作为一个复杂的存在，涵盖了多方面、多层次的内容，道德伦理价值、意识形态价值是非常重要的两个方面。对于交流叙述中的价值、伦理和意识形态的研究，首先必须建构一种平等的观念和由此形成的交流框架，其次是探讨主题在交流中的两种呈现方式，最后是从形式论角度探讨交流叙述中的伦理和意识形态价值的独特表达式。

第一节　交流叙述中的平等观念

交流叙述中交流关系的达成，首先必须建构一个双方能够遵循的框架系统，然后在此框架中确立交流双方的位置、权力等。因此，平等权是保证交流顺畅的重要基础。没有这个基础，交流就会出现权力倾斜。在权力

---

① 朱立元：《接受美学》，上海人民出版社，1989，第295页。

不平等的交流场域中，交流某一方的不自然状态会直接导致交流扭曲，从而使交流效果无法反映双方的自由意志，最终使交流质变为统治。

平等观念来自身份翻转带来的权力游移，即在历史意义上的权力关系转移。在此时此刻意义上，"平等"在很多情况下处于理论状态。究其原因，在于人们很难在历史的一个瞬间来洞察整个历史进程。但如果把时间延展至足够的长度，情况也许会发生翻转。因此，在交流叙述学的观照范围内，我们尤应注重经验的历史，以及经验形成、传承、变异的时空状态。换句话说，我们既追求经验交流的历史，也关注经验在时空流程中的变异过程及其影响因素。

任何不平等交流都会给强势一方造成一种优势幻觉，这种幻觉持续的时间长短，取决于交流中身份翻转所需要的时空距离。需要指出的是，在不平等交流中，心理强势一方在获得优势的表象下面，需要更多的心理负债来为这种不平等埋单，身份翻转所需时间越长，其心理负累就会越重，甚至会代际传递。从这个意义上说，在所有的交流中，平等就像跷跷板中间的支点，交流寻求的是两边的平衡，在某一种看似优势的背后往往用其他的劣势来平衡交流两端。这就是交流中的"跷跷板理论"，即在交流中总会有一种趋向平衡的趋势，优势和劣势会在这种平衡趋势中相互修补。在交流理论视野中，交流双方是平等的，没有真正意义上的胜利方和失败方，身份翻转会以各种方式表现出来。当然，平衡与平等必须建立在人类最基本道义的基础上。

哈贝马斯所谓的"公共领域"，是指一个国家和社会之间的公共空间，市民们假定可以在这个空间中自由言论，不受国家的干涉。[①] 它亦可指一种介于市民社会中日常生活的私人利益与国家权力领域之间的机构空间和时间，其中个体公民聚集在一起，共同讨论他们所关注的公共事务，形成某种接近于公众舆论的一致意见，并组织对抗武断的、压迫性的国家与公共权力形式，从而维护总体利益和公共福祉。可见，哈贝马斯试图通过"公共领域"中的公民交流来实现社会管理的"身份翻转"，即通过合法途径在公民与政府的交流中维持权力的平衡。公共领域处于政治权力之外，是公民参与讨论公共事务和政治活动的空间。公共领域最关键的内涵，是独立于政治建构之外的公共交往和公众舆论，它们对于政治权力具有批判性，是政治合法性的基础。

文学艺术是一种"公共领域"。哈贝马斯认为，文学公共领域是一种

---

① [法]哈贝马斯：《公共领域的结构转型》，曹卫东等译，学林出版社，1999，第1页。

"非政治"形式的公共领域，"是公开批判的练习场所，这种公开批判基本上还集中在自己内部——这是一个私人对新的私人性的天生经验的自我启蒙过程"。① "政治公共领域是从文学公共领域中产生出来的。它以公众舆论为媒介对国家和社会的需求加以调节"。② 文学的作用也许就是在文学公共领域和国家运行机构之间建立某种可以平等交流的渠道，以便对现行政治进行调节。

两个具有语言和行为能力的主体可以用符号（语言）作为中介，达成一种对话关系。文学作为一种语言符号的艺术，更是主体与主体之间对话与交往的理想之域。这里，以作品为中心构成了作家与作家、作家与此岸世界、作家与读者、作家与彼岸世界的交往关系。巴赫金的对话理论的基础，是在各自自由的状态下，按照各自的行为运行逻辑进行平等对话。巴赫金指出，陀思妥耶夫斯基长篇小说的最大特点是"复调"，即"众多地位平等的意识连同它们各自的世界，结合在某个统一的事件之中，而互相之间不发生融合"。③ 狂欢化理论的一个基本规则是打破各自的社会身份，建构一种平等的交流框架。在此框架内，原来的社会等级消除了，取而代之的是一种自由平等状态，所有人在这种状态下没有任何身份优势。为了对社会现实规则和权力系统进行屏蔽，狂欢节常常使用面具。"与官方节日相对立，狂欢节仿佛是庆贺暂时摆脱占统治地位的真理和现有的制度，庆贺暂时取消一切等级关系、特权、规范和禁令。这是真正的时间节日，不断生成、交替和更新的节日"。④ 平等、自由、参与、重建等构成了拉伯雷小说的重要特征。

在文学叙述中，视点选择作为形式要素，在调控作者权力的过程中发挥着至关重要的作用。传统叙述文本往往选择全知叙述，来控制故事的进程和运行方向。叙述的权力化在进入交流的时候，往往造成一种作者优势，平等的天平会向作者倾斜，接受者由于处于全知视点之内而不得不遵从其价值判断。现代小说逐渐让渡了这种权力，即采取内视点，用故事中某一人物的视角叙述故事。人物由于自身所携带的故事内局限，无法把价值观念放置在超故事层面，不具备上帝般的权威性，因此其自身连同其叙述一起成为被评判的对象。如此一来，作者和接受者就会处于平等位置，从而

① [法]哈贝马斯：《公共领域的结构转型》，曹卫东等译，学林出版社，1999，第 34 页。
② [法]哈贝马斯：《公共领域的结构转型》，曹卫东等译，学林出版社，1999，第 35 页。
③ [俄]巴赫金：《巴赫金全集》第五卷《陀思妥耶夫斯基诗学问题》，白春仁、顾亚铃译，河北教育出版社，1998，第 4—5 页。
④ [俄]巴赫金：《巴赫金全集》第六卷《拉伯雷研究》，李兆林、夏忠宪译，河北教育出版社，1998，第 11 页。

对故事拥有同等的判断权力。

内视点选择可以有效降低全知叙述给接受者带来的弱势心理，使其感觉不到或者不容易感觉到作者的存在。按照韦恩·布斯的观点，内视点可分为戏剧化叙述者和非戏剧化叙述者，[①] 前者是故事中的一个角色，在故事中具有一定的地位和作用；后者只是作者设定在文本中的一个叙述者，其作用仅仅是叙述故事，并不在故事中充当角色。内视点的广泛运用不仅是现代文学叙述、后现代文学叙述中的常见现象，古代文学作品中也有全部或者部分使用内视点的现象。例如《红楼梦》中，通过刘姥姥的视角对自鸣钟的描写。再如《豆棚闲话》中设定的非戏剧化叙述者，每一个故事都有一个叙述者，这些叙述者并不在故事中充当角色。

内视点选择有效降低了作者叙述的权威性。在交流叙述中，作者与接受者因为处于相同的观察位置，所以具有平等性。在文学交流叙述中，一般情况是作者缺席，接受者直接面对交流中介——叙述文本。需要指出的是，作者缺席并非意味着不在场，叙述文本本身的存在即意味着"隐含作者"[②]（作者的第二自我——布斯）的存在。从这个意义上说，交流双方不同方式的在场也为实现文学的平等价值提供了基础。

但文学叙述并非一味追求交流双方的平等性，作者往往利用符码优势对平等姿态进行控制，来达到特定的叙述目的。例如，文学喜剧效果需要设置一种低于接受者的行为或价值姿态，以便唤起接受者的心理优越感。也就是说，喜剧叙述的核心品质是让渡平等，在叙述交流中制造不平等假象。而悲剧或追求形而上质的叙述则相反，它总是以优于普通人的叙述姿态使接受者仰望，并由此获得价值提升。文学交流叙述中的真正平等来源于叙述真诚，即作者以真诚的态度将接受者设定在平等位置。

巴赫金狂欢化理论的核心命题就是平等，狂欢节意味着人的社会身份被消弭，取而代之的是面具身份。在面具身份之下，每个人都是平等的，每个人都是戏谑对象，每个人都是无身份的。人们之间的交流处于同一个层面，其表达更加直率，其交流更加真诚。狂欢化叙述的核心品质，就是在交流中的表达自由和表达权力。

综上所述，平等观念是交流叙述的基础，但不排除将之作为一种叙述策略来达到某种交流目的或者交流效果。在交流叙述中，无论平等观念如何呈现，它始终是保证交流得以有效完成的标尺和基础。

---

① [美]韦恩·布斯：《小说修辞学》，华明、胡晓苏、周宪译，北京联合出版公司，2017，第198页。

② [美]韦恩·布斯：《小说修辞学》，华明、胡晓苏、周宪译，北京联合出版公司，2017，第64页。

第二节　叙述合理性

在以平等观念为基础的交流叙述中，合理性是实现交流叙述价值的关键。柏拉图和亚里士多德都认为，文学艺术是对现实生活的模仿。笔者认为，叙述也是对现实生活的模仿，现实生活即是叙述的某种类型。那么，现实生活的叙述性来自何处呢？这种本质主义的追问，似乎要追溯到人与自然的关系问题。笔者认为，在人类历史上，人类生活经历了从自然原则向价值原则转换的过程。在自然原则支配下，人类的现实生活受到自然原则的支配。人类在进化过程中产生社会性思维和价值观后，人类的现实生活受到价值观的支配。当这些价值观控制人类行为的时候，人类的现实生活就很难再回到"自然"状态，这些价值观由此成为人类现实生活"活态叙事"的元叙述。生活事件从遵循"自然原则"转变为遵循"价值原则"，是人类文化进步的表现，是人对自身控制力加强的重要标志。现实生活遵循人类共享价值原则，在那些看似"自然"的进程背后，都有共享价值原则在起作用，这些共享价值原则即是其元叙述。生活事件偏离这些共享价值原则后，就会有纠偏行为出现，由此使生活事件具有可追溯的价值逻辑，而不是一种不经任何观念过滤的"自然叙事"。因此，不管是处于"自然"状态的叙述还是其他类型的叙述，其背后都经过了某种价值观的筛选。

叙述合理性来源于叙述符号组合意义的方式，或者说叙述文本的符号组合方式如何呈现意义或者意义方向。换句话说，叙述合理性来自叙述文本符号组合的内在逻辑所包含的人类社会认可的价值标准，或者至少不反对这种价值标准。这是一种宏观意义上的价值标准，是人类面临的共同价值，如生命、自然、自由等。但事实上，叙述文本常常以地方性为背景，没有一种超出文本出生背景的叙述。因此，叙述的公共性或者全人类都认可的价值标准实在是一个无法实现的超大叙述，叙述合理性的最常规表现，就是因地方性而具有的或者蕴含的共同价值观。

由于叙述往往带有与生俱来的偏见，合理性被控制在极其狭窄的范围内。在此，我们把合理性视为一种超越特殊的，而具有一般性的状态。这种状态是一种理论合理性，虽然叙述文本可以在某种程度上接近它，但始终无法等同它。换句话说，叙述文本的合理性永远只是一种部分合理性。因此，讨论叙述合理性有一个基本前提——异见悬隔（异见存而不论，或者存在于括号之中）。哈贝马斯的交往理性（或者交流理性）也有一个前提——交流唯有建立在理性之上，才可达成共同意志。

叙述合理性具有多方面的内涵，如情感合理性、价值合理性、观念合理性、习惯合理性，等等。需要指出的是，叙述合理性通常被限定在一定文化范围之内，对于某些民族来说的合理性，对于其他民族来说未必合理。也就是说，合理性是一个相对状态。

第一，区隔：交流框架的达成。任何叙述类型都会把自身限定在一定的区隔框架内，这是叙述体裁形成的重要依据，也是叙述类型划分的基本依据。叙述合理性也被控制在区隔范围之内。区隔是形成体裁的前提，是对所有叙述类型的创作与接受进行规范的系统。叙述交流就是在这一规范系统中达成交流协议，规定交流双方应采取的行为方式。如对于童话叙述来说，故事的荒诞或者童趣在童话体裁围成的区隔范围内是合理的，童话中的人物可以变身，可以拥有魔力，但这些只在童话体裁的区隔内有效。中国古代话本小说总是先预设主题，然后通过故事演绎主题，甚至主题强势干预故事进程，这是由话本小说体裁的独特性造成的。如果没有这些区隔，话本小说作为一种"说话体"小说类型就不会成立。由此可见，区隔保证了叙述文本的类型化特征和独特文体规范，区隔即意味着合理性。

第二，叙述偏向：非合理性忽略。叙述偏向是叙述学研究中的一个有趣现象。所谓"叙述偏向"，即叙述内容所直接呈现的并非叙述目的，其目的另有所指。叙述合理性恰恰源于对所叙述内容的非合理性忽略。叙述偏向可分为动机偏向、目的偏向、接受偏向等。如《一千零一夜》中，山鲁佐德嫁给国王的动机是为了拯救无辜少女，但主观动机所呈现的客观现实是她的确嫁给了国王，这就是动机偏向。山鲁佐德给国王讲故事的目的在于阻止国王的杀戮，而与故事本身的内容无关，这就是目的偏向。有时候，叙述偏向并非作者有意为之，而是文本进入交流之后，由其客观呈现而引起接受偏向。如在冯梦龙的"三言"、凌濛初的"二拍"中，文本一边宣扬戒淫，一边在叙述中描写色情。在文学叙述中，叙述偏向存在的合理性往往来自接受者的"非合理性忽略"。也就是说，接受者很多时候并不想细究其非合理性的一面，而是在接受中放大其合理性的一面。

第三，选择合理性。文学叙述本身是一种来自作者的选择行为，包括叙述内容选择和表达方式选择。因此，叙述合理性必须包容选择所带来的缺陷。赵毅衡先生曾经举过一个生动的例子，饭店的菜单是经过了选择的，因为它是"经理和大厨能提供的"内容，超出了这个内容，也就超出了经理和大厨的能力范围。文学叙述也是如此，我们不能要求作者提供超出其能力、时代范围的东西。赵毅衡先生将叙述文本称作"双轴共现文本"，即创作主体对文本内容和形式的聚合和组合痕迹共现于文本之中。[①] 这种聚合和组合痕迹为文本的解释提供了某种方向。承认这种选择性，就意味着承认文学叙述是一种"选择合理性"。文学文本进入流通领域之后，很大程度上不再依赖作者，而是进入意义"撒播"阶段，"选择性痕迹"由此承担了与接受者交流并达成交流协议的任务。而文本的意义，就来自文本与接受者的交流性共建。

第三节　主题剥离与主题附着

在交流叙述中，始终存在两个方向上的运动——主题剥离与主题附着。这是交流参与者根据所要达到的交流目的而做出的策略性选择。赵毅衡先生指出："解释主体的意向性与事物的相遇是意义的唯一源泉；反过来看，意义是解释主体在世界上的存在方式。"[②] 在交流叙述中，叙述者首先把某种"意义（意图）"赋予叙述文本，然后该叙述文本进入交流，面对交流对象（接受者）。接受者自身也有某种交流意向，其意向会在交流中获得实现、修正或者颠覆，然后生成"意义"。这里有两方面的内涵：其一，通过交流，叙述文本最终获得意义，并因此获得自身存在的价值；其二，接受者通过交流，最终完成意向更新。无论这种更新以何种方式完成，其结果都是接受者因参与意义建构而获得存在感。因此，赵毅衡先生提出，意义是"使意识与对象各自得以形成的关联方式"。[③]

但这种看似完美的交流叙述过程存在如下一些问题：其一，当叙述文本直接面对接受者，同时接受者也携带意向与其关联之时，接受者和叙述文本的发出方是不透明的，即二者没有直接交流；其二，叙述者（信息发出方）在叙述文本构筑的过程中会存在两方面情况，即主题剥离和主题附着。也就是说，叙述者会尽量剥离那些与其意向不符的主题，或者认为会影响其意向建构的主题，同时将其意向进行附着。主题附着有两种基本方式——材料选择和表达方式选择，二者分别对应叙述文本的故事和话语。故事和话语都会携带主体意向，都会对文本价值生成构成影响。其三，来自接受主体的主题剥离和主题附着。接受者携带意向进入交流，其本身就具有"主题附着"倾向。如果接受者的意向坚定，甚至会有"强制阐释"

---

① 赵毅衡：《哲学符号学：意义世界的形成》，四川大学出版社，2017，第 133 页。
② 赵毅衡：《哲学符号学：意义世界的形成》，四川大学出版社，2017，第 60 页。
③ 赵毅衡：《哲学符号学：意义世界的形成》，四川大学出版社，2017，第 60 页。

的接受霸权；如果接受者持客观公正态度，那么，整个交流叙述过程会出现两方面的状况：一是接受者对自身意向进行选择性的剥离或者附着，二是接受者针对叙述文本进行主题剥离或主题附着。其四，虽然信息发出方（叙述者）和接受者都会有主题剥离和主题附着，但二者在一般情况下是不透明的，即无论二者采取何种主题方式，都不能影响对方的行为。因此，在交流叙述中，最常见的情况是信息发出方和接受者各自为政，都无法彻底影响对方。二者之间的不透明，导致西方理论界众说纷纭。胡塞尔和赫施坚持"作者意图决定论"，而接受美学则强调"读者接受"和"读者反应"的重要性。赵毅衡先生认为："意义是主客观的关联方式，但是并不是二者全面的交流。只要交流的感知被解释构成符号文本，意义就必然出现。"① 因此，叙述文本的主题价值只有形成最终意义，并成为交流参与各方的存在方式，才会有效。

不得不说，在文学交流叙述中，接受者面对的是复杂的叙述者，他可以是作者（隐含作者），也可以是作者创造出来的一个人物。这个人物可以是故事中的，也可以是故事外的。每一个叙述者都会在叙述中进行主题选择。叙述者在一般情况下是心智健全的人，但不能排除一些心智不健全的叙述者。在现代小说、后现代小说中，接受者不得不首先判断叙述者是不是正常人，以便调整自己的接受姿态，但有时候并不能完全判断清楚。由叙述者自身状况导致的不可靠叙述是现代小说中的常见现象，接受者采取"主题剥离"方式获取正确意义由此成为必然选择。从交流视角分析鲁迅的《狂人日记》，我们会有非常复杂的阅读体验。狂人以"吃人"为主题建构自己的人生故事，使其叙述因这种主题的选择性而偏激，迫害狂的价值定位无疑严重影响了狂人的行为方式和言语方式。如果跳出狂人的叙述层，改从作者的叙述层来看，"狂人"主题背后蕴含着另一个深层次问题：狂人因何而狂？接受者在剥离狂人叙述者的"吃人"主题后，不得不追溯更高叙述层次的主题内涵，这正是鲁迅的深意。鲁迅在附着"狂人"主题的时候，非常清楚读者的正常判断：既然狂人叙述不可靠，那么，就必须在更高的叙述层次中寻找答案。

其实，在一般叙述研究框架下，交流叙述并非都是不透明的。信息发出方与接收方在很多叙述类型中都是面对面交流的。对主题的剥离与附着，存在着多种情况。

如在医疗叙述中，咨询师之所以对来访者的支配叙述进行"主题剥

---

① 赵毅衡：《哲学符号学：意义世界的形成》，四川大学出版社，2017，第 59 页。

离"，是因为主题支配下的叙述往往会产生"选择性叙述"的后果。这意味着来访者并没有全面反映问题，而是把问题主题化了。也就是说，主题支配使一些本应携带问题的叙述，由于不符合主题而被遗漏。选择性伦理不仅支配了叙述行为，还会严重影响叙述者的自我价值判断和咨询师的问题意识判断。因此，咨询师不得不采取主题与主体剥离的方式，使来访者作为一个独立的人格来面对主题给自己的人生带来的各种困惑。即个体以中性独立的方式，把自我设定的人生主题剥离自身，同时注意被主题排除在外的故事对于健全人格、丰富人格的意义。建构丰厚的人生故事，是医疗叙述交流中采取的重要手段之一。

主题附着对于媒介体育叙述、新闻叙述等叙述类型，均具有非常重要的价值。设定主题并进行主题策划，有利于获取价值、意识形态统一的叙述交流效果。那些对意识形态、道德伦理有着特别要求的叙述类型，必须首先对其进行价值定位。对于以叙述的质性研究为主的教育叙述来说，设定主题，或者以特定主题规划教育者或者受教者的行为方式，对于教育效果有很大影响。在庭辩叙述中，主题附着式叙述往往会带来法律后果，因此，庭辩叙述要求叙述与主题剥离，不以某种主题进行选择性叙述，以此来避免某些重要细节被遮蔽。梦叙述主要靠梦者的二次叙述而存在，二度叙述产生的二度文本已经被梦者进行了叙述化整理，它排除了无法进入叙述序列的各种因素，留下能够组装成叙述文本的叙述成分。这种二度文本已经经过了主题过滤，是一个主题附着文本。梦叙述文本还有一种建构方式——释梦者文本。也许梦者只是对梦境进行了无选择叙述，释梦者根据梦者的叙述建构一个主题文本，从而达到解释梦境的目的。还有一种情况，即梦者建构出一个影响自己心智健康的主题附着式叙述文本，释梦者对这一文本进行主题剥离，重建梦境所蕴含的心理内涵，以此来达到治疗心理疾病的目的。

在小说叙述中，人物的行为由于受到作家写作目的的支配，其自由度是有限的。这种"有限自由"被赋予以某种主题理念，行为因被理念裹挟而变得扭曲。但成熟的作家往往会形成自己的写作经验，即小说人物一旦成型，人物的自我行为方式就会复活，并逐渐成为对写作的一种"有限"限制。在故事框架中，人物牵动作家的写作路线。这虽然是一种悖论，但并不妨碍小说故事自成一个世界。总体来说，主题设定为故事世界规划了基本的规约系统，这个系统从内容到形式都具有叙述选择带来的道德伦理后果。

第四节　道德伦理价值的实现方式

　　叙述在本质上是一种交流，是叙述表意传达给交流对方，并获取期望回应的过程。文学叙述自然也不例外。如何处理或者以一种什么样的姿态处理与交流对方的关系，是文学交流叙述必须面对的关键问题。因此，文学交流叙述的意义实现过程也是一种调整交流关系的复杂过程。任何叙述都存在两个方面：一是叙述什么？二是如何叙述？前者即为通常意义上的内容；后者即为形式（表达方式）。在叙述学中，二者分别对应于故事和话语。符号双轴并非只是内容的选择与组合，还是表达方式的选择与组合。因此，当选择和组合是一种价值或者倾向时，往往意味着内容和形式同时具备了价值倾向性。文本价值观念的产生是综合因素作用的结果，当叙述文本进入交流，我们不得不考虑由叙述和话语（内容和形式）所构成的叙述文本的价值倾向对交流各方产生的影响，交流参与者也以此来调整自己在交流中的行为规范、相互关系。

　　在中外古典文学传统中，真实性问题是一个非常严肃的问题，文学必须表达真实，并向读者传达准确无误的信息，这是文学表意的道德伦理价值实现的基础。因此，古典文学往往具有明确的道德伦理意图。如中国古典小说中，全知叙述者常常对故事进行道德评判，以至于读者在阅读中，根本无须考虑主题问题，因为主题已经被全知叙述者再三强调。话本小说常常在入话中点明小说的题旨，价值的实现过程，也是读者对其认可的过程。现代小说改变了道德伦理价值的表达方式，把判断权让渡给了读者，叙述的可靠性由此成为叙述交流中的核心命题。实际上，现代小说的转变主要是一种叙事话语转换，全知叙述转变为限制叙述，叙述者不再具有道德权威性，其话语变得游移，充满各种不确定性，接受者需要做出自己的判断。

　　《易传》曰："修辞立其诚。"但还有另外一种情况：文本诚信来自修辞，作者非诚信的意图完全可以用高明的修辞进行掩盖。因此，作者意图是很难准确判断的，毕竟呈现在读者面前的是被修饰过的自足文本。此外，"一旦文本不够完美，被接受者觉察到矛盾不一致的地方，此时接受者的态度就复杂起来，但是只要能解释出认知价值，接受者不必一律拒绝接受"。[①] 可见，文学叙述文本道德伦理价值的实现是一个交流磨合的过程，

---

　　① 赵毅衡：《诚信与谎言之外：符号表意的"接受原则"》，《文艺研究》2010年第1期，第31页。

诚信修辞、因修辞而诚信、读者的判断等，都是文本价值生成过程中的关键因素。

任何文学文本都不会十全十美，接受者对文本诚信的判断主要取决于自身的状况以及文本所能提供的"可接受性"。这是接受者、作者、文本共同合作产生的一种交流现实。很多时候，文学文本并不提供一种明示的意义，接受者必须有足够的智慧进行价值判断。而现代叙述方式的多样化，又对接受者提出了非常高的欣赏要求。在文学艺术领域，"难以解读"的作品不在少数。作者把判断权力让渡给接受者，实现了交流中的相对平等，但问题也随之产生。如伦理关系的转换带来价值判断多元，而价值判断多元让道德问题变得非常棘手。比如，视点会造成价值判断，长时间使用某一视点会产生价值认同。在《肖申克救赎》中，长时间采用瑞德和布鲁克斯的叙述视点，使观众对二人产生同情。当观众用正面情感来看待二人的时候，已经对二人的身份产生了遗忘。也就是说，形式影响了接受者的判断走向。

传统小说叙述虽然多采取全知视点，但出于某种目的，有时也会采用局部限制视点来传达全知视点难以传达的意味。如《红楼梦》第四十一回中，描写刘姥姥二进荣国府，陪贾母去栊翠庵，妙玉把刘姥姥用过的茶杯丢弃。这些都是通过宝玉的视角观察到的。此外，我们还可以通过宝玉的视角，看到妙玉用带有历史感的茶具招待宝钗和黛玉的情景。作者刻意采用宝玉的视角，为接下来宝玉与妙玉的对话埋下了伏笔：

> 宝玉和妙玉陪笑道："那茶杯虽然脏了，白撂了岂不可惜？依我说，不如就给那贫婆子罢，他卖了也可以度日。你道可使得？"妙玉听了，想了一想，点头说道："这也罢了，幸而那杯子是我没吃过的，若我使过，我就砸碎了也不能给他。你要给他，我也不管你，只交给你，快拿了去罢。"宝玉笑道："自然如此，你那里和他说话授受去，越发连你也脏了，只交与我就是了。"妙玉便命人拿来递与宝玉。宝玉接了，又道："等我们出去了，我叫几个小幺儿来河里打几桶水来洗地如何？"妙玉笑道："这更好了，只是你嘱咐他们，抬了水只搁在山门外头墙根下，别进门来。"宝玉道："这是自然的。"说着，便袖着那杯，递与贾母房中小丫头拿着，说："明日刘姥姥家去，给他带去罢。"

贾宝玉对妙玉称呼刘姥姥为"贫婆子"，并非对刘姥姥不尊敬，而是为了迎合妙玉的洁癖、清高、孤傲。因此，他一转身则以"刘姥姥"相称。视点转换的直接结果，是对人物言行的道德判断形式产生了伦理效果。视点本身具有的价值观在文学作品中极其常见，只是我们往往将之归入内容，而没有考虑到形式的作用。《水浒传》之所以会对梁山好汉做出正面评价，与其采取的视点方位密切相关。而取自同一素材的《荡寇志》，其视点方位与《水浒传》截然相反。

亨利·詹姆斯极善于运用限制视角，来调动读者参与判断的热情。他在《黛西·米勒》中采用美国青年温特波恩的视角，来对黛西进行价值判断。与黛西初次见面之后，温特波恩得出一个结论：黛西是一个"轻浮的美国姑娘"。温特波恩的判断是不可靠的，故事的进展逐渐将读者引向正确的判断方向。由此可见，限制视角会产生道德伦理后果，读者必须进行独立判断。叙述交流因现代小说的价值判断转移而充满各种变数，并激发了交流参与者的解读兴趣。

文学叙述文本道德伦理价值的实现同样存在于故事和话语两个层面，但故事本身的道德伦理价值往往受到叙述方式的影响。同样的素材采用不同的叙述方式，会产生不同甚至截然相反的道德伦理效果。现代叙述方式、后现代叙述方式的多元化导致叙事意义的判断权力发生转移，视点变化无疑是其中最具代表性的。由视点变化带来的叙述的（不）可靠性问题，成为交流叙述中不可回避的核心命题之一。从某种意义上说，叙述方式已经成为影响叙述文本道德伦理价值实现的决定性因素。

第五节　意识形态价值的实现方式

文学叙述文本意识形态价值的形成贯穿于文学活动的全过程，其实现方式也是多元的。

第一，作为一种选择，文本在形成过程中即受到作者的聚合与组合创作行为的支配。作者会对叙述文本进行复杂化或者简单化处理，但无论是哪种处理方式，均会表达一种主体意志。罗兰·巴特曾这样描述"神话"的自然化："神话可以经济地从历史进入自然：它去掉了人类行为的复杂性，给予它某种简单本质，废除了所有的辩证关系，在直接的可见物外建构了一个没有矛盾（因为它没有深度）的世界，一个全面开放和一目了然的世界。"① 作者文本化的过程就是一个将意识形态"自然化"的过程："意识形态往往被感受为自然化的、普遍化的过程。通过设置一套复杂的话语手段，意识形态把事实上是党派的、有争议的和特定历史阶段的价值，呈现为任何时代和地点都确乎如此的东西，因而这些价值也就是自然的、不可免的和不可改变的。"② 这种"自然化"并非赤裸裸地宣扬，而是通过文学的特有方式来宣扬。

第二，文本自身的意识形态呈现。叙述文本一旦脱离作者，其意识形态表达就具有了独立性和自足性。叙述文本往往呈现出因自身因素而客观呈现的内涵，"以意逆志"虽然是一种解读方式，但因为作者意志很难准确判断，所以多数情况都是接受者自己的想法，也许离作者意志很远。

第三，形式意识形态。文本形式可以成为意识形态的一部分，意识形态可以用形式表达。形式如何表达意识形态呢？形式可以成为一种姿态，可以成为政治、道德、价值等的表现方式。比如现代小说，文本的形式实验直接成为作家传达倾向性的方式，形式已经意识形态化了。现代小说叙事方式呈现出多元化局面，叙述者权威被打破，内视角、限制视角解放了判断权力，接受者不再迷信叙述者权威，不再相信叙述者的每一种意义表达，文本的解读成为一种"冒险"。因为打破权威的另一面，就是众生在解读面前的平等。传统观念认为，形式与内容的区分是清晰的，形式不会影响文本的意义生成，只有内容才会。事实上，形式对意义生成也有重要的影响。有时候，形式和内容并非不可通约。如《春秋》所谓的"微言大义"，表面上是"内容"问题，其实与"笔法"相关，是一种写作方式。如《郑伯克段于鄢》篇名中的"克"字，就传达了孔子对此事的看法：郑伯的行为不符合儒家宣扬的伦理观念。

形式意识形态源于选择性。叙述者在选择素材的同时也在选择形式，甚至有时候先选择形式，再选择素材。从这个意义上说，形式本身被首先赋予意识形态。换句话说，形式的选择直接规定了叙述文本的交流框架，交流框架决定了交流双方以什么姿态进入交流，并期望获得什么交流效果。

第四，阐释意识形态。交流叙述学认为，叙述文本进入交流，其边界是开放的，其构成是动态的。进入接受者视野的、构筑"接受者文本"的材料，与来自作者的叙述文本并非完全重合，而是包含更多的内容。即除

① Roland Barthes, *Mythologies*, Noonday, 1972, pp.142-143. 转引自周宪：《文学理论导引》，高等教育出版社，2014，第 341 页。
② Terry Eageon, *"Ideology"*, in Stephen Regan, ed., The *Eagleton Reader*, Blackwell,1988, p.236. 转引自周宪：《文学理论导引》，高等教育出版社，2014，第 342 页。

了包括作者的叙述文本外，还包括辅叙述、非语言叙述、零叙述等。因此，叙述文本意义的生成并非来自一端，而是具有复杂的来源。从这个意义上说，客观解读固然是基本目标，但携带"读者意识形态"的强制阐释也必不可少。事实上，阐释对象受到误读是常见的现象。例如，很多研究者声称"读"出了曹雪芹《红楼梦》的原意，认为《红楼梦》是反封建的，因此无法接受贾宝玉在后四十回中振兴家业，并由此认为后四十回是续书作者没有领会曹雪芹原意的附会之作。这种类似"猜测"的解读，使《红楼梦》成为一部反对封建社会的意识形态典范。但了解中国古代白话小说的读者应该很清楚，小说结尾的大团圆是这类小说的一种写作套路。仅仅因为《红楼梦》是伟大作品，就认为它不会遵循这一写作套路，也是一种"猜测"而已。《歧路灯》后半部中，谭绍闻浪子回头重振家业，以及理学色彩浓厚的议论，使这部小说被视为封建卫道的"败笔"。这种观点完全无视《歧路灯》对开封市井的现实主义描写，以及对封建社会种种丑恶的揭露。其实，这两部作品的结尾与其他的明清世情小说的结尾一脉相承。由此可见，选择性解读所造成的意识形态评价常常与作者原意相去甚远。交流一开始就被来自接受者意识形态的"主题附着"，强制阐释也就在所难免了。

罗兰·巴特在《巴黎竞赛》杂志某一期的封面上，看到一个黑人士兵穿着法军制服，目光紧盯着国旗，正在敬礼。这是意指行为的第一个层面：封面上的形体和色彩被解读为一个黑人士兵穿着法国军服。巴特写道："但或许我有些天真，我清楚地意识到了这幅照片向我传递的意指效果：法国是个巨大的帝国，她的所有子民，不分肤色，都在她的旗帜下忠诚服役；这个年轻的黑人在为所谓的'压迫者'服役时展示出的热忱，就是对于那些殖民主义的批评者最好的回应。"[①] 周宪对此评论道："人们从这幅照片中看出的上述意思只是该图像文本的第一层含义，他称之为语言系统。其实这个文本还有第二层含义，就是它的神话系统。如果说第一层显著意义是本义的话，那么，文本的意识形态分析需要关注它的转义。在这幅照片中，可以解读出的另一层含义，是法兰西特征与军事扩张特征的融合，它含有法国帝国主义的殖民和军事扩张的意味。法兰西帝国性和黑人士兵行军礼在这里具有统一性，完全融合在一起了。但黑人士兵敬礼的被动性和被迫性在照片中被悄悄地隐藏起来了，其形象乃是一个实际的、天真的、无可争议的形象。显然，在这里第二层转义往往被第一层本义所遮

---

① [美] 乔纳森·卡勒：《罗兰·巴特》，陆赟译，译林出版社，2014，第 29 页。

蔽、钝化了，好像它压根儿就不存在。"①

　　意识形态进入文本需要经历多重环节，阐释并非要还原每一个环节，事实上也很难还原每一个环节。阐释往往受到阐释者个人及时代的影响，并表现为文本意识形态的当代价值。叙述文本的意义实现是交流的结果，没有交流，就不会形成意义的社会化传递，其价值就无法在人类的经验链条中获得复制，更无法进化。

---

① 周宪:《文学理论导引》，高等教育出版社，2014，第340页。

第九章　交流叙述中的空间问题

本章所谓的"空间"，是指进入人的意识并被赋予意义，承担一定功能的存在物，其形态可以是物质的，即现实存在的空间；也可以是虚拟的，如人的心理、网络空间、梦境等。从来源上说，其可以是人造空间，也可以是自然空间，或者二者的结合。交流叙述中的空间，是指在交流叙述中提供场所、承担叙述功能、影响意义建构的现实的或者虚拟的空间，其携带有人的经验和在交流叙述中的空间存在方式和空间意义。

第一节　交流叙述中的空间存在形态

任何交流叙述都要在一定的时间和空间中进行，没有不占用时间和空间的交流叙述。因此，交流叙述既是时间性的，也是空间性的。空间既可以为交流叙述提供场所，也可以成为交流叙述文本的一部分。换句话说，空间本身可以成为交流叙述的对象，"不是所有发生在空间中的行为都意味着交流，但是大多数的空间行为都包含了某些程度上的交流。在我们的一生之中，通过空间进行的交流很有可能要比使用正规语言要多得多"。[①] 而以叙述的方式进行交流时，空间更是不可或缺的。空间在交流叙述中具有非常重要的地位，它可以为交流提供场所，并参与交流叙述文本的建构，影响意义的生成。空间贯穿于交流叙述的整个过程，甚至对交流叙述进行规范和塑造。

一、交流叙述中的空间存在类型与功能

空间是一种复杂的存在，以叙述的方式交流是人类普遍的交流方式，二者结合所形成的空间类型也是一种复杂的存在。空间和交流叙述可以相

---

① ［英］布莱恩·劳森：《空间的语言》，杨青娟等译，中国建筑工业出版社，2003，第3页。

互借用命名，如现场舞台剧，戏剧叙述与观众之间的交流关系只能发生在剧场空间。交流叙述中的空间类型具有三种特性：其一，按照空间特性为交流叙述定性，如法庭、咨询室等；其二，按照交流叙述的特性为空间命名，交流叙述的性质决定了空间类型，如发生在非特定空间的故事讲述、新闻采访、口头艺术等；其三，按照交流叙述和空间的共性确定空间类型，如发生在非特定场所的新闻事件、教育叙事、网络游戏、梦境等。空间功能性质在交流叙述意义生成中所起的作用，是空间分类的重要依据。空间以人的存在为前提，空间意义唯有被纳入人的意义建构之中才会有价值，空间的功能以人的活动为前提。

（一）交流叙述中的空间存在类型

对于人类而言，如果去除生命活动，空间是没有意义的，空间意义是一种人文精神的赋予。没有人文精神，空间是没有价值和意义的。因此，有意义就成为空间分类的基础性条件。按照空间物质存在方式，可将空间分为实体空间和虚拟空间。前者是物质性的，具有一定范围、容量，是可测量的。所谓"虚拟空间"，是指由符号虚拟而成的具有某种符号容量的比喻意义上的空间形态。如心理空间、网络空间、小说空间等。它是虚拟的、精神性的，不具有清晰的边界和范围，也不可测量。实体空间又可进一步分为自然空间和人文空间，前者以自然方式进入人类视野，虽然人类赋予其各种意义，但它的存在基本上不以人的意志为转移，如没有人类活动的自然景观、宇宙太空等；后者是人类的制造物，是人类根据自己的某种需要而创造的，如园林、建筑、城市、乡村等。从叙述文本的角度来说，叙述文本空间可分为文本内空间和文本外空间。从交流叙述的角度来说，空间的存在形态可分为真实交流叙述空间和虚拟交流叙述空间。从交流叙述学的角度来说，交流叙述中的空间存在类型是多样的，围绕交流进行的叙述活动也呈现出不同特征。

以虚拟网络空间的交流叙述来说，网络的远程传输使多空间的交流叙述成为可能，不同空间中的参与者以网络虚拟空间为交流场所进行互动与交流，通过远程通话、评论、弹幕等方式实现信息分享。网络事件（网络活态叙述）是由不同空间中的参与者在网络虚拟空间交流而形成的叙述类型。网络、影视等现代传媒也为体育叙述、新闻叙述等提供了技术支撑，使它们借助不同空间的共时参与而形成多空间的联合。电脑、iPad、手机等阅读工具的广泛使用，使阅读的空间形式发生了根本改变，从创作到发表再到读者阅读变得越来越快捷，限制性条件越来越少。网络文学交流空间的形成引发了文学交流（包括文学叙述在内）的革命性变革。虚拟交流空间的形成，使现实空间对交流叙述的限制作用持续减弱。

空间交流并非交流双方简单的空间交换，"交际中的任何一个成员不可能找到一些可能是中性、没有他人评价和向往、没有声音的词语。他必须通过他人声音来接收一个词，而且这个词意义充实。在另一个具有他人意识的语言环境的基础上，他介入到自己的语言环境中"。① 也就是说，各自语境已经经过符码并携带语境信息，它不是"中性"的，也不可能是中性的。我们可以通过语境交流，来勾勒空间交换的运行路线。任何进入交流的空间状态都是经过编码的符号，在交流叙述中，不存在纯粹物理意义上的空间交流。空间进入叙述经验，即意味着摆脱自然状态而进入意义编码，携带人的感知。因此，在交流叙述学视野中，空间交流实际上已经转化为意义交流，遵循交流叙述意义生成的内在逻辑，意义空间也由此形成。意义空间并非传统意义上的空间形式，而是在形而上层面获取的某种抽象空间形式。它不同于现实空间，也不同于虚拟空间，而是凌驾于二者之上的某种空间状态，是一种"大音希声""大象无形"的意境。意义空间与中国传统美学中的"意境""至境"等概念类似。中国画的虚空留白、古典音乐的"东船西舫悄无言，唯见江心秋月白"的意境空间等，都是中国传统美学中极具审美特质的类型。

人类活动无时无刻不处于空间之中，空间在人的活动中被命名、被安排进各种各样的意义单元，承载各种各样的符号信息。春种、夏作、秋收、冬藏，表面上是时间意义的农田操作，实际上是对于土地空间的命名与改造，四者共同构成一个具有轮回意义的空间叙述过程。这一叙述过程经过无数艺术类型的表达，形成具有生命意义的、通识性的空间审美规范。

中国地名的"阴"字和"阳"字，并非仅仅指空间方位，还蕴含了中国先民在长期历史过程中形成的宏大叙事。空间命名及空间安排实际上充满了人与人之间的交流关系，空间由此成为各种关系的填充区域。"空间里弥漫着社会关系。它不仅被社会关系支持，也生产社会关系和被社会关系所生产"。② 因此，人在社会关系中的位置也可以用空间类型来表达，如富人区、贫民窟、街角社会、城市、乡村等。如果将人类历史视为一种宏大叙述，那么，发生在各种空间类型中的人类交流就会成为交流叙述的一

---

① 巴赫金语，转引自［法］托多洛夫：《巴赫金、对话理论及其他》，蒋子华、张萍译，百花文艺出版社，2001，第241页。

② 包亚明主编：《现代性与空间的生产》，上海教育出版社，2003，第48页。

部分。电影《海上钢琴师》中的1900，游走于头等舱和下等舱之间，贫穷、富裕、真情、欲望等通过不同空间人物的特定行为、语言表现出来。电影《无法触碰》非常直观地把器物赋予人的精神气质，菲利普的家庭，豪华别墅，考究的西式家具，精致的浴缸，墙上悬挂的油画，家庭音乐会，滑翔运动……构筑了上流社会奢侈的生活方式；相比之下，特瑞斯家的房子狭小拥挤，家庭成员之间常因基本生活产生摩擦，特瑞斯更是出入于街角社会。两人的生活空间形成强烈反差，空间反差所形成的阶层对立成为现代社会贫富分化的直观表现。

在现代社会，空间被严格区隔和定位，叙述行为的发生越来越被纳入特定的时空，从而形成预设的秩序。现代社会的空间类型大多是根据空间的功能来划分的，这种空间分类对人的行为方式具有规范作用。换句话说，特定的行为方式增强了交流叙述的效果与影响的可预知性。如体育比赛具有规定性的空间和规则，运动员只能在规定的范围内运动，由此产生了相应的交流方式。庭辩叙述中，法庭的空间布局和法律的规范作用，使庭辩叙述被规范进一种程序化状态，交流被控制在法律许可的范围内。

当今世界，信息传媒的发展使得人们的交流方式发生了巨大变化，传统的空间形式也发生了革命性的变化，"现代社会不仅使时间与空间相分离，而且也使空间与场所相脱离。由于邮件通讯、电话电报、互联网等科技和社会组织方式的推动，人类生活方式发生了巨大变迁，在场的东西的直接作用越来越为在时间—空间意义上缺场的东西所取代。于是'脱出'现象就产生了，社会关系被从相互作用的地域性的关联中'提取出来'，在对时间和空间的无限的跨越过程中被重建"。[①]也就是说，现代社会的技术手段为空间重组和跨越时空的交流提供了一种可能方式，一种新的网络共同体便应运而生了。在这一共同体内部进行交流的人，跨越了具体场所及其携带的各种社会关系，形成新的具有共同交流对象的虚拟共同体。因此，以虚拟空间方式进行的交流叙述，成为当今交流叙述中的普遍类型。如围绕网络小说形成的读者集团、网络影视弹幕区和讨论区、围绕网络活态叙述（热点叙述）形成的各种类型的参与者（如讨论者、信息发布者、广告商、围观者等）。传统空间壁垒的倒塌、新的空间方式的建立，均是全球化与网络化、数字化时代非常重要的特征。

---

① 包亚明：《前言：现代性与时间、空间问题》，载包亚明主编：《现代性与空间的生产》，上海教育出版社，2003，第6页。

（二）空间在交流叙述中的功能

在现代社会，空间类型大多是根据空间的功能来划分的。在具体的交流叙述中，空间参与交流叙述文本的构建，携带各种意义单元，并承担一定的交流功能。因此，进入交流叙述的空间一定是具有意义的，其意义方式决定了其在交流中的功能。有关空间在人类行为与交流中的作用，布莱恩·劳森有一段精彩描述：

> 我们通过对空间语言的运用达到各种各样的目的。通过它既可以表达出我们的个性，也可以传达出与其他人的共性。我们可以表达自己的价值观、生活方式以及是非善恶观念。我们使用空间语言传达出或激动或平静的情绪。在社会行为中，我们可以通过它传达自己的意愿；或者反过来，接受别人传送的信息，诸如打搅、招呼或忙于事物。我们可以掌握与人交流的程度，可以表达我们主导或从属的地位及社会身份。通过它，我们能够使人们聚集或分散开来。通过它，我们能够传达一系列关于可接受行为的规则。同样地，通过它也能够传递我们有意去打破这些规则的信号！[①]

列斐伏尔分别从政治、经济的角度，论述了空间的各种功能。[②] 在具体的交流叙述中，宏观意义上的空间功能对交流具有强大的塑造功能，但从微观意义上来说，空间作为一种社会关系，具有影响交流叙述文本建构、意义生成、交流效果等微观功能。这些微观功能与宏观功能共同构筑起交流叙述空间域。因此，在交流叙述中，由于交流情景的不同，空间所具有的叙述功能也有所不同。下面，笔者拟从四个方面阐述空间的交流叙述功能。

其一，空间性格，即空间在交流叙述中可携带人的性格特征。任何空间都与人有着密切的关系，尤其是一些私人空间，更是携带人的性格特征。在交流叙述中，这种携带人的性格特征的空间可有效参与交流叙述文本的建构，并影响意义的生成。如《红楼梦》中，环境、空间描写对人物塑造起到重要作用。例如林黛玉的居住空间是通过贾政等人的眼睛观察到的：

---

① [英] 布莱恩·劳森：《空间的语言》，杨青娟等译，中国建筑工业出版社，2003，第3—4页。

② [法] 亨利·列斐伏尔：《空间：社会产物与使用价值》，载包亚明主编：《现代性与空间的生产》，上海教育出版社，2003，第49—51页。

　　（贾政等走到潇湘馆前）忽抬头看见前面一带粉垣，里面数楹修舍，有千百竿翠竹遮映。众人都道："好个所在！"于是大家进入，只见入门便是曲折游廊，阶下石子漫成甬路。上面小小两三间房舍，一明两暗，里面都是合着地步打就的床几椅案。从里间房内又得一小门，出去则是后院，有大株梨花兼着芭蕉，又有两间小小退步。后院墙下忽开一隙，得泉一派，开沟仅尺许，灌入墙内，绕阶缘屋至前院，盘旋竹下而出。

　　这是一处雅致、充满个性的居所，有翠竹、梨花、芭蕉、清泉。高洁儒雅，清幽脱俗。薛宝钗的居住空间是通过贾母的眼睛观察到的：

　　　　及进了房屋，雪洞一般，一色玩器全无，案上只有一个土定瓶中供着数枝菊花，并两部书，茶奁茶杯而已。床上只吊着青纱帐幔，衾褥也十分朴素。贾母叹道："这孩子太老实了。你没有陈设，何妨和你姨娘要些。我也不理论，也没想到，你们的东西自然在家里没带了来。"说着，命鸳鸯去取些古董来，又嗔着凤姐儿："不送些玩器来与你妹妹，这样小器。"王夫人凤姐儿等都笑回说："他自己不要的，我们原送了来，他都退回去了。"

　　林黛玉和薛宝钗的居住环境，充分反映出二人性格的不同。
　　空间性格在一些叙述类型中具有非常重要的价值。如在庭辩叙述中，对嫌疑人作案动机的判断就离不开对其居住空间的调查与分析，每一件家具、器物、装饰，无不透露出嫌疑人的性格、好恶。因此，对其活动空间的性格化还原，有助于对其犯罪动机做出切近事实的判断。在教育叙事中，教师对学生进行家访是针对性教育的重要环节，通过对学生居住空间、生活空间的实地考察与感受，有助于其更有针对性地实施教学。影视作品中，对空间的精心设计和布局可以达到双重效果：其一，可以辅助塑造人物形象；其二，可以对观众造成视觉冲击，从而获得预设的影像接受效果。
　　空间性格的形成，与人的生存环境具有密切关系。生存环境是综合性因素作用的结果，包含传统文化、政治语境、个人背景等。也就是说，空间性格的形成是多种因素综合作用的产物。人的性格与其生存空间的不可分割性，使得空间性格具有稳定性。所谓"江山易改，禀性难移"，即是如此。叙事作品常常利用人物性格与空间之间的矛盾，来构筑情节、制造矛盾、结构故事。例如中国传统小说、戏剧中的微服私访类叙事作品，常常利用皇帝或者官员已经形成的空间性格与空间转换之后形成的矛盾来增强故事的交流效果。萧也牧的《我们夫妇之间》中,"我"是知识分子出身的干部,而妻子是贫民出身。在乡村的时候,"我们不论在生活上、感情上……觉得很融洽,很愉快"!但一块儿进京工作后,"我"如鱼得水,而妻子依然保持着原来的性格特征,与环境格格不入,"我"与妻子之间的矛盾日益加深。随着时间的推移,妻子的性格发生了改变,"我"与妻子重归于好。由此可见,人的空间性格虽然具有稳定性,但并非不可改变。空间与人之间的关系,是相互影响、相互改造的关系。

其二,空间规范,即空间可对交流叙述进行规范。空间并不是一种简单的容器,无论是虚拟空间还是真实空间,其性质都不是单一的范围规范,而是有着更多的规范内容。任何交流叙述都在一定的空间中发生,都要遵循特定的规则。在交流叙述中,规则并非只是一种明确的符号约定,而是包含了交流空间所携带的空间规范。空间是有语言的,而且这种无声的语言会对存在于其中的人们之间的交流产生深刻影响。空间的规范作用有时候并不为人所觉察,直到有人打破这种规范。例如人类的建筑,"建筑为我们组织和建造了空间,其内部空间和围合空间的物体能够以它们使用这种空间语言的方式来激发或禁止我们的行为。由于这种语言不能被直接地看到或听到,从而也不能被记录下来,所以它很少被人注意。但是,当我们在空间中移动,与他人发生关系时,我们一生都在使用这个语言,或许只有当其被十分不恰当的使用时,我们才会注意到这种语言"。①

列斐伏尔在阐述现代社会空间的变革时指出,现代社会"已经由空间中事物的生产转向空间本身的生产"。②现代社会越来越将空间生产纳入一定的规范之中,形成空间规范,并影响空间中发生的交流叙述。或者说,交流叙述受到了空间规范的制约,其交流意义的生成与空间规范具有不可分割的关系。如庭辩叙述中的法庭规则、体育叙述中的比赛规则、网络游戏叙述中的游戏规则等。无论是真实空间还是虚拟空间,其规则都构成叙述的一部分,对参与其中的各种叙述要素起到规范作用。对于交流参与各方而言,空间规则就是交流的一部分。剧场叙述中,长期的戏剧演出与台下观众之间形成了交流双方默认的规则程序,这种程序在现代社会的空间生产(剧场建筑等)中会发生改变。如演员与观众之间的直接交流,在某些舞台设计中变得不可能。

① [英]布莱恩·劳森:《空间的语言》,杨青娟等译,中国建筑工业出版社,2003,第8页。
② [法]亨利·列斐伏尔:《空间:社会产物与使用价值》,载包亚明主编:《现代性与空间的生产》,上海教育出版社,2003,第47页。

　　其三，空间参与，即空间对交流叙述的参与程度。空间不仅是故事发生的场所，空间本身也是叙述。空间在交流叙述中有两种存在方式：一是作为交流叙述的发生地，一是空间本身参与到交流叙述之中。这种分类虽然并不严谨，因为作为交流叙述发生场所的空间，同时也作为一种叙述元素而参与到交流叙述文本建构中来，并反映了空间对交流叙述的参与程度。现代社会的空间生产同时也是一种规则生产，它规定了空间中的人物行为和社会关系。需要指出的是，空间作为交流叙述的发生场所时，其对交流叙述所具有的规范作用的大小要视情况而定。如体育叙述中，体育比赛的主客场因素会对运动员的心理及现场观众的心理产生影响，但作为交流叙述的发生场所，其影响并不具有决定性作用。

　　空间本身参与到交流叙述之中，是各种叙述类型中都有的现象。空间还是叙述文本的主要构成元素之一，"在我们相互交谈时，我们之间的空间也是交流的一部分"。[①] 巴什拉在《空间的诗学》中列举了地窖、阁楼、茅屋、抽屉、鸟巢、贝壳等空间类型。[②] 各种空间类型不仅构筑起我们的日常生活，在文学叙述中也占据着非常重要的地位，只是有时候我们对之忽略而已。巴什拉指出："必须说明我们如何居住在我们的生存空间里，与生活的各种辩证法相符合，我们如何每天都把自己扎根于'世界的一角'。"[③] 在巴什拉看来，我们的生活也许符合辩证法，但更重要的是，我们生活在由各种空间形式组合起来的"生活空间"里，各种空间形式构筑起我们的日常生活。最直观的例子就是展览。有的展览以叙述的方式布展，以小空间布局（展览本身就是一个大空间）方式对某个阶段进行还原。例如中国现代文学馆中的现代作家书房展，就采取了用小空间还原一个人某一时期的生活状态的空间叙述方式。

　　空间本身参与叙述文本的建构，在交流叙述中会产生独特效果。如展览的小空间布局，在接受效果上会优于简单的文字介绍。以视觉为感觉媒介的展览叙述，对视觉空间的依赖要高于其他感觉形式，但也与叙述文本自身的特征有关。如小说叙述靠视觉获取，但其文字符号所要求的更多是一种想象。小说中增加插图，现代传媒中增加链接等，都是为了增强交流叙述效果。

　　其四，空间性质及其延伸。空间携带了人的意识，并被人赋予意义，

---

① ［英］布莱恩·劳森：《空间的语言》，杨青娟等译，中国建筑工业出版社，2003，第10页。

② 参见［法］加斯东·巴什拉：《空间的诗学》，张逸婧译，上海译文出版社，2009。

③ ［法］加斯东·巴什拉：《空间的诗学》，张逸婧译，上海译文出版社，2009，第2页。

由此形成了自身独特的性质。空间性质的形成方式有多种，有些是强制性赋予，如法庭被赋予公平和正义，体育场被赋予更高、更快、更强等。有些则是在历史文化中逐渐形成的，如竹林代表隐逸、园林代表雅趣与闲适。空间性质与社会关系、经济状况、社会阶层等有着千丝万缕的联系，可以延伸更多的思考。如空间正义，现代性空间生产具有非常明确的目的性，往往携带与社会联系的各种价值规范。从大的空间布局来说，城市、乡村等的空间分布直接与生产关系和经济层级相关；从小的空间范围来说，城市有各种空间功能划分，一些公共空间实际上是社会分层、贫富差距的表现形式。因此，从空间层面考虑由空间功能性划分带来的非正义成分，为社会正义的实现提供了另一种思考方式。

交流叙述无时无刻不发生在各种类型的空间之中，不仅交流叙述参与各方受到空间性质的影响，交流叙述文本意义的生成也同样受其影响。正义、道德、法律、秩序等性质会参与到交流叙述之中，并影响交流叙述意义的生成和交流效果。

二、交流叙述中人与空间的关系

空间只有被人赋予以意义才有价值，这是交流叙述学研究空间问题的基础。人与空间的关系是一种交互关系，人的存在靠空间来定位，空间意义则靠人的活动获取。人与人之间的叙述交流均发生于特定的空间之中，空间参与了交流叙述的运行过程，并在此过程中对交流叙述文本的形成、意义的建构产生影响。在交流叙述中，人与空间之间存在四种关系：其一，人的交流叙述行为发生于一定的空间之中；其二，人利用空间进行叙述交流活动，包括正向利用和反向利用；其三，人在叙述交流中与空间形成矛盾关系，并尽量将空间因素排除在交流之外；其四，空间误用，即在交流叙述中错误使用空间，并导致某种结果发生。

在现代社会，人的空间生产更加自觉，生产本身就有目的性，因此空间便携带特定意义，人与空间的关系被固定化，人的符号身份与空间的符号身份相互影响，后者对前者拥有越来越大的命名权力。在现实空间中，人对空间的控制权力表现得尤为明显。随着数字化的飞速发展，虚拟空间也拥有日益强大的控制权力，人与空间之间的权力关系逐渐发生反转，空间对人的控制力日益加强。人相对于空间的位置关系和权力关系的变化，使人与人之间形成新的统治形式，传统意义上的阶层划分在现代化空间生产条件下发生了巨大变化。因此，从空间角度思考正义、道德、法律、自由等价值观就成为一种必然。在交流叙述中，人与空间的关系与现代化的空间生产及其所产生的结果有紧密联系，参与各方都无法摆脱空间性质的影响，这种影响会在参与各方的言语行为中表现出来。

在具体的交流叙述中，空间与人的关系复杂多样，我们无法对其做一劳永逸的定性。不可否认的是，人与空间之间是不可分割的，人离不开空间，空间只有被人赋予意义才有价值。下面，拟对交流叙述中人与空间之间的几种基本关系进行讨论。

其一，空间依赖。人对空间的依赖心理会直接影响人自身的言语、行为方式及与他人交流时采取的姿态。因此，可以利用空间依赖对空间和人进行命名，如体育比赛的主场与客场。一般情况下，处于主场的球队会比处于客场的球队更有心理优越感。空间依赖在交流叙述中具有非常重要的作用。如经典小品《主角与配角》中，扮演队长的朱时茂主要靠空间站位获取正面的角色形象，陈佩斯则处于配角的空间站位。当二人互换角色后，站在主角位置上的陈佩斯在心理状态上依然处于配角阶段，由此形成喜剧效果。在庭辩叙述中，角色位置是有严格规定的，处于不同位置的叙述者的言语效力在法律规则内是不同的，这种空间带来的话语权力关系是法律赋予的。在这里，人靠空间站位获得角色并行使有限权力。不同叙述者在庭辩交流叙述中的关系，依赖于各自不同的空间站位，其依赖方式是一种规定性、强制性的。

空间依赖可形成某种行为固化。空间变化后，人的行为若不随之变化，就会形成人与空间（新空间）之间的不适应。人的行为被原空间依赖心理所扭曲，与新空间之间形成不协调关系，并由此形成不同的叙述效果。如电视剧《康熙微服私访记》中，康熙离开象征皇权的空间——皇宫后，其行为常常表现出与民间空间的不适应。如随口说出的"朕"等。戏剧就是利用人的空间依赖心理来获取戏剧性的。在医疗叙述中，采用叙事疗法对有心理疾病的来访者进行心理疏导，并有针对性地进行心理治疗，是叙事疗法的关键内涵。治疗师就是利用空间依赖，发现来访者的心理问题的。

在交流叙述中，空间依赖主要有三个发展方向：其一，交流叙述参与者都具有空间依赖，并由此形成某种言语与行为方式。这种空间依赖可分为自由形成（非强制性形成）和规定性形成（强制性形成）。其二，交流叙述参与各方利用对方的空间依赖，来达到某种叙述效果。其三，规避空间依赖，即采取改变空间的方式，来规避交流叙述参与者的空间依赖心理。如体育比赛中的交换场地、庭辩采取异地审理等。

其二，空间误用。所谓空间误用，是指交流叙述行为与空间之间的矛盾关系，导致在空间中发生不相宜的言语行为，并产生相应的结果。空间误用可分为两种情况：一是对空间的正向误用；一是对空间的反向误用。所谓正向误用，是指在交流叙述中，交流参与者对空间的误用是一种善意的误用，且产生了符合交流意愿的效果。所谓反向误用，是指在交流叙述中，交流参与者错误运用空间关系，对交流叙述产生负面影响，甚至导致交流失败。此外，在交流参与者不知情的情况下发生的空间误用，属于无意误用，它可能产生反向，也可能产生正向。与之相对的是故意误用，即交流参与者明知道是误用空间，却依然做出某种行为，以求达到某种交流效果。

其三，空间营造。交流叙述参与者主动去营造符合自己意愿的空间。空间营造可分为现实空间营造和虚拟空间营造（如心理空间等）。一般情况下，空间营造的目的在于使现有空间发生某种符合意愿的改变。如利用音乐、色彩、氛围等手段，使身处其中的人的心理发生改变。在医疗叙述、教育叙述、体育叙述、舞台叙述等叙述类型中，空间营造会对身处其中的人们之间的交流造成影响。如舞台戏剧的空间营造，直接影响到台下观众的接受效果。现代室内设计非常注重人的心理需求，温馨、浪漫、儒雅、童趣等设计风格直接影响到生活在其中的人。从某种意义上说，人与空间的关系变得越来越紧密。

其四，反空间。在交流叙述中，人与空间的关系处于紧张状态，人的行为与空间形成抵触，由此形成某种不平衡状态，而交流叙述的动力就来自这种趋衡性力量。在人类的各种活动中，空间安全是一种基础性要求，"在我们的生活中，需要一定程度上的稳定性和结构化，可以把这看作是安全感的需要，因此需要空间来保证心理安全"。[1]但在某些时候，空间是作为反面呈现的，这是一种空间性矛盾。人与空间的矛盾有三种发展趋向。第一，人改变自己以适应空间，即人对空间的屈从。这种屈从又分为两种情况：一是人彻底改变自己来适应空间，二是人暂时改变自己来适应空间。第二，人努力改变空间的存在方式，使其更有利于自己。第三，人与空间妥协，双方均做出让步以缓解矛盾。《一千零一夜》中，山鲁佐德对国王讲故事，叙述交流空间与山鲁佐德的心理构成对立关系，这就是一种典型的反空间叙述交流。山鲁佐德以讲故事的方式，来缓解与空间之间的矛盾关系，并试图营造有利于自己的处境。张艺谋的电影《英雄》中，无名在秦始皇的大殿之上，给秦始皇讲述自己如何打败残剑、飞雪和长空

---

[1] ［英］布莱恩·劳森：《空间的语言》，杨青娟等译，中国建筑工业出版社，2003，第23页。

的故事。大殿空间对于无名来说，就是一个反空间，空间距离是他能否成功刺杀秦始皇的关键，讲故事是他接近秦始皇的策略。反空间叙述是一种非常具有观赏价值的叙述类型，它能激起交流叙述参与者的参与热情，有利于获取理想的交流效果。戏剧常常利用空间与人之间的矛盾关系，构筑戏剧的意义。

总之，空间与人的关系极为复杂。人对空间的控制、生产、利用以及空间对人的种种影响，共同构筑了人与空间之间的复杂关系。前文所述的内容，只是人与空间关系的冰山一角而已。

三、空间内化现象

空间与人之间具有复杂的关系，二者既相互联系又相互影响。现代社会的空间生产、地球村的形成，均表明人类活动对空间的影响正在逐步加深。空间对人具有反作用。空间性质对人的心理、社会角色、行为方式、言语方式等都具有潜移默化的塑造作用，并由此形成深入骨髓的空间性人格，这就是空间内化现象。可见，所谓的"空间内化"，就是人的内心表现为空间性质，并影响到人行为的各个方面。空间价值形态可以内化为人的心理状况并形成经验方式，影响人的行为方式。空间内化现象是人的空间心理表现形式之一，不同的空间类型会以不同方式对人进行心理投射。人一出生就处于空间的影响与塑造之中，日常生活中的各种行为都具有潜意识特性。空间心理的潜在状态会在人处于陌生空间时被揭露出来。这是因为在陌生空间，人往往变得无所适从，不得不考虑自己的行为是否符合新空间的要求。空间内化现象具有多种表现形式，下面仅就四种常见类型略加分析。

其一，权力空间。空间所反映的是一种权力关系，一种等级关系，其可内化为人的心理图式。社会化分层首先将社会空间区隔成以身份、等级等为基础的碎片化单元，然后设计各单元之间可以跨层的制度。人的生活空间或生存空间的转变，以具备某种资格为前提条件。人与人之间的空间交流不是简单的、无差别的经验交换，而是在各种社会因素参与下的社会交往。叙述作为一种交流方式，也要遵循空间交流规则。"谁说"和"谁听"的问题在空间交流意义上，显示为极为复杂的空间交流关系。例如，听人讲故事之"说—听"关系就带有经验传播性质，尤其是老人给孩子讲故事时，往往将自己的人生经验融入其中。叙述疗法中，讲述人（患者）在给咨询师（医生）讲故事的过程中，交流控制权力和经验判断权力往往掌握在听者（医生）手中。对于医生来说，患者的叙述经验与主叙述并不重要，从患者叙述中获取的信息更为重要。家庭空间与咨询室（诊所）是两个不同的经验空间，二者的建构模式不同，决定了以此为交流框架而发生的交流叙述在权力分配中的不同方式。

空间权力可以形成心理投射。人在空间中的位置关系，反映了权力在人际关系中的运行逻辑。如中国古代的公堂，其空间布局直接反映了人的地位和尊严。电影《七品芝麻官》中，唐成在审诰命夫人的时候说："我坐在那里面（公堂上的审判者位置）再说话。"现代法庭的空间布局，亦代表一种权力关系。很多犯人在进入审判空间的时候，心理会崩溃。由此可见，空间布局既制造心理优势，也制造心理劣势。在体育比赛中，比赛双方交换场地的目的，就是为了打破空间所带来的心理优势。空间距离也会形成心理投射，距离近一般会给人以亲近感。倪萍主持《等着我》时常常对当事人说，"来，挨着我坐""坐得离我近些"，有助于当事人敞开心扉，讲述自己的心酸往事。

其二，行为空间。人的空间状态反映了人的生活方式。人在空间中的行为呈现了某种生活方式，并传达出人物的内在心理，空间性质内化为人的行为方式。空间在人的生活中，从来不是一种简单的三维图形，而是充满了人和空间之间的交互关系。从这个意义上说，人与人之间的交流其实也是各自空间之间的交流。人与人之间的冲突、融合，可表现为空间的对抗与交融。如《红楼梦》中，刘姥姥在游览大观园时不小心摔了一跤、酒后误闯贾宝玉卧室等，体现了刘姥姥对贾府空间的不适应，也体现了乡村空间与以贾府代表的城镇空间的交流与碰撞。这种碰撞在《红楼梦》中并非孤例。这两种空间的交流、碰撞与矛盾，实际上反映了《红楼梦》中两种不同的社会图景。刘姥姥进贾府的经历其实反映了两种空间模式的并置，即刘姥姥的心理空间（虚拟空间）与贾府空间（现实空间）之间的并置与交流。所谓空间并置叙述，其实是一种空间交流方式，其意义建立在并置空间形成的交流性张力之中。这种张力关系，让我们看到了两种空间类型的矛盾与差距。

其三，心理空间。任何进入人类意识的空间形态都具有一定的心理容量，空间可内化为人的心理。心理空间具有两方面的内涵：其一，空间承载某种心理；其二，人的某些心理靠空间获取。在电影《钢的琴》中，废弃钢厂的老员工为了保留钢厂的标志建筑——两根烟囱，设计出多种方案对烟囱进行美化。在他们的眼里，高耸的烟囱代表了他们的空间记忆。烟囱的轰然倒塌，意味着他们空间记忆的幻灭。由此可见，空间与人的相互建构构筑起人生活的方方面面。人的怀旧心理、思乡情感等，都与空间与人的相互建构密不可分。李白的《静夜思》之所以被历代读者喜爱，就是因为诗中的思乡情结突破了无数游子的心理防线：温馨的故乡空间就像心灵的港湾，它建构起人们最初的空间意识与情感，并成为人们不断回顾的出发地。

其四，空间规训。空间对人具有一种规训作用，即空间通过一定的程序或规则对人进行有目的的驯化，使人符合某种要求。也就是说，所谓空间规训，就是利用空间对人的心理的塑造机制和功能，对空间中的人进行驯化，使其具备规训后的空间心理。"每一个文化都有一个发挥支配性作用的'空间'，且众人都会不可避免地遵从这个'空间'"。① 所谓的"遵从"，就是一种空间规训。空间规训有两种方式：一是强制规训；二是非强制规训。医院、兵营、学校、监狱、工厂等空间类型都有极其严密的规则和完整的规训机制。福柯曾详细描述了这一机制：

> 这种机制是以一种更灵活、更细致的方式来利用空间。它首先依据的是单元定位或分割原则。每一个人都有自己的位置，而每一个位置都有一个人。避免按组分配空间，打破集中布局，分解庞杂的、多变的因素。有多少需要分散的实体或因素，规训空间也往往被分成多少段。人们应该消除那些含糊不清的分配，不受控制的人员流失，人员的四处流动，无益而有害的人员扎堆。这是一种制止开小差、制止流浪、消除冗集的策略，其目的是确定在场者和缺席者，了解在何处和如何安置人员，建立有用的联系，打断其他的联系，以便每时每刻监督每个人的表现，给予评估和裁决，统计其性质和功过。②

长期的空间规训不但训练了人的身体，也规训了人的心理，并内化为强大的内驱力，影响人的言语行为方式。因此，人类的所有空间生产（包括真实空间生产和虚拟空间生产），都具有一定的控制和规训能力。福柯提出："一个建筑物不再仅仅是为了被人观赏（如宫殿的浮华）或是为了观看外面的空间（如堡垒的设计），而是为了便于对内进行清晰而细致的控制——使建筑物里的人一举一动都彰明较著。用更一般的语言说，一个

① [日]原广司：《空间——从功能到形态》，张伦译，江苏凤凰科学技术出版社，2017，第23页。
② [法]米歇尔·福柯：《规训与惩罚》，刘北成等译，生活·读书·新知三联书店，1999，第162页。

建筑物应该能改造人：对居住者发生作用，有助于控制他们的行为，便于对他们恰当地发挥权力的影响，有助于了解他们，改变他们。"① 空间对人的规训作用，极大地影响了人的交流叙述活动。发生在任何空间中的交流叙述，都会受到空间的影响和调控。参与交流叙述的各方都会携带来自各自空间的、受到规训后的心理因素，并将之带入交流叙述，影响其效果和意义。电影《肖申克救赎》中，监狱对布鲁克斯长达几十年的规训对其心理造成巨大影响，导致他被释放后难以适应监狱外的生活。与社会的长期脱节及与监狱规训心理的矛盾，使他最终选择自杀。瑞德虽然也遇到了同样的问题，但他很快适应了监狱外的各种规则，回归到正常的生活。这部电影对现代社会的监狱规训机制提出了一个发人深省的问题：监狱应提供一种使犯人走向新生，重新融入社会，过正常人生活的规训机制，而不是提供与社会脱节，使犯人难以重新融入社会的规训机制。

空间规训是人类普遍的生活状态，是已经深度内化为人类各种行为的一种空间规则。给儿童讲述的童话故事、远古传说、寓言故事等中，充满了各种被规训的人生经验、道德逻辑、生活技巧、人生智慧等，交流叙述本身由此成为空间规训的一部分。空间规训是人类以叙述的方式交流、传递经验的重要方式，我们不应对其进行否定性的价值评判。

第二节　交流叙述的空间逻辑

在交流叙述中，存在多种类型、多种形式的时空、空空关系。时空、空空之间的逻辑关系对于建构交流叙述文本的意义产生了重要影响，有时候甚至能够决定意义的生成与内涵。本节旨在探讨空间逻辑关系对于交流叙述文本意义生成的影响，以及接受者文本是如何将空间逻辑关系整合进自己的意义建构链条的。

一、空间逻辑类型

在交流叙述中，叙述可改变人对时间和空间的感知，并能够从多方面改变交流叙述参与者在交流中的存在状态。这是一种用叙述方式改变人的内时间和内空间意识的方法。如人在空闲时间，单纯的时间消耗会极大拉

---

① ［法］米歇尔·福柯：《规训与惩罚》，刘北成等译，生活·读书·新知三联书店，1999，第 195 页。

长人的心理时间，但如果阅读小说、看电影、听故事等，就会使内时间意识变得正常或者比现实时间短。同时，这种方式还可以改变人的空间处境和空间心理，并改变人与空间的关系。也就是说，叙述不仅可以改变人对于时间和空间的感知方式，而且可以改变时间和空间在交流叙述中的逻辑关系。空间逻辑中需要注意的另一个重要问题是逻辑内涵，即时空关系、空空关系中"关系"的性质与内涵，即时间和空间、空间和空间之间是如何确立关系的。

（一）时—空逻辑

在交流叙述中，时空逻辑可以多种方式呈现出来，每一种方式均可表述为一种经验模式。换句话说，人类的经验模式可以通过时空逻辑表现出来。从人类历史文化的角度看，以经验方式呈现的时空逻辑更多地表现为人在交流中的位置关系。

空间和时间相互依存，时间在空间中运行，空间也在时间中运行。从运动的角度来看，对时间运行的感知要靠空间运行的显性变化来获取，或者说时间的存在要靠对空间的感知来获取。由地日关系、地月关系等自然因素导致的地球空间的显性变化，给人一种时间运行的感知，对于时间的划分即以此为基础。"'时间'本就是'混沌'，它为'绵延'，为'不可分割'。'时间'之所以被'分'为年、月、日，时、分、秒，乃是模拟'空间'。'质'被'量'化，亦即'时间'被'空间'化，亦即'本质——本体'被'表象'化"。①

时间和空间是恒久不变的哲学话题。古希腊哲学家赫拉克利特所说的"人不能两次踏进同一条河流"，其内涵就是时间和空间的同时运行。相同空间中的时间运行，常给人一种空间不变的错觉，但看似不变的空间其实时刻都在积累变化。我们只要把时间拉得足够长，空间变化就会明显许多。比如黄河流域的空间形态看似不变，但如果将过去数千年的时间浓缩进一分钟的电影镜头，就会看到黄河改道、泛滥的空间变化。由此可见，时间与空间是相互规定的，"不显示物理空间中的某种运动，时间就不能得到显示"。②

相对来说，在一个较短的时间限度内，时间和空间的逻辑关系主要有

---

① 叶秀山、王树人：《西方哲学史》第一卷，凤凰出版社、江苏人民出版社，2004，第47页。
② [美]爱莲心：《时间、空间与伦理学基础》，高永旺、李孟国译，江苏人民出版社，2015，第45页。

六种：

1. 空间随时间转换。中国戏剧、园林、绘画中的"移步换景"，即是其例。在交流叙述中，交流参与者的空间随时间转换的例子也有很多，如不同时代的读者阅读同一部小说，读者所处的空间即随时间转换了。这种转换会带来一系列问题，如接受者的文化环境、意识形态等的变化会在交流叙述中得到表达，会影响交流叙述意义的生成。这些问题也是文学作品接受史研究的主要内容。

2. 时间随空间转换。在某些叙述类型中，以空间变化来表现时间流转的例子有很多，尤其是在舞台剧、电影、电视剧等演示性叙述类型中，往往以不同空间来表达时间变化，这虽然有利于让观众建立基于空间变化的时间经验，但若是空间转换太过频繁或者转换之间留下的经验链接太少，作为叙述文本创造者的导演就很难与观众形成顺畅的交流关系，其交流愿望和交流思想就很难实现。如姜文的《太阳照常升起》就是如此。

3. 时间流转但空间不变，空间流转但时间不变。前者是一种常见现象，后者指的是共时状态下不同空间之间的关系。中国古典戏剧中，人物的衣饰往往采用明代样式，无论演出的故事是否发生在明代。从这个意义上说，戏剧叙述的交流空间虽然在变，但戏剧本身似乎是一种凝固的时间。张艺谋的《菊豆》通过几组空间相同的山村远景镜头，来呈现时间改变而空间依然的乡村社会的凝滞状态。这种时间改变但空间不变所呈现的时空关系，往往具有多重叙事功能。

4. 空间的时间化。即在空间中呈现时间，或者说使空间获取时间特征。空间时间化的方式有两种：

其一，用空间事物本身凝聚的时间性来表现，从而使空间具有某种时间特征。

在交流叙述中，为达到某种交流效果或者叙述效果，空间往往被进行时间修饰，使空间呈现时间性，从而获得特定的表达效果。例如用带有时代特征的家具、绘画等呈现年代感，或者来表现人的心理、情感等精神性内容。事实上，任何空间都是时间的凝聚与混杂，同一空间中的不同物体上凝聚了不同的时间性特征，呈现出不同时间的共时性空间聚集。不同时间的物体之间构成一种叙述关系，例如用一个人不同年龄阶段的实物陈列来讲述这个人的生平，就是一种典型的"物叙述"。空间的时间化是年代剧、历史叙事等呈现过去时间的叙述类型的共同特征。利用空间中物体的时间特征来传达年代感，使空间在交流中呈现直观的时间感觉，能够取得良好的交流效果。通过叙述空间的时间性特征来判断年代、时代环境等，是文学领域和考古学领域常用的还原人物生平的方式。

其二，使空间获得时间秩序，以空间运动呈现时间的逻辑顺序。这种方式并不注重空间中事物的时间特征，而是注重从空间整体的变化来呈现叙述的经验逻辑。如此一来，空间就有了时间的功能。在传统的线性叙事中，空间线性叙事是一种重要的叙述方式，它以空间逻辑呈现故事的动态分布，空间在意义建构中起核心作用。在空间线性叙事中，人物的言语、行为、心理随空间的变化而变化，表现为一种空间性的言行与心理。时间线性叙事以时间逻辑呈现故事的动态发展与情节分布，时间在意义建构中起核心作用，人物的言行与心理变化也是时间性的。现代叙述往往呈现为非线性特征。非线性叙述并不是对自然时空秩序的模仿，而是一种反模仿的非自然叙述。对故事时间的重新建构成为当代艺术的特征之一。在当今的舞台剧、影视作品中，用空间转换的方式来推进故事进程，或用多空间并置的方式来展现不同空间中人物的共时性行为，都是空间时间化的方式。值得关注的是，当空间转换构成叙述时间的推移（并非故事时间）时，空间之间不一定在故事时间上存在前后衔接，空间的转换靠叙述意向获取秩序。这种意向往往是交流参与者解读叙述文本的重要元语言。

5. 时间的空间化。时间是一种抽象的存在，其存在要靠空间来实现。空间使时间变得可以测量、掌控。时间的空间化，就是把时间的无形赋予空间的有形，以有形呈现无形。这种呈现并不以空间性质来表达，而是使空间具有时间的性质，使时间有一个能够外化、能够直观感觉的有形存在。例如用鲜花盛开、燕子呢喃的空间表达春天，用飞雪、枯枝、残荷等空间表达冬天，用延时拍摄手法来表达时间在空间中的流动，等等。这些时间空间化的手法在叙述中随处可见。古人就是从空间变化的角度来认识时间的。圭表是我国最古老的一种计时器，它主要是利用太阳射影的长短来判断时间的。无论是中国的阴历，还是西方的太阳历，都是根据地月、地日的空间关系和地球空间环境的周期变化来确定的。时间的显性表达就是空间化。在叙述文本中，有两种时间空间化的方式：一是叙述时间的空间化，即以空间的方式来表现叙述时间。这种方式在故事内叙述者的叙述类型中比较常见。如电影《泰坦尼克号》中，老妇讲述故事时的现代空间与泰坦尼克号沉没时代空间的先后排列就是回忆模式；《举起手来》中，现代女孩的讲述空间与抗日战争时期空间的先后排列也是一种回忆模式，等等。以空间转换、闪回、插入等表现叙述的先后次序，是叙述时间空间化的显性表现。二是故事时间的空间化，即故事的进程以空间方式来呈现，包括回忆、未来愿望等过去与未来的时间空间化。故事时间的空间化可能会被叙述时间的空间打断、打乱、故意的穿插、闪回等，但内在的故事时间序列始终以空间方式呈现。这些空间之间的连接是建构故事经验链条的基础，也是建构交流意义的基础。如果故事时间的空间化太过混乱，导致接受者无法重建被打乱的秩序，那么，交流就会中断。

时间的空间化是人类认识时间的基本方式，人类通过空间事物的变化来判断时间的运动，因此，用空间表现时间，将时间特征通过空间方式呈现，早已内化为人们的生活习惯以及对时间的感觉习惯。空间的时间化常常造成人们的困惑，尤其是在现代叙述类型中，空间的跳跃构成叙述秩序，接受者以时间逻辑认识世界的经验方式被空间切断，习以为常的时间感觉被打破，以空间方式建立的时间秩序在接受者那里很难找到对应，误解、费解也就在所难免了。

6. 时空体。在具体的艺术实践中，时空往往扭结在一起，无法截然分开。而一般的接受者，也似乎没有将二者截然区分的必要。在艺术上，时间和空间的有机结合，构成了艺术综合的魅力。巴赫金认为，所谓的"时空体"，就是时间和空间融合形成整体并产生综合效果的时空关系形式。对于文学中的时空关系，巴赫金指出：

> 为了反映和从艺术上加工已经把握了的现实的某些方面，各种体裁形成了相应的方法。文学中已经艺术地把握了的时间关系和空间关系相互间的重要联系，我们将之称为时空体。
>
> 在文学中的艺术时空体里，空间和时间标志融合在一个被认识了的具体的整体中。时间在这里浓缩、凝聚，变成艺术上可见的东西；空间则趋向紧张，被卷入时间、情节、历史的运动之中。时间的标志要展现在空间里，而空间则要通过时间来理解和衡量。[①]

在叙述文本中，时空体已经成为携带某种心理、情感容量的"叙述体"。如残荷、斜阳、垂柳、长亭等在中国文化传统中，不仅仅是一种时空体，而且是中国人共同的时空体情感形式。在中国传统小说、绘画、戏曲等叙述类型中，在园林、建筑等艺术形式中，这些积淀历史内涵的时空体形式作为民族心理图式，深藏在传统文化的基因之中。

因此，时空体不但表现为一种时空关系，而且表现为一种文化现象。巴赫金的"时空体"理论，"构建了一个叙事语法与叙事语义相结合的范

---

① [俄]巴赫金：《长篇小说的时间形式和时空体形式——历史诗学概述》，载[俄]巴赫金：《巴赫金全集·第三卷》，白春仁、晓河译，河北教育出版社，2009，第269—270页。

式"。[①] 时空体作为一种历史流传物，不仅蕴含着民族特有的文化心理、审美习惯和意向图式，还具有多种变体，并遍及文化的方方面面。在交流叙述中，时空体形式直接作用于交流参与各方，形成一种共同的意义指向，并影响交流意义的形成。

（二）空—空逻辑

空间之间的逻辑关系并不遵循毗邻原则，两个在地理位置上相连的空间可能毫无关系，而两个相隔千里的空间却可能存在某种关系。叙述文本的空—空逻辑关系有如下几种类型：

其一，包含。即一种空间形态包含在另一种之中（A＞B，B 完全被 A 包含）的 ABA 模式。需明确的是，B 的出现并没有打断 A 的进程，而是其进程的一部分。例如，在某个叙述进程中插入回忆、梦境、灵异等空间类型。《西游记》是这种类型的典范。每当唐僧被妖怪抓走后，孙悟空就会去各种仙境空间寻求神仙的帮助。而各种仙境空间的时间运行方式与唐僧师徒所处的现实空间并不一样。在话本小说中，梦境描写随处可见，可以对故事进程、人物心理等进行推进或表现。在交流叙述中，空空逻辑被历代叙述者当作常识使用，其不但没有构成交流障碍，反而使叙述文本表现出灵活性，并为一些难以叙述的内容（例如人物心理）提供一种表达方式。

其二，并置。即在叙述文本中，两个或多个空间共时性并置，由此形成相同时间下的多空间叙述。在以时间顺序表达叙述进程的文本中，虽然不存在共时意义上的并置，但两种或多种空间形式可以在叙述时间的意义上先后叙述，并在故事时间的意义上构成共时关系。这种共时关系类似于 A＝B 的关系，即先叙述完 A，然后叙述 B，A、B 在故事时间上属于共时叙述。龙迪勇将不同时空的故事纳入同一主题"空间"的叙述类型称作"主题—并置叙事"。他进一步解释道：

> 把一系列"子叙事"统一在同一个"主题"中，也就等于统一在同一个"场所"也即同一个"空间"中。"子叙事"也正是在这同一个"空间"中而形成一种"并置"性结构的，正是在这个意义上我们说：主题—并置叙事是一种空间叙事。[②]

---

① 孙鹏程：《时空体叙事学概论》，中国社会科学出版社，2017，第 55 页。
② 龙迪勇：《空间叙事研究》，生活·读书·新知三联书店，2014，第 205 页。

龙迪勇所谓的"并置空间"应该指的是叙述空间，甚至是一种比喻意义上的"空间"，也就是将不同时空的故事纳入同一个"文本空间"。在文学叙述中，主题并置故事十分常见，并置空间中的各个故事之间的时空关系较为复杂，同步、非同步均有，不同故事的空间之间甚至毫无联系。

舞台表演叙述、影视叙述、体育叙述、新闻叙述、网络游戏叙述等叙述类型中，空间并置可以做到时间同步。例如，传统舞台戏剧对空间的处理较为简单，其空间呈现以故事进展作为逻辑基础，很少插入和并置。现代舞台可以同时设置几个空间来表现不同空间内的人在同一时间的活动，还可以用灯光隔离的方式插入情节或者梦境。不同的舞台区隔技术保证了交流叙述的经验逻辑在观众那里获得无歧义的复制。这里，空间本身成为一种叙述方式，如叙述中的空间插入（回溯叙述、梦境）、并置空间叙述达到的蒙太奇效果、用灯光将舞台区隔成几个空间并同时叙述、庭辩调解中的同时隔离访谈、新闻叙述中的背景介绍，等等。

其三，嵌套。即将 B 完整插入 A 的进程之中。B 的出现打断了 A 的进程，B 完成之后再继续 A 的进程。B 不是 A 的一部分。在中国传统的说书艺术中，说书人常常在故事人物与说书人角色之间来回跳跃，即在故事空间与现实空间之间进行跨层。说书人从故事层跨到叙述层后，既可以对故事进行品评、假设、说明等，也可以对接受者进行引导、说服、激发兴趣等。在话本小说叙述中，这种嵌套方式也很常见。如《三国演义》《水浒传》。在广告叙述中，常常运用与明星有关的电影、电视剧等进行嵌套。这种嵌套方式往往利用接受者的联想进行叙述交流，在接受者的商品消费中获得效果。嵌套叙述是不同空间之间的转换，空间之间往往采取"主题"连接方式，而不是同一故事的时空接续方式。新闻叙述中，在连续事件中插入某种背景材料，形成不同空间的"主题"连接模式，可以增加新闻叙述的可交流性。

其四，交叉。即 A、B 空间相互插入，形成 ABAB 模式，二者（或三者、四者等）相互打断后再分别继续。这种空间叙述由多个独立的故事单元组成，各故事单元之间相互交叉，它们虽然没有任何时空重合，但作为一个叙述整体，这些不同空间的故事会围绕某个"主题"展开，而这个主题就是交流叙述的经验逻辑。某些纪录片中，常常使用空间交叉的叙述方式。需明确的是，各独立的故事单元之间也可以形成交集，并最后汇集成一个故事结局。在话本小说中，"多线聚合"模式是一种常见的结构方式。《水浒传》就是典型的"多线聚合"模式。也就是说，多空间交叉叙述中，各独立的空间可以围绕"主题"运行，也可以互相交叉并形成一个结局。在交流叙述中，交叉空间叙述经历了从简单到复杂的演变过程。在口头叙事中，双空间的交叉叙述之所以较多，是因为太多线索会使接受者产生混乱。而在书面叙述中，三个空间以上的交叉叙述之所以较多，是因为书面文本的读者可以自由翻看前面的内容，可以随时中断思考，接受时间的充裕，为复杂的叙述提供了理想的腾挪舞台。

在本书第四章第七节中，笔者明确指出，普通读者、作者式读者、批评家读者都会通过不同渠道将交流叙述中的接受经验传递到文学叙述之中。不仅仅是文学叙述，任何叙述类型都有一个不同身份接受者的经验反塑路径。交流叙述不但培养了作者，也培养了接受者；不但传播经验，也增殖经验。换言之，交流叙述的过程就是经验视野的梭式循环的运转过程。

（三）虚拟空间与反经验叙述

空间是一种非言语交流方式，任何空间的建构或者设定都蕴含了特定的言语形式和言语规范。虚拟空间是一种非现实空间，可分为模拟现实空间和纯虚拟空间。模拟现实空间是对生活、历史、特定场景等的模拟。如电视剧、电影中对历史场景、生活场景的模拟，等等。纯虚拟空间是指在现实中不可能存在的空间形式，主要存在于科幻电影、网络游戏等叙述类型中。

虚拟空间叙述并不完全遵循甚至完全不遵循现实的经验逻辑，其经验可以虚拟。虚拟空间叙述与接受者达成顺畅交流的前提条件，是让接受者相信其经验模式。例如《西游记》中，有许多虚拟经验或者虚拟规则，如唐僧的紧箍咒、观音菩萨送给孙悟空的三根救命毫毛等。接受者不接受这些虚拟规则，就无法进入与作品的交流通道。在童话故事、科幻小说、科幻影视、游戏叙述等叙述类型中，亦是如此。

虚拟空间叙述在某种程度上都具有反经验叙述成分，这些反经验叙述成分是如何与接受者达成意义共建的呢？虚拟空间叙述虽然具有很多反经验成分，但其内在主题必须明确无误。无论故事有多么虚幻、多么荒诞不经，其内涵应该是明确的，其情感应该符合人类社会通行的价值规范，这是虚拟叙述存在的根本条件。反经验而不反社会，反经验而不反情感，反经验而蕴含正面价值。因此，虚拟空间叙述的反经验模式中，反经验只是其表层，遵循人类社会的正面价值才是其深层。表层的反经验叙述不但不会将接受者引向反价值叙述，反而可以在交流叙述的意义共建中形成正面价值的推动力。这里必须区分两个概念——经验与价值。经验其实是一个不含价值倾向的概念，反经验并不与反价值构成对等；价值是一个具有倾向性的概念，是建构叙述文本意义的基础，并不与经验构成正向或反向关系。因此，反经验完全可以促进正面价值的建构。这就是虚拟叙述文本无论多么荒诞不经，依然让很多人沉迷的原因：相对于经验，人们更为关注价值观念的正确与否。

但，反经验叙述模式是一把双刃剑，无节制地使用反而会影响叙述作品的交流效果和意义建构。反经验叙述作为一种叙述方式，的确拓展了叙述的可能性，而其一旦滥用，超出价值建构所需要的"度"，反而会对叙述造成不利影响。例如戏说、穿越等叙述类型对历史真实、生活真实的篡改，常常影响到接受者对真理的认知，甚至导致他们形成错误的历史观和价值观。笔者在本书第三章第三节中关于交流叙述中的质、量和度的论述，同样适用于反经验叙述模式。

二、空间逻辑内涵与意义建构

逻辑关系的建立必须有一个基点，否则，就无法建构基于逻辑关系而建立的意义大厦。空间逻辑的建立也不例外。人类首先具有一种来自无意识的先天空间逻辑经验，然后才有各种可被运用和理解的空间逻辑类型。空间逻辑内涵是指叙述中的空间秩序所呈现出的内涵，其可表现为一定的文化逻辑（基于传统文化而呈现的空间秩序），也可表现为某种经验模式，或者出于某种叙述目的而采取的节奏模式等。空间逻辑内涵以追求某种叙述交流效果为目标，并因此达成叙述意义。

（一）空间关系的逻辑内涵

其一，空间秩序的文化逻辑。叙述中的空间秩序由深层文化控制，空间顺序表现为文化所赋予的空间关系。这种关系可以是权力关系、伦理关系、道德关系、法律关系等。"空间并不是一个纯粹客观的空洞容器，空间是社会历史文化的产物"。[①] 因此，空间秩序在本质上是一种文化秩序。叙述中的空间秩序并不一定是明示状态，有时候叙述文本并不直接宣称其空间布局建基于伦理等某种文化因素。人类与空间的关系经历了由屈从于空间到生产空间的转变，这一转变的直接催化因素是人类文化知识的建构。

---

① 谢纳:《空间生产与文化表征：空间转向视阈中的文学研究》，中国人民大学出版社，2010，第33页。

列斐伏尔指出："由空间中的生产（production in space）转变为空间的生产（production of space），乃是源于生产力自身的成长，以及知识在物质生产中的直接介入。"[①] 知识介入空间生产所造成的直接结果，是产生空间秩序的文化逻辑。现代社会更是以强势的文化逻辑来形塑各种现实空间与虚拟空间，并规范空间秩序，叙述也被融入其中。

任何叙述都要选择一定的表达时间的方式，这些方式蕴含了时间对于叙述文本意义的价值。任何叙述均会在时间序列中表达空间逻辑，以及由叙述进程（或故事进程）所呈现的空间顺序，故事人物（或被赋予人格的主体）的行动均表现为空间的转换，并在空间转换中体现空间之间的逻辑关系，而这种逻辑关系的深层内涵是某种文化因素。例如《红楼梦》第三回林黛玉进贾府，由侧门入宁国府，先拜见贾母，然后是贾赦、贾政。这种空间秩序遵循长幼有序的伦理规范，空间顺序被赋予以伦理意义。"除了在时间上为事件排序之外，故事讲述还需要在空间上配置场所、实体和动作路径。同样，领会叙事也要求建立和更新它所唤起的故事世界的'认知地图'。"[②] 也就是说，叙述的空间逻辑所携带的文化内涵，在叙述交流中应当是一种公共性的知识，至少在同一文化语境中，交流双方可达成文化默契。林黛玉进贾府拜见长辈的顺序及其蕴含的空间伦理关系，在中国传统文化的语境中就是一种共享知识。

空间秩序的深层文化逻辑其实是多种文化元素的交织，并在不同的语境中表现为某些文化因素的优先性。也就是说，并非所有的文化元素都会对空间秩序构成决定性影响，只有那些与意向性意义更为趋近的文化元素才能获得优先地位。

其二，空间的经验连接模式，即空间的连接以能够建构完整的经验模式为基础，并能够形成统一的意义。空间经验的获取途径有两种：一是在日常生活中自然形成的，由一定的社会成员共享的知识；二是通过培养来获取。这种培养可以是大规模、有组织的培养，如学校；也可以由某种行业来培养，如培养电影观众的观影经验。第一种经验模式是基础，多数叙述类型中的空间叙述均靠它来获得最基础的交流效果，并在此基础上进行新的空间叙述探索。

在交流叙述中，无论是哪种经验模式，其最终都要归结为意义共建。

---

① [法] 亨利·列斐伏尔：《空间：社会产物与使用价值》，载包亚明主编：《现代性与空间的生产》，上海教育出版社，2003，第47页。

② [美] 玛丽-劳尔·瑞安编：《跨媒介叙事》，张新军、林文娟等译，四川大学出版社，2019，第55页。

叙述文本的最终意义是各种经验模式的最终归宿。如电影、电视剧等叙述类型中的蒙太奇叙述方式，就是靠经验或不同空间与不同人物叙述同一件事等方式来连接不同空间的。空间之间的因果连接是空间叙述经验的基本模式，也是一种共享经验，故能获得接受对象的认可。如果空间因果对于接受者不透明，那么交流就会受到影响，意义共建也无从谈起。空间的经验连接模式与故事情节因果在逻辑关系上是一致的，小说叙事中的情节推进之所以可以转换成以空间场景为叙述方式的影视作品，就是因为二者遵循了相似的情节因果逻辑。经验在不同叙述类型中具有不同的表现。有些叙述类型通过培养接受者的接受经验来建构自己的叙述方式，如影视叙述、广告叙述等叙述类型，其空间叙述的经验连接方式就是靠培养观众的欣赏能力获得的。例如，从电影默片到有声电影、从对人物的全身摄影到局部特写、从对故事的线性叙事到蒙太奇等，都是通过电影对观众欣赏习惯的培养，逐渐变成一种共享经验而获得认可的。

其三，空间的主题连接模式，即以相同主题连接不同的空间，这是纪录片等叙述类型常用的模式。例如央视纪录片《蟋蟀》交叉叙述了几个生活空间虽然不同，但同样爱好养蟋蟀、斗蟋蟀的人的故事。托尔斯泰的《三死》叙述了三个人的死亡，而这三个人之间没有任何关系。空间的主题连接模式还出现在中国古典小说常用的连缀叙述中，《水浒传》就是连缀叙事的典范。上梁山之前，小说中的人物都有自己的生活空间，很多人物之间并不存在交集。宋江与武松的相遇，只是起到将叙述场景从宋江身上转移到武松身上的作用。鲁智深与林冲的相遇也是如此，不同的是，鲁智深参与了林冲的故事，二人的生活存在交集。需要指出的是，林冲和鲁智深属于两种类型的人，在社会生活中交集很少，因此，他们的故事基本上是两种空间的故事。

不同空间之间的勾连与交叉程度是不同的，空间逻辑最深层的连接是同一个主题。这种主题可以是明示的，如央视纪录片《蟋蟀》；可以是深层的，如小说《水浒传》；也可以二者兼而有之。

其四，空间关系的节奏模式。空间安排以叙述节奏为对象，旨在使叙述张弛有度、节奏和谐。为制造独特交流效果，叙述者会通过空间调配来故意加快、减慢叙述节奏。空间调配可获取这种效果。为了突显空间的存在感，叙述者往往会采取隐匿空间或让时间尽量退后的策略。无论哪种方式，均无法逃脱时间基础。可见，空间节奏模式是以时间为基础参照来获取空间效果的。

（二）空间的节奏模式

其一，空间滞留。通过在同一个空间中长时间滞留的方式来达到减慢叙述节奏的目的。如张艺谋的《我的父亲母亲》中，对农村空间的长时间滞留与细致表达。空间滞留的另一种表达方式是空间凝视，即以相同的空间视野来表达时间的流逝。如影视叙述中，常用静止镜头呈现同一空间的时间变化。这种方式可以更直观地表达时间，实现交流叙述中的时间转换，制造一种叙述节奏。

其二，空间交叠与插入。在传统小说叙事中，空间交叠并非指文本时间意义上的同时呈现，而是要遵循文本时间的先后顺序。它不直观呈现，而是一种推定。这是因为同一时间发生在不同空间的叙事，无法做到直观意义上的交叠。空间交叠类似于传统说话人的"花开两朵，各表一枝"。由于各故事之间界限明显，接受者可以清晰把握故事的节奏脉搏。空间交叠使叙述张弛有度，节奏起伏有致。在传统叙事中，空间交叠又称"轮叙法"，即"几个线索交互进行，不能同时叙述，只好说完这头，再说另一头；说完另一头，又说这一头；也就是甲事件与乙事件以及丙事件的轮流叙述。这样，叙述人才能有条不紊地叙述，不至冷落一方。几条线索并行不悖，合情合理地将情节向前推进。到一定阶段后，几条线索汇合到一处，轮叙也就告一段落"。①

"空间插入"是指在一个故事中插入另一个故事，插入故事与被插入的故事属于两个不同的空间。插入空间可作为故事中的"背景故事"，增加叙述的可理解性；也可作为空间间隔，使叙述不至于太紧张。

空间的交叠与插入都可舒缓故事节奏，使故事情节张弛相隔、松紧有度，增强交流趣味，避免审美疲劳。

其三，空间快进与空间延迟。采用现代技术手段，通过快放或慢放的方式实现空间的快进或延迟。如延时拍摄、影视的快镜头与慢镜头，等等。空间快进可形成紧张的接受效果，而空间延迟可形成烦闷、压抑的接受效果。

一般来说，不同的叙述类型会采取更利于交流效果和意义建构的空间类型，但有时候，空间形式并不一定按照故事时间逻辑安排布局，而是根据叙述需要对故事时间进行调整，按照一定的叙述目的进行逻辑布局。故事的自然进程是根据事件发生的顺序进行排列的，但在具体的交流叙述中，故事的自然进程并不一定是交流的秩序。除了具体的叙述会打乱故事的自

---

① 范胜田主编：《中国古典小说艺术技法例释》，浙江古籍出版社，1989，第 193 页。

然进程外，交流自身也有时间逻辑。因此，我们可将交流叙述时间分为故事时间、叙述时间和交流时间，而将空间分为文本内部空间和交流空间。

交流时间、叙述时间、故事时间之间存在三种关系：（1）交流时间和故事时间、叙述时间同步（如新闻、体育叙述的现场直播）；虚拟同步（如观看影视剧、舞台剧，网络游戏，梦境等）。（2）交流时间发生在故事时间和叙述时间之后，如小说阅读、庭辩叙述、医疗叙述、回忆等。（3）交流时间发生在故事时间之前、叙述时间之后，如预言、穿越叙述等。不同的时间关系所产生的交流效果和意义生成也有所不同。

交流时间、叙述时间、故事时间之间的关系反映了它们之间的空间关系。时间同步、空间状态也同步的空间之间常常产生互动和交流，甚至相互影响。交流时间晚于叙述时间和故事时间时，交流空间对文本空间、故事空间的干预就很有限，接受者的反馈只能建立在叙述文本的基础上，对叙述文本的建构没有影响。当交流空间产生于叙述文本产生之前时，交流空间对于叙述文本的空间进行干预的可能性就大，甚至会对未来叙述文本的建构起决定性作用。如网络小说的接受者发表的评论，常常对作者接下来的创作构成不同程度的影响。因此，在交流叙述中，交流空间与叙述文本的空间形式之间具有非常复杂的关系，这些关系会影响到叙述文本的交流效果和意义建构。

三、空间逻辑的调整与"接受者叙述文本"

无论何种类型的叙述，在交流过程中都要经历经验重建过程，也就是对叙述文本的经验逻辑进行二次调整，使之符合接受者的经验习惯，并满足意义建构的需要。这是形成"接受者叙述文本"的必经过程。这种调整是一种双向建构模式，即交流双方（叙述者—接受者、叙述文本—接受者）为实现有效交流和意义建构，对自身进行调整以适应具体的交流语境。调整有被动和主动之分，对于现场性交流叙述而言，交流双方的交流调整具有及时性特征，是一种主动性调整；而对于现成的叙述文本而言，其叙述的空间形态已经被固定，无法进行自我调整，其调整只能是被动的。对于其交流对象来说，叙述文本必须以牺牲一部分意义构成元素为代价，来换取交流的成功与意义的达成。因此，接受者的"二度文本"与原叙述文本的有限差异是被允许的。

在交流叙述中，交流双方通过各种方式建构空间叙述逻辑，使其符合能够达成交流协议的叙述运行路线。例如文学叙述中，往往用表示地点、方位、动作的词汇来构建基本的空间模型，并通过人物的行动来使空间获得存在感。接受者会根据这些空间路线，来判断、组织自己所理解的空间模型。作家在创作时，也会根据一般性的空间理解方式进行空间路线设计，以避免空间混乱。瑞安指出："在设计叙事文本时，由于阅读这些文本的阐释者在时间和空间上同故事创作的语境是分开的，所以文学作家必须依赖读者基本的空间导航能力及其对于世界特定区域往往如何布局的一般定型知识。"[①] 这种基于自然意义的空间导航能力非常重要，它是理解叙述文本并达成交流意义的基础，并保证了不同文化之间的叙述文本的穿行能力。但，它并非叙述文本空间结构的全部，空间时刻处于特定的文化语境中，叙述文本的空间逻辑深受文化的影响。如《红楼梦》中，林黛玉进贾府时路过宁国府正门，但她的轿子并没有遵从自然原则就近从正门进入，而是遵循文化原则走了更远的侧门。这就需要接受者进行空间逻辑调整：自然原则必须让位于文化原则。

"空间逻辑调整"是指在交流叙述中，交流双方为达成有效的交流意义，而对各自的叙述进行符合特定语境要求的空间调整。在面对面的现场性交流中，这种调整是及时的，并能得到及时反馈。在虚拟交流中，接受者面对的是已经形成固定空间逻辑的叙述文本，只能在空间逻辑的调整中寻找意义。如林黛玉由侧门进入宁国府以及林黛玉拜访贾母、贾赦、贾政的顺序等所携带的文化意义。

在交流叙述中，接受者的空间逻辑调整往往与理解作品、形成意义同步发生。叙述文本的空间布局并不是随意而为的，而是有着多种深层原因。这些原因有的来自文化，有的来自故事中人物的习惯，有的来自作者的特意安排（作者为达到某种叙述效果，对空间布局进行干预）。无论何种原因，叙述文本的空间逻辑均携带意义。接受者只能在叙述文本的空间转换中寻找其逻辑内涵，并最终形成"接受者叙述文本"。这种文本多数情况下是一种"抽象文本"，有时也具象为真实可感的"接受者文本"。如影视剧对原著的改编、新闻媒体对体育赛事的二度转述、非虚构写作对真实事件的再度还原，等等。

交流叙述中的"空间逻辑调整"也会出现失败的情况。如交流双方都拒绝调整自己的空间立场，也会导致交流无法进行下去。叙述文本的空间逻辑过于混乱、文化差异等，导致接受者无法理解叙述作品。此外，叙述文本的超前性也会造成同时代接受者的理解障碍。

---

① ［美］玛丽‐劳尔‧瑞安编：《跨媒介叙事》，张新军、林文娟等译，四川大学出版社，2019，第57页。

总之，空间逻辑调整在交流叙述中是一种常见现象，或者说是一种常态。空间逻辑作为叙述方式的一部分，常常携带意义。有些意义无法明示，只能通过叙述策略进行意义转移。这就要求接受者在具体的叙述交流中，不断对自己的接受方式进行调整，以适应叙述文本的这种常态叙述模式，并在空间逻辑的调整中寻找意义。但，接受者是一个复杂的群体，其接受和调整能力因人而异，存在于叙述文本不同层面的意义不一定对所有接受者开放，理解差异也就在所难免了。

第三节　空间叙述的语言建构模式及其交流性

交流离不开空间，空间交流是人类社会的基本存在方式。同时，空间也是语言性的，这种语言的存在方式可以是文字符号，也可以是能够转化为文字符号的空间语言。"空间既能将我们聚集起来，同时又能把我们分隔开。空间对于人际关系相互作用的方式非常重要，因此空间是交流的最基本和普遍形式的本质所在。尽管存在着文化差异，人类关于空间的语言能够在人类聚居的任何地点，在任何时候被观察到"。① 因此，从本质上讲，空间是不同形式的语言建构，是人类交流的场所。空间可大致分为两种：一种是实体空间，这是一种物质性空间；一种是虚拟空间，这是一种想象性、精神性的存在。"空间叙述"就是以叙述的方式构筑空间存在，并探索空间叙述的语言建构模式及其交流机制。

一、空间叙述的语言建构模式

在具体的交流叙述中，空间总是被语言所建构，无论这种语言是以何种方式呈现，都可在具体的交流中表达意义。笔者认为，空间叙述有三种建构方式：

一是"空间自述"。即以空间呈现的方式来叙述故事、构筑叙述文本。电影、电视、展览、舞台剧、新闻报道等演示性叙述中的空间展示，不仅能单独完成某种叙述语境的营造，还能单独完成故事的叙述。这种空间构筑方式是清晰的，是以空间自身来叙述的。

二是"语言创构空间"。即以语言创构的方式来表达一种空间存在，或者以符号语言构筑一种虚拟空间，如宁国府、女儿国、梁山泊等。这种

---

① ［英］布莱恩·劳森：《空间的语言》，杨青娟等译，中国建筑工业出版社，2003，第8页。

空间构筑方式是模糊的，是以符号方式创造一个叙述空间。列斐伏尔对"表征性空间"的描述是："表现为复杂的符号体系，有时被编码，有时没有，它与社会生活的秘密或隐秘面相关联，也与艺术相关联。"[1] 文学叙述的空间表征既是一种"表征性空间"，也是一种符号化创构，其符号方式并非随意而为，而是遵循一定的文化逻辑以及作家的理性思考，"文学作品中的场景环境描写，并不是客观物理空间或地理空间的简单机械式再现，其中渗透着人们对于空间的理性规划和社会历史性理解。因此，无论运用表现还是再现的方式，文学运用文化表征实践方式所生产的空间总是具有特定社会历史内涵的表征性空间"。[2]

三是空间自述与语言创构混合，共同创造一个叙述空间。这是传媒时代常用的空间叙述方式，电影、舞台剧、电视、新闻报道、连环画等多采用这种模式。这种模式的特点是空间自述和语言创构的优势互补，使叙述文本的表达更为清晰。

上述三种空间叙述方式具有两个共同特征：一是它们都是叙述文本的语言构筑方式，以"空间自述"方式构成的叙述文本通过交流链条中的"二次叙述"进行叙述文本的语言还原，达到建构交流叙述文本的目的；以"语言创构空间"的方式构成的虚拟空间叙述文本，其空间还原也须通过"二次叙述"。前者是从空间还原为叙述，后者是从叙述还原为空间，二者的叙述过程是不同的。空间自述与语言创构混合能够弥补交流中的各种不足，使"二次叙述"的语言还原变得容易。二是三种叙述方式最终都要形成交流叙述中的"抽象叙述空间"，这是空间叙述进入交流之后最后达成的叙述文本的空间存在状态。

上述三种空间叙述方式的区别在于：

第一，"空间自述"方式是"实"的。以空间自身来完成或者辅助完成某个叙述过程的空间叙述方式，可称为"实空间叙述"。这种叙述中，空间自身是一种叙述语言，或者用空间自身来叙述故事，或者空间对某种行为、语言具有规范作用。这种规范作用可以是道德、伦理、法律等，也可以是自定义空间规范。人造空间往往包含着特定的意向性，携带着各种规范、价值甚至道德伦理，这使得空间成为某种语言的"代述者"，表达了空间制造者的理念。如《歧路灯》中的祠堂，电视剧《天和局》中的德

[1] Henri Lefebvre, *The Production of Space,* Translated by Donald Nicholson-Smith, Blackwell, 1991, p.33.
[2] 谢纳：《空间生产与文化表征：空间转向视阈中的文学研究》，中国人民大学出版社，2010，第87页。

厚堂，电视剧《一代大商孟洛川》中的祠堂，《白鹿原》中的家族祠堂，这些祠堂作为一种空间言语行为规范，承载着家族的训诫、规矩、礼节、孝道、伦理，等等。以人物生平、事迹或者某种历史事件为主题的展览，往往用实物进行空间布局，以空间方式讲述人物故事和历史故事。因此，空间虽然以展示性来"自述"，其表达的内容却是空间制造者的价值理念。空间制造者的价值理念并不能在接受者那里获得完全复制，常常被误读、过度阐释等。

因此，实空间叙述虽然可以单独完成某个叙述过程，但这一过程基本上是一种开放状态。叙述文本的完成，离不开叙述文本的语言化（符号化），而叙述文本的语言化（符号化）要通过交流叙述中的"二次叙述"来实现。但接受者的"二次叙述"以及由此建立的"二次叙述文本"或者"抽象文本"是不固定的，其建构方式、建构材料等均处于变动状态。究其原因，在于接受者是千差万别的，其理解空间叙述的能力也是千差万别的。

第二，在"语言创构空间"的叙述中，空间是虚拟的，可称为"拟空间叙述"。拟空间叙述需要接受者进行空间还原，接受者的个体差异会导致还原差异。例如对《红楼梦》中的大观园的空间还原，就见仁见智，因人而异。基于同一叙述文本的空间还原一定会有相同之处，那就是叙述文本空间描述的确定部分。也就是说，语言创构的空间在叙述文本中既有确定部分，也有不确定部分，确定部分保证了叙述文本在交流叙述中有一个基本的立足点，不确定部分使叙述文本充满阐释魅力。叙述文本的确定部分与不确定部分构成的张力，使得整个交流叙述过程十分丰富多彩。

语言创构的叙述空间在文学叙述中是一个极具魅力的存在，当代很多作家都把特色浓郁的地域空间作为自己的创作领地，例如贾平凹的"商州"、阎连科的"耙耧山脉"、莫言的"高密东北乡"、陈忠实的"白鹿原"，等等。这些现实中存在的地域在文学中是一种"语言创构"，其魅力也存在于语言的叙述之中。还有一些文学叙述空间是一种纯虚构的存在，如《西游记》中的仙界、地府、女儿国、西天，科幻小说中的梦境、仙境，等等。文学空间叙述能够充分调动读者的阅读想象，将文字符号通过阅读还原，重塑立体的文学空间世界。这是文学叙述在时间性的叙述之外创构的独具魅力的空间存在。文学空间的建构远不止语言建构，还包含了丰富的文化内涵和心理内涵："文学空间不仅是一种语义建构，而且是包含词汇、句法和语义在内的语言文字的建构；它也不仅是语言建构，而且是心理建构和文化建构。文学空间是以语言文字为媒介，通过作者、读者和文本之间的互动而建构的关于作品世界的空间。"① 因此，文学空间的语言建构起于语言而超越语言，起于作者而完成于文学交流中的多方互动。

　　第三，空间自述和语言创构的混合实际上是实空间叙述和拟空间叙述的混合，是利用二者的优点来充分表达叙述文本的意义。但，这种混合会牺牲不同空间叙述方式的优点。例如语言创构的叙述空间，可以调动接受者的想象力和阐释能力，这是叙述文本的魅力源泉之一。但如果用实空间来填补语言创构空间，势必会牺牲读者的阐释热情。对于空间自述文本来说，接受者主动的空间还原可谓异彩纷呈，但如果在空间自述的同时辅以语言叙述，那么接受者只需被动接受即可，无须再动脑筋整合语言了。因此，空间叙述混合并不追求平常意义上的空间还原和语言还原，而是在混合中寻求更深层的意义。因此，对于电影、纪录片、舞台剧、现场报道、展览等叙述类型来说，追求意义胜于追求空间想象与语言还原。

　　空间叙述的语言建构是一个系统性工程，它并非简单的实空间搭建或者语言化的创构，而是具有多重含义。空间叙述的建构过程应符合叙述文本基本的构成模式，而其话语的选择与组合应符合传统叙述学故事和话语的文本构成，还应将"解释项"加入其中。叙述空间要想完成意义建构，必须将自身置于交流互动之中。"通过语言文字这一符号的所指或'述义'层面勾画或指代出画面，并且借助读者的理解和想象，营造文本的画面感。或者语言能指直接借助画面的空间形式，赋予叙事作品以空间感"。② "所指空间"与"能指空间"在拟空间叙述中获得存在的主要方式，就是将其置于交流过程中进行空间还原。

　　对于实空间叙述来说，空间布局、事物选择、顺序选择等都经过了人为筛选，而在选择之前，意义和效果就已经存在于空间制造者的头脑之中。他在乎的是这种空间叙述能够传达出什么意义以及他希望能够传达出什么意义。在交流的过程中，语言还原和意义还原会出现各种情况。语言创构的拟空间叙述也是如此。不同的是，语言创构的叙述空间的意义表达更直观，其语句的语气、词汇的褒贬、故事素材的选择等更能直接诉诸作品并直接传达给接受者，叙述者甚至会直接现身说法。无论作者采取何种语言表达方式，均应该符合叙述文本体裁的规范要求。

　　空间叙述的语言建构模式不同，其交流机制和意义生成方式也有所不同。无论是拟空间叙述还是实空间叙述，其叙述体裁本身规定了基本的交流前提。体裁规定性是一种叙述文本自携的元语言，其对交流双方具有

---

① 方英：《小说空间叙事论》，上海交通大学出版社，2017，第 43—44 页。
② 王瑛：《叙事学本土化研究（1979—2015）》，北京大学出版社，2020，第 44 页。

同等的约束力。下面，拟分别探讨实空间叙述和拟空间叙述的内在交流机制。

二、空间叙述的交流过程

实空间叙述以空间自述方式进行表达，是一种呈现式叙述；拟空间叙述以语言方式完成空间营造，是一种描述性叙述，是想象性的；混合式空间叙述是二者的结合，兼具空间呈现和语言描述两种方式。无论哪种空间叙述方式，在交流叙述中都应遵循以下流程：

1. 规则还原。它包括语言还原和行为还原。社会的交往行为赋予空间以各种规则，但无论是自然形成的规则还是人为制定的规则，都会被空间自述或者语言建构所表现。进入不同的叙述空间后，交流姿态的调适在所难免。如进入庭辩现场，不同的人承担不同的角色，有各自的位置；进入小说世界，确定区隔边界十分重要，接受者不能将故事世界的规则直接带到现实世界。叙述空间遵循空间一贯的规范，这种规范的直接对象就是人的语言与行为。离开人的交流，空间规则就会失去价值。

空间叙述是一种语言建构，遵循一定的规则，这些规则决定了空间元素的存在方式。空间元素的存在方式就是空间叙述的元语言，它提示了解读空间意义的方向。接受者如果能够解读这些规则，就找到了解读叙述文本、建构叙述意义的钥匙。对于进入某种空间的人来说，空间规则是最容易被识破的，他会很容易找到自己在空间中的位置，并能够以"得体"的方式活动，因此无须接受"规则培训"。但人们在进入某些特定空间（如非常规赛场、游戏场等）之前，为避免行为失当，须接受相应的"规则培训"。对于那些追求内涵的艺术作品（如电影、电视剧、戏剧等）来说，基本的艺术修养是必须的，还应让接受者明确艺术世界的区隔问题：里面的表演，你不要当真。

2. 逻辑建构。其包括还原叙述者逻辑和逻辑的重新建构。叙述空间的建构性表现为作者、接受者各自的建构，体现出空间叙述交流中交流参与者之间的各种关系。方英在论及文学空间时指出，文学空间"是一个建构的空间，是以文字为媒介，通过作者、读者和文本之间的互动而建构的关于作品世界的空间，是对各种关系的建构，是语言建构、心理建构与文化建构的结果。关系性和建构性是文学空间的核心内涵"。[①] 空间是按照一定的规则建构的，无论是现实空间还是虚拟空间，都要遵循空间制造者的意

---

① 方英：《小说空间叙事论》，上海交通大学出版社，2017，第 39 页。

向。空间逻辑很多时候并不明示，接受者必须自己建构空间的叙述逻辑。空间交流叙述中，如果说空间规则还原是首先要解决的问题，那么，逻辑建构必须在规则还原的基础上，将空间叙述中的各种元素组织进一个可以理解的、具有完整故事链条和意义表达的叙述文本之中。一般来说，只要叙述者不在故事叙述逻辑上设定难题，逻辑建构就不是难题。例如，赛场中遵循的比赛逻辑、庭辩中遵守的法律等，并不想用制造"逻辑语言"来达到某种目的，其所追求的叙述效果也不在此。而对于某些叙述类型（如电影、舞台剧等艺术门类）来说，空间叙述的逻辑建构就是叙述者创新的目标，造成的结果就是追求"惊奇"的接受效果。逻辑建构如果过于陌生化，甚至超出接受者建构经验链条的能力，就会造成接受者理解上的困难。因此，过少的逻辑连接提示和过高的接受能力要求，常常使接受者无法接近、无法解读。

空间叙述的逻辑建构基于不同的逻辑内涵，有些逻辑内涵来自文化传统、道德、语言、心理等人文因素，有些逻辑内涵来自自然法则。遵循何种逻辑，取决于空间制造者想要达到何种交流目标。交流永远是变动的、不确定的，我们无法永远将空间叙述交流框定在固定的框架之内。

3. 空间误读。无论是实空间叙述还是拟空间叙述，空间语言传递的信号并非总是清晰的，空间语言的叙述者并不能通过空间形式准确传达自己所要表达的意义。无论哪种空间叙述，都有自身的缺陷。空间叙述的不确定性使空间误读成为一种常态化存在。例如，苏州的地标建筑"东方之门"被人戏称为"秋裤"、郑州会展中心被人戏称"玉米棒"，等等。需要注意的是，空间误读并非都是恶意的，而是源于习惯性经验的迁移。当人们无法捕获空间制造者的意图时，只能根据自己的经验进行判断。

参交流参与者的文化差异、生活习惯、个人修养、语言障碍等，都会造成空间误读。空间误读造成人的行为与空间的不协调，并影响意义合成。在空间叙述的交流中，还会出现故意误读的情况，即参与者进入某种叙述空间后，会通过故意误读空间中的意义元素，造成某种混乱的叙述效果。例如，刘姥姥第一次进贾府时，对贾府是陌生的，其行为极度不协调。她第二次进贾府时则从容许多，并刻意通过"误读"的方式讨得贾府各色人等的欢心。

4. 意义合成。从叙述者（作者）的角度来说，空间叙述交流的最高境界是还原文本意义。但在实际的交流中，无论是空间自述还是空间的语言创构，都很难完全还原空间的意义，而是呈现原义、新义、歧义、反义的混合状态。这里，"原义"并非作者的"全原义"，而是"部分原义"。"新义"是接受者根据自己的理解，通过文本获取的作者原义之外的意义。也就是说，"新义"并非接受者凭空自创，而是源自文本，是空间叙述文本"溢出"作者原义的部分。"歧义"是由于叙述文本或者接受者自身的原因，在实际的交流叙述中，接受者的理解产生偏差，形成误解。"反义"是接受者建构的文本意义与作者原义抵触，形成相反方向的意义。

接受者是一个复杂的群体，叙述文本亦非一个固定的存在，交流过程中充满协商、磨合和不确定性。受文本、交流环境、接受者等多种因素的影响，进入接受者视野的、组成接受者文本的材料并不相同，由此形成的意义也不相同。空间叙述中（尤其是实空间叙述中），空间中的各种元素在组成叙述文本的过程中具有不同的作用，影响意义建构的因素也有远近之别，作者并不希望某些元素对建构文本意义起作用。而这些情况在接受者那里都是不可预知的，接受者使用空间元素的比例、轻重、远近等是不可控的，意义建构变得日益复杂而不可预知。

5. 经验形成。它包括经验还原与经验更新。人类在交流中完成经验的传递与更新，是人类经验形成的基本模式。经验交流的"梭式循环"是这种模式的基本表现方式，也是本书理论建构的基础。空间叙述是形成空间经验的途径之一。远古岩画中的狩猎场面，是古人空间经验的叙述化表达。它以远近、大小、距离等表现空间位置，以空间各种元素的布局来形成逻辑统一的叙述文本。原始人在狩猎过程中，通过语言描述来展现猎物的远近与空间的布局，然后通过对人的空间布局来完成狩猎过程。先秦民谣《弹歌》描述的狩猎过程是："断竹，续竹；飞土，逐宍。"日常生活中的各种空间经验通过交流获得社会化，并在不同社会成员那里得到传承与更新，此即人类经验的"梭式循环"过程。

人类社会的发展形成了各种领域，空间经验也越来越精细化。人类社会经历了由"自然空间经验"到"人为空间经验"的转变，后者逐渐成为空间经验的主导，而空间叙述就是"人为空间经验"的表现之一。空间经验的建构与培养非常重要，电影的发展过程就是创造和培养电影叙述经验的过程，其不但培养了导演，也培养了观众。空间叙述的经验还原与更新是一种普遍现象，存在于各种类型的空间叙述之中。

空间叙述的交流是一个动态过程，这一过程可以形成叙述文本（叙述文本的符号化）、逻辑建构、合成意义、叙述经验。但这一过程并不是一种法定秩序，而是互有交叉或者顺序更换。如经验的形成，在每一步都可能发生。意义的生成也是如此，在交流过程中也能合成意义，只不过这种意义是一种局部意义。每一个程序都是经验的继承与增殖过程，叙述经验的螺旋式上升就是在这一过程中完成的。

三、抽象叙述空间

任何空间营造都不会仅仅到空间自身为止，所有空间元素的综合会形成某种形而上的意境。任何渴望交流的空间叙述文本，都希望通过空间语言向交流者传达语言无法企及的意义之境，这是空间交流叙述的最高境界。我们将这种通过空间叙述语言传达出来，并在交流中获得实现的，存在于形而上层面的空间交流叙述意境称作"抽象叙述空间"。

列斐伏尔在论及资本主义空间的时候提出"抽象空间"概念："资本主义与新资本主义生产了一个抽象空间，在国家与国际的层面反映了商业世界，以及货币的权力和国家的'政治'。这个抽象空间有赖于银行、商业和主要生产中心所构成的巨大网络。"[①] 资本主义空间这一"抽象空间"靠相互关联的基点（银行、商业、生产中心等）连接而成，是一种交流性空间生产模式。抽象叙述空间也是在参与交流的各种要素构建的网络中建构而成，是一种虚拟的空间网络，具有自己的独特性。

抽象叙述空间是现实空间和符号空间在交流叙述中均能形成的交流性意境空间，是空间交流叙述的共同归宿。现实空间通过交流组合成某种叙述性文本，形成某种抽象的意义文本，并与抽象叙述空间构成区别。符号空间叙述作为某种符号化存在，在本质上也是一种抽象，其与抽象叙述空间的区别在于：其一，符号空间叙述是作者一方的意向性符号构筑，一般来自作者的选择与组合。抽象叙述空间是空间叙述进入交流链条后，通过"作者—叙述文本—接受者"之间的双向交流或多向交流，最后形成的携带某种意义的叙述空间。它存在于交流之中，并不单独属于某一方。其二，从交流叙述层面来看，符号空间叙述处于交流叙述文本产生、交流的过程中，并非交流叙述文本的最后状态；抽象叙述空间处于交流叙述的最高阶段，是空间叙述文本经过交流而获取的携带意义的抽象叙述空间。其三，从空间叙述文本的构成元素来看，符号空间叙述是作者为达到某种意向而选取素材，并按照一定的方式组合素材而形成的"作者文本"；抽象叙述空间是"作者文本"进入交流链条后，接受者在主叙述文本（作者文本）、辅叙述、非语言叙述、零叙述等因素的共同作用下形成的抽象叙述文本，其意义会随着调整。

---

① ［法］亨利·列斐伏尔：《空间：社会产物与使用价值》，载包亚明主编：《现代性与空间的生产》，上海教育出版社，2003，第49页。

网络影视作品中插播的广告，与影视作品的内容越来越契合。例如，在影视剧中的人物喝酒的场景中，在没有任何提示的情况下介入广告。影视剧的叙述空间与广告的叙述空间属于两个不同的文本系统，二者之间无法相互穿越。但广告将影视剧中的某个人物作为广告的代言人，使二者具备了穿越的条件——同一个演员。问题的关键是，这种广告模式对于抽象叙述空间构成的影响，抽象叙述文本的构成元素不但包括广告，还包括"同一演员"的个人故事。

文学叙述追求的"意境"，以马致远的《天净沙·秋思》最具典型性。该诗曰："枯藤老树昏鸦，小桥流水人家，古道西风瘦马。夕阳西下，断肠人在天涯。"作者通过一系列独特的空间元素，营造了一个表现羁旅之苦、之孤独，蕴含思乡之切、旅途之苦、内心之孤独的空间审美意境。这种意境并非是这些空间元素自身携带的，而是在"文本—接受者"交流中有机组合而成的境界。这种境界是抽象的，很难用语言描述出来。在文学叙述中，这类抽象叙述空间十分常见。如《水浒传·林教头风雪山神庙》中的"那雪下的正紧"几个字，把风雪之大、氛围之紧张、林教头命运之危急体现得淋漓尽致，让人品咂不尽。文学叙述空间靠语言符号来完成空间的意向性营造，接受者根据语言符号来还原这种空间，所有这些都在一种抽象的想象中完成，其叙述空间也是一种抽象存在。但，接受者的还原能力是千差万别的，中国古典文学所营造的意境，只有那些具有较高文学欣赏能力的读者才能体会得到。上述二例的绝妙之处，文学欣赏能力较低的读者是体会不到的。

法庭的空间布局充分体现了法律的公正和权威。在空间布置上，法官位于最高、最显眼、最能掌控全局的位置，嫌犯则位于被四周凝视的中间位置，这是一个被质疑、被询问、被控制的位置。这一空间布局最终形成的是法律叙述的权威、公正、正义等形而上的境界，这种境界并不是"看"出来的，只能被感知到。法庭的空间布局不需像文学叙述那样绝妙，而是更具体，受审者能直观感受到来自空间语言的压力。

抽象叙述空间作为一个复杂的存在，具有如下特点：

第一，动态性。抽象叙述空间是在交流叙述过程中动态形成的，组成作者空间叙述文本与组成接受者空间叙述文本的构成元素并不完全重合，因此，作为交流叙述空间的最后状态的"抽象叙述空间"的组成元素是不固定的，抽象叙述文本由此变得不固定。这种特点源于交流叙述参与者的复杂性：不同的人看到的和想到的并不一样。

第二，接受者因素。交流叙述参与者自身的变动性，导致不同时间形成不同意义的抽象叙述空间。接受者在不同心情、环境等内外因素的作用下，在不同的时间和地点，对同一叙述文本的接受也会有所不同，从而形成不同的抽象叙述空间。

第三，媒介转换。数字化时代，媒介转换已经成为叙述中的常态，最常见的转换方式，是将纸质文本转换成电子文本。其次，是转换传播媒介，如将纸质文本转换成声音文本，将文字文本转换成图像文本，等等。媒介转换往往会改变叙述传播的方式和交流方式，同时也会影响意义的生成方式。傅修延论述了戏剧、影视剧等的数字化所带来的交流变化："由于计算机技术的进步，今人已经可以独自在家观赏各类影像资源，但这也意味着失去了和他人共享听觉空间的乐趣——评价和议论也是消费叙事的重要方式，他人的缺席会让我们感到独乐乐不如众乐乐。"①

第四，外部语境变化。不同文化、不同政治环境等外部因素会极大影响抽象叙述空间的形成与意义，任何叙述文本的跨文化交流都会造成文本误读，产生意义流失和意义增殖，抽象叙述空间的建构也概莫能外。

第五，历史变迁。任何叙述文本最后都会成为历史流传物，在不同的历史阶段形成不同的意义。空间叙述文本同样如此，抽象叙述空间也会随着历史的发展而变化。抽象叙述空间的历史性改变源于叙述文本在历史流转过程中形成叙述文本元素的减损或增殖，也源于交流过程中组成"接受者叙述文本"元素的改变。

综上所述，抽象叙述空间是交流叙述中客观存在的现象，在某种条件下，抽象空间可以实现具体化。如对《红楼梦》中的大观园的还原、小说文本的影视剧改编等。抽象叙述空间被具体化后，组成空间叙述文本的材料也发生了变化，已经是一个新的空间叙述文本了。但这种具体化的空间叙述文本，实际上证明了抽象叙述空间的存在。

① 傅修延:《叙事与听觉空间的生产》,《北京师范大学学报（社会科学版）》2020 年第 4 期，第 94 页。

第十章　交流叙述的媒介融合：
数字化时代的叙述

　　数字化时代的到来，给叙述方式、叙述类型、叙述渠道、叙述交流等都带来了新情况。数字媒介与叙述的结合方式多种多样，其不仅给叙述带来了新的特征，也向作者、叙述者、文本、接受者等传统概念提出了新的挑战。数字化叙述使经验视野的"梭式循环"出现了新的状况，经验的传承和累积速度加快。脑机接口与人工智能的发展，既为叙述提供了新的形式，也对叙述交流构成影响。网络文学叙述是网络时代发展比较成熟的叙述类型，它改变了传统文学的"进入机制"和"筛选机制"，赋予网络文学的交流机制以新的特征。超文本写作进一步提升了交流在叙述中的核心作用。网络活态叙述是网络时代的独特叙述方式，其特征、叙述方式、时空特征等都是有待深入探讨的话题。

第一节　数字化时代的交流叙述：当前与未来

　　数字化从两个方向改变了我们对叙述的认知：一是叙述的媒介承载方式，二是叙述的交流方式。数字媒介是一种平台媒介（或技术媒介），它一方面作为诸多媒介的公共融合平台，促成多媒介合作，从而使得以往的单一媒介叙述变成多媒介叙述，单一媒介文本变成多媒介文本。另一方面，它也改变了叙述文本的交流方式，使其时空被压缩。这就意味着在"作者—文本—接受者"的交流循环中，经验的流动方式发生了巨大变化。与此同时，虚拟平台所形成的在场性交流，使接受者之间获得了一个经验交换空间。网络视频的弹幕、网游叙述的交流窗口、网络活态叙述的跟帖评论等作为接受者的交流平台，与叙述文本一起构成了一种新型的接受者文本模式。

一、数字媒介与叙述的结合方式

数字技术的发展为叙述提供了新的表达方式，数字媒介与叙述的结合为叙述提供了新的可能性。二者的结合将会改变叙述的生存格局，叙述文本的创造方式、存在方式、流通方式、交流方式等也将随之发生改变。因此，数字技术对于叙述来说，是一种革命性变革。那么，数字技术与叙述的结合方式有哪些呢？二者的结合对于叙述将会产生怎样的影响呢？

其一，平台媒介及其可能性。数字技术通过多种终端设备（如电脑、手机、平板电脑、各种存储设备、各种利用数字技术获得功能的设备，等等）来表达存在。因此，数字媒介也是一种平台媒介。如果将数字技术视为平台，那么，它为各种叙述类型提供了新的表达方式、传播渠道、接受渠道等。作为单一平台的数字技术，并不改变原叙述文本的内容，而是为原叙述文本提供平台支持。例如纸质的叙述作品可以通过数字技术进行网络传播，电影、电视剧、庭辩、体育等叙述类型可以通过数字网络进行交流传播。传统叙述类型可以利用数字技术获得新的存在形态、传播方式和接受方式。但若是把数字技术及其终端仅仅视作一种平台，就会低估数字化叙述的价值与发展前景。数字技术给叙述带来了一系列的变革，从叙述文本的创作方式、表达方式、传播方式、接受方式、意义生成方式等到叙述者、叙述文本、接受者等的革命性变革。数字技术与其他科技（如生物技术、量子技术等）的结合，使数字化叙述成为一种发展中的叙述方式，并存在多种可能性。

其二，互动叙述文本。数字技术与叙述的结合产生了互动文本。数字技术改变了叙述文本的创作方式，网上创作与交流使叙述文本在交流中的反馈速度加快。数字技术还催生了网络叙述接龙，使接龙小说、集体创作成为可能。此外，数字技术作为一个平台，给叙述文本增加了新的表达方式。如改变传统小说的文字叙述方式，增加图片、动画、链接等，使小说的形态发生改变。超文本小说更是把叙述选择权让渡给读者，从而使每一位读者眼中的故事都有所不同。因此，数字技术使"交流性叙述文本"成为可能。网络互动也给叙述增添了新的元素。互动叙述文本从两个方面改变了叙述文本的存在方式：其一，从作者的角度来说，互动叙述文本的作者是不固定的，隐含作者成为一种"群体性"存在；其二，从接受者的角度来说，互动叙述文本的作者和接受者之间界限模糊，接受者获取意义的方式更加多样，叙述文本的意义也由此变得不可预知。互动叙述文本除关注文本自身的意义之外，还有一种更重要的意义，即互动文本的产生过程成为参与交流叙述的人所追求的目标。相比意义，互动叙述文本的作者和接受者更为在意互动过程带来的接受愉悦，甚至过程本身成为交流叙述的全部价值。

其三，扩增符号能力。数字技术可扩增符号的表达能力，可进行多种符号类型的协同参与，从而使叙述文本转变为多符号文本。一个多符号叙述文本中，可以有文字、图像、视频，可以插入背景音乐，可以进行知识链接，等等。符号能力的扩增带来的最直观的效果，就是叙述文本的丰富性与多样性。

其四，新叙述类型。数字技术与叙述的结合催生出的新叙述类型有：网络小说、超文本小说、网络游戏、互动小说、直播、活态叙述等。这些叙述类型无不兼具数字网络和叙述的特征。

需明确的是，数字技术与叙述的结合并不是对二者特征的综合利用，而是产生了更深层次的问题。正如玛丽－劳尔·瑞安所言：

> 数字化对叙事的影响不是一个提出新逻辑的问题，而是在媒介和叙事内容的形式与实体找到正确契合的问题。每种媒介都有其最适合的主题及情节类型：你不能在舞台上、写作中、对话中、上千页的小说中、长达两个小时的电影中及连播好几年的电视剧中讲述同样的故事类型。新媒体叙事的研发者面临的最紧迫的问题是：找到什么样的主题和什么样的情节可以恰当地利用媒介的内在属性。①

利用媒介的"内在属性"生成新的叙述类型，或许是数字技术与叙述结合的真正意义所在。这些新的叙述类型正处在发展的历史进程之中。网络小说、网络游戏、超文本小说等靠交流互动获得存在的新叙述类型，正是在数字媒介内在属性的支持下，才获得了广阔的发展空间。

新的叙述类型、传统叙述类型的新方式等也许只是数字化叙述的表象，其内在的运行、生存、审美、道德、价值观、交流方式等所构成的数字化叙述新问题域，才是我们应该关注的重点。在数字化时代，传统的叙述理论受到挑战，一些根深蒂固的观念受到根本性动摇，而数字化叙述的革命性正建基于此。

---

① ［美］玛丽-劳尔·瑞安：《新媒介是否会产生新叙事？》，载［美］玛丽－劳尔·瑞安编：《跨媒介叙事》，张新军等译，四川大学出版社，2019，第326页。

二、作者层级、文本与叙述者诸问题

随着交流互动成为数字化叙述的存在方式，叙述者的地位逐渐受到了挑战。在经典叙述学和后经典叙述学视野下，叙述者是一个确定的概念，在叙述文本中能够获得一个比较清晰的身份，但在一般叙述框架下，尤其是在进入数字化叙述阶段后，我们不得不重新思考作者、文本、叙述者诸问题。因为这些叙述学研究中的基本概念已经超出了原来的理解范围，具有了新的内涵。

首先，作者问题。普林斯对于"作者"的界定是："叙述的制作者或创作者。不能将真实或具体的作者与叙述的隐含作者 implied author 及叙述者 narrator 相混淆。与后两者不同，真实或具体的作者并不内在于叙述文本之中，也不能从叙述中推演出来。"[①] 也就是说，作者是无法推演出来的，具有不可逆性。同时，作者也是确定的，确定的叙述文本和叙述具有确定的作者。这似乎是一个无须讨论的问题，因为按照经典叙述学和后经典叙述学的理解，叙述文本是一种确定性存在，但叙述扩容、一般叙述学研究框架建立之后，尤其是在叙述与数字化的结合越来越紧密的当下，稳固的叙述文本受到冲击，叙述的动态性使作者变得游移不定，作者问题需被重新思考。

在数字化叙述中，互动性成为数字化叙述文本的基本存在方式，叙述文本是变化的、动态的。数字化叙述文本虽然有一个"超级作者"（叙述文本的原始作者），但他并非所有完成性叙述文本的作者，而只是一个参与者。例如超文本小说，最后成型文本的作者是"超级作者"和读者（叙述文本的成型离不开读者的参与）。之所以称其为"超级作者"，是因为他只是总文本的制造者，而不是最后成型文本的作者，最后成型文本是在读者的能动参与下完成的。次级叙述文本的作者又可称为"次级作者"。

其次，超级叙述文本。超级作者创造的叙述文本，就是超级叙述文本。超级叙述文本并非对传统的文字符号文本进行简单的数字化处理，让其在存储、传播、阅读等方面获得新形式，而是"通过把数字的动态性特征整合为文学表意结构的一部分，它们拓宽了文学的表现范围。通常来说，这种文学根本无法用印刷形态来出版"。[②] 传统叙述类型经过数字化处理后，

---

① [美]杰拉德·普林斯：《叙述学词典》，乔国强、李孝弟译，上海译文出版社，2011，第18页。

② [芬兰]莱恩·考斯基马：《数字文学：从文本到超文本及其超越》，单小曦等译，广西师范大学出版社，2011，第2页。

获得了新的存在形态并融合了数字技术的特征，这种叙述文本也可称为
"超级叙述文本"。接受者根据自己的理解和自己所掌握的包括叙述文本在
内的各种材料组成的新"接受者文本"（多数情况下是一种"抽象文本"），
就是"次级叙述文本"。对于那些深度融入数字化的叙述类型（如网络小
说、超文本小说、网络游戏、网络活态叙述等）来说，超级文本类似于由
叙述材料和叙述方式构成的"材料库"，是一种"未完成"文本，其完成
要靠接受者交流互动下的选择与组合。由接受者完成的叙述文本，也可称
为"次级叙述文本"。很多时候，次级叙述文本都是由创造它的交流参与
者"独享"的，但如果他愿意，也可以与其他接受者共享。

最后，叙述者问题。叙述者属于文本元素，是理解叙述者的根本出发
点。关于叙述者，普林斯有一个简单的界定："文本中所刻画的那个讲述
者。"[①] 叙述者可以是固定的，也可以是动态的。"固定叙述者"一般是指一
个叙述文本只有一个固定叙述者，是一种单一叙述者。"动态叙述者"具
有两种内涵，一是普林斯所谓的"在某一特定的叙述中，也可能有数个不
同的叙述者，每一个叙述者轮流向不同或相同的受述者讲述"。[②] 简单来
说，就是一个叙述文本有两个以上的叙述者，讲述处于动态变化之中。二
是在数字化叙述中，叙述文本的不确定性导致超级叙述文本下的各种次级
叙述文本的叙述者并不相同，叙述文本与叙述者都时刻处于动态变化之中。
在经典叙述学和后经典叙述学理论中，叙述者并非一个复杂的概念，但在
数字化叙述、交流叙述学视野中，这一概念变得复杂了。需要指出的是，
传统上对叙述者的理解，如戏剧化叙述者（故事内）、非戏剧化叙述者（故
事外）等，同样适用于数字化叙述和交流叙述。

我们根据作者、文本、叙述者之间的层级关系，可以绘制出下图：

超级作者 ⟶ 超级文本 ⟶ 次级作者 ⟶ 动态叙述者 ⟶ 动态叙述文本 ⟶ 次级叙
述文本 ⟶ 次级叙述文本集合

在作者、叙述者、文本构成的层级关系中，交流是其核心特征，包括
超级作者与次级作者之间的交流、次级作者与超级文本之间的交流、次级
作者之间的交流等。动态性、交流性、不确定性、包容性等，是数字化叙

① [美] 杰拉德·普林斯：《叙述学词典》，乔国强、李孝弟译，上海译文出版社，2011，第
153页。
② [美] 杰拉德·普林斯：《叙述学词典》，乔国强、李孝弟译，上海译文出版社，2011，第
153页。

述的主要特征。在作者与接受者的交流史上，为争夺解释主导权引发出一系列理论话题。在接受美学那里，接受者被提升到与作者同等重要的地位。在数字化时代，作者与接受者之间的界限变得模糊不清，二者都可以成为新文本的创造者，权力关系随时可以反转，再纠结解释权变得毫无意义。这就需要我们站在新的起点上，重新审视影响意义生成的各种因素。

三、数字化叙述中的"常态跨层"

叙述文本的叙述层次是其存在的基本状态，任何叙述文本都是高叙述层的叙述行为产生低叙述层的故事文本。"作者—叙述者—故事"构成一个简单的叙述层级。有些叙述文本的叙述层级较为复杂，且叙述者与故事的关系也不相同，有的是戏剧化叙述者（故事内叙述者），有的是非戏剧化叙述者（故事外叙述者）。每个叙述层级都有自己的世界，各层级之间的界限牢不可破。如作者不能干预叙述者的叙述，叙述者不能干预故事人物的叙述，就像电影的导演不能出现在镜头之内、鲁迅不会出现在孔乙己的故事中一样。叙述层级之间的界限若被打破，就会出现跨层。

在数字化时代，多媒介融合在数字化平台得以实现，图像、声音、文字符号等媒介经过数字化处理都可以在终端实现融合。数字化网络不但是一种交流渠道，而且是一种融合平台，具有"渠道 + 平台"的双重功能。在数字化时代，每个人都有机会参与数字化平台的建构。数字化叙述文本靠交流获得存在，交流成为数字化叙述基本的存在方式。叙述文本作者、接受者、叙述者之间的界限变得模糊不清，"跨层"叙述成为一种常态化存在。

赵毅衡先生对"跨层"的解释是：

> 跨层是对叙述世界边界的破坏，而一旦边界破坏，叙述世界的语意场就失去独立性，它的控制与被控制痕迹就暴露出来。只有边界完整清晰的叙述世界才有能"映照"（mapping）经验世界。
>
> 跨层意味着叙述世界的空间—时间边界被同时打破，因此在非虚构的记录型叙述（例如历史）中，不太可能发生跨层。如果人物活着，对历史作家不满意，他的批评只能形成另一个文本，不可能出现贾雨村那样"当面"指点空空道人的例子。[1]

---

[1] 赵毅衡：《广义叙述学》，四川大学出版社，2013，第 276 页。

对于传统的叙述文本而言，跨层意味着叙述出现了某种意义上的"混乱"，它无疑将交流的层次从故事层转到了叙述层。而跨层作为一种"叙述事件"，其本身也携带某种意义。在传统叙述文本中，跨层并非一种常态现象。在数字化时代，跨层已经成为一种常态化现象。很多数字化叙述靠交流获得存在，互联网技术则使交流成为一种及时性存在，赵毅衡先生所说的跨层的"时间悖论"，[①] 在网络活态叙述、网络直播、电视直播等叙述类型中几乎不存在，上层叙述侵入下层叙述或者相反的情况经常发生。在网络活态叙述中，处于接受层的网民有可能参与到叙述事件之中。这是一种"常态跨层"。

数字化网络叙述为叙述的双循环交流带来了新的模式，文本内与文本外之间的边界变得模糊不清，跨层交流的层次性也由此变得难以分辨。跨层交流的一个重要结果，是叙述文本作者处于不稳定状态，作者、接受者的身份可以转换、可以反转，交流叙述的双循环模式也会发生改变。

在数字化时代，常态跨层得以存在的根本原因在于，数字叙述文本是一种动态文本，甚至是一种未完成文本，它靠与接受者的交流获得存在，或者说通过交流来获得一种完整的文本形态。这就意味着传统叙述文本的自足性被打破，接受者参与到叙述文本的建构，叙述文本的内、外交流界限被打破，文本内、外的双循环交流界限也变得模糊。作者和读者之间的界限没有了，交流成为一种个人行为，或者说交流本身就是写作。人与超文本之间的交流产生了两方面的结果：一是新的叙述文本的诞生。这种叙述文本具有个人性和私密性，一般情况下不与其他人分享。二是网民参与到网络事件、直播事件之中，网民的参与度、参与数量等成为推进网络叙述进程的重要动力。

综上所述，由数字技术催生的新叙述类型改变了传统叙述模式与传统叙述文本的存在方式，使叙述存在的时间、空间和文本元素等都发生了巨大的变化。这些变化使叙述的交流性更加突出，常态跨层就是交流性增强带来的结果之一。

四、数字化叙述的经验累积方式

叙述经验的获得从来都不是文本内部的事，在多种因素的综合作用下，才造就了叙述经验的发展，尤其是数字化网络叙述的快速发展，为叙述经验的更新与循环提供了广阔与高效的平台。其一，传统叙述类型的数

---

① 赵毅衡：《广义叙述学》，四川大学出版社，2013，第278页。

字化使叙述经验的继承与更新的"梭式循环"具有了新的特点；其二，数字技术催生的新叙述类型使经验视野的"梭式循环"具有了不同于传统的新方式。

第一，传统叙述文本数字化是指对传统叙述文本进行数字化处理，使其更有利于网络传播，从而使传统叙述文本的传播方式发生改变。如传统的纸质文本在携带、阅读方面受到诸多限制，经过数字化处理之后，就可被存储于各种电子存储设备之中。这些设备的存储容量非常大，且携带方便，可以随时阅读。此外，数字化文本可以通过互联网远距离传播。在数字化时代，对于作者和接受者来说，不仅叙述经验的增殖速度和方式均发生了革命性变化，个人经验转化为公共经验的途径、方式也发生了变化。从途径来说，经验的累积方式更加多样，所有的电子传媒终端（如电脑、手机、平板、电视等）都成为经验获取和累积的途径。从方式来说，个人经验要想转化为公共经验，须先经过接受者对经验载体（作品）进行习得并将之转化成自己的新经验，然后接受者再将习得的新经验以新的作品呈现出来。在数字化时代，接受者可以通过多种渠道呈现自己所习得的经验，如发帖、评论、弹幕等。

第二，数字化时代，新的叙述类型给经验视野的"梭式循环"增加了新的内涵。如网络活态叙述、网络小说、网络游戏、网络直播等叙述类型使叙述与接受之间的时间差缩短，甚至可以忽略不计，接受者可以通过评论、弹幕等方式及时、直观地呈现自己的接受效果。如此一来，叙述者和接受者之间的交流就会变得及时，甚至同步。无论是叙述经验还是接受经验，都会迅速地转化成公共经验。有些叙述类型（如网络游戏）中，由于叙述者与接受者合二为一，其经验往往具有私密性。而这些私密经验在网络游戏的讨论社区公开后，就可以转化成公共经验。

数字化时代，随着人工智能技术的迅猛发展，经验视野的"梭式循环"变得日益复杂。尤其是在人工智能可以自动汇聚超文本材料之后，经验就变成了可以量化的存在。由此可见，随着数字技术的深入发展，人类的经验积累、知识增殖变得越来越高效，研究数字化时代叙述经验的积累和传承方式由此成为交流叙述学研究的重要内容之一。此外，由于这一问题涉及不同学科的渗透和交叉，跨学科研究也成为数字化时代叙述学研究的新课题。

五、脑机接口与人工智能写作

现代生物技术与人工智能技术的发展，改变了传统文学艺术的表达方式，使一些无法靠传统方式创作的叙述性作品在新的技术条件下得以实现。如有些叙述类型（如梦叙述等）在将来会以符号方式呈现出来；有些叙述类型（如人工智能叙述等）在将来会产生新的叙述方式。因此，现代生物技术与人工智能技术的发展不但会极大影响叙述的方式与类型，还会产生新的问题与挑战。

人脑与电脑互联有三种发展方向：其一，人脑产生的信号被数字技术捕捉，并转换成文字、图像等信息；其二，电脑中的信息经过数据化处理后被"置入"人脑之中，使人脑获取特定的知识和信息；其三，电脑通过感应元件捕捉人的各种反应（如眼睛、表情等的变化），并将之转化为终端交流信号。如通过"人 - 机"互联"头盔"，让人体验虚拟现实：

> 虚拟现实的典型道具是一个头盔 (helmet)，上面有两个护目镜 (goggle) 般的显示器，每只眼睛对应一个显示器。每个显示器都显现稍微不同的透视影像，与身临其境时的情景完全一样。当你转动脑袋的时候，影像会以极快的速度更新，让你感觉仿佛影像的变换是因你转头的动作而来 (而不是计算机实际上在追踪你的动作，后者才是实情)。你以为自己是引起变化的原因，而不是经由计算机处理后所造成的一种效果。①

在人工智能技术的支持下，所有类型的叙述都可以通过"人 - 机"互联的方式来完成。

对于文学创作和接受来说，人工智能技术与叙述的结合具有两方面的意义。一是改变了传统的创作方式，并带来与传统创作方式不同的创作结果，使某些难以表达、不能表达的内容可以通过数字技术得以实现。也就是说，脑机接口方式的文学创作被新技术赋予以新的表达方式和内容。二是改变了文学交流方式。电脑信息置入大脑改变了大脑处理信息的方式以及传统的文学交流模式（无论是面对面的交流，还是接受者与文本之间的交流）。这就意味着交流方式已经内化。

除"人 - 机"互联外，另一种改变叙述创作与交流方式的人工智能技

---

① ［美］尼古拉·尼葛洛庞帝：《数字化生存》，胡泳、范海燕译，电子工业出版社，2017，第 113 页。

术，是人工智能写作。人工智能可以对某种写作风格的大数据进行统计与分析，通过将风格、体裁等文体规范性元素变成某种可以"复制"的规范化程序，来达到模拟人类写作的目的。在人工智能技术的支持下，文学创作成为一种可以设计的规范化程序，人工智能写作成为这种规范化程序下的生产流水线。例如机器人"小冰"创作了一千万首现代诗歌，并出版了诗集。此外，还有人尝试让机器人写小说。人工智能写作使传统文学创作的各种价值规范受到前所未有的挑战，促使人们对作者、隐含作者、（不）可靠性、写作伦理等问题进行重新定位和思考。

第一，人工智能写作从创作方面挑战了传统的创作模式。在传统的创作模式中，作者是一个核心要素，作者的个人天赋、秉性、人生经历、文化修养、价值观等都会影响到作品的内容和价值取向。人工智能被引入文学创作后，作者成为一个比较复杂的问题。人工智能写作首先要靠一整套复杂的程序，其次要靠海量的资料存储，而这些均属于"技术性"存在。人工智能写作的创作者是一种"双层作者"，即程序作者和文本作者。程序作者是程序设计者，按照既定的目的进行程序化设计，然后输入海量的原始资料。原始资料相当于赵毅衡先生的"底本1"，规范化程序则相当于"底本2"。如此一来，人工智能机器人的"程序＋资料库"就构成了一种"原始底本"。"双层作者"实际上摈除了附着在作者身上的各种"软元素"（如经历、情感、审美情趣、社会关系等），而代之以一整套编码系统。这套系统需要某种触发因素来启动，而这种触发因素就是人。

第二，人工智能的触发者。人工智能机器人之所以不能自动进入创作状态，是因为它缺乏触发写作的"软元素"。这就需要通过人为输入"题目"等方式来触发机器人的"创作"。这是一种比较独特的交流模式，即人与机器人之间为完成某部文学作品而进行交流。这里的"触发者"是一个很难定位的角色，我们既可以将他看作作者的一部分，即他与机器人共同完成创作；也可以将他看作接受者，即他根据自己的阅读目的进行"有目的"的触发，比如设计"题目"等。人工智能的触发者挑战了"作者—接受者"的角色区分，模糊了二者的功能。

第三，靠交流获得生存。人工智能写作要靠"人－机"交流获得存在，这里的交流更像是一种"写作游戏"。在很大程度上，人工智能的文学作品是"触发者"为了某种目的而进行的"文学游戏"，触发者本人就是接受者。我们不能排除人工智能作品有其他的接受者，比如机器人"小冰"出版的诗集的读者。必须指出，机器人创作根本上是靠交流获得存在的一种创作模式，无论原始的触发者以何种方式触发了机器人的"创作"，这一程序是必须存在的。

第四，人工智能写作是一种发展中的写作方式，其发展与数字技术等技术密不可分。其发展本身是一把双刃剑，一方面它为文学创作的智能化提供了一种新方向，为文学交流带来了一种新模式，并使"文学游戏"成为可能；另一方面它挑战了传统文学创作与交流的方式，破坏了文学赖以生存的价值系统，如情感、审美等。有温度的文学活动变成一种"程序+资料库"的组合后，其未来将会如何发展？因此，人工智能写作在给我们带来新体验的同时，也使我们陷入深深的忧虑。

第五，量子写作。量子叙述（写作）是指将量子技术运用于叙述，使叙述获得新的表达方式和接受方式。量子纠缠是量子技术中的重要内容，其被引入叙述领域后，给叙述文本带来一系列的新变化。如梦叙述的还原，通过量子设备可以将人的梦还原为文字或者画面。量子叙述无疑会颠覆叙述者或者作者的传统认知，使话语权力关系变得游移不定，甚至使判断话语的权力关系成为交流叙述的当务之急。

综上所述，无论是"人-机"互联、人工智能写作还是量子叙述，在给叙述交流带来革命性变化的同时，技术进步带来的理论难题也日益凸显。一般叙述学研究作为一种跨学科研究，必然会随着叙述的发展而不断拓展自身的研究视野、创新自身的研究方式。

第二节　网络文学的交流模式

网络文学以其迅猛的发展速度和日益增长的影响力，已经成为文学研究中不可忽视的文学类型。网络作为一种平台媒介，为各种表达方式提供了一种融合的途径，使文学表达的丰富性得到前所未有的扩充，也使围绕文学的文本内、外交流变得迅速、及时。以交流为核心，形成了相同趣味的，包括作者、读者等在内的虚拟社区。网络文学使交流成为一种常态化存在，交流成为网络文学的核心要素和基本存在方式，没有交流就没有网络文学。网络小说作为最活跃的网络文学体裁，拓宽了文学叙述的表达边界，拓展了叙述的表达能力和表述可能性。网络媒介的准入和筛选机制则为作者的多元化创作提供了自由平台，减少了纸媒时代人为（如编辑系统）筛选的弊端，释放了作者的创作能力。由此可见，网络既提供了一种公平、自由的机会，也提供了一种交流的渠道。

一、网络文学的界定

网络文学的意义在于，提供了一种新的文学方式（包括表达方式、出版方式、传播方式、交流方式）。网络文学的发展一方面依赖于计算机技术、网络传播技术等的发展，另一方面也受惠于或者受制于这些科技的发展。试图界定一个发展中的事物，总是一件吃力不讨好的事情，但从目前的状况来看，对网络文学做出初步界定已成为当务之急。下面是一些具有代表性的定义：

> 网络文学是指网民利用电脑创作，首先发表于互联网上，供网民欣赏、批评或参与的文学或类文学作品。这也是本义上的网络文学。
> ——欧阳友权《网络文学词典》①
> 网络文学指："一种用电脑创作、在互联网上传播、供网络用户浏览或参与的新型文学样式。"
> ——丁国旗《对网络文学的传播学思考》②
> 网络文学主要是指"网络原创文学"，即主要采用在线写作的方式，在网上首发的文学。其中，既包括网络原创文学，也包括利用对媒体技术和网络媒介交互作用创作的超文本、多媒体文学、"机器作品"等。
> ——王小英《网络文学符号学研究》③

上述界定都强调电脑创作、网络首发、网民互动三个要素，三者分别对应了文学生成、传播和接受三个环节。这种对网络文学的阶段性层次划分掩盖了一个非常核心的问题，即由文学的网络化变革所导致的围绕文学的权力关系的重组与游戏规则的重新洗牌。正如赵毅衡先生所说："（网络文学）它的历史重要性，完全可以比拟四百年前启蒙时代书面印刷文学对文学史的冲击，完全可以比拟小说的崛起。"④赵毅衡先生将电脑与互联网的产生称为"第三次传媒突变"（第一次传媒突变是"言语和符号的发明"，第二次传媒突变是"符号的系统

---

① 欧阳友权：《网络文学词典》，世界图书出版公司，2012，第 18 页。
② 丁国旗：《对网络文学的传播学思考》，《江苏行政学院学报》2008 年第 2 期。
③ 王小英：《网络文学符号学研究》，中国社会科学出版社，2016，第 1 页。
④ 赵毅衡：《序：又一个轮回在开始》，载王小英：《网络文学符号学研究》，中国社会科学出版社，2016，第 2 页。

记录与文字的发明")。① 网络、互联网、传媒技术给网络文学带来一系列变革，而这些变革的核心，是人与人之间的交互关系。交流作为网络文学的核心品质，正一步步得到彰显。

网络文学的交流性品质，使经验增殖的方式、速度均发生了根本性改变。"媒介使个人最细微的行为都为之一变，同时又改变了我们最宏大的生活空间"。② 因此，网络既是一种技术平台，也是一种经验世界的方式，并对所有人起作用。作家可以利用网络写作、发表自己的作品，读者可以利用网络阅读、交流，甚至结成趣味相投的接受者团体。网络把纸媒时代不可能汇聚的人汇聚一处，形成强大的文学接受场，并直接影响文学生产场的生产与运作。网络写手再也不能以自由人的身份出现，其整个写作过程受到来自接受群的压力与调控。读者信息的及时反馈所带来的不仅仅是创作心态的变化，还包括创作方式、内容的调整。

网络媒介在很大程度上提高了读者在文学生产场中的地位，使得纸媒时代文学生产场中的权力关系面临重组、调整。那些在纸媒时代至关重要的权力人（如编辑、出版社、杂志等），变得不再那么重要了。虽然网站经营者、监管者也拥有类似编辑的权力，但海量的信息稀释了这种权力，读者的点击率、网站的商业运作取代了文学本身的标准，网络文学由此成为文学的集贸市场。当文学的价值不以文学本身的标准来衡量的时候，文学就岌岌可危了。这是网络文学发展过程中必然面对的严肃问题。

因此，网络文学的健康发展必须引入净化机制。一味赞扬并不是一种建设性的态度，过分乐观也不可取，我们应以新方式重建网络文学的担当精神。从这个视角来看，电脑创作、网络首发、网民互动都是网络文学的表现形式，并没有触及网络文学核心的精神内涵。究其原因在于，网络文学作为一种发展中的文学形式，作为一种把交流置于前台的交互性文学样态，其精神核心并没有随着新形式而更新。交流带来的平权、权力关系转移并没有成为被关注的对象。因此，网络文学不但需要重建自己的权力关系、表达形式和运作方式，更要重建自己的精神内核和价值核心。唯有如此，网络文学才能够逐渐走向文学的中心。

---

① 赵毅衡：《第三次突变：符号学必须拥抱新传媒时代》，《天津外国语大学学报》2016 年第 1 期，第 67 页。

② ［英］尼克·库尔德利：《媒介、社会与世界：社会理论与数字媒介实践》，何道宽译，复旦大学出版社，2014，第 4 页。

二、网络文学的"进入"机制与"筛选"机制

网络从根本上改变了文学文本进入流通领域的途径，即任何会识文断字的人，只要拥有一台电脑（甚至是一部手机）和基本的写作能力，就可以进入文学领域。网络文学文本由编辑筛选（期刊、出版社）转变为读者筛选，这一方面避免了编辑筛选所造成的某些文学文本不能发表的弊端，另一方面造成了网络文学作品的低层次泛滥。文学界精英往往只关注后一方面，而忽视前一方面。这里的确存在权力博弈，过去拥有否决权的文学界精英在一种强大的、不可控的、由网络带来的自由力量的冲击下逐渐被边缘化，虽然他们还在借助过去的文学评价机制发挥余威，但其颓势已不可逆转。

网络文学的读者筛选机制一方面对纸质出版造成冲击，另一方面促进了纸质出版的变革。在过去，出版社出版文学作品时需要冒一定风险，因为不知道作品出版后是否会受到读者的青睐，市场的不可预期为出版社带来潜在的经济风险，而出版网络走红的作品则会极大降低这种风险。有时候，网络写手也会按照出版社的要求进行创作。如通过故意延长或者中断连载，使读者购买纸质版。在"作者—作品—编辑—出版—接受者"的流通链条中，某些作者会被挡在出版环节之前。在象征权力还没有大部分转移到网络的时候，获取传统意义上的象征资本也是作者所渴望的。

从经济学角度来看，读者筛选对于出版行业来说并非坏事，但对于整个文学的发展来说却未必是好事。对读者筛选来说，兴趣甚至趣味才是其最高标准，这势必会降低文学的审美品格。文学趋从大众往往意味着其承担意识的大幅降低，由长期的历史传统所形成的人文精神逐渐在"技术媒介"面前失去自身的优越性。因此，我们必须注意数字化、网络化给文学发展带来的负面效应，必须避免因过分追求经济效益或者娱乐效果而使文学失去其精神核心。其实在读者筛选之前，网络运营商已经对自己网站上发表的文学作品进行了选择，这种选择对文学的破坏性在于，其是以获取经济利益为核心目的的。对于网络界面的分类与布局，均以营销和利润为目标。网络利益的驱动机制渗入到网络文学创作与接受的各个层面，给文学的发展带来了不少负面影响。因此，坚守文学的精神核心和价值品格，比以往任何时候都更加迫切。

从文学经验传承的角度来说，网络文学因其自由创作与发表的性质，使以往必须经由编辑程序筛选的文本可以直接面对接受者，一些个人化经验得以在"写-读"自由中获得"梭式循环"，从而对丰富文学经验、创

新表达方式具有莫大的助益。与此同时，网络文学创作与发表的自由直接导致了网络文学质量泥沙俱下。但对于文学创作经验的积累来说，网络媒介也是有其正面价值的。任何写作方式的创新，都会带来新奇的接受效果，都会扩展文学的表达能力。当今网络文学的分类可谓五花八门，如起点中文网将小说分为都市、玄幻、职场、军事、仙侠、历史等，这些类型划分实际上是一种"写-读"交流的结果，可以使读者很快找到自己的兴趣点。

网络文学场域的"自由进入"和读者"筛选"无疑改变了传统文学的经验累积方式，适应这种新的"写-读"交流模式的新写作方式也应运而生。欧阳友权从三个方面概括了网络文学写作模式的变异：其一，构思方式的变异，"一是写作的随意性，无须完整的艺术构思"；"二是互动式写作，无从构思"。其二，创作手段上的变异。其三，叙事方式的变异。网络文学创作"把语言叙述与声音表达、图片展示、音像画面融为一体，在传统的线性叙述中搭设一个多媒体并置的信息平台，在平面陈列的基础上开凿一个立体展示的窗口，甚至让文学作品的叙述方式成为一个差不多可以用无限多的方式组合、排列和显现信息的超媒体链接系统，让网络文学的欣赏者根据自己的喜好对感觉通道加以选择"。① 写作方式的变革无疑对传统文学的创作思维、创作方法等构成了巨大冲击。而进入门槛的降低、读者筛选机制的形成，使文学经验的积累比以往任何时候都更加迅捷。

虽然相较于纸质媒介来说，网络文学的创作与发表较为自由，但其自由是一种相对的自由。无论是在微博、微信、博客、论坛上发表作品，还是在文学网站上发表作品，都会受到网站运营商的监督。网站运营商往往为文学作品设定底线，一些违反基本法律、道德、政治等等的言论，都会受到发表限制。有学者指出："必须在双重视域之中考察电子传播媒介的意义：电子传播媒介的诞生既带来了一种解放，又制造了一种控制；既预示了一种潜在的民主，又剥夺了某些自由；既展开了一个新的地平线，又限定了新的活动区域。"② 因此，自由是相对的，民主也是相对的，"网络的在线民主只是消费社会体制下的预设民主，网络文学写作的话语平权是市场消费和资本运作机制中的有限平权"。③ 这里的有限自由和有限平权，对于网络文学的作者和读者、网络运营商具有同样的效力。

与传统文学通过编辑程序发表于纸质媒介相比，网络文学的自由度大

---

① 欧阳友权：《网络文学的学理形态》，中央文献出版社，2008，第 105—108 页。
② 南帆：《双重视域——当代电子文化分析》，江苏人民出版社，2001，第 4 页。
③ 欧阳友权：《网络文学的学理形态》，中央文献出版社，2008，第 255 页。

幅提高，准入门槛则大幅降低，读者日益成为文学筛选的主力军。对于文学本身的发展来说，其是利弊共存的。网络文学的当下性同时存在于其"进入"和"筛选"两个环节，时间不再是文学沉淀和经典生成的唯一尺度，文学承载的价值被鼠标击碎。试问：这样的文学还能为人类精神家园的建构提供多少有价值的东西呢？难怪有学者充满忧虑地指出：

> 当技术媒介越来越以自己的祛魅方式揭去艺术经典的神圣面纱，抛弃经典的认同范式，回避经典的深邃意旨，挤兑经典生存空间时，艺术还有能力用"经典"来为人类圈起一个理性的精神家园吗？技术平权下的数字化文学是"寄生"而"易碎"的，它根本不给我们品味和反思的时间，不仅难以用经典的标准来评价它们，甚至无从形成评判经典的标准。[①]

技术媒介本身并没有优劣之分，文学借重网络来发展自己也无可厚非。但当文学沦为获取利益的工具后，其也就失去了独立性，失去了高蹈，失去了高傲姿态，失去了苦苦坚守几千年的精神价值。那么，网络文学到底该何去何从呢？我们要做的并不是否定网络文学，而是调整网络文学"进入"与"筛选"机制的运行方式及其对文学的导向作用，让一切回归文学本身，而不是文学之外。

三、网络文学中的"写-读"交流

网络文学从根本上改变了纸质文学的"写-读"交流模式。纸质文学的"写-读"交流是一种潜隐状态，或者说是一种虚拟状态。这是因为作者与读者不能同时处于同一个交流场域之中，在作者创作的时候，读者在文本中处于"隐含读者"状态；而在读者阅读的过程中，作者在文本中处于"隐含作者"状态。"网络写作的目的不单是创作作品，还包括建立作者与读者之间的亲密稳定关系"。[②]王小英将网络文学作者为维持稳定的"写-读"交流关系而采取的行为称作"间性"调控行为：

> 基于建立稳定的交往关系这一传统写作目的之外的重要任务，网络写作带有一系列的"间性"调控行为，既注意以高效的方式建立一

---

① 欧阳友权：《网络文学的学理形态》，中央文献出版社，2008，第22页。
② 王小英：《网络文学符号学研究》，中国社会科学出版社，2016，第119页。

种持久关系，又注意在文本设置中考虑读者的感受，还试图通过文本外的呼救建立某种关系，一旦这种关系彻底失去建立的希望，便主动选择终止写作。[①]

由此可见，维持稳定的"写-读"交流关系对于网络文学的生存和发展具有非同寻常的意义。在传统文学中，作者常常因为无法及时得到读者的交流性反馈，无法准确衡量自己创作的作品。但在网络文学中，作者可以通过连载的方式及时获得读者的反馈。此外，读者可以通过留言、评论以及和作者直接讨论的方式，将自己的感受反馈给作者。在文学网站上，每一部作品的点击量都是实时更新的，其不但给读者一种阅读提示，而且给作者一种及时的反馈，从而加速了作者的经验更新。

"写-读"交流的及时性、经验反馈的及时性在加速作者写作经验更新的同时，也使文学经验的历史沉淀变得难以为继，并使那些具有时代超越性的作品难以在网络世界中生存下去。网络带给文学的是一种即时性消费，一种虚拟的现场性的交流狂欢。文学网站对网络文学作品的分类，充分反映出这种即时性的文学狂欢带来的文学泡沫。如榕树下将文学作品划分为都市、言情、青春、历史、军事、悬疑、幻想、儿童文学、其他等，并推出两种排行榜——编辑推荐作品、每日阅读榜。[②] 这就相当于推出了两种判定标准——编辑标准和读者标准。起点中文网根据点击量推出"本周强推"和"上周强推"两种排行榜。[③] 如 2019 年 9 月 6 日的起点中文网首页"本周强推"第一篇《宿主》的网页上，显示出作者信息、粉丝互动、投票打赏、粉丝排行榜等信息。[④] 这些信息都会作为一种即时性的经验反馈，对作者的创作产生影响。获取人气和象征资本等，成为许多网络写手的最高目标。因此，网络文学是一个高淘汰率的场域，也是一个即时消费的场所，快餐化消费成为网络文学交流的主要表达式。

网络文学交流的独特性、网络媒介平台的技术特性以及网络文学生存的现实，使网络文学从创作开始就特别注意从各方面塑造自己。网络文学的作者从文本设计、叙述方式、内容到价值追求，都与传统作家存在很大差别。"网络小说叙事认同的最终目的，是指向文本外的目标受众，或者也可以理解为正是在考虑目标受众需求的前提下，基于主体间的写作立场

① 王小英：《网络文学符号学研究》，中国社会科学出版社，2016，第119—120页。
② http://www.rongshuxia.com/type/?cat=1&type=11，2016 年 5 月 8 日查询。
③ https://www.qidian.com/，2019 年 9 月 6 日查询。
④ https://book.qidian.com/info/1015362916，2019 年 9 月 6 日查询。

而做出的网络小说叙事安排"。① 与传统文学的独立创作不同，网络文学从创作开始就把读者的反应作为首要考虑对象，特别是对于连载小说来说，读者的建议、反应会直接反馈给作者，作者会根据这些反馈及时调整自己的下一步创作。这种及时反馈使传统"写 - 读"交流的潜隐状态和信息反馈的"事后反馈"方式发生了巨大变化，读者成为写作的一部分。作者通过与读者的互动获得直接、迅捷的反馈信息，并据此调节自己的写作方向。换句话说，"小说文本的最终完成是一种协商式的反复调节的结果。正是基于这种情形，网络文学写作也被认为是'间性写作'"。② 在接龙小说中，读者直接参与到故事的叙述之中，真正实现了写与读的融合。网络文学虽然强化了读者在交流中的作用，使写、读关系变得更加紧密，使读者反馈和新经验形成的周期缩短，有利于文学经验的积累，但它也使文学丧失了独立性，并颠覆了文学的审美品格。

网络文学的"写 - 读"交流模式，与其写作方式息息相关。如果网络文学作品是在线下完成的，那么"写 - 读"交流对写作的影响与纸质文学区别不大，只是读者的反馈会比纸质文学快得多。如果网络文学作品是边写边发的，那么读者的反馈就会对文本故事的走向产生影响。在接龙小说中，任何人都可以参与故事的构建，故事的走向是不确定的，充分反映了交流对叙述文本的塑造作用。无论是哪种情况，文本外交流都会对网络文学构成影响。也就是说，网络阅读与交流的独特性会影响作者的创作。网络的虚拟现场性质使作者与读者、作者与作者、读者与读者、读者与文本之间的交流变得及时、迅捷，从而使文学经验积累的梭式循环中的时空被压缩。尤其是在浅阅读盛行的今天，文学已经成为即时消费品，文学的审美品格日益下滑。

但，网络文学也许并非纯粹的文学。首先，以网络文学为中心所形成的交际社区将纸媒时代难以汇聚的群体汇聚起来，并形成趣味相近的虚拟社团，这就是后现代社会带来的"脱域机制"所形成的身份认同效果。如具有共同创作倾向的作者社群、趣味相投的读者社群，等等。不同的虚拟社团构成了跨越各种社会区隔的文学认同机构。网络文学的交流特性使人们在现代性压力之下，形成某种精神认同。"网络小说的价值并不仅仅在于其指向小说本身的'诗性'，更在于其链文本所能提供的'交际性'，它将阅读小说变成了能找到自己人，找到自我存在感并且制造自我存在感的

---

① 王小英：《网络文学符号学研究》，中国社会科学出版社，2016，第 144 页。
② 王小英：《网络文学符号学研究》，中国社会科学出版社，2016，第 155—156 页。

一种途径"。① 换句话说，网络作为一种公共平台，为具有相同趣味的人提供了相互接近的机会，使他们在相互认同中寻求一种精神自我，在相互交流中确认自我的身份。这是一种比现实生活中的身份更为真实、更为纯粹的身份。其次，网络文学的"不纯粹性"的另一种表现形式就是网络"噪音"，即"符号感知中对特定意义的解释不做贡献的部分"。② 网络的商业化运作使文学网站在呈现文学文本的时候，掺杂大量的非文学信息（如充斥屏幕的各种广告）。尽管网络"噪音"不参与文学文本的意义建构，但确实影响接受者的接受心理和接受状态。而那些经过精心挑选的、与文学文本似乎存在关联的"噪音"，是否会影响接受者对文学文本的意义建构尚待论证。

四、超文本叙述的交流模式

超文本（hypertext）是网络媒介时代新的文学类型，首先提出这一概念的是美国学者泰德·纳尔逊（Ted Nelson）。1965 年，纳尔逊在美国计算机器协会上正式提出超文本概念，此后又有许多学者对超文本概念作出界定和阐释。韩模永《超文本文学研究》一书对此有详细的阐述，③ 故笔者不做重复性的引述，而是综合各家看法，将超文本文学的内涵概括为四个方面：

1. 超文本文学是计算机科学和互联网技术发展的产物；

2. 超文本文学是一种非线性的、具有多种交叉链接，并在读者阅读的过程中可以选择的文本形式；

3. 超文本文学的多重选择性，使文本在接受过程中时刻处于不稳定状态，并可写成多个具体文本，产生多种文本意向和解释意向，达到多种接受效果。

4. 超文本文学是一种非单一性符号系统，可融合多种符号形式，如图片、声音、视频等，甚至允许接受者参与文本符号的设计规划。因此，超文本文学是一种开放的文本符号系统，多种符号共同构成一个可供选择的意义体系。

综上所述，超文本文学概念的核心要素包括非线性、选择性、多重符号系统、文本多元、意义多元，等等。超文本文学既是一种交流性很强的

---

① 王小英：《网络文学符号学研究》，中国社会科学出版社，2016，第 164 页。
② 何一杰：《噪音法则：皮尔斯现象学视域下的符号噪音研究》，《符号与传媒》2016 年秋季号，第 173 页。
③ 韩模永：《超文本文学研究》，中国社会科学出版社，2013，第 12—17 页。

文本，也是能够形成一个完整意义的具体文本，必须靠读者来选择、组合。这是超文本文学的核心所在。

超文本文学一般都是叙述性文本，靠故事系统维持具有交流冲动的文本形态。"传统"意义上的网络文学更具有把书面文学网络化的特征，因为对于大多数的叙述文本来说，线性叙述方式仍然是很多作者的选择。超文本叙述文本是网络叙述文本中的一种特殊形态，其充分利用数字化网络传媒，设置更多可选择的、可链接的"端口"，充分运用读者的能动性来创作可变性叙述文本，增加阅读的乐趣。超文本叙述文本的整个流程如下：

第一，作者进行文本设计。这是文本的创作阶段，与传统的文学创作相比，超文本创作更带有设计性质。值得关注的是，这里的作者可以是一个团队，作品更像是一种团队协作的公共产品。

第二，作者或者作者团队将超文本叙述文本投放网络，而同时投放网络的也许还有"阅读规则"，即文本的阅读方法或指南。

第三，读者阅读。读者在根据阅读规则进行阅读的过程中，有时需要对阅读方向或者故事发展的方向做出选择。因此，读者的阅读更像是一种"阅读游戏"。换句话说，超文本叙述文本可以使读者拥有相对的自主权，甚至成为文本的创造者。

第四，反馈。很多文学网站都设置有评论区、讨论区、问卷区、打分区、打赏区等。作者可以根据这些区域的读者反馈及时调整叙述文本，总结写作经验。

上述四个流程构成了一个超文本叙述文本的生命周期。超文本叙述文本在阅读之前并非一个固定的存在，而是一个未完成的材料库存，其相当于赵毅衡先生所说的底本1和底本2的混合物，或者笔者所谓的"抽象文本"。接受者的"二次叙述"在网络文学中占据核心地位，没有"二次叙述"，就无法形成叙述文本。网络文学的读者接受过程是一个"二度文本化"过程，接受者最后组合而成的叙述文本则是超文本叙述中的一种可能文本。"在接龙小说、超文本小说这样的典型的互动文本中，文学文本展开的是一场延异游戏，既可以是一场复调狂欢，也可以是一种块茎式的恣意生长"。[1] 作者的叙述经验在读者那里也不具备权威性的指导意义，反而更像是一种经验的体验方式，读者可以根据自己的经验组织自己的叙述文本。因此，超文本叙述文本的本质特性就是交流性，交流性是超文本叙述文本的存在方式。

---

[1]　陆正兰：《当网络文学遇到符号学：评王小英〈网络文学符号学研究〉》，《符号与传媒》2016年秋季号，第213页。

必须指出，超文本叙述文本并非网络叙述文本的主流，而那些具有文学叙述文本特征的网络游戏亦并非真正意义上的文学作品。超文本文学无法成为当今网络文学主流的原因有两个：其一，网络文学颠覆了传统的文学创作方式，使作者由单纯的文学创作转变为文学设计，而多种可能性无法形成单一的内涵，严肃的文学创作转变为一种游戏式的情节设计。其二，网络文学颠覆了接受者的接受方式。当固化文本的接受方式转变为不得不自行选择和设计情节的接受方式的时候，读者传统的接受兴味就会发生质的变化。总之，超文本叙述依然是一个有待开拓的空间。

第三节　网络活态叙述的交流性

网络活态叙述具有多种方式，如以文字、图片、视频等叙述方式进行网络传播，获取大量关注、转发、发酵和影响的事件，以直播方式进行的各种叙述，以互动方式进行的网络叙述，等等。网络活态叙述的时间特征是当下性，即网络活态叙述具有非常强的时间性。网络活态叙述影响力的强弱取决于其传播的强弱，那些带有道德、法律等价值倾向的网络活态叙述事件，往往具有非常大的社会影响，其在现实中被干预并形成规范化结果。网络活态叙述已经成为数字化网络叙述的新类型，研究网络活态叙述的交流性已经成为叙述学研究的新课题。

一、网络活态叙述及其特征

"网络活态叙述"是指以互联网为传播渠道，在时间上与现实同步或接近同步，以多种叙述方式存在的叙述类型。这种叙述类型包括多种叙述方式：以文字、图片进行叙述的热点新闻，以视频直播方式进行的叙述，以各种短视频并通过抖音、微信视频号、快手等网络平台发布的实时叙事，等等。美国著名叙述学家玛丽-劳尔·瑞安在 2006 年出版的《故事的变身》(Avatars of Story) 第四章"实时叙事"[①] 中专门讨论了发展中的"叙事"的各种特征，对于当今网络"活态"叙事的理论探讨很有启发。瑞安在阐述"实时叙事"时指出，"叙述者如其实际经历时那样叙述自己的生活，并不知道何事将至"。"倘若存在真正的同步叙事、真正的非回顾性叙事，

---

① [美] 玛丽-劳尔·瑞安：《故事的变身》，张新军译，译林出版社，2014，第 74—90 页。

那也是存在于非虚构中"。① 瑞安从叙述时间与故事时间的角度，将"实时叙事"的内涵概括为：①叙述时间与故事时间同步；②叙述结果未知；③叙事的非虚构性。实时叙事借助网络传播手段获得了叙述与接受的同步性，由此形成了一个新的叙述类型——网络活态叙述。

网络活态叙述的称谓，可谓五花八门。据董天策统计，1997—2010年间，中国知网 CNKI 数据库中收录的论文标题中出现的网络活态叙述相关概念就有 15 种。② 李红在《网络公共事件：符号、对话与社会认同》一书中将之称作"网络公共事件"："网络作为一种新型的媒介形态，带来了社会关系的变化和权力关系的重构，并在有关事件中发挥了巨大作用；事件具有深刻的公共性内涵，并且始终坚持这一研究取向。"③ 不同的命名反映了研究者不同的研究视角，网络活态叙述是从叙述学的角度，对网络上处于变动中的叙述文本进行的一种命名。这种命名的意义有二：一是使网络叙述回归一种叙述类型，使其在一般叙述学研究中有一个基本的研究方向；二是强调其"活态性"与"动态性"的特征。

笔者认为，"网络活态叙述"是指存在于网络空间，以真实事件为基础形成的动态化的、处于进行时的叙述，其具有动态性、不确定性和现实针对性等特征。网络活态叙述文本是一个多重参与式文本，其原始作者是事件爆料人。事件被曝光到网络上后，形成某种网络关注并形成"关注压力"，压力推动事件的发展。文本构成包括事件本身、弹幕、评论、跟帖、动态进展等。因此，网络活态叙述贯穿了事件始终，作者、接受者、事件当事人等，都是叙述文本的一部分，形成某种"全民化文本"。网络活态叙述具有真实背景，往往能够引起社会、政府职能部门的关注。从整体意义上来说，网络活态叙述的叙述者是一种多方参与的"虚拟平台式叙述框架"。需要注意的是，并非所有的网络活态叙述都可以引起"轰动效应"，很多网络直播都只是一种小范围关注，并不能形成"事件"。

网络活态叙述具有非虚构性、动态性、交流性、公共性、现实指向性等特征。

其一，非虚构性。网络活态叙述是一种叙述与接受同步的叙述，叙述通过网络传播，其叙述时间与接受时间之间的时间差可以忽略不计。时间

① ［美］玛丽 - 劳尔·瑞安：《故事的变身》，张新军译，译林出版社，2014，第 74—75 页。
② 董天策：《从网络集群行为到网络集体行动——网络群体性事件及相关研究的学理反思》，《新闻与传播研究》2016 年第 2 期，第 81 页。
③ 李红：《网络公共事件：符号、对话与社会认同》，中国社会科学出版社，2015，第 19—20 页。

的同步性改变了传统叙述作品"再现"或"重现"的时间认知,结果的不可预知性颠覆了虚构叙述的"结果导向",从而使故事和叙述不再受结果控制。无论采取何种叙述策略,都无法改变结果的不可预知性。里蒙－凯南在论述虚构叙事作品的时候指出,故事中有"一根安排时序的轴线。正是这一轴线的支配地位使再现世界的作品文本得以变成叙事作品文本。因此,我的讨论将仅限于此,而略去并非特具叙事性的那个更广大的结构"。①虚构叙述的"再现世界"的时间轴线是一种回顾性时间,是一种可支配的时间秩序。很多时候,它并非单向线性,而是为了叙述目的重新进行了安排。网络活态叙述则不同,叙述时间与故事时间的同步性,导致无法进行插入性的时间回溯。即使有这样的时间回溯,也以牺牲当下时间为代价。更为重要的是,它无法将未来时间前移。这就意味着在活态叙述中,未来时间不可能提前到来,无法进行基于未来时间的叙述策略安排。

需要明确的是,网络活态叙述并非不能进行时间回溯。如新闻事件的现场直播中,也可插入适当的背景介绍。究其原因在于,活态叙述并非如虚构叙述那样,具有严密的时间安排,事件的进程中往往会有"时间缝隙",这是进行背景故事插入的最好空当。又如在现场直播中国女排的某场赛事时,插入女排的辉煌历史与感人故事,可增强直播的可看性。但网络活态叙述无法安排叙事的"未来时间",也无法预知结果。

其二,动态性。网络活态叙述是一种动态叙述,其动态性表现在三个方面:一是叙述的动态性。叙述是在实时关注的情况下进行的,叙述者处于"暴露"状态,其叙述方式会随着事件的进展做出调整。这种调整很多时候是可以看到的,是一种动态调整。二是事件的动态性。由于事件处于发展之中,不受叙述策略的控制,故其结果也是不可预知的。三是接受者的动态性。这种动态性表现在接受者数量的增减、跟帖、弹幕、评论等的多少,接受者的评价倾向,等等。

其三,交流性。交流性是网络活态叙述的基本存在方式,与接受者的交流互动是其存在的基础。网络活态叙述的交流性存在于叙述者与事件、事件与接受者、接受者与叙述者等多个层面。网络不但是网络活态叙述的发送渠道,也是各交流主体的交流渠道。

其四,公共性。网络活态叙述并不针对具体的接受者,而是面对一个个网络终端,其影响力主要取决于社会关注度。网络活态叙述必须首先将自己置于网络的开放性公共空间之中,面对一个个看不见的网络终端接

---

① [以色列]里蒙－凯南:《叙事虚构作品》,姚锦清等译,生活·读书·新知三联书店,1989,第10页。

受者，然后等待接受者的反馈。网络公共空间是一个对话与协商的空间，"网络公共事件中的对话是在'公共性'立场上进行的，'公共性'成为网络讨论问题的立足点，其中所呈现的权力腐败、权力侵犯、资本放肆、阶层冲突、道德沦丧等，都需要通过'公共性'来交谈和检验"。[①] 其实，作为一种现代化的传媒手段，网络本身就是一种公共性空间，虽然这种"空间"是一种虚拟存在，但其终端所连接的都是真实个体，因此空间的虚拟性并不代表交流主体的虚拟性。"所谓传媒的公共性，即是指传媒如何可以成为社会开放、平等、理性的平台，如何可以让公共利益通过商议而得到体现"。[②] 因此，网络活态叙述的"公共性"具有多重内涵（网络本身的公共性、面向公共大众、价值判断的公共性，等等），会形成一种群体性的"权力优势"，并影响到事件的现实走向和结果。

其五，现实指向。任何网络活态叙述都有其现实指向，或者说任何网络活态叙述都有一种"现实预期"。为了实现这一现实预期，叙述者会采取一定的叙述策略，而其所选择的叙述策略需要在交流过程中检验其有效性。网络活态叙述的现实影响力主要取决于网络关注度，那些网络关注度较高的网络事件，对现实事件主体的影响程度也较大。

网络活态叙述看似"随机性"的背后，蕴藏着深层次的文化机理。人类任何行为的背后都有深层次的文化基因在起作用，这就使人类行为有一个基本的规范模式。网络活态叙述是一种实时叙事，是人的真实行为，这些行为连接着广泛的社会关系，而社会关系是人类文化的重要组成部分。人类的发展历史形成深潜于每个个体内心的无意识，这种无意识包括个体无意识和集体无意识，二者是形成个人行为与集体行为的基础。莱维－斯特劳斯认为，人类的行为受深层文化的支配，结构人类学的任务是"透过杂乱无章的各种规范和风俗，去发现在不同时空环境中存在和运作的唯一的结构图式"。[③] 网络活态叙述作为人类的一种真实行为，同样受到文化内在结构图式的控制。

综上所述，网络活态叙述是人类的一种真实行为，这种行为通过网络传播并引发关注，是一种"事件＋网络"的叙述模式，兼具叙述和网络的特征。随着互联网技术的迅猛发展，网络活态叙述已经成为一种常态化存在，是叙述学研究进入一般叙述学阶段之后不可忽视的叙述现象。

---

① 李红：《网络公共事件：符号、对话与社会认同》，中国社会科学出版社，2015，第3页。

② 邱林川、陈韬文主编：《新媒体事件研究》，中国人民大学出版社，2011，第316页。

③ [法] 克洛德·莱维-斯特劳斯：《结构人类学》，谢维扬、俞宣孟译，上海译文出版社，1995，第26页。

二、网络活态叙述的存在方式

网络活态叙述的存在方式不同于传统的叙述类型，其组成元素也不同于传统的叙述文本，而是一种边界模糊、组成要素多元、具有现实指向并获取现实影响的叙述类型。研究网络活态叙述的存在方式，首先要还原其产生、发展与结束的基本过程，然后再分析各个阶段的组成要素、特征、功能等。

网络活态叙述的基本过程包括：事件发生—被爆料—被关注（围观）形成影响—发展—挖掘故事—引发权力阶层的关注并介入—问题解决—后续影响—反思。需要指出的是，某些阶段并不会出现在所有的网络活态叙述中。如"引发权力阶层的关注并介入"，在某些网络活态叙述中就不会出现。事件化是网络活态叙述的核心特点。无论事件的内核是真实还是虚构，都会形成事件化，但二者的结果往往不同。网络活态叙述文本的构成要素主要包括：

①叙述源。网络活态叙述的叙述源是现实事件，其发生虽然不一定以网络传播为目的，但一定具有适合传播的"关注点"。一般情况下，"关注点"具有反经验、反常识、反主流价值等特点。网络活态叙述是一种实时叙述，也是一种"自主叙述"，更是一种生活叙述，没有传统叙述学意义上的叙述者。要想形成网络关注，还需要一个"叙述者"——爆料人。

②爆料人。爆料人是最初的叙述者，是将现实事件转化为"网络事件"的人。爆料人具有两方面的功能：一是转化功能。即将生活事件转化为网络事件，将生活文本转变成网络文本；二是把生活事件的"自主叙述"转化成"他叙述"，即增加了一个叙述者。例如"犀利哥事件"：犀利哥源自蜂鸟网上传的一组照片，当时并没有引起网民关注。2010 年 2 月 23 日，ID 为"街头湿人"的网友在天涯论坛发布了一篇帖子《秒杀宇内究极华丽第一极品路人帅哥！帅到刺瞎你的狗眼！求亲们人肉详细资料》[①]。该帖使犀利哥迅速走红，犀利哥被网友誉为"极品乞丐""究极华丽第一极品路人帅哥""乞丐王子"等。"犀利哥"的现实人生是一种"自主叙述"，其被网友上传网络之后就变成了一种"他叙述"，增加了一个叙述者（爆料人）。值得注意的是，爆料人的身份问题。爆料人与网络活态叙述事件

---

① 街头湿人:《秒杀宇内究极华丽第一极品路人帅哥！帅到刺瞎你的狗眼！求亲们人肉详细资料》，2010 年 2 月 23 日，http://www.tianya.cn/publicforum/content/funinfo/1/1840563.shtml. 转引自阳海洪:《意见领袖在"犀利哥事件"中的舆论引导作用探析》，《湖南工业大学学报 (社会科学版)》2011 年第 2 期，第 71—74 页。

之间存在三种关系：一是爆料人与事件无关，他只是一位观察者。如最早将"犀利哥"的照片传到网上的网民。二是爆料人就是事件的当事人，是一种"戏剧化"了的叙述者。他在事件中承担一定的角色，或是"主角"（事件的主人公），或是次要角色。三是爆料人是事件的"半参与者"。爆料人把事件传到网上时只是一个旁观者，但随着事件的持续发酵，爆料人积极介入事件并成为影响事件走向的"故事中人"。

③当事人。即事件的主人公。在生活事件没有被上传网络之前，事件的当事人既是自己生活故事的主人公，也是一个"自主叙述者"；其生活事件被"曝光"到网上后，他就从一个自主叙述者转变为一个被叙述的"对象"。也就是说，生活事件转变为网络活态叙述之后，当事人的身份和功能也发生了变化。如"犀利哥"由现实生活中的自主个体转变为网络活态叙述中的"人物"。

④围观者。网络活态叙述中的围观者，同时也是叙述的参与者。正是这些"围观者"的存在，使生活事件转变为网络事件，并产生广泛影响。根据围观者的参与方式，可将围观者分为两种：

其一，有作为的围观者，即参与事件调查、评论、制造伴随文本的人。这类围观者是网络活态叙述的积极参与者，是发表自己观点并引导舆论的人。他们发表的网络评论往往会形成一种舆论氛围，并引领事件的走向。除了有作为的围观者外，还有一类"恶搞"围观者，他们以事件为中心对事件进行"误读""曲解"，通过发布经过加工的文字、图片来引导舆论。此外，还有一类围观者，他们并不关心事件本身，而是利用事件进行其他活动，如商业广告宣传。

网络活态叙述事件中的某些元素会触发各类网民的联想，从而形成一种"网络狂欢"。很多"有作为的围观者"，其实与事件本身并无关系。例如犀利哥的走红源于一种时尚"美"的品位与乞丐身份的强烈反差，这种反差迎合了许多网友的审美品位，也迎合了一种"流浪"身份的自我认同。所有这一切构成了一个网络时代的后现代的叙事拼贴，所有这一切都是犀利哥的衍生物。故事的本质、中心被娱乐和消解，呈现在我们面前的是一个破碎的景观，围观者在这个景观中自得其乐。

其二，无作为围观者，即仅仅刷新点击量的纯粹接受者，他们是网络活态叙述形成"轰动效应"的主要方面。点击量的庞大意味着关注度高，社会影响大，其所形成的"关注压力"会对现实事件构成决定性影响。网络活态叙述既是一种网络事件，也是真实的实时事件。"关注压力"会对与事件相关的政府职能部门产生影响。例如，"犀利哥事件"发生后，相关部门迅速对"犀利哥"的身份进行确认，流浪者收容所也采取了相应行动。因此，所谓的"无作为围观者"并非真的"无作为"，其点击、关注就是一种作为，会形成"关注压力"并产生实际影响。

⑤价值系统。网络活态叙述转化成网络事件的关键因素，是事件本身的价值系统，即"关注点"及其价值走向和价值结果。这也是网络活态叙述的精神内核。网络活态叙述之所以能够形成网络热点，就是因为其在某些方面触动了人们的心理。如犀利哥之所以在网络世界迅速走红，就是因为他迎合了一种追潮的"审美"趣味、一种身份的自我认同。

当今社会使人的生存空间被最大限度地压缩，人们的心理承受能力在接近极限的边缘游移，弱者极易引起身份的认同与情感的自怜。且看网民对犀利哥的另一种描述，"忧郁的眼神""唏嘘胡茬子""杂乱的头发"，加上犀利哥的乞丐身份，极易使网民对这种看似"自由"的、无拘无束的、放荡不羁的"洒脱"之状心生艳羡。

这种由"审美"趣味、"身份的自我认同"引发的网络故事，在网络世界掀起犀利哥热潮。故事的主角是犀利哥，故事的作者是参与故事构建的广大网民，故事的读者也是广大网民。因此，作者与读者的重合成为网络叙事的一个重要特征。

任何网络活态叙述都有自身的价值底色，只有其价值底色足够强烈，才能引起网民的高度关注。其价值可以是正面价值，也可以是负面价值，负面价值最终会向传统价值规范、主流价值规范等正面价值回归。这种回归往往以否定负面、坚持和发扬正面结束。所谓的否定负面，即对事件当事人的负面行为做出惩罚等。

⑥权力阶层。网络活态叙述在众声喧哗的表层之后，隐含着深层的权力运作逻辑。首先，由广大网民形成的"关注压力"，是一种由大众聚集而形成的"集体权力"，也是一种透明权力，其会对事件的进程构成影响。其次，"集体权力"将事件的进程曝光在公众视野之后，相关职能部门就会采取相应的行动来修补工作中的漏洞或问题。如"犀利哥事件"形成"关注压力"之后，相关部门将犀利哥送回自己家中，并给予低保补助。网络活态叙述中的不同权力层级之间会形成一种权力较量，职能部门的权力会在较量中得到矫正、加强。

网络活态叙述往往表现为公共权力与政治权力之间的博弈与平衡。也就是说，在网络活态叙述的背后存在着权力集团的影子。网络叙述的公开性使权力在一种"全景凝视"状态下运行，各种权力所形成的"习性"都会在公共的聚光灯下收敛和放大。因此，网络是一种"全景凝视"下的权力博弈，公平、正义往往会在这种博弈中得到认可、张扬。网络提供了一种虚拟但连接现实的公共场域，提供了一种人人可为的平台。

网络活态叙述的事件化，是指多方参与所形成的压力推动相关机构采取行动来改变事件状态。网络活态叙述改变了"谁说"和"谁听"的叙述格局，形成一个"众声喧哗"的开放文本，叙述者、接受者的身份重合，他们都成为文本的参与者与建构者。那些"纯粹的围观者"通过点击量形成关注压力，而那些"有作为的围观者"（如评论者）通过形成舆论倾向性，来影响事件的进程、结果。因此，网络活态叙述文本是一个典型的交流性文本，没有交流，网络事件就不会存在，更不会形成叙述文本。

值得注意的是，在不同的文本类型中，接受者影响文本叙述进程的程度是不同的。小说—影视—戏剧—网络活态叙述—网络游戏等叙述类型中，接受者影响文本有一个由弱到强的趋势，接受者参与文本也有一个由弱到强的趋势。网络活态叙述是一个动态化的形成性叙述类型，文本具有开放性特征，其价值倾向在动态化的叙述过程中变动不居，有时甚至会发生逆转。叙述呈现狂欢化特性，交融各种声音、观点、倾向，是一种多向交流的虚拟平台叙述框架，且具有现实影响特征。事件多为实指，虚拟框架构成一个虚拟的叙述者社群和虚拟的接受者社群。此处的"虚拟"指的是"社群"，而非单一的叙述者和接受者。因此，叙述文本内部是一个具有区隔真实的世界，其真实性对区隔内负责，但网络事件往往越出框架形成社会影响。因此，网络活态叙述具有事件化特性，并以真实性穿透区隔框架。网络炒作往往用真实性绑架舆论，获取关注，但一旦被揭穿，真实性破灭，炒作就会变得毫无价值。

三、网络活态叙述的时空特征

网络活态叙述无论是由实时叙事当事人主动上传网络还是由其他人被动上传网络，都会经历媒介化、网络化和交流化这三个转化过程。首先是媒介化。任何实时叙事在转变成网络事件之前都要经过媒介化，即用文字符号、图片、视频等媒介进行"二次叙述化"，从而将生活事件的"活态文本"转化为由单一媒介或多媒介组合而成的"二度叙述文本"。其次是网络化，即先将"二度叙述文本"上传网络（这里需经过一个数字化过程，这是网络技术所必须的程序），然后通过各种发布平台进行网络传播。最后是交流化，即将生活事件转化为网络事件并产生现实影响。如果说媒介化和网络化只是一种技术手段，那么交流化则是多种手段的综合，涉及技术、道德、法律、文化等。交流化使网络事件得以广泛传播，形成价值倾向、关注压力并产生现实影响。交流化的形成需要一套完整的叙述策略和舆论引导。下面，分别从时间和空间两个方面讨论网络活态叙述的特征。

①网络活态叙述的时间问题

时间问题是叙述学研究的核心问题，对时间的认识涉及经典叙述学、后经典叙述学与一般叙述学研究之间的范式变化。在叙述学研究中，有两个方面涉及时间问题：一是对"叙述"的界定涉及的时间问题；二是叙述文本的时间问题。

首先，"叙述"与时间。经典叙述学将"叙述"视为一个约定俗成的存在，故对其并没有做出清晰的界定。罗兰·巴特在《叙事作品结构分析导论》中对"叙事"做了一个非常宽泛的描述。巴特指出，叙事无处不在，"似乎任何材料都适宜于叙事"；叙事与人类历史同时产生，具有超越历史、超越文化的生命力。[①] 既然叙事是一个普遍的、不限定介质与具体形式的存在，那么叙事（叙述）在时间上就是一个具有开放性的存在。因此，在罗兰·巴特罗列的叙事类型中，既有过去时的小说，也有演示性叙述的戏剧、电影，还有静态的绘画；既有虚构时空的神话、传说、寓言，也有真实时空的历史、会话和社会杂闻。因此，经典叙述学尤为关注叙述作品的普遍结构和叙述语法，而非在界定叙述时的自我限定。经典叙述学以文学叙述作为研究对象，其理论也建构在文学叙述之上，由此给后来的研究者一个"暗示"，似乎叙述学研究就是文学叙述研究。这在一定程度上背离了叙述学研究的初衷。

热奈特在讨论叙事作品时间时，引入了德国理论家的故事时间概念和叙事时间概念。[②] 这似乎与"叙事（叙述）"成立的条件无关。在交流叙述学视野中，还有一个时间概念——接受时间。在既定的叙述文本的接受中，接受者可以按照叙述文本的时间顺序接受，也可以不按照叙述文本的时间顺序接受。例如，他可以进行跳跃式阅读。但是在现场直播叙述或者活态叙述中，他是没有这种自由的。因此，讨论故事时间、叙述时间和接受时间的前提是：把叙述成立的条件与"时间"脱钩，从而释放因被人为时间限定而排除在叙述之外的叙述类型。事实上，经典叙述学对"叙述"的模糊界定，不刻意对叙述设定"时间"限制的做法，并没有被后经典叙述学

① [法] 罗兰·巴特：《叙事作品结构分析导论》，载张寅德选编：《叙述学研究》，中国社会科学出版社，1989，第2页。

② [法] 热拉尔·热奈特：《叙事话语 新叙事话语》，王文融译，中国社会科学出版社，1990，第12页。

延续下来。

著名后经典叙述学家詹姆斯·费伦在一篇文章中指出："叙事学与未来学是截然对立的两门学科。叙事的默认时态是过去时，叙事学家如同侦探家一样，是在做一些回溯性的工作。也就是说，是在已经发生了什么的叙事之后，他们才进行读、听、看。"① 这无疑将演示性叙述、直播、一部分数字化叙述排除在叙述学的关照范围之外。费伦认为，修辞叙述就是"某人在某个场合出于某种目的对某人讲一个故事"。② 既然故事是一种修辞手段，那么，其就不可能是未完成的。

保罗·科布里对"叙述"的界定是："从开头到结尾的运动，伴随着闲笔，包含故事事件的展示和讲述。叙述是一种事件的再现，而且主要是通过人类或类人的行动主体来再现时间与空间的。"③ 在科布里看来，叙述就是对已经发生过的故事进行再现，是一种过去时。波特·阿博特也强调指出："事件的先存感（无论事件真实与否、虚构与否），都是叙事的限定性条件。"④

叙述的"过去时"作为后经典叙述学的共识，阻碍了叙述学研究的发展。而将叙述与时间进行勾连的后果，是将一些叙述类型排除在叙述学研究之外。赵毅衡先生指出：

> 叙述学要不要坚持"过去性"？应当说，排除以戏剧为代表的"现在时叙述"，实际上就把大部分叙述（包括电影电视、口述叙述、电子游戏等绝对重要的体裁）排除出叙述研究，只保留文字与图像为媒介的记录类叙述。这个做法直接否认了广义叙述学的必要性，在当前这个传媒时代已经完全行不通。⑤

只要我们回顾叙述学研究的历程，就会发现叙述并非一开始就和时间勾连，虽然亚里士多德等古希腊哲学家提倡的模仿说是一种再现性的时间设定，但经典叙述学与普洛普的民间故事形态学无不更注重故事各要素的

① [美]詹姆斯·费伦：《文学叙述研究的修辞美学与其他论题》，《江西社会科学》2007年第7期，第25页。
② [美]詹姆斯·费伦：《作为修辞的叙事：技巧、读者、伦理、意识形态》，陈永国译，北京大学出版社，2002，第14页。
③ [英]保罗·科布里：《叙述》，方小莉译，四川大学出版社，2017，第175—176页。
④ [美]H.波特·阿博特：《叙事的所有未来之未来》，载[美]詹姆斯·费伦等编：《当代叙事理论指南》，申丹等译，北京大学出版社，2007，第623页。
⑤ 赵毅衡：《广义叙述学》，四川大学出版社，2013，第18页。

功能以及故事的内在结构。叙述学进入第三阶段（一般叙述学研究阶段）后，必须将叙述成立的条件与时间脱钩。唯有如此，我们才能在数字化时代，对叙述的各种特征进行研究。

站在一般叙述学的立场上，网络活态叙述时间的现在时和未来时特征进入了叙述学研究的视野。通过对网络活态叙述的研究可知，这种叙述类型兼具过去、现在和未来三种时间特性，并在以网络为平台的交流互动中获得叙述动力和现实意义。

其次，叙述文本的时间问题。热奈特在阐述叙述时间时，先引述了麦茨的观点，即"叙事的功能之一是把一种时间兑现为另一种时间"，[①] 然后引用德国理论家对故事时间和叙事事件的划分，最后指出文学叙事也是如此。与电影叙事和口头叙事不同的是，文学叙事的阅读须遵循文字媒介的"直线性"，它实际上控制着读者的阅读时间以及叙事的线性。（无论故事时间如何被叙述，文字媒介的线性排列并由此形成的时间序列是不可改变的。）[②] 笔者认为，对于网络活态叙述而言，叙述文本的时间并非固定的"双层"时间，而是会随着叙述的动态变化而发生改变。其大致情况如下：

其一，如果对于现实事件进行媒介转化，就会产生故事时间与叙述时间的分离。例如现实发生的事件通过文字、图片、视频等形式进行叙述化后，转化成网络事件，爆料人也成为叙述者。虽然这种贴合现实事件的叙述接近实时叙述，但毕竟经过了二次叙述，故事事件也在二次叙述中得到了调整。也就是说，相比文学叙述，网络活态叙述对现实事件是逐步跟进的，其叙述一开始并没有预先规划，也不可能预设结果。但在叙述中，可以对相关人和事的历史背景进行回顾性介绍。例如对女排比赛的现场直播，就是经过了视频化处理的二次叙述。直播中虽然可以回顾女排的历史，但无法预设比赛结果。因此，并非所有的叙述都能按照结果来进行叙述设计。

其二，现场直播。网络直播大致可分为两种：一是规划性直播。即直播内容经过预先的设计规划，故事时间不能前后调整，依然是一种线性、不可逆的时间流程。二是无规划直播。即现实事件并非刻意安排的，而是自然发生的。直播只是将事件原原本本地上传到网络，既不对事件进行干预，更不对事件进行规划与设计。需要注意的是，现场直播无论采取哪种

---

① [法] 热拉尔·热奈特：《叙事话语 新叙事话语》，王文融译，中国社会科学出版社，1990，第 12 页。
② [法] 热拉尔·热奈特：《叙事话语 新叙事话语》，王文融译，中国社会科学出版社，1990，第 13 页。

形式，其故事时间均呈现不可逆的线性发展，不能进行时间的插入和转换。除非中断直播。

其三，直播回放。这是网络活态叙述的常态。网络终端的存储功能使一些通过网络直播的现实事件可以被反复观看，接受者可以通过看录像来了解事件的整个过程。

其四，接受者时间。网络活态叙述的完成除了要靠信息发布者外，还要靠广大网民的积极参与和评论来维持其传播、更新并对现实形成压力。接受者的接受可以与事件同步，也可以滞后。一般情况下，接受者的及时关注、评论并形成关注压力，是推动事件发展的动力之一。网民社群以其几乎同步性的接受时间与故事时间形成并行关系，并使得后者不同程度地受到前者的压力，使故事获得进展。由此可见，围绕网络活态叙述形成的交流关系实际上构成了当今网络叙述的基本内容。没有交流，就不会有层出不穷的网络活态叙述。

②网络活态叙述的空间问题

由现实空间转化为网络空间是网络活态叙述的基本存在方式。由现实空间转化而来的虚拟空间，并不是一种故事虚构，而是一种媒介转换方式，与故事的真假无关。这种转换完成了现实空间的流动性和传播性，从而为现实事件的"公共性"转化奠定了基础。"网络公共事件除了发生在实际空间的'事实'以外，也是在网络空间发酵并被叙述的，是一种符号化的产物。这一点在'公共性'意义上显得尤为重要"。① 网络活态叙述对现实事件的网络虚拟空间转化构筑起多种网络空间关系。

其一，现实空间转化为虚拟空间的一个结果，是现实事件的网络化与公共化。虚拟性、公共性是网络空间的基本特征，这种特征是作为网络自身特质而言的，与通过网络传播的事件性质无关。任何现实事件均发生在真实空间之中，任何真实空间均是有限的，有限性不但是空间的特征，也是其传播特征。即发生在特定空间中的事件，不借助现代化传媒手段，是无法获得超出其空间范围的传播的。因此，现实事件要想获得广泛的传播与影响，必须通过数字化手段和网络传播媒介，才能使不同地域空间中的人们了解并加入事件的进展之中。因此，现实事件通过数字化处理和网络传播，使真实空间转换成网络虚拟空间，来完成传播。

其二，网络空间的虚拟性不但对网络活态叙述的公共性传播构成影响，而且对接受者（网民）构成影响。它可以打破现实空间局限，在虚拟网络

① 李红：《网络公共事件：符号、对话与社会认同》，中国社会科学出版社，2015，第270—271页。

空间获得聚集效应。网络本来就是通过打破现实空间局限，来获得超越时空的传播效果的。不同现实空间中的网民通过网络虚拟空间而汇聚在一起，通过评论、汇聚等方式形成有一定规模的网络群体。网络社群对网络活态叙述具有非常强大的作用力，它可以推动事件的进展、问题的解决。这是网络活态叙述中经常遇到的情况。

其三，空间融合。现实事件在网络化之后，形成多空间并置的局面。这些空间包括现实事件空间、网民的个体空间等。这些不同的空间通过网络的虚拟化，形成一个围绕网络活态叙述的公共虚拟空间，每个元素都会在这个虚拟空间中行使自己的职能并相互影响。其职能包括叙述者、当事人、接受者、参与者等。正是这些具有不同职能的元素在网络虚拟空间中形成的交流关系，维系了网络活态叙述的生存。因此，交流是网络活态叙述存在的基本条件。

综上所述，网络活态叙述是交流的产物，其特征、存在方式、时空特征等无不与交流息息相关。网络活态叙述通过交流获得存在的条件，也通过交流获得现实影响力，这是数字化时代，由网络带来的不同于传统的事件化交流方式。网络活态叙述不但在形式上改变了公共事件的运行与传播，而且影响巨大。网络的价值规范、道德等会对传统形成挑战，这是我们必须思考的严肃课题。网络虽然是虚拟的，但其内在的价值观并不是虚拟的，网络活态叙述的真实底色就存在于对正面价值的维护之中。这是网络活态叙述文本的深层结构。

结　语

　　交流叙述学的理论建构，基于叙述转向背景下叙述交流性凸显的事实。叙述的交流性并非本书的发现，而是在叙述学研究中被很多理论家论及的理论现象。但，由于各种原因，叙述的交流性并没有得到充分研究，尤其是在一般叙述研究框架下，研究各种叙述类型的交流性，更是凤毛麟角。虽然国外理论家（如斯科特、费绪尔等）均出版有叙述交流性方面的论著，但均未将交流叙述作为一个学科提出来。

　　交流叙述学以经验视野的"梭式循环"为基础，以叙述交流的双循环交流图式为依托，规划出交流叙述学基本的理论框架。以此为基础，对交流叙述学的语言哲学视野，交流叙述美学的理论进路，交流叙述的文本建构问题，交流叙述的元语言问题，交流叙述的基本过程及其顺应与冲突，交流叙述中的价值、伦理与意识形态，交流叙述的空间问题，数字化时代的交流叙述等进行了详细探讨，并提出一系列基本概念。如经验视野梭式循环，双循环交流图式，叙述自反性，主体身份翻转，交流叙述的各种文本层次（主叙述、辅叙述、非语言叙述、零叙述），抽象文本，作者密码，普遍元叙述，交流叙述的基本过程，交流叙述的顺应与冲突，交流叙述中的空间内化和抽象叙述空间，数字化时代交流叙述的新模式和新类型等。并以这些概念、理论思想为依托，建构交流叙述学的基本理论框架。

　　交流叙述学的理论建构有两个基本方向：一是基础理论的建构。这是建立一个学科或者研究方向的基础性工作。交流叙述学的理论建构的学术背景，是发生在多种学科、领域中的叙述转向，以及赵毅衡、瑞安等学者倡导的叙述扩容。叙述在经典叙述学和后经典叙述学之后发生的叙述转向，使我们不得不思考叙述学研究的自我设限给叙述学带来的理论难题。而突破难题的关键是，我们必须重新认识叙述本身。叙述作为人类经验传递的基本方式和人类基本的存在方式，是一种普遍性存在。叙述是一种经验方式，而不是一种具有排他性的限制性体裁。认识这一点很重要，它使叙述学的研究方向发生了转变，而且是一种革命性转变。即从以叙述类型为中心的研究转向以"叙述特性"为对象的研究。如此一来，叙述的交流性、物性、非自然性、多媒介性等均进入了叙述学研究的视野。这是叙述学研究的第三次范式转变，预示着叙述学研究第三阶段的到来。作为一般叙述学研究框架下的基础性理论研究，交流叙述学的理论建构必将是一项紧迫任务。本书的研究就是一种尝试性研究。

二是交流叙述学的理论实践。这种理论实践具有两方面的内涵：一是立足具体的叙述类型进行的交流叙述研究。具体叙述类型的交流性研究虽然建立在基础理论思想和研究框架之上，但并不受该理论框架的绝对限制，而是具有开放性。交流叙述学理论并不提供一劳永逸的理论思想，而是提供一种基础性的、宽泛的研究框架。任何具体的叙述类型研究，其具体的理论思想均可对之提出挑战。换句话说，交流叙述学的基础理论建构并不提供法律规制，而是提供一种研究的方向或思路。因此，交流叙述的类型研究作为交流叙述理论的重要方向，其实践性存在于：它既可以是交流叙述学理论的应用，也可以是对其进行的修正和补充。二是进行跨学科的交流叙述的模型设计与应用。交流叙述学具有跨学科性和实用性特征，这就使其区别于以往的叙述学研究的符号文本操作，而是具有实操性质。例如进行交流叙述空间的设计，使空间蕴含交流的规则和目标；设计交流叙述的框架；有效评估交流叙述中的顺应机制和冲突机制，并进而控制交流叙述的进程和效果，等等。此外，交流叙述的模型设计还包括数字化条件下，各种虚拟情景的交流叙述的设计。这在网络游戏、虚拟电影、虚拟情景推演等方面具有广阔的前景。

交流叙述学是一种开放性的理论建构，任何对叙述交流性的研究都会对交流叙述学理论进行补充和修正。因此，交流叙述学研究不提供规则，只提供思想。交流叙述学作为一般叙述学研究框架下的一个研究方向，其研究前景取决于两方面的因素：

第一，一般叙述学研究的理论框架。作为叙述学研究的新范式，或者作为叙述学研究第三阶段的思想并非叙述学研究界的共识。一方面，是赵毅衡先生首次提出并建构了"广义叙述学"的理论框架，而非西方人首次提出。这似乎成为中国学界不承认的一个重要原因。另一方面，一般叙述学（广义叙述学）作为一种建构中的、发展中的理论，还没有形成足够强大的气势。但，叙述扩容和以"叙述"特性为研究对象的研究，实际上在世界范围内已经成为新的增长点。因此，一般叙述学研究的理论框架对于交流叙述学研究的前景具有巨大的影响和促进作用。这是叙述学研究的整体氛围和学术环境。

第二，交流叙述学自身的理论建设。这种理论建设包括基础理论建设和理论的实践。一种理论范式的建构能否成功，既要看其是否具有理论的包容性或者涵容能力，还要看其理论的发展空间，即理论的可能性。交流、对话是当今世界处理各种关系的重要手段之一，叙述作为人类经验传承的重要方式而存在于人类社会的方方面面，其广泛性、多样性毋庸置疑。因此，交流叙述学作为一种跨学科研究，其理论前景应是广阔的，其涵容性应是巨大的。基础性的理论建构和多样性、多领域的理论实践，必将为交流叙述学理论的发展开辟更广阔的未来。

综上所述，交流叙述学研究是一种在路上的学问，其发展性、尝试性的理论建构必然带有不完善等理论缺陷，而这些缺陷似乎是一种命定的存在。哪怕本书的研究只是开启了交流叙述学研究的一扇小窗，也就达到了本书的目标。

参考文献

一、中文部分

[法]A.J. 格雷马斯：《论意义——符号学论文集》，冯学俊、吴泓渺译，百花文艺出版社，2005。

[英]安东尼·吉登斯：《现代性的后果》，田禾译，译林出版社，2000。

[英]艾·阿·瑞恰慈：《文学批评原理》，杨自伍译，百花洲文艺出版社，1997。

[美]爱莲心：《时间、空间与伦理学基础》，高永旺、李孟国译，江苏人民出版社，2015。

[意]安德烈·埃尔博：《阅读表演艺术——提炼在场主题》，吴雷译，《符号与传媒》第 7 辑。

[英]保罗·科布里：《叙述》，方小莉译，四川大学出版社，2017。

包亚明主编：《现代性与空间的生产》，上海教育出版社，2003。

[美]韦恩·布斯：《小说修辞学》，华明、胡晓苏、周宪译，北京联合出版公司，2017。

[意]布鲁诺·G. 巴拉：《认知语用学：交际的心智过程》，范振强、邱辉译，浙江大学出版社，2013。

[英]布莱恩·劳森：《空间的语言》，杨青娟等译，中国建筑工业出版社，2003。

[俄]巴赫金：《陀思妥耶夫斯基诗学问题》，白春仁、顾亚铃译，生活·读书·新知三联书店，1988。

[俄]巴赫金：《小说理论》，白春仁、晓河译，河北教育出版社，1998。

[俄]巴赫金：《巴赫金全集》，河北教育出版社，2009。

[美] 理查德·鲍曼：《作为表演的口头艺术》，杨利慧、安德明译，广西师大出版社，2008。

[美] 伯格：《通俗文化、媒介和日常生活中的叙事》，姚媛译，南京大学出版社，2006。

陈仁新等：《语用学视角下的身份与交际研究》，高等教育出版社，2013。

[美] 查尔斯·E.布莱斯勒：《文学批评：理论与实践导论》，赵勇等译，北京大学出版社，2015。

[法] 丹尼斯·韦尔南：《符用学研究》，曲辰译，四川大学出版社，2014。

[美] 戴维·赫尔曼主编：《新叙事学》，马海良译，北京大学出版社，2002。

[美] 戴维·赫尔曼、[美] 詹姆斯·费伦：《叙事理论：核心概念与批判性辨析》，谭君强等译，北京师范大学出版社，2016。

邓颖玲编：《叙事学研究：理论、阐释、跨媒介》，北京大学出版社，2013。

[德] 恩斯特·卡西尔：《人论》，甘阳译，上海译文出版社，2003。

[美] 约翰·迈尔斯·弗里：《口头诗学——帕里－洛德理论》，朝戈金译，社会科学文献出版社，2000。

范胜田主编：《中国古典小说艺术技法例释》，浙江古籍出版社，1989。

张艺谋图述，方希文：《张艺谋的作业》，北京大学出版社，2012。

[俄] 什克洛夫斯基等：《俄国形式主义文论选》，方珊等译，生活·读书·新知三联书店，1989。

方英：《小说空间叙事论》，上海交通大学出版社，2017。

傅修延：《文本学——文本主义文论系统研究》，北京大学出版社，2004。

傅修延：《中国叙事学》，北京大学出版社，2015。

傅修延：《听觉叙事研究》，北京大学出版社，2021。

[法] 格雷马斯：《结构语义学》，蒋梓骅译，百花文艺出版社，2001。

关萍萍：《互动媒介论：电子游戏多重互动与叙事模式》，浙江大学出版社，2012。

韩模永：《超文本文学研究》，中国社会科学出版社，2013。

[美] 海登·怀特：《元史学：19世纪欧洲的历史想象》，陈新译，上

海译林出版社，2013。

[美]海登·怀特：《形式的内容：叙事话语与历史再现》，董立河译，文津出版社，2005。

胡经之、张首映主编：《西方二十世纪文论选》，中国社会科学出版社，1989。

[美]哈罗德·布鲁姆：《影响的焦虑：一种诗歌理论》，徐文博译，江苏教育出版社，2005。

[德]H.R.姚斯、[美]R.C.霍拉勃：《接受美学与接受理论》，周宁、金元浦译，辽宁人民出版社，1987。

金元浦：《接受反应文论》，山东教育出版社，1998。

[英]J.L.奥斯汀：《如何以言行事》，杨玉成、赵京超译，商务印书馆，2013。

[美]詹姆斯·费伦等编：《当代叙事理论指南》，申丹等译，北京大学出版社，2007。

[德]加达默尔：《真理与方法》，洪汉鼎译，上海译文出版社，1999。

[法]加斯东·巴什拉：《空间的诗学》，张逸婧译，上海译文出版社，2009。

[美]杰拉德·普林斯：《叙事学：叙事的形式与功能》，徐强译，中国人民大学出版社，2013。

[英]简·艾伦·哈里森：《古代的艺术与仪式》，刘宗迪译，生活·读书·新知三联书店，2008。

[法]克洛德·莱维–斯特劳斯：《结构人类学》，谢维扬、俞宣孟译，上海译文出版社，1995。

孔海龙、杨丽：《当代西方叙事理论新进展》，经济科学出版社，2017。

李捷、何自然、霍永寿主编：《语用学十二讲》，华东师范大学出版社，2011。

[芬兰]莱恩·考斯基马：《数字文学：从文本到超文本及其超越》，单小曦等译，广西师范大学出版社，2011。

李红：《网络公共事件：符号、对话与社会认同》，中国社会科学出版社，2015。

[美]罗伯特·斯科尔斯、[美]詹姆斯·费伦、[美]罗伯特·凯洛格：《叙事的本质》，于雷译，南京大学出版社，2015。

[美]罗伯特·雷奇：《社会符号学》，周劲松、张碧译，四川教育出

版社，2012。

[英] 卢伯克、[英] 福斯特、[英] 缪尔：《小说美学经典三种：小说技巧、小说面面观、小说结构》，方土人、罗婉华译，上海文艺出版社，1990。

[英] 理查德·道金斯：《自私的基因》，卢允中、张岱云等译，中信出版社，2012。

龙迪勇：《空间叙事研究》，生活·读书·新知三联书店，2014。

刘燕：《法庭上的修辞——案件事实叙事研究》，光明日报出版社，2013。

[美] 阿尔伯特·贝茨·洛德：《故事的歌手》，尹虎彬译，中华书局，2004。

[美] 罗曼·雅柯布森：《雅柯布森文集》，钱军译，湖南教育出版社，2001。

[以色列] 里蒙·凯南：《叙事虚构作品》，姚锦清等译，生活·读书·新知三联书店，1989。

[法] 罗兰·巴特：《S/Z》，屠友祥译，上海人民出版社，2000。

[美] 玛丽-劳尔·瑞安：《故事的变身》，张新军译，译林出版社，2014。

[美] 玛丽-劳尔·瑞安编：《跨媒介叙事》，张新军等译，四川大学出版社，2019。

[法] 莫里斯·布朗肖：《文学空间》，顾嘉琛译，商务印书馆，2003。

[美] 迈克尔·托马塞洛：《人类沟通的起源》，蔡雅菁译，商务印书馆，2012。

[美] 华莱士·马丁：《当代叙事学》，伍晓明译，北京大学出版社，1990。

[荷] 米克·巴尔：《叙述学：叙事理论导论》，谭君强译，中国社会科学出版社，1995。

[美] J.希利斯·米勒：《解读叙事》，申丹译，北京大学出版社，2002。

[英] 马克·柯里：《后现代叙事理论》，宁一中译，北京大学出版社，2003。

[英] 梅勒：《交流方式》，彭程等译，华夏出版社，2006。

[美] M.H.艾布拉姆斯：《镜与灯——浪漫主义文论及批评传统》，郦稚牛等译，北京大学出版社，2004。

[英]Martin Payne：《叙事疗法》，曾立芳译，中国轻工业出版社，2012。

南帆：《双重视域——当代电子文化分析》，江苏人民出版社，2001。

[美]尼古拉·尼葛洛庞帝：《数字化生存》，胡泳、范海燕译，电子工业出版社，2017。

[英]尼克·库尔德利：《媒介、社会与世界：社会理论与数字媒介实践》，何道宽译，复旦大学出版社，2014。

欧阳友权：《网络文学的学理形态》，中央文献出版社，2008。

[美]普林斯：《叙述学词典》，乔国强等译，上海译文出版社，2011。

[瑞士]皮亚杰：《结构主义》，倪连生、王琳译，商务印书馆，1984。

[美]乔治·H.米德：《心灵、自我与社会》，赵月瑟译，上海文艺出版社，1992。

[美]乔治·J.E.格雷西亚：《文本性理论：逻辑与认识论》，汪信砚、李志译，人民出版社，2009。

邱林川、陈韬文主编：《新媒体事件研究》，中国人民大学出版社，2011。

[法]热拉尔·热奈特：《叙事话语 新叙事话语》，王文融译，中国社会科学出版社，1990。

[法]让-弗朗索瓦·利奥塔尔：《后现代状况》，车槿山译，南京大学出版社，2011。

[瑞士]费尔迪南·德·索绪尔：《普通语言学教程》，高明凯译，商务印书馆，1980。

[美]斯坦利·费什：《读者反应批评：理论与实践》，文楚安译，中国社会科学出版社，1998。

[意]苏珊·佩特丽莉：《符号疆界：从总体符号学到伦理符号学》，周劲松译，四川大学出版社，2014。

申丹：《叙事、文体与潜文本》，北京大学出版社，2009。

申丹、王丽亚：《西方叙事学：经典与后经典》，北京大学出版社，2010。

尚必武：《当代西方后经典叙事学研究》，人民文学出版社，2013。

[英]苏珊·布莱克摩尔：《谜米机器》，高申春等译，吉林人民出版社，2011。

孙鹏程：《时空体叙事学概论》，中国社会科学出版社，2017。

[英]特里·伊格尔顿：《后现代主义幻象》，华明译，商务印书馆，

2005。

[美] 托马斯·库恩：《科学革命的结构》，金吾伦、胡新和译，北京大学出版社，2003。

[法] 托多洛夫：《巴赫金、对话理论及其他》，蒋子华、张萍译，百花文艺出版社，2001。

[俄] 茨维坦·托多罗夫编选：《俄苏形式主义文论选》，蔡鸿宾译，中国社会科学出版社，1989。

[俄] 维·什克洛夫斯基：《散文理论》，刘宗次译，百花洲文艺出版社，1994。

[美] 沃尔特·翁：《口语文化与书面文化》，何道宽译，北京大学出版社，2008。

[美] 约翰·R.塞尔：《意向性——论心灵哲学》，刘叶涛译，上海世纪出版集团，2007。

王建香：《当代西方文论中的文学述行理论》，中国广播电视出版社，2009。

王小英：《网络文学符号学研究》，中国社会科学出版社，2016。

王委艳：《明清话本小说专题研究》，中国文联出版社，2015。

王委艳：《交流诗学——话本小说艺术与审美特性研究》，河南大学出版社，2019。

王瑛：《叙事学本土化研究（1979—2015）》，北京大学出版社，2020。

[德] 沃尔夫冈·伊瑟尔：《阅读活动：审美反应理论》，金元浦、周宁译，中国社会科学出版社，1991。

谢朝辉、陈新仁：《语用三论：关联论·顺应论·模因论》，上海教育出版社，2007。

[美] 西摩·查特曼：《故事与话语：小说和电影的叙事结构》，徐强译，中国人民大学出版社，2013。

谢纳：《空间生产与文化表征：空间转向视阈中的文学研究》，中国人民大学出版社，2010。

[希腊] 亚里士多德：《诗学》，罗念生译，人民文学出版社，2008。

[比] 耶夫·维索尔伦：《语用学诠释》，钱冠连、霍永寿译，清华大学出版社，2003。

[俄] 尤里·M.洛特曼：《文本运动过程》，彭佳译，《符号与传媒》第3辑。

[波] 英加登：《对文学的艺术作品的认识》，陈燕谷、晓未译，中国

文联出版公司，1988。

叶舒宪选编：《结构主义神话学》，陕西师范大学出版社，1988。

叶秀山、王树人：《西方哲学史（学术卷）》，凤凰出版社、江苏人民出版社，2004。

[日]原广司：《空间——从功能到形态》，张伦译，江苏凤凰科学技术出版社，2017。

赵毅衡：《广义叙述学》，四川大学出版社，2013。

赵毅衡：《符号学》，南京大学出版社，2012。

赵毅衡：《趣味符号学》，重庆大学出版社，2015。

赵毅衡选编：《符号学文学论文集》，百花文艺出版社，2004。

赵毅衡编：《"新批评"文集》，中国社会科学出版社，1988。

赵毅衡：《意不尽言——文学的形式—文化论》，南京大学出版社，2009。

赵毅衡：《当说者被说的时候——比较叙述学导论》，中国人民大学出版社，1998。

赵毅衡：《苦恼的叙述者——中国小说的叙述形式与中国文化》，北京十月文艺出版社，1994。

赵毅衡：《哲学符号学：意义世界的形成》，四川大学出版社，2017。

[美]詹姆斯·费伦：《作为修辞的叙事：技巧、读者、伦理、意识形态》，陈永国译，北京大学出版社，2002。

[美]詹姆斯·费伦等编：《当代叙事理论指南》，申丹等译，北京大学出版社，2007。

张寅德选编：《叙述学研究》，中国社会科学出版社，1989。

张新军：《可能世界叙事学》，苏州大学出版社，2011。

张新军：《数字时代的叙事学——玛丽 - 劳尔·瑞安叙事理论研究》，四川大学出版社，2017。

张瑜：《文学言语行为论研究》，学林出版社，2009。

宗争：《游戏学：符号叙述学研究》，四川大学出版社，2014。

二、英文部分

Andrew Gibson, *Towards a postmodern theory of narrative*, Edinburgh University Press, 1996.

Brian Richardson, *Unnatural Voice: Extreme Narration in Modern and*

Contemporary Fiction, The Ohio State University Press, 2006.

Chatman, *Story and Discourse: Narrative Structure in Fiction and Film*. Cornell UP,1978.

Didier Coste, *Narrative as Communication*, University of Minnesota Press, 1989.

David Herman, *The Cambridge Companion to Narrative*, Cambridge University Press, 2007.

David Herman, *Basic Element of Narrative*, Wiley-Blackwell, A John Wiley & sons, Ltd., Publication, 2009.

D. Bordwell, *Narration in the Fiction Film*, University of Wisconsin Press,1985.

Donald E. Polkinghorne, *Narrative Knowing and the Human Sciences*, State University of New York Press, 1988.

Walter Fisher, *Human Communication as Narration: Toward a Philosophy of Reason, Value, and Action*, University of South Carolina Press, 1987.

Henri Lefebvre, *The Production of Space*, Translated by Donald Nicholson-Smith, Blackwell, 1991.

H. Porter Abbott, *The Cambridge Introduction to Narrative*, Cambridge University Press, 2002.

James Phelan, *Reading people, Reading Plots*, The University of Chicago Press,1989.

LJames Jakób Liszka, *A General Introduction to the Semeiotic of Charles Sanders Peirce*, Indiana University Press, 1996.

Mary L.Pratt, *Toward a Speech Act Theory of Literary Discourse,* Indiana University Press, 1977.

Michael Kearns, *Rhetorical Narratology*, University of Nebraska Press,1999.

Monika Fludernik, *Towards a 'natural' Narratology*, Routledge, 1996.

Monika Fludernik, *An introduction to Narratology*, Routledge,2009.

Marie-Laure Ryan, *Toward a definition of narrative*, *The Cambridge Companion to Narrative*, Edited by David Herman, Cambridge University Press, 2007.

Paul Grice, *Studies in the Way of Words*, Harvard University Press, 1989.

Pierre Bourdieu, *Distinction: A Social Critique of the Judgement of Taste*,

Translated by Richard Nice, Harvard University Press, 1984.

I. A. Richards, *Principles of Literary Criticism*, Routledge, 2001.

Sandra Heinen, Roy Sommer, *Narratology in the age of cross-disciplinary narrative research*, Walter de Gruyter GmbH & Co.KG,D-10785 Berlin, 2009.

Stanley Eugene Fish, *Is there a text in this class?: The authority of interpretive communities*, Harvard University Press, 1980.

Sandy Petrey, *Speech Acts and Literary Theory*, Routledge, 1990.

Terry Eagleton, *Ideology: an introduction*, Verso, 1991.

K.Hyland, *Metadiscourse,* Continuum, 2005.

Walter R. Fisher, *Human Communication as Narration: Toward a Philosophy of Reason, Value, and Action*, University of South Carolina Press, 1987.

Wiley Norbert, *The Semiotic Self*, Polity Press, 1994.

Vande Kopple,"Some exploratory discourse", *College Composition and Communication* (Freb., 1985).

J.R Searl, "The logical status of fictional discourse", *New Literary history* (Jun., 1975).

Louise M Rosenblatt, *"Literature As Exploration "*, *Modern Language Association of America* (May., 1996).

Louise M. Rosenblatt, "Literature: the Reader's role",*The English Journal* (May., 1960).

Louise M. Rosenblatt, "The Literature Transaction: Evocation and Response", *Children's Literature* (Aut., 1982).

Louise M. Rosenblatt, "The Transaction Theory: Against Dualisms", *College English* (Apr., 1993).